DIE SCHATTEN HINTER UNS

ANKE SCHLÄGER

Impressum

www.anke-schlaeger.com
post@anke-schlaeger.de

Lektorat: Stefan Wendel, www.autorenberatung.net

Unter Verwendung von Stockmotiven: freepik.com
ISBN: 9783759276780
Veröffentlicht über tolino media

 Handlungen und Personen im Roman sind frei erfunden. Ähnlichkeiten mit lebenden oder toten Personen sind rein zufällig.

Herstellung und Druck über tolino media GmbH & Co. KG,
Albrechtstr. 14, 80636 München. Printed in Germany.
Fragen zu Produktsicherheit an: gpsr@tolino.media.

Anke Schläger

Lisa Heynrichs

Die Schatten hinter uns

Kriminalroman

Das Buch

Lisa knallt die Schublade zu. Fortlaufen, alles hinter sich lassen, ehe sie in der Vergangenheit hängenbleibt.

Dieser Fall trifft die Kommissarin Lisa Heynrichs an ihrer empfindlichsten Stelle: Der ermordete Fernsehmoderator Phil Kerstensen hatte sich in eine Escort-Lady verliebt. Bei Lisa war es vor Jahrzehnten umgekehrt. Auch sie traf sich mit wohlhabenden Männern, doch der eine, der ihr Herz gewann, nutzte ihr Vertrauen schamlos aus und stürzte sie in eine tiefe Krise. Als sie herausfindet, dass der Tote nicht nur Opfer, sondern selbst ein Täter war, will sie unbedingt die Wahrheit ans Licht bringen. Ein beinahe Fremder überzeugt sie, dass sie dafür mit ihm nach Mallorca fliegen muss. Lisa willigt ein, ohne die Genehmigung ihres Chefs einzuholen. Damit setzt sie ihre Karriere, ihr eigenes Leben und das ihrer besten Freundin aufs Spiel. Um sie zu retten, stellt sich Lisa endlich jenen dunklen Schatten, die sie seit langer Zeit verfolgen …

Die Autorin

Anke Schläger lebt in Bielefeld und arbeitet hauptberuflich in der Unternehmenskommunikation. Vorher hat sie bei einer Tageszeitung volontiert und Germanistik, Politikwissenschaft und Pädagogik in Hannover und Münster studiert. Nach »Festtagsgäste« (2017), »Taktgefühle« (2018) »Sonnenplätze« (2020) und »Schwesternzeiten« (2022) ist »Die Schatten hinter uns« ihr erster Krimi mit Kommissarin Lisa Heynrichs als Hauptfigur.

Jeder Irrtum
ist ein Schritt zur Wahrheit.

Jules Verne

PROLOG

DIE Stille ist eine Wohltat nach all dem Lärm. Seine Party über den Dächern Berlins hat ihn Kraft gekostet. Wie lange kann er der Welt noch den souveränen, stets lächelnden Mann vorspielen? Er lockert die Krawatte. Auch hier an der Spree erwarten die Fernsehzuschauer, dass er im Zweireiher vor die Kamera tritt. Als ob sie einen Beweis brauchen, dass er sich treu bleibt und weiterhin für soliden Journalismus steht.

Das Motorengeräusch seines Wagens ist verstummt. Im Rückspiegel beobachtet er, wie das eiserne Gartentor automatisch schließt, nimmt die randlose Brille ab und verstaut sie in der Mittelkonsole.

Nach den Glückwünschen zu seinem Sechzigsten ist er gegangen. Die Gäste hatten eine improvisierte Tanzfläche gestürmt. Der Studioleiter war zu einem uralten Song von Aretha Franklin sofort hochgesprungen und hatte unterm Sternenhimmel eine Praktikantin abgeschleppt. Eine traurige Gestalt, simpel gestrickt und blind für die Folgen.

Er dagegen kann warten. Seine Villa hat er in weiser Voraussicht umbauen lassen. Eines Tages wird sie mit Leben erfüllt sein. Doch dann werden die dicken Mauern und der hohe Zaun mit den pfeilartigen Spitzen verbergen, was dahinter geschieht.

»Wir sind da, Bily.« Seit sie am Funkturm vorbei sind, stößt die Hündin auf der Rückbank gequälte Laute aus. Ein weißer Bichon Frisé, den er in Tschechien gekauft und in der Landessprache nach der Farbe des flauschigen Fells benannt hat. Alle Kolleginnen sind in den vierbeinigen Wattebausch vernarrt. Ob er mit der Rasse die richtige Wahl getroffen hat? Für ihn ist eine wie die andere.

Bily kläfft.

»Jaja, ich weiß, du hast es eilig«, antwortet er und hofft, dass die Kleine geduldig bleibt. Gegenüber beginnt der Wald, aber jetzt ist es da stockfinster. Ehe sie in den Garten darf, muss er die Bewegungsmelder ausschalten.

Kurz darauf flitzt sie in den Schatten einer Ligusterhecke. Niemals würde sie ihr Geschäft in der langen Auffahrt verrichten, die im Schein gleißend heller Solarleuchten liegt. Sie haben ihn eine ordentliche Stange Geld gekostet. Dafür ist seine Sicherheitstechnik auf dem neuesten Stand und wird ihn vor bösen Überraschungen schützen.

Warum braucht Bily so lange?

Er klimpert mit dem Schlüsselbund und der Hund biegt um die Ecke. Langsamer als sonst, die Nase am Boden. Vor den drei Stufen, die zum Eingang hinaufführen, verharrt das Tier.

»Abendessen gibt's in der Küche«, brummt er.

Bily springt an seinen Beinen hoch. Schmutzige Pfoten hinterlassen auf der hellgrauen Hose ihre Spuren. Hat ein Kaninchen den Jagdtrieb der Kleinen geweckt? Er streichelt sie, geht voraus und holt eine Portion rohes Fleisch aus dem Kühlschrank.

Bily stürzt sich begeistert auf die zerkleinerten Lammknochen und er kann sich in Ruhe umziehen.

Als er die Hose in den Wäschekorb wirft, schlägt die schwere Glocke in der Diele an.

Er hebt den Kopf. Oft hat er den Klang noch nicht gehört, seit er vor einem halben Jahr in die zweistöckige weiße Villa gezogen ist. Pakete lässt er ins Studio liefern. Für die Briefpost gibt es eine Box am Zaun. Seine Adresse kennt bestenfalls eine Handvoll Menschen. Die amüsieren sich allesamt auf der Dachterrasse.

Im Hausmantel geht er in die Küche und stolpert über den Napf mit den Futterresten. Verdammte Müdigkeit. Er hat vergessen, auf den Knopf zu drücken, der die Alarmanlage wieder mit dem Stromnetz verbindet.

Nebenan vernimmt er aufgeregtes Bellen, so laut, dass ein Briefträger schleunigst die Flucht ergreifen würde.

»Aus«, kommandiert er und hofft, dass ihr kurzes gemeinsames Training in der Hundeschule endlich Wirkung zeigt. Es scheint so. Bily lässt leises Fiepen hören. Sie kratzt am Holz, das die Maler neulich grün angestrichen haben.

Er schiebt den Riegel zurück.

»Heute gehen Wünsche in Erfüllung«, sagt eine Stimme. »Happy Birthday, Phil.«

FRAUENZIMMER

SASCHA Morbeck hat sich breitbeinig vor einer kurzen Treppe aufgebaut. »Langsam, die Damen«, ruft er und versperrt ihnen den Weg zur Haustür. »Ihr habt etwas vergessen.«

Lisa Heynrichs grinst. Immer dasselbe. Sie tragen längst die weißen Overalls, haben ihre Kapuzen aufgesetzt. Wenn sie allein wären, würde Sascha der Hauptkommissarin schweigend einen Mundschutz und die Latexhandschuhe reichen, obwohl er am Tatort der Chef von Kriminaltechnikern und Gerichtsmedizinern ist. Doch gegenüber der jungen Kollegin dreht er auf.

»Wo habt ihr ihn gefunden?«, fragt Lisa.

»In der Küche.« Sascha mustert Jule Stellner, die gerade ihren Bachelor an der Polizeihochschule bestanden hat. Jetzt verstärkt sie die neunte Mordkommission des Landeskriminalamts. »Da liegt er noch. Traust du dir den Anblick zu?«

Sie nickt, strotzend vor Selbstvertrauen. Beneidenswert.

Er holt alles, was sie brauchen, aus einem Koffer.

Lisa streift ihren Mundschutz über und erkundigt sich nach dem Kenntnisstand.

»Philipp Kerstensen hatte einen späten Gast«, antwortet Sascha.

Jule müht sich mit den Handschuhen ab.

»Glaube nicht, dass der sich vorher angekündigt hat«, fährt er fort. »Und für den Hund hatte sein Besuch was übrig.«

»Fertig«, verkündet Jule und will sich an Sascha vorbeidrücken.

Er ist schneller.

Sie folgen ihm durch eine dämmrige Diele. Die Küchentür steht offen. Lisa erkennt Holzschränke und einen blauen Tisch mit gedrechselten Beinen.

Eine Landhausküche? Seit sie denken kann, ist der Moderator im Anzug aufgetreten, lange bevor ihn der Privatsender »Radio Fernsehen Berlin« für den »Abendblick« abgeworben hatte. Die Vorstellung, er könne in Kochschürze am Herd gestanden haben, will nicht in ihren Kopf.

Im Magen ballt sich der vertraute Klumpen zusammen. Sie hat sich in zwanzig Dienstjahren nicht an den beißenden Leichengeruch gewöhnt. Aber in diesem Raum mit den großen Südfenstern, den die Hochsommertemperaturen aufgeheizt haben, herrscht der Geruch nach Fäkalien vor. Im Tod erschlafft auch der Schließmuskel.

Der Fernsehmann liegt bäuchlings unter dem Esstisch. Sein Frotteemantel ist hochgerutscht und die Schlafanzughose hat hinten einen großen, dunklen Fleck. Den Oberkörper umgibt eine getrocknete Blutlache. Die Schädeldecke fehlt. Hirnmasse klebt an einer Wand.

Sascha deutet auf einen umgestürzten Stuhl. »Dort hat er gesessen. Jemand muss hinter ihm gestanden haben, vielleicht am Kühlschrank, und hat keine Sektflasche herausgeholt, sondern abgedrückt.«

»Pistole oder Gewehr?«, hakt Jule nach.

»Eine Schrotflinte war's jedenfalls nicht«, antwortet Sascha leicht genervt, weil er die Frage schon zu oft gehört hat.

Lisa betrachtet einen grauen Pantoffel, der durch den Raum geschlittert ist. »Kerstensen trug Gesundheitslatschen?«

»Mit Fußbett«, sagt Sascha. »Der Mann war ja nicht mehr jung. Wer weiß, welche Zipperlein er hatte.«

»Was ist denn mit dem Hund?«, fragt Jule.

Der Tatortexperte winkt einen Polizeifotografen herbei, der die Leiche ablichten soll, und geht vor. Sie betreten ein Wohnzimmer, dessen Stirnseite ein breiter gemauerter Kamin einnimmt. Eine Wohlfühloase mit Ecksofa, bunt gemusterten Kissen und einem braunen Ledersessel. »Die Leine war an einer Armlehne festgebunden.«

Lisa bückt sich nach den Näpfen mit Fleischresten und einer Pfütze Wasser. Eine flauschige Decke liegt daneben.

»Welche Rasse?«, will Jule wissen.

»Irgendwas Französisches und teuer, warte mal.« Ein Notizbuch wird aufgeklappt.

Jule wippt ungeduldig auf den Zehenspitzen. »Habt ihr den Hund ins Tierheim bringen lassen?«

»Wir kamen zu spät«, erwidert Sascha. »Als Kerstensen nicht im Sender auftauchte, hat sich eine Kollegin auf die Socken gemacht. Die Alarmanlage war ausgeschaltet. Sie konnte die Scheibe der Kellertür mit ihren Schuhen einschlagen. Dann hat sie den Notruf gewählt und sich mit dem Köter in ihrem Auto verschanzt.« Er holt Asservatenbeutel und tütet die Näpfe ein.

Lisa strafft ihre Schultern. »Sag Bescheid, wenn wir uns in Ruhe umsehen können. Wir reden mit der Dame.«

»Viel Spaß.«

»Wieso?«

»Georgia von Hustedt soll ein phänomenales Gedächtnis haben. Bin gespannt, ob sie dich wiedererkennt.«

*

Der silberne Porsche Cayenne parkt in einer der ruhigen Seitenstraßen, die zum Hohenzollerndamm und aus dem Grunewald hinausführen. Wer früh losfährt oder spät heimkommt, braucht keine halbe Stunde bis zum Brandenburger Tor. Von der Touristenmeile, über die sich an solch warmen Samstagabenden die Menschenmassen schieben, scheint diese Gegend Lichtjahre entfernt zu sein. Vögel zwitschern. Ein Eichhörnchen flüchtet in den Schatten alter Bäume. Aufgeschreckt durch die Luxuskarosse und den blau-weißen Streifenwagen, dessen Besatzung hier Wache schiebt?

»Verrückt«, flüstert Jule und zeigt auf ein verschlossenes Porschefenster. Dahinter leuchten rote Locken. »Dass die Frau da einfach so rumsitzt.«

»Falls du ein Autogramm willst: Vergiss es«, gibt Lisa zurück. »Du bist im Dienst.«

»Und du bist ihr schon begegnet?«

»Ja.«

Jule fragt nicht weiter.

Das Ereignis gehört in die Mottenkiste, doch irgendwem fällt es immer wieder ein. Lisa war etwas älter als Jule gewesen, auf dem besten Weg zur Verbeamtung, und Diebe hatten am Prenzlauer Berg ein Tonstudio aufgebrochen. Sie hatten den Manager einer erfolgreichen Band regelrecht hingerichtet und den Leichnam auf dem Mischpult abgelegt.

Georgia von Hustedt war kurz nach der Mordkommission eingetroffen und hatte mit großem Getöse ihr Fernsehteam in Stellung gebracht. Die Polizeiabsperrung vor dem Studio scherte sie ebenso wenig wie der strömende

Regen und eine erboste junge Kommissarin: »Kindchen, Sie wissen wohl nicht, wen Sie vor sich haben.«

Lisa hatte die korpulente Zwei-Meter-Frau trotzdem von vier Polizisten fortschaffen lassen.

Seitdem hat die Boulevardjournalistin eine erstaunliche Wandlung durchgemacht. In Philipp Kerstensens Team berichtet sie live aus dem Reichstag.

»Ja, spinnt die denn?«, ruft Jule.

Die Rothaarige presst etwas an sich. Einen kleinen weißen Hund, den sie wie ein Baby wiegt. Ihre Wange liegt auf seinem Fell. Das Tier zappelt und sein Jaulen dringt durch die Scheiben.

Die Abendsonne scheint Georgia von Hustedt ins Gesicht. Es glänzt vor Schweiß.

Lisa hämmert gegen das Fahrerfenster. »Polizei! Machen Sie auf!«

Grüne Augen schauen teilnahmslos ins Leere. Eine Hand krallt sich in die Hundelocken. Das Jaulen wird lauter, hört sich beinahe menschlich an.

Die Türen bleiben zu.

Neben Lisa flammt ein Blitz auf. Jule hält ihr Handy hoch und fotografiert.

Lautes Kläffen. Ein Schrei.

Lisa umrundet das Auto, späht durch die Heckscheibe. Georgia von Hustedt lutscht am Daumen. Der Hund steht zweibeinig auf der Rückbank, die Schnauze weit aufgerissen, bereit zur Flucht. Am Glas rutschen seine Pfoten ab.

»Hier«, flüstert Jule. Sie reicht Lisa einen dicken Ast, von dem sich getrocknete Erdklumpen lösen.

Lisa schüttelt den Kopf.

Jule holt aus.

Lisa hält den Arm fest. Der Ast fällt auf ihren rechten Fuß. Schweres Ding, ihr großer Zeh schmerzt höllisch.

Unvermittelt fliegt eine Tür auf. »Hände weg von meinem Auto!«

Der Hund huscht ins Freie, ein fiependes Fellbündel, das schleunigst im Gebüsch verschwindet. Jule spurtet hinterher.

»Frau von Hustedt, steigen Sie bitte aus.«

Keine Reaktion.

Lisa beugt sich hinab. »Hat der Hund Sie gebissen?«

Georgia von Hustedt nickt.

»Darf ich einsteigen?«

Eine Hand, an der ein imposanter Siegelring prangt, deutet zum Beifahrersitz.

Lisa nimmt Platz und schnappt nach Luft. Die Klimaanlage ist aus. Im Auto muss es über dreißig Grad heiß sein. Kein Wunder, dass der Hund weggerannt ist. Und sie hätte nicht nur den Overall, sondern auch ihre Lederjacke ausziehen sollen.

Neben ihr wird schwer geatmet, unterbrochen von lautem Rasseln, das aus den Tiefen einer Lunge dringt.

»Brauchen Sie einen Arzt, Frau von Hustedt?«

»Nein, etwas zu trinken. Im Kofferraum ist Mineralwasser. Holen Sie mir eins?«

Sie ist es offenbar gewohnt, dass ihr jeder Wunsch von den Augen abgelesen wird. Immerhin, um ihren blutenden Daumen kümmert sie sich selbst. Die Wunde umwickelt sie mit Papiertaschentüchern.

Lisa öffnet die Heckklappe des geräumigen SUV und blickt in eine Kiste voller Wein, Sekt und Tafelwasser einer edlen Sorte. Eine Flasche nimmt sie heraus und dreht den Verschluss auf.

Georgia von Hustedt reißt sie ihr aus der Hand, lehnt sich zurück und holt ein Pillendöschen aus der Handtasche. Sie schluckt eine Tablette, spült mit Wasser nach.

»Kennen wir uns nicht?«, erkundigt sie sich.

»Wie kommen Sie denn darauf?«

»Ich vergesse nie ein Gesicht. Berufskrankheit.« Grüne Augen taxieren Lisa.

»Was tun Sie eigentlich hier?«, fragt die Kommissarin hastig. »Ihre Sendung läuft«.

»Heute haben wir zwei Stunden auf Phil gewartet. Sonst war er immer auf die Minute pünktlich, und ich habe mir Sorgen gemacht.«

»Na ja, so ein runder Geburtstag kann länger dauern …«

»Haben Sie gestern zugeschaut?«

Lisa nickt. Phil Kerstensen hatte sich für einen Rosenstrauß bedankt und war anschließend sofort zum Wetterbericht übergegangen.

»Dann wissen Sie ja, wie er reagiert hat. Der Job war immer das Wichtigste.«

»Gab es nach der Sendung eine Party?«

»Auf der Dachterrasse beim Sender. Phil hat die Gratulationskur hinter sich gebracht, den Caterer bezahlt und am Rand gestanden, als ob er einen Stock verschluckt hätte. Eine Stunde später war er weg.«

»Hatte er eine Verabredung?«

»Glaube ich nicht. Er hatte uns alle schon vor Wochen eingeladen, schriftlich und auf feinstem Papier. Das Essen war von Borchardt.«

Lisa hat noch keinen Fuß in das bekannte Restaurant am Gendarmenmarkt gesetzt, aber sie kennt die Preise solcher Promi-Lokale. »Wie lange waren Sie auf der Feier, Frau von Hustedt?«

»Bis drei.« Die Rothaarige klappt einen Schminkspiegel auf und kleistert Äderchen auf den Wangen mit Make-up zu.

»Phil Kersensen ist tot und Sie sitzen neben mir. Wer moderiert den ›Abendblick‹?«

»Hanne Thoma.«

Die andere Frau im Nachrichtenteam, jung, blond, schlagfertig. Eine Konkurrentin aus der folgenden Generation.

»Wir müssen Ihre Aussage zu Protokoll nehmen«, sagt Lisa. »Kommen Sie morgen in unserer Dienststelle an der Keithstraße vorbei, ehe sie ins Studio fahren. Und bringen Sie genug Zeit mit. Sonst überlassen Sie Frau Thoma erneut das Feld.«

Jule erscheint am Fenster, den Hund im Arm.

»Was wird aus Bily?«, fragt die von Hustedt.

»Wir bringen sie in ein Tierheim.«

Neben Lisa setzt wieder schweres Atmen ein. »Nee, oder? Die Kleine war Phils Familie.« Unvermittelt beginnt die Walküre zu zittern und ihr Kopf sinkt aufs Lenkrad. »Sie gehört doch nicht mit wildfremden Kötern in einen dreckigen Zwinger!«

»Da ist sie erst mal besser aufgehoben als bei Ihnen. Sie musste dringend Gassi und hat sicher auch Durst.«

»Tut mir leid. Ehrlich.« Georgia von Hustedt zieht das nächste Taschentuch aus der Packung. Sie betupft ihre feuchten Augen und verschmiert schwarzblaue Schminke.

Lisa durchsucht ihre Taschen, findet eine Visitenkarte und legt sie aufs Armaturenbrett. »Rufen Sie mich an, wenn Sie wissen möchten, wo Bily untergebracht ist. Jederzeit. Sie können die Kleine dann besuchen. Und falls Sie jemanden kennen, der sie bei sich aufnehmen würde, gebe ich das sofort weiter.«

Sie öffnet die Beifahrertür und spürt ein Zupfen an der Jacke.

»Danke.«

»Gern geschehen, Frau von Hustedt.«

»Nennen Sie mich Georgia. Bitte.« Die Walküre lässt los und startet ihren Porsche.

*

Die Sonne ist hinter einer bedrohlichen grauen Schicht am Himmel abgetaucht. In Lisas Jacke brummt das Handy. Sascha hat ihr eine Nachricht hinterlassen: »Bist du schon beim Feierabendbier oder kommst du zurück?«

Sie steckt es ein. Die meisten Taschen sind kaputt und ihr Lieblingsstück muss zum Schneider. Aber wenn ihr Arbeitstag endet, hat der Laden längst geschlossen. Haben die Bewohner des Grunewalder Villenviertels eine Vorstellung von diesen profanen Sorgen?

Sascha wartet hinter dem rot-weißen Absperrband auf Philipp Kerstensens Terrasse. Er führt sie durch eine offene Glastür, am Kamin und am Sofa vorbei. »Deine anderen Kollegen sind jetzt auch da.«

»Wo denn?«

»Im ersten Stock, wo die beiden Schlafzimmer sind. Schau dir die mal an.«

»Zwei? Ich dachte, der Mann war alleinstehend.«

»Du bist die Expertin, mach dir selbst einen Reim darauf.« Er hält Lisa einen neuen Spurensicherungsanzug hin.

Sie schlüpft hinein und streift wieder dünne Handschuhe über.

Jule gesellt sich zu ihnen.

»Wo ist der Hund?«, fragt Lisa.

»Ich hab ihn im Schatten angebunden. Die Tierrettung ist unterwegs. Sascha, gibt's hier eine Schale, die wir mit Wasser füllen können?«

Er geht in die Küche und kehrt mit einer Salatschüssel zurück.

Lisa wendet sich der Diele zu. Eine ausladende Holztreppe führt hinauf, solide gezimmert und mit breitem Handlauf. Wie in vielen alten Häusern ihrer Heimat, dem Münsterland. Solche langen Läufer, die an jeder Stufe befestigt sind, kennt sie ebenfalls von dort. In der ersten Etage versinken ihre Füße in einem dicken, rot-grün gemusterten Orientteppich.

Sie drückt behutsam eine Tür auf und lässt sie los. Die Scharniere quietschen. Von drinnen schlägt ihr eine Mischung aus Schweiß, Staub und abgestandener Luft entgegen und fährt ihr mit der gleichen Wucht in den Magen wie die Ausdünstungen in der Küche. Am liebsten würde sie die langen Vorhänge zur Seite ziehen und das Fenster aufreißen.

Jule ist ihr gefolgt und schaltet einen Deckenstrahler ein. Er beleuchtet das ungemachte Bett. Am Fußende liegen ein Jackett, Socken und ein zerknittertes weißes Hemd. Boxershorts und Krawatte sind heruntergefallen. Ein Wäschekorb ist bis zum Rand gefüllt.

Lisa drückt gegen die Tür einer dunkelbraunen Schrankwand. Der riesige Kasten gleitet zur Hälfte auf. An einer Kleiderstange hängen Anzüge, farblich sortiert, daneben Oberhemden. Alle Krawatten haben eigene Halter, die Enden baumeln parallel herunter. Ordentlich, praktisch und ein bisschen altmodisch.

Gehörte die zweite Schrankhälfte jemand anderem? Darin herrscht ein wüstes Durcheinander aus T-Shirts und Hosen.

Die meisten Sachen stapeln sich auf Regalbrettern, sind kraus und fleckig, haben Löcher oder abgerissene Knöpfe. Neu scheint nichts davon zu sein.

Jule schüttelt fassungslos den Kopf. »Ist der Mann wie ein Penner herumgelaufen, wenn ihn keiner gesehen hat?«

»Vorne hui, hinten pfui«, erwidert Lisa.

Im Flur lässt sie die angehaltene Luft aus ihren Lungen.

Jemand pfeift laut durch die Zähne. Meinolf Uhde, im gleichen Dienstrang wie sie und einer ihrer ältesten Kollegen bei der Mordkommission, lehnt im Türrahmen eines Badezimmers. Er hält ein Parfümfläschchen hoch und ist sichtlich beeindruckt. Jede Wette, gleich dröhnt sein »Donnerwetter« durch den Flur.

»Wow«, ruft Jule, die mal wieder vorausgeprescht ist.

Der nächste Saustall? Lisa eilt hinterher.

Von wegen! Diesen Raum beherrscht ein imposantes Bett, dessen weiße Tagesdecke mit zarten Blumenranken bestickt ist. Darauf türmt sich ein Berg aus Kissen, alle mit silbernen Ornamenten verziert. An den Wänden stehen kleine Palmen in Töpfen, ihr sattes Grün zeugt vom regelmäßigen Gießen. Keine Spur von Staub oder Vernachlässigung, auch nicht auf dem Frisiertisch mit dem beleuchtbaren Spiegel, den Puderpinseln, Bürsten und Tuben einer teuren Kosmetikmarke.

»Das Schärfste ist der Baldachin.« Jule klopft gegen die Stoffbahn. »Wie in einem Märchen aus tausendundeiner Nacht und als ob sich gleich eine orientalische Schönheit im Brautgemach niederlässt.«

Wo ist die Bewohnerin dieses »Frauenzimmers«? Es scheint, sie könne jederzeit hereinkommen, um sich die Lippen nachzuziehen oder im Schaukelstuhl vor dem Fenster den Abend zu vertrödeln. Lisa ertappt sich dabei, dass sie auf Zehenspitzen zu dem weißen Kleiderschrank schleicht.

»Worauf wartest du denn?«, fragt Jule.

Widerstrebend schiebt Lisa eine Tür auf, nimmt einen Hauch Vanilleduft wahr und umklammert den Holzgriff. Das Parkett unter ihren Füßen, eben noch stabil, scheint wie ein leckes Boot zu schwanken. Ringsum muss die Temperatur um einige Grade gesunken sein, oder warum zittert sie sonst in der Lederjacke, die ihr draußen zu warm war?

Vor ihr hängen Abendkleider, tief ausgeschnitten und so eng, dass kaum ein dünner Slip darunter passt. Instinktiv legt Lisa eine Hand auf ihre Brust. Solche Kleider werden mit Tapes auf die nackte Haut geklebt. Sie hat nach über zwanzig Jahren nicht vergessen, dass sie selbst beim Abreißen die Luft angehalten hat und hinterher den Busen mit Eiswürfeln kühlen musste.

Bügel für Bügel tastet sie sich vor, streicht über transparente Stoffe, mustert Röcke, deren Schlitze zu viel preisgeben. Die nächste Tür – sie ahnt, was dahinter ist. Korsagen aus Samt und Leder, durchsichtige Büstenhalter, Stringtangas. In einer Schublade das vertraute Tape.

»Muss ein Heidengeld gekostet haben.« Jules Stimme, halb bewundernd, halb neidisch, kommt wie aus weiter Ferne bei ihr an.

Lisa knallt die Lade zu. Fortlaufen, alles hinter sich lassen, ehe sie in der Vergangenheit hängenbleibt. Wie diese Klamotten, die nach dem Tod des Fernsehmanns auf ihren Stangen verstauben und irgendwann entsorgt werden.

Jule weiß nicht, wie hoch der Preis für ein Luxusleben sein kann.

Lisa hofft, dass sie es auch nie erfährt.

Zur Schau gestellt

WIEDER dieser Traum. Ein Fesselballon schwebt unter strahlend blauem Himmel. Im Korb lehnt Lisa sich zurück, sinkt voller Vertrauen in starke Arme. Endlich ist sie frei und geborgen zugleich. Plötzlich kommt Wind auf. Ihre kleine Welt erbebt. Gemeinsam rasen sie abwärts, schlagen hart am Boden auf. Benommen schaut sie sich um und sieht keinen Mann mehr. Nur einen Jungen, zehn oder zwölf Jahre alt, in einem glitzernden Theaterkostüm …

Schweißgebadet schreckt sie hoch. Halb sechs, ihr innerer Wecker funktioniert auch nach einer kurzen Nacht. Sie hat Sascha bei der Arbeit zugeschaut, wie jedes Mal. Die immer gleichen Abläufe beruhigen sie, lassen sie an einen Ermittlungserfolg glauben. Rußpinsel, die auf glatten Flächen Fingerabdrücke sichtbar machen, überführen Täter. Oder unzählige Wattestäbchen, getränkt mit destilliertem Wasser, die DNA-Spuren sicherstellen.

»Willst du die Proben persönlich ins Labor bringen, damit du die Ergebnisse schneller auf dem Tisch hast?«, hat Sascha gespöttelt und mit seinem Kollegen die Fenster und Schrankgriffe in Kerstensens Küche abgetupft.

Sie haben zusammen die Villa verlassen. Lisa kennt ihn gut genug, um seine fahrigen Gesten zu deuten und den gereizten Tonfall nicht persönlich zu nehmen. Die Tatortleute, die sich auf das Sichern von Spuren spezialisiert haben, werden in den nächsten Tagen rund um die Uhr ackern. Wie alle, die mit diesem Fall zu tun haben. Phil Kerstensens Gesicht kennt jeder, der abends um sieben vor der Flimmerkiste sitzt. Was kann den Revolverblättern mitten im Sommerloch Besseres passieren als ein toter Promi? Bevor in der Pressestelle des Landeskriminalamts die Telefone glühen, müssen die Kriminaltechniker etwas heranschaffen, das die Journalistenmeute zufriedenstellt.

Weit nach Mitternacht hat Lisa ihre Wohnung an der Schöneberger Steinmetzstraße aufgeschlossen, den Käfig ihrer Wellensittiche zugedeckt und ist ins Bett gesunken. Seit die Rollos in der Küche hinüber sind, werden Lutz und Udo mit den ersten Sonnenstrahlen wach.

Unter dem Türspalt wird es hell, und die Erinnerungen an das Frauenzimmer in Kerstensens Haus kehren zurück. An den weißen Schrank und Kleider, die Lisa noch immer passen würden. Ihre schlanke Figur hat sich kaum verändert, nur die blonden Locken bändigt sie jetzt in einem geflochtenen Zopf. Soll sie sich diese Ermittlungen lieber ersparen? Nein. Dann müsste sie mit dem Chef über früher sprechen und ihre Karriere wäre beendet. Dabei ist die nächste Sprosse der Leiter zum Greifen nahe.

Lisa dreht sich seitwärts, stützt eine Hand auf die harte Matratze und setzt nacheinander die Füße auf dem Boden ab. »Rückenschonend aufstehen« hat sie notgedrungen gelernt. Trotzdem spürt sie einen dumpfen Schmerz oberhalb des Steißbeins. Es rächt sich, dass sie ständig die Krankengymnastik absagt. Auch an einem Tag wie diesem sind private Termine nicht drin.

Sie schlurft in die Küche, lässt den spärlich gefüllten Kühlschrank zu und wirft die Kaffeemaschine an.

Asthmatisches Röcheln antwortet. Henriette, ihre ehemalige Mitbewohnerin, hat das altersschwache Teil beim Auszug vergessen. In ihrem Café am Savignyplatz gibt es ein besseres Frühstück.

Lisa duscht und schlüpft in die Kleidung, die sie immer trägt: Jeans, Polohemd und die schwarze Lederjacke. Heute passt sie zum Wetter. Die Homepage von radioeins kündigt Starkregen und Gewitter an. Und das Topthema ist – wenig überraschend – ein prominenter Todesfall im Grunewald.

*

Nach den heißen vergangenen Tagen steht die große Tür zum »Café H.« weit offen. Lisa kettet ihr Rad an den Metallzaun gegenüber dem S-Bahnhof und stutzt. Henriette, die Stühle aufs Kopfsteinpflaster stellt, trägt bunt. Knallgelbe Shorts, darüber ein flammend rotes Shirt und ein Kopftuch im gleichen Farbton. Die Haare darunter sind gewachsen, schlohweiß seit der Chemotherapie, aber dicht und kräftig.

Sie schaut hoch und entdeckt Lisa. »Bist du aus dem Bett gefallen?«

»So ähnlich. Und deine Kaffeemaschine gibt den Geist auf.«

»Latte oder Cappuccino?«

»Egal.«

»Drinnen oder draußen?«

Statt einer Antwort geht Lisa in den hinteren Teil des Schankraums, wo die untere Hälfte der Wände mit Holz vertäfelt ist und niemand auf den roten Polsterbänken sitzt.

Henriette bringt ein volles Tablett. Brötchen, Spiegeleier, zwei Teller und zwei Tassen Cappuccino. »Ich hab auch Kohldampf.« Sie lässt sich neben Lisa nieder. »Wie war dein freier Abend?«

»Freier Abend? Stimmt, der war vorgestern. Kommt mir länger vor. Wir haben einen neuen Fall.«

»Darfst du drüber reden?«

»Ist längst in den Nachrichten. Phil Kerstensen vom ›Abendblick‹. Jemand hat ihn in seiner Villa erschossen. Er hatte zwei Schlafzimmer. Sein eigenes, in dem es wie Kraut und Rüben aussah, und eines, das mich umgehauen hat.«

»Wieso?«

»Es hätte eher in einen Wüstenpalast als in die Grunewalder Millionärskolonie gepasst. Und im Schrank …« Hastig versenkt Lisa den Mund im Milchschaum.

Henriette ringt sich ein schiefes Grinsen ab. »Hast du immer noch Angst, dass ich Paul davon erzähle?«

Mit dem Reporter war sie lange zusammen gewesen und in seiner Gegenwart hatte die Kommissarin eisern über ihre Arbeit geschwiegen. Vor einem Jahr war das glückliche Paar in ein teures Loft gezogen, Henriette erkrankte an Brustkrebs und Paul seilte sich ab. Sie zog wieder um, doch nicht zurück zu Lisa. Deren Kollege Meinolf hatte in der Kantstraße ein Haus geerbt und vermietete Henriette eine Wohnung. Von dort ist es nur ein Katzensprung ins Café.

Sie deutet auf einen bärtigen Mann, der die Gerichte für den kleinen Hunger auf eine große Schiefertafel schreibt. Currywurst, die nirgends so gut schmeckt wie hier, vegetarische Burger und Rote Grütze. »Giovanni ist ’ne Wolke. Ich hab ihn gefragt, ob er bleiben will.«

»Und?«

»Er hat Ja gesagt.« Sie strahlt, als habe der Sizilianer ihren Heiratsantrag angenommen. Mag sein, dass ein zuverlässiger Mitarbeiter sogar mehr wert ist. Giovanni hat den Laden geschmissen, während seine Chefin im Krankenhaus lag.

»Nun rück mal mit der Sprache raus.« Henriette schüttet Zucker in ihre Tasse. »Du bist garantiert nicht wegen unseres sensationellen Frühstücks gekommen.«

»Na ja, mein Kühlschrank ist fast leer. Aber du hast recht. Ich habe eine miese Nacht hinter mir. In Phil Kerstensens zweitem Schlafzimmer hängen Klamotten, wie ich sie früher getragen habe. Auf einen Schlag war alles wieder da. Reizwäsche, enge Kleider, du weißt schon, meine Kölner Vergangenheit …« Lisa säbelt ihr Spiegelei in Stücke, ohne zu essen.

Henriette nimmt ihr das Messer weg.

»Das Schlimmste war ein Rock.« Lisas Stimme bricht. Sie beobachtet die Zeiger einer ehemaligen Bahnhofsuhr, die an der Wand gegenüber hängt. Unerbittlich rücken sie weiter.

Die Freundin wartet geduldig.

»Er sah aus wie einer, den Alexander mir damals gekauft hat. Ich war völlig weggetreten, konnte seine Hand spüren, die sich durch den Schlitz schob und höher tastete. Die Finger in meinem Slip, während andere Männer neben uns am weißen Tischtuch speisten.«

»Willst du dir die Ermittlungen wirklich antun?«, fragt Henriette leise.

»Ich kann nicht kneifen. Bald steht die Entscheidung an, wer unseren Chef beerbt. Er verlässt sich auf mich.«

»Was hatte der Kerstensen wohl mit den scharfen Sachen vor?«

»Wüsste ich selbst gern.«

»Vielleicht war er verliebt und hat eine heiße Hochzeitsnacht vorbereitet.«

Lisa beißt in ein Brötchen, das verführerisch duftet, und legt es auf den Teller zurück. Ihr ist der Appetit vergangen. Auch sie hatte einst von Flitterwochen geträumt. Alexander war etwas älter als Kerstensen gewesen.

*

Beim Privatsender herrscht offen zur Schau gestellte Trauer. Flachbildschirme an den Wänden zeigen Philipp Kerstensen, wie ihn jeder kannte. Lächelnd, im Jackett, mit Krawatte und passendem Einstecktuch.

»Davon hat er nichts mehr«, grummelt Lisas Kollege Meinolf und deutet auf die Menschentraube vor dem Besuchereingang. Lauter Fans, die sich in ein dickes Kondolenzbuch eintragen wollen. Manche haben Blumen dabei.

Eine gertenschlanke Frau mit weißblonden Haaren schiebt sich ungerührt durchs Gewimmel und ruft ihnen zu, dass sie sie »Amy« nennen sollen. »Ich bringe Sie zum Chef.«

Während sie vor einem Fahrstuhl warten, deutet Lisa zu den Bildschirmen. »Kannten Sie ihn?«

»Flüchtig. Er hat allen Frauen die Türen aufgehalten.« Amy lässt ihr und Meinolf den Vortritt.

In einer gläsernen Kabine gleiten sie höher, vorbei an den Resten eines Fabrikkomplexes, in den das neue Hauptstadtstudio hineingebaut wurde. Der Lift hält vor einer Dachterrasse im fünften Stock, auf der oft Politiker interviewt werden. Dahinter bohrt sich der rot-weiße Mast des Fernsehturms in dicke, graue Wolken.

Amy führt die Gäste in einen Flur. Hinter Glastüren starren Männer und Frauen auf Computerbildschirme. Wie in den Büros der Berliner Mordkommissionen an der Keithstraße. Doch dort gibt es keinen Tischkicker.

Der Studioleiter wartet in einem Raum mit Scheinwerfern unter der hohen Decke. Gebannt verfolgt er eine Aufzeichnung von Kerstensens letzter Sendung, die über eine große Leinwand flimmert.

Amy räuspert sich laut.

Er springt aus einem Ledersessel und schaltet den Ton ab. »Willkommen! Ich bin Lasse Bilger.« Mit dem Akzent könnte er Werbung für einen schwedischen Möbelriesen machen.

Lisa stellt sich und Meinolf vor. »Der Tod Ihres Chefsprechers ist sicher ein harter Schlag für Sie.«

»Anchorman«, korrigiert Bilger, der fast in Kerstensens Alter sein muss. »Ja, eine echte Katastrophe. Phil war Herz und Seele unserer Sendung. Immer gut vorbereitet, hartnäckig und dabei höflich zu jedem, mit dem er es zu tun hatte. Die Zuschauer hätten ihm einen Gebrauchtwagen abgekauft oder ihn als Babysitter engagiert. So einen können Sie mit der Lupe suchen.«

»Dass er dem öffentlich-rechtlichen Fernsehen untreu geworden ist, hat ihn einige Sympathien gekostet«, wendet Meinolf ein.

»Dafür haben wir ihm den ›Abendblick‹ auf den Leib geschneidert und alles umgesetzt, was er sich gewünscht hat.«

»Das heißt?«, fragt Lisa.

»Bei redaktionellen Entscheidungen hatte er das letzte Wort. Er konnte fast jedes Thema durchsetzen und ins Team holen, wen er wollte. Das hat er sich vertraglich zusichern lassen.« Bilger deutet auf einen Tisch mit Flaschen und Gläsern. »Bedienen Sie sich.«

Meinolf nimmt eine Diätcola.

»Bei seinem Arbeitgeber in Köln hatte Phil sich vergeblich um mehr Mitspracherecht bemüht«, fährt der Studioleiter fort.

Lisa holt ein Notizbuch aus ihrer Jackentasche. »Gab es Streit?«

»Gerüchte. In unserer Branche kennt jeder jeden. Soll ich mich mal umhören?« Lasse Bilger schiebt die Hände unter himmelblaue Hosenträger.

»Wir brauchen Fakten und keine Andeutungen. Also, was wissen Sie über Ihren Anchorman?«

»Er war äußerst zurückhaltend. Sogar mir gegenüber. Nur Georgia von Hustedt kannte ihn näher.«

»Waren die beiden etwa ein Paar?« Kerstensen und die Walküre, eine komische Vorstellung …

Der Studioleiter schlendert zur Fensterfront. »Ich bin mir nicht sicher«, gibt er widerstrebend zu. »Phil gehörte zu den Journalisten, die die Außenministerin auf einem offiziellen Flug in die USA begleiten durften. Georgia wollte er dabeihaben. War überhaupt kein Problem, weil er die richtigen Kontakte hatte. Doch nach der Rückkehr hat die Kollegin sich krankschreiben lassen und wieder zur Flasche gegriffen. Kann sein, dass Phil später das schlechte Gewissen drückte. In letzter Zeit waren sie häufiger zusammen in der Kantine. Als er seine Geburtstagsparty ohne sie verließ, hat sie sich hemmungslos betrunken.«

»Gab es in seinem Leben eine andere Frau?«, fragt Meinolf.

»Hier ist er nur mit seiner Hundedame aufgekreuzt. Darum haben's einige von unseren Praktikanten bei ihm probiert. Weiblein wie Männlein. Die wollen ja noch etwas werden. Aber er hat alle abblitzen lassen.«

Lisa denkt an die beiden Schlafzimmer. »Vielleicht hat er sich woanders umgeschaut.«

»Mag sein. Ab und zu wollte er spontan frei haben. Immer zwei, drei Tage, und ich hab's geschluckt, weil er aus jeder Auszeit neue Ideen mitbrachte. Außerdem ist niemand unersetzlich. Jetzt muss sein Team ohnehin allein klarkommen.«

»Hat Kerstensen Frau von Hustedt zum ›Abendblick‹ geholt?«, hakt Lisa nach.

»Ja. Er hielt sie für eine großartige Journalistin.«

»Wir möchten sein Büro sehen«, schaltet Meinolf sich ein.

Bei der Besprechung am frühen Morgen hat Sascha von einem heillosen Durcheinander in den meisten Schränken der Villa Kerstensen berichtet. In der Küche, einem Erkerzimmer und weiteren Räumen. Die Spurensicherer sind noch im Grunewald. Hoffentlich gibt der Arbeitsplatz beim Sender schneller etwas Brauchbares her.

»Selbstverständlich. Kommen Sie mit.« Der Studioleiter geht voraus und schließt im Flur die erste Tür auf. Sofort schaltet sich über dem Schreibtisch eine Lampe ein.

Lisa staunt. Dieses Büro ist größer als der kleine Laden in ihrer Nachbarschaft, der rund um die Uhr geöffnet hat. Im Späti kauft sie oft zur Geisterstunde ein. »Wir brauchen mehr Licht«, ruft sie.

Es wird hell. Auch über einem langen Sideboard, auf dem ein schwarzer Quader mit der Aufschrift »Hanns-Joachim-Friedrichs-Preis« steht. Unübersehbar, inmitten eines Leuchtkegels.

»Darauf war Phil stolz«, sagt Bilger und tätschelt die Auszeichnung. »Ehrlich, ich hatte Zweifel, ob jemand wie er sich für uns entscheiden würde. Allein die Glückwünsche aus ganz Deutschland, die zu seinem Geburtstag eintrafen … Sie würden sich wundern, wen dieser Mann bestens kannte.«

Lisa mustert einen Tisch mit sechs verchromten Stühlen, einen Flachbildschirm, ein Whiteboard und eine Palme im Kübel, die fast bis zur Decke reicht. Statussymbole. Wie wichtig waren sie Kerstensen?

Lasse Bilger deutet auf eine Pinnwand aus silbernem Metall. »Da hängt das Menü zu seinem Sechzigsten. Nur vom Feinsten. Bouillabaisse, Thunfisch-Sashimi und frische Fettuccine mit getrüffeltem Paprikarahm.«

Lisa prägt sich die Speisefolge ein. Lange her, dass blasierte Kellner ihr solche Köstlichkeiten servierten. Hat Kerstensen sich in dieser Umgebung wohl gefühlt? Offensichtlich war er Premierengast bei der Berlinale. Die Eintrittskarte für die Auftaktveranstaltung des Filmfestivals ist neben Flugtickets befestigt. Er war in diesem Frühjahr auf Mallorca.

Meinolf schiebt das Sideboard auf und stöhnt: »Akten, Akten, Akten.«

Lisa nimmt sich den Schreibtisch vor, doch darin sieht es ähnlich wie in ihrem eigenen aus: Stifte, Notizzettel, Duden, USB-Sticks. Im Rollcontainer steht ein sauberer Fressnapf.

»Wir sind fertig«, sagt sie zu Meinolf und hebt den Kopf. Schritte nähern sich. Die Zimmertür kracht gegen die Wand.

»Muss das sein? Auch noch in Phils Büro rumwühlen, ich fass es nicht ...« Eine stocksaure Georgia von Hustedt walzt herein. In einem schwarzen Kleid mit tiefem Ausschnitt, der von einer Schleife zusammengehalten wird.

»Schön, Sie zu sehen!« Lisa setzt ihr freundlichstes Lächeln auf. »Dann können wir Ihre gestrige Aussage endlich zu Protokoll nehmen.«

»Jetzt?«, fragt Lasse Bilger entgeistert.

»Ja. Eigentlich sollte Frau von Hustedt uns vor ihrem Dienstbeginn aufsuchen.«

»Völlig unmöglich! Ich brauche sie.«

Lisa tauscht mit Meinolf einen Blick und ihr Kollege übernimmt. »Ihre Sendung beginnt erst in fünf Stunden.«

»Wir haben viele Beiträge verschoben. Wen interessiert denn an so einem Tag der Klimawandel? Die Leute wollen alles über Phils Tod erfahren. Tut mir leid, aber ich kann Georgia auf keinen Fall entbehren.«

»Folgen Sie uns bitte, Frau von Hustedt«, sagt Meinolf. »Je schneller wir aufbrechen, desto früher können Sie Ihren Schlagzeilen nachjagen.«

*

»Haben Sie ein Diktiergerät?«, fragt Georgia.

Meinolf tritt auf die Bremse. Vor ihnen hat ein Bus voller Touristen angehalten, die ihre Nasen an den Fenstern plattdrücken. Über dem Eingang zur bayerischen Landesvertretung wehen zwei Flaggen. Eine blau-weiße und die deutsche.

Wie lange dauert das denn noch? Sie hätten die U-Bahn nehmen sollen und nicht den Opel, auf dessen Rücksitz eine schwergewichtige Frau schnauft.

»Ich kann nur mit meinem Handy dienen«, antwortet Lisa und schaltet die App für Sprachaufnahmen ein. »Sie sind also damit einverstanden, dass wir unser Gespräch im Dienstwagen beginnen und die Befragung in unseren Räumen fortsetzen?«

»Spart Zeit. Tempo bitte.«

»In Ordnung. Ich muss Sie darauf hinweisen, dass Sie Sachbeschädigung begangen haben. Sie wissen ja, die eingeschlagene Scheibe in der Kellertür. Demzufolge können Sie die Aussage verweigern, bis Sie einen Rechtsbeistand haben. Das gilt auch, wenn Sie sich damit selbst oder nahe Angehörige belasten. Haben Sie das verstanden?«

»Lassen Sie das Geschwurbel und fangen Sie an.«

»Frau von Hustedt, warum sind Sie bei Herrn Kerstensen eingebrochen?« Lisa dreht das Smartphone in Richtung der lauten Stimme.

»Weil sein Auto vor der Tür stand und er garantiert zu Hause war. Öffentliche Verkehrsmittel hasste er wie die Pest. Zuschauer, die ihm auf die Pelle rückten und womöglich ein Autogramm wollten? Um Himmels willen! Das war Phil zu viel, er hat alle auf Abstand gehalten.«

»Sie ebenfalls, während Ihrer gemeinsamen Reise in die USA?«

Schweigen.

»Herr Bilger vermutet, dass zwischen Ihnen etwas vorgefallen ist.«

»So, vermutet er. Wenn der Herr Bilger zu den unmöglichsten Zeiten bei seiner Gattin aufkreuzt, schenkt die ihm ein Glas Wein ein. Auf mich wartet keiner.« Georgia legt eine Pause ein. »Wissen Sie, wie es ist, wenn Sie stundenlang unter Stress gestanden haben und in eine gottverlassene Wohnung kommen?«

Lisa klappt die Sonnenblende herunter. Und ob sie das Gefühl kennt. Aber sie ist im Dienst und Meinolf hört mit. Einen Blick nach links riskiert sie trotzdem.

Er konzentriert sich auf den dichten Verkehr.

Im Spiegel begegnet sie einem Augenpaar und nickt.

Hoch hinaus

Meinolf biegt in die Tiergartenstraße ein. Hält Georgia von Hustedt ihn für taub? Sie hackt auf den Männern herum, als ob sie mit Lisa allein sei. Alles Nichtsnutze und Chauvinisten. Ihr einziger Held war Phil Kerstensen. Von ihm schwärmt sie in den höchsten Tönen: »Er hat mir zugehört und tausend Fragen gestellt. Über Prominente und weniger bekannte Leute. Wollte wissen, wo jemand geboren und aufgewachsen war. Ob er Frau und Kinder hatte, wie alt die sind … So was geht anderen Kollegen am Popo vorbei. Denen ist immer das nächste Interview am wichtigsten. Echtes Interesse können Sie beim Sender mit der Lupe suchen.«

»Kannte Herr Kerstensen Ihre private Seite auch?«, fragt Lisa.

»Ja. Ihm allein habe ich anvertraut, dass ich nach jeder Entziehungskur rückfällig geworden bin. Ein letztes Mal wollte ich es probieren. Seinetwegen.«

»Wie bitte?«

»Vor einigen Wochen lud er mich in eine Bar ein. Da erzählte er mir, warum er in Washington schlechte Laune hatte. Kurz vor dem Abflug war sein Vater gestorben. Der war Reeder in Hamburg und wollte, dass Phil das Familienerbe antrat. Als er Journalist wurde, brach für den alten Herrn eine Welt zusammen, er schmiss seinen Sohn raus, und versöhnt haben sie sich nie. Nicht mal zum Fernsehpreis hat er Phil gratuliert.«

»Er war also während der Reise in Trauer?«

»Nur darum hat er mir im Hotel seine Tür vor der Nase zugeknallt. Doch in der Bar stellte er eine Frage, die alles wiedergutmachte: ›Wie würdest du das Schlafzimmer deiner Träume einrichten?‹ Geld spiele keine Rolle, sagte er. Ich habe einen Designer angerufen, in dessen Atelier wir vor Jahren gedreht haben. Er ist wählerisch und sucht sich seine Kunden aus. Mir hat er einen Entwurf geschickt.«

»Und wie sah der aus?«

»Ein prachtvolles Himmelbett mit Baldachin, bestickter Tagesdecke und einem Kissenberg. Alles Unikate. Phil hat mich angestrahlt wie ein kleiner Junge unterm Weihnachtsbaum. Er hat sofort bestellt.« In die letzten Worte mischt sich Schluchzen.

Vor dem Felleshus, dem Gemeinschaftshaus der nordischen Botschaften, ist Stau. Staatsbesuch?

Eine Polizeisirene wird lauter. Gegen Georgias Weinkrampf kommt sie nicht an.

Lisa reicht ein Päckchen Taschentücher nach hinten.

»Ich war so glücklich und ging einkaufen«, presst die Walküre hervor und schnäuzt sich die Nase. »Wäsche und schicke Nachthemden für mich. Nun werde ich dieses Zimmer nie sehen. Für Phil und mich gibt's keine Zukunft mehr.«

Meinolf tritt aufs Gas. Hoffentlich sind sie bald am Ziel. Weiß diese Frau wirklich nicht, dass der Kerl ihr dreist ins Gesicht gelogen hat? Lisa hat das Brautgemach am Morgen beschrieben. Für die Kleider im Schrank hat Georgia von Hustedt die falsche Größe.

Noch fünf, sechs Jahre bis zur Pensionierung. Meinolf hat die Nase voll von all den Lügengeschichten, die ihnen während der Ermittlungen aufgetischt werden, ganz zu schweigen von den unberechenbaren Arbeitszeiten, die Gift für die Gesundheit eines Hauptkommissars sind. Einst hatte er wie Lisa vom oberen Ende der Karriereleiter geträumt, aber Diabetes holte ihn auf den Boden der Tatsachen zurück. Er war damals Mitte dreißig.

»Ich schaffe alles, was ich mir vornehme«, verkündet die Kollegin mit ihren 43 Lenzen gern.

Sie wird lernen, dass sie es nicht allein in der Hand hält, wie ihre Freundin Henriette. Nette Person, eine angenehme Mieterin und lange genug war sie auch eine einsame Seele. Na endlich, da drüben ist die schmale Toreinfahrt in der Keithstraße. Von dort geht es auf den Dienstparkplatz im Hinterhof.

Lisa steigt als Erste aus. Sie steckt ihr Smartphone ein und zerrt am blonden Zopf. Ein paar Locken sind ihm entwischt. Als sie sich vor zwanzig Jahren kennenlernten, trug sie ihre Haare kurz. Wenn sie in einen Regenschauer geriet, sah sie wie ein Pudel aus.

Sie öffnet die hintere Tür und ist Georgia von Hustedt beim Aussteigen behilflich.

»Danke«, schnauft die und mustert Lisa eindringlich. »Jetzt weiß ich wieder, wo wir uns schon mal begegnet sind.«

*

Nach knapp zwei Stunden unterschreibt Georgia von Hustedt ihre Aussage und rauscht überraschend friedlich davon. Dass Lisa ihr einst vier Polizisten auf den Hals gehetzt hat, nimmt sie nicht mehr krumm. »An Ihrer Stelle hätte ich's genauso gemacht.«

Lisa bringt sie zum Ausgang. Als sie wieder in den Flur tritt, beobachtet Meinolf eine wohlbekannte Szene. Hauptkommissar Benjamin Vaatz kommt mit aufgeklapptem Laptop aus einem Büro und rempelt seine Kollegin an.

»Blindgänger«, faucht sie.

»Hast du deine Tage?«, pampt er zurück.

Etwas später wirft er sich auf einen Stuhl am äußersten Ende des geräumigen Chefzimmers. Lisa lehnt an einer Wand. Als Ben frisch im Team war, hatten die beiden sich gut verstanden, aber seit einem Jahr benehmen sie sich wie Hund und Katze.

Theo Wendland, Erster Kriminalhauptkommissar und Leiter der neunten Mordkommission, hat es sich in seinem Ledersessel bequem gemacht. »Also, was haben wir?«, fragt er.

»Einen Toten, der sich einen Dreck um die Gefühle anderer geschert hat«, antwortet Lisa.

»Können wir das mit Sicherheit sagen?«, hakt Ben nach.

Theo will Details über die Befragung wissen.

Lisa berichtet mit der ihr eigenen Präzision.

Meinolf beobachtet seinen Chef, dessen silberner Kugelschreiber unleserliche Stichworte auf einem DIN A 4-Block festhält. Er zieht Kreise, malt Verbindungslinien. Seinen Job hat er zu einer Zeit erlernt, als Geistesblitze auf Papier notiert wurden. Die jungen Leute tippen alles ins Smartphone.

Mit seinem Nachfolger wird hier eine neue Ära anbrechen. Oder mit seiner Nachfolgerin. Meinolf wird es nicht sein, Ben ist erst vor wenigen Wochen aufgestiegen und Taycan Altin, der Jüngste, noch Oberkommissar. Elena Hünecke auch. Sie ist in Lisas Alter. Statt Karriere zu machen, hat sie vor fünf Jahren eine Frau geheiratet und Elternzeit genommen.

Jule, die junge Kollegin, hängt an Lisas Lippen. Für sie ist klar, wer bald auf Theos Sessel thront. Andere begegnen Lisa ebenfalls mit mehr Respekt als früher, seit sie die Akten führt und die zweitwichtigste Person in diesem Raum ist.

Sie fasst den Stand der Ermittlungen zusammen und berichtet von ihren jüngsten Eindrücken. »Zuerst erinnerte mich Georgia von Hustedt an einen Schnellkochtopf, der zu lange auf dem Herd gestanden hat. Hat nicht viel gefehlt und sie wäre explodiert.«

Meinolf nickt. Bei der Befragung war die Walküre dauernd aufgesprungen.

»Verschmähte Liebe? Kein schlechtes Tatmotiv«, sinniert Theo.

»Sie war bis zum frühen Morgen auf Phil Kerstensens Geburtstagsparty«, entgegnet Lisa. »Sternhagelvoll. Sascha Morbeck ist sich hundertprozentig sicher, dass der Mann zu dem Zeitpunkt bereits tot war.«

Ben verschränkt die Arme vor der Brust. »Warten wir ab, was im Autopsiebericht steht.«

»Du hast Georgia nicht erlebt. Sie hätte dem Kerstensen höchstens ein Nudelholz auf den Kopf geknallt. Ihre Hände zittern, weil sie trinkt. Mit einer Pistole hätte sie ein Gemetzel angerichtet und keinen Hinterkopf getroffen.«

»Was ist, wenn die Dame dir etwas vorgespielt hat?«, fragt Ben. »Der Typ hat sie bitter enttäuscht.«

»Sie war nun mal in ihn verschossen und er ein echter Charmeur, der sie dringend brauchte. Er hat ihre Hilfsbereitschaft ausgenutzt, um eine fremde Frau zu erobern.«

»Hatte er das nötig?«, wundert sich Meinolf. »Meine Holde hat seinetwegen immer die Flimmerkiste eingeschaltet. Heute werden Tränen fließen.«

Theo nickt. »Bei uns auch. Susanne ist in Dortmund aufgewachsen und hat den Kerl früher im Regionalfernsehen angehimmelt. Als er dann nicht mehr die Nachrichten vorgelesen, sondern diese Talkshow im Ersten moderiert hat, war sie völlig aus dem Häuschen. Aber nicht, weil die Bundeskanzlerin auf seinem Sofa saß.«

»Hältst du es für möglich, dass wir es mit einem enttäuschten Fan zu tun haben?«, fragt Taycan.

Lisa deutet auf ein Foto vom Tatort, das Kerstensen in der Blutlache zeigt. »Enttäuschte Fans schlitzen Reifen auf oder blasen zum Shitstorm in den sozialen Medien. Das hier war eiskalter Mord. Wenn ihr mich fragt, hat den jemand von langer Hand vorbereitet.«

Taycan massiert sein Kinn. »Wie kommst du darauf?«

»Das Tor zu seinem Grundstück war stets verschlossen und mit einer Alarmanlage gesichert.« Lisa spaziert zu einem Flipchart, das Theo dem neuen abwischbaren Whiteboard vorzieht. Mit schwarzem Filzstift schreibt sie Stichworte auf den Papierbogen, zieht Kreise und malt Verbindungslinien, eine XXL-Version des Gekritzels auf dem Block ihres Chefs. »Kerstensen hat angeblich niemanden hereingelassen, selbst Georgia von Hustedt nicht, als sie mal gemeinsam zu einer Abendveranstaltung eingeladen waren. Er hat vor dem Tor auf sie gewartet. Gestern wusste sie gleich, dass etwas nicht stimmte, als sie bis zur Villa kam und durch die Scheiben spähen konnte.«

Meinolf tritt neben Lisa und heftet Fotos vom Tatort unter ihre Skizzen. »Sämtliche Fenster sind aus Sicherheitsglas und im Garten gibt es Bewegungsmelder. Doch wer riskiert schon Ärger mit den Nachbarn, wenn er am späten Abend mit dem Hund heimkommt, der hinterm Zaun sein Bein hebt? Sicher hat unser Fernsehmann deshalb die Alarmanlage lahmgelegt.«

Ben tippt sich an die Stirn. »Und dann hat so ein blitzgescheiter Mensch vergessen, sie wieder einzuschalten?«

Theo spielt mit seinem Kuli. »Glaubt mir, der Sechzigste ist kein normaler Tag. Mag sein, dass noch jemand telefonisch gratuliert hat. Oder der Mann war nach einem Arbeitstag und der Feier einfach komplett erledigt …«

Lisa fällt ihm ins Wort. »Fragt sich bloß, woher sein letzter Besucher wusste, dass der Weg zur Haustür frei war.«

»Du meinst, jemand hat den Eingang beobachtet?«, fragt Ben spöttisch. »Der hat aber Glück gehabt. In der Gegend rufen sie die Streife, sobald einer länger auf dem Bürgersteig herumlungert.«

»Es war dunkel«, meldet Elena sich zu Wort. Wie fast immer, wenn alle anderen ihr Pulver verschossen haben. »Und gegenüber von Kerstensens Villa beginnt der Wald. Habt ihr das Unterholz durchsucht? Vielleicht hatte sich ja dort jemand versteckt.« Sie war nicht mit am Tatort, weil sie trotz der Rufbereitschaft frei hatte. Ihr Sohn feierte seinen sechsten Geburtstag.

Ben knickt ein. »Wann hätten wir das denn machen sollen? Um Mitternacht?« Wortreich beschreibt er das weitläufige Landschaftsschutzgebiet und die verschwindend geringe Chance, ausgerechnet da die berühmte Nadel im Heuhaufen zu finden.

Als er fertig ist, hebt Jule ihre Hand.

»Wir sind hier nicht in der Schule«, brummt Theo.

Aufgeregt dreht sie einen Zopf in ihre braunen Haare. »Bily, also die Hündin des Toten, wollte gestern unbedingt zu einem Haufen Baumstämme. Der liegt am Waldrand. Ich konnte sie kaum festhalten, während wir auf das Auto vom Tierheim gewartet haben.«

Kurz darauf hatte Lisa ihre junge Kollegin, die am liebsten mitgefahren wäre, in den Feierabend geschickt.

»Worauf wartet ihr?« Theo schreibt »Wald« auf das Flipchart, setzt ein Fragezeichen dahinter. »Lisa, Meinolf, Benjamin und Jule, wühlt im Laub und dreht jeden Stein um. Wir brauchen Futter für die Journalisten. In der Pressestelle schrillen pausenlos die Telefone. Wetten, dass uns die Revolverblätter bald ordentlich einheizen?«

*

Der Dienst-Opel pflügt durch Pfützen. Aus den himmlischen Schleusen prasselt es kräftig aufs Dach und die Scheibenwischer geben alles.

»Mach mal Radio an«, ruft Ben von hinten.

Lisa wischt über das Display, bis sie radioeins entdeckt.

»Nee, RFB.«

Meinolfs Laune sackt in den Keller. Die beiden in einem Auto, das hat ihm gerade noch gefehlt.

Lisa sucht weiter und schaltet das Radioprogramm des Senders ein, für dessen TV-Sparte Kerstensen gearbeitet hat.

Aus dem Lautsprecher plärrt Werbung. Gleich darauf kündigt eine sonore Stimme die Nachrichten an. Erst kommt Weltpolitik, dann eine Mitteilung in eigener Sache. Der Sprecher verliest einen Text, den sie alle kennen. Theo hat ihn während einer Pressekonferenz zum Fall Kerstensen verteilen lassen. Trotzdem haben ihn die Journalisten mit zahllosen Fragen gelöchert, die er nicht beantworten konnte.

Meinolf rechnet jeden Moment mit einem Anruf seiner Frau. Beim Frühstück war das Radio stumm geblieben und er hatte sich schweigend hinter der Zeitung verschanzt.

»Wir haben Phil Kerstensen sehr geschätzt«, fährt die Nachrichtenstimme fort. »Umso schlimmer hat uns seine Ermordung getroffen. Exklusive Details zum Tathergang präsentieren wir Ihnen um 18.30 Uhr in unserem Fernsehmagazin ›Spezial‹.«

Ausgerechnet die Boulevardsendung vor dem »Abendblick«, die sich für keinen Klatsch zu schade ist!

»Lisa, ist dir was rausgerutscht?«, motzt Ben.

»Nein.«

»Wäre mir aufgefallen«, springt Meinolf ihr bei.

»Und woher sind diese brandheißen Infos?«

»Georgia von Hustedt war früher Fachfrau für Sex und Crime.« Meinolf schüttelt sich. »Sie hat den Kerstensen gefunden und garantiert was zusammenfantasiert.«

Vor ihnen tauchen Zäune und hohe Mauern auf. Das Anwesen von Walter Rathenau, dem Außenminister der Weimarer Republik, und die Villa des Verlegers Ullstein, in der jetzt Wohnungen vermietet werden. Heutzutage halten Prominente, die zwischen Königs- und Clayallee logieren, ihre Adressen geheim. In manch einem Interview rutscht ihnen schließlich doch heraus, in welcher Nachbarschaft sie sich niedergelassen haben, und der Stolz steht ihnen ins Gesicht geschrieben.

Ein Blitz teilt den Himmel, Regen überschwemmt die Straße und von allen Seiten spritzt Wasser vor die Windschutzscheibe. Meinolf fährt rechts ran. »Ich seh nichts mehr.« Durchs Seitenfenster entdeckt er eine Limousine, die in eine breite Einfahrt gleitet. Ob am Steuer ein Chauffeur sitzt, der anderen die Türen aufhält und sie mit einem Schirm vor dem Wolkenbruch schützt?

Langsam fährt Meinolf weiter. Der Asphalt glänzt im Schein von Gaslaternen, wie es sie schon in den Zwanzigerjahren gab und die sonst um diese Uhrzeit ausgeschaltet sind.

Vor Philipp Kerstensens Anwesen ist es genauso voll wie gestern. Im »Mordbus«, der mit allem ausgestattet ist, was die Spurensicherer brauchen, war für Sascha wohl kein Platz. Sein privates Motorrad steht hinter dem grauen Mercedes-Transporter und blockiert die letzte Parklücke.

Ein Glück, es hellt sich auf. Meinolf hält in einer Seitenstraße an.

Jule öffnet die Tür. Sie schert sich nicht um Blitz und Donner, läuft voraus, macht wieder kehrt. »Wo bleibt ihr denn?«

Ben streift eine Regenjacke über.

Lisa hüllt sich in ihre Lederkutte.

Meinolf holt einen Schirm aus dem Kofferraum. Er hält ihn über sich und die Kollegin.

»Weicheier«, schnaubt Ben und folgt Jule. Kurz darauf flüchtet er unter einen dicht belaubten Ahorn, dessen Blätterdach nur wenige Regentropfen durchlässt.

Jule deutet auf einen Holzhaufen. »Den meinte ich. Kann sein, dass das Forstamt ihn verkaufen will. Aber die Behörde hätte einen ordentlichen Stapel aufschichten lassen und dann wären nicht so viele Äste liegengeblieben.«

Ben bückt sich nach Federn, die vom erfolglosen Kampf eines Vogels gegen seinen Jäger erzählen. Kopf und Schnabel sind übrig. Er richtet sich auf, schiebt die Hände in die Taschen seiner Jeans. »Woher weißt du das?«

»Ich war früher bei den Pfadfindern. Da haben wir Holz, das keiner brauchte, vor den nächstbesten Baum geschleppt. Wir sind hochgeklettert. Wenn es einer bis zur Krone geschafft hatte, wurde der Turm umgekippt.«

»Wozu?«, fragt Ben.

»Mutprobe. Zum Schluss mussten wir springen. Ringsherum sah es wie hier aus.«

Lisa nimmt den Baumwipfel ins Visier. »Hilf mir mal«, sagt sie zu Jule.

Die beiden stapeln Holz. Ben schaut zu, Meinolf packt mit an. Das lenkt ihn von seinen klammen Zehen ab. Obwohl ihm überhaupt nicht gefällt, dass seine Lieblingskollegin hinauf in das grüne Dickicht will. Bis nach oben müssen es mindestens zehn Meter sein. Diese behelfsmäßige Leiter wirkt alles andere als stabil.

Doch Lisa fackelt nicht lange und klettert flink dorthin, wo der efeuumrankte Stamm sich teilt und die Äste dünner werden. Plötzlich pfeift sie laut durch die Zähne. Nanu? Dafür kassiert Meinolf immer ihre strafenden Blicke.

Er steht bereit, um sie aufzufangen.

Sie rutscht wie ein geölter Blitz den Stamm hinab.

»Hast du was entdeckt?«, ruft Jule.

»Eine Überwachungskamera, kaum größer als ein Hühnerei. Und einen schwarzen Kasten, den ich erst für ein Handy gehalten habe. Vermutlich ein Solarpanel. Davon hat Sascha mir vor einiger Zeit erzählt. Solche Webcams funktionieren ohne Strom aus der Steckdose. Die Videos werden auf Laptops und Smartphones übertragen.«

»Wer braucht denn so was?«, fragt Jule.

»Keine Ahnung. Kostet jedenfalls nicht viel und kannst du online kaufen.«

Jetzt lässt Meinolf einen Pfiff los. »Darum wusste unser Täter so gut über Kerstensen Bescheid! Seine Haustür ist direkt gegenüber. Unten versperrt das Gartentor die Sicht, aber von oben ist das sicher kein Problem … Da hat jemand bequem zu Hause eine günstige Gelegenheit abgewartet.«

»Dafür müsste er in der Nähe wohnen«, erwidert Jule.

»Oder er ist extra hergekommen, weil Kerstensens Sechzigster kein Geheimnis war«, kontert Ben. »Das Grünzeug dort drüben ist plattgetreten. Könnte etwas für die Spurensicherer sein.«

Ausnahmsweise pflichtet Lisa ihm bei. »Ich rede mit ihnen. Sie sollen auch die Kamera abmontieren. Vielleicht finden wir heraus, wohin die Daten übermittelt wurden.«

*

Seine Frau ist nicht da, als er heimkommt. Im Kühlschrank steht kein abgedeckter Teller für die Mikrowelle. Meinolf nimmt die letzte Dose »Reis mit Huhn« aus dem Vorratsschrank und wärmt den Inhalt auf. Allein essen ist deprimierend und lässt ihn an Georgia von Hustedts unverhohlene Bitterkeit denken. Eine einsame Wohnung, steht die ihm etwa selbst bevor? Ach was, Amelie wird schnell zurück sein.

Die heutige Ausgabe der Klatschsendung »Spezial« ist in der Mediathek abrufbar. Von Meinolfs Löffel tropft Brühe auf den Wohnzimmertisch, als Georgia auftritt. Die Schleife an ihrem schwarzen Kleid ist geöffnet. Steigt die Quote, wenn das Dekolleté solch tiefe Einblicke zulässt? Bei der Befragung hatte die Trauer der Walküre echt gewirkt. Doch dieses Süßholzgeraspel über einen Toten, dessen Abfuhr sie Monate zuvor so verletzt hat, wirkt wie einstudiert. Hat jemand anders den Text geschrieben?

Den Hund ihres Kollegen will sie gerettet haben. »Um ein Haar wäre Bily verhungert und verdurstet.« Mit großen Gesten schildert sie ihre Tat. »Die Kleine hat herzzerreißend gejault und um ihr totes Herrchen geweint.«

Scheinheiliges Getue.

AUS DER FERNE

NIE mehr wird er aus der grünen Tür treten. Auf seinem Grundstück treiben sich nur Menschen in weißen Overalls herum. Sie sollen endlich verschwinden! Ich will die Webcam holen, die eine wasserdichte Hülle vor dem Unwetter schützt.

Aber ich fürchte, diese Leute werden bald den Wald und das Moor dahinter durchkämmen. Warum auch nicht? In meinem Leben ist jede denkbare Katastrophe eingetroffen.

Phils Gesicht starrte mich aus einer Illustrierten an, als ich in einem Café am Kurfürstendamm saß und nichtsahnend darin blätterte. Er würde nach Berlin ziehen und Chef einer neuen Nachrichtensendung werden. In dem Bericht hieß es, dass ein fürstliches Gehalt der Grund sei. Beinahe hätte ich gelacht. Mit Geld war Phil nicht zu locken. Seine Familie hat genug. Die Kündigung beim öffentlich-rechtlichen Sender muss ihn den letzten Respekt seines versnobten Vaters gekostet haben.

Ehe er wieder in meine Nähe kam, war ich fort. Einmal mehr auf der Flucht und überzeugt, dass ich ihm entkommen sei. Ein fataler Irrtum.

Doch Phil hat mich unterschätzt. Ein letztes Mal duckte ich mich, dann beschloss ich, das unwürdige Spiel zu beenden. Es war keine Kunst, seine Privatadresse herauszufinden.

Ich betrachte den Ort, an dem ich mir die Zukunft zurückgeholt habe. Im Erkerzimmer könnten Kinder aufwachsen. Die Vorstellung, dass da eine Familie wohnt, gefällt mir. Offene Fenster, fröhliche Stimmen, die über den Rasen schallen, eine Mutter am Gartenzaun. Beim Spazierengehen winke ich ihr zu.

Warum wackelt das Bild? Etwas zieht an meiner Kamera vorbei, blitzschnell und zu nah, um es zu erkennen. Haut, helle Haare? Meine Hände stoßen das Glas mit dem teuren Weißwein um. Er tropft auf den Boden vor meinem Bett.

Als ich die Pfütze fortgewischt habe, klappt ein Mann seinen Regenschirm zu und hebt das rot-weiße Band mit dem Wort »Polizeiabsperrung« hoch. Seine drei Begleiter bücken sich, kriechen hindurch und spazieren durch Phils Tor. Eine Frau in schwarzer Lederjacke deutet hierhin und dorthin, während einer aus der Runde in die entgegengesetzte Richtung läuft. Sie löst ihren Zopf. Blonde Locken plustern sich wie das Gefieder einer fetten Henne auf.

Auf einen der Overallträger marschiert sie zu. Einen schwarzhaarigen Mann, der seine Kapuze abgenommen hat und auf der Terrasse steht. Sie dreht sich um, zeigt auf mich, nein, die Kamera, die ich in der Dämmerung eines Frühlingsabends mit Kabelbinder an einem stabilen Ast befestigt habe. Selbstbewusstsein liegt in ihrer breitbeinigen Haltung und der Art, wie sie herumfuchtelt.

Ich zoome ihr Gesicht größer. Zusammengepresste Lippen, der Rest ist auf meinem Tablet verpixelt. Trotzdem könnte ich schwören, dass in ihren Augen dieselbe Entschlossenheit liegt, die mir aus dem Spiegel entgegenblickt.

Komm mir nicht zu nah. Vielleicht bist du bei der Polizei eine große Nummer, aber in meiner Welt kannst du nur verlieren. Jemand wie du begreift die Regeln nicht. Oder warst du je ganz unten?

ZWISCHEN HERZ UND HIRN

DER wuchtige Schreibtisch hätte in eine Zeit gepasst, als reiche Männer Zylinder trugen und Kutschen besaßen. Polierte Oberflächen aus Mahagoni, Messinggriffe an den Schubladen, die Unterlage ist aus dickem, dunkelbraunem Leder. Ein Erbstück der Familie Kerstensen? Jetzt hat es seinen Platz im Erker unter einer Dachschräge.

Lisa fragt sich, wie viele Möbelpacker auf der schmalen Holztreppe ins Schwitzen geraten sind.

»Die Stiege kannst du mit wenigen Handgriffen hochziehen«, sagt Sascha. »Dann hast du hier oben deine Ruhe.«

»Wozu soll das gut sein, wenn jemand allein lebt?«

»Tja, da lässt mich meine Fantasie im Stich. Ich dachte, du könntest ihr auf die Sprünge helfen.«

Lisa beugt sich über eine Tischleuchte mit Metallschirm. Im selben Moment schießt ein stechender Schmerz in ihren Rücken.

»Ist was?«, fragt Sascha.

Sie schüttelt den Kopf, reibt über die vertraute Stelle. So schlimm war es lange nicht. Verräterischer Körper, der sich beim Gedanken an ein Schlafzimmer unter ihnen verkrampft und gleichzeitig nichts lieber täte, als sich dort wieder umzusehen. Ihre Fingerspitzen kribbeln bei der Erinnerung an Stoffe, die die Haut umschmeicheln, ohne sie zu wärmen.

Der Schreibtisch ist die einzige Antiquität im Erkerzimmer. Alles Übrige wirkt modern und teuer. Die kabellose Tastatur aus hellem Holz für den Computer, der große Bildschirm und der Laserdrucker. Sein eigenes Sideboard hat Kerstensen nicht mit einer Trophäe, sondern mit einer vergoldeten Miniatur des Kölner Doms dekoriert. Ein Karnevalssorden liegt daneben.

Sascha öffnet einen Rollcontainer. Er nimmt einen abgestoßenen Keramikbecher mit der Aufschrift »Kölle alaaf« aus der obersten Schublade. »Ob Kerstensen Heimweh hatte?«

Lisa nagt an den Knöcheln ihrer Faust. Sie hat der Domstadt vor zwei Jahrzehnten den Rücken gekehrt. Damals war sie eine gescheiterte Studentin und ihr letztes Geld hatte knapp bis zum ersten Gehalt bei der Polizei gereicht. Sie war einsam gewesen, anders als ein Promi, um den sich alle möglichen Menschen gerissen hatten.

»Kann sein«, antwortet sie und versteckt die lädierte Faust in der Hosentasche. »Hätte er mit den neuen Kollegen etwas anfangen können, wäre er sicher länger auf seiner Geburtstagsparty geblieben.«

»Muss ja nicht an denen gelegen haben«, spöttelt Sascha und zieht weitere Schubladen auf. »Dasselbe wie in den meisten Schränken. Entweder war er zu beschäftigt, um vor seinem Umzug auszumisten, oder wir haben es mit einem waschechten Messie zu tun.« Er wuchtet einen Stapel Prospekte auf die Tischplatte.

Widerwillig blättert Lisa darin. Sie hat sich schon häufiger durch die Hinterlassenschaften eines Toten gewühlt. Aber in diesem Büro, direkt über dem Schlafzimmer mit einem Schrank voll Dessous und enger Kleider, hält sie es kaum aus.

Vielleicht sollte sie auf Henriette hören. Niemand würde Fragen stellen, wenn sich eine Kriminalhauptkommissarin, die nie ausfällt, krankschreiben lässt. Eine Magen-Darm-Grippe kann Tage dauern, und mit etwas Glück ist der Fall schnell aufgeklärt.

»Sag mal, bist du noch da?«, grummelt Sascha.

»Ich kriege in dieser muffigen Bude keine Luft.«

Er deutet auf eine Transportbox, die an der Wand steht und zur Hälfte mit Papieren gefüllt ist. »Was glaubst du, wie es mir geht? Lass uns das ganze Zeug einpacken und hilf mir beim Tragen.«

Erleichtert schaufelt Lisa hinein, was sie zuvor in den Händen gehalten hat. Zeitschriften mit Eselsohren aus mindestens drei Jahrzehnten, einen Pappkarton voll Fotos, pralle Hängeregister. Aus einem purzeln Kino- und Theaterkarten. Sie bückt sich und hebt sie auf. »Alle von 2013. Ein Messie, der seinen Kram sortiert?«

Sascha zuckt die Achseln. »Auf jeden Fall ein Typ mit Macke.« Er wirft alte Werbezettel in den Karton. Lisa legt einen Flyer, der auf den Boden gefallen war, dazu. Er wirbt für Sicherheit im Straßenverkehr.

Zusammen schleppen sie die schwere Transportkiste nach unten. Lisa bleibt in ihrer gekrümmten Haltung, bis Saschas Aufmerksamkeit abgelenkt ist. Ein Kriminaltechniker rückt mit vollen Asservatenbeuteln an.

Während die Männer über Solarpanele und Überwachungskameras fachsimpeln, richtet Lisa sich langsam auf. Sie hält sich am Kamin fest. Noch mehr solcher Tage und sie muss keine Krankheit vorschützen.

*

Diese Nacht war auch nicht besser als die letzte. Die Kaffeemaschine hat endgültig den Dienst quittiert. Vor der Morgenrunde mit den Kollegen sitzt Lisa wieder im »Café H.«.

»Wie gestern und hinterher eine Schmerztablette?«, fragt Henriette.

»Lieber zwei.«

»So geht das nicht weiter!«

»Ich hab jetzt keine Zeit für meinen Rücken. Wir müssen die restliche Nachbarschaft von Kerstensen abklappern, die restlichen Leute beim Sender befragen, und ich hoffe, dass die Spurensicherer etwas im Wald gefunden haben ...«

»Macht dir der Job eigentlich noch Spaß?«

»Darum geht's an solchen Tagen nicht«, erwidert Lisa. Routinearbeiten gehören dazu, und viele Ermittlungserfolge gehen aufs Konto der ungeliebten Kleinarbeit. Aber der Enthusiasmus, der das Gesicht der Cafébesitzerin unter den weißen Haaren strahlen lässt, ist Lisa vor einem Jahr verloren gegangen. Sie gibt sich die Schuld am Tod einer Täterin.

»Giovanni!«, brüllt Henriette.

Er gibt seinen Platz hinter der Theke auf. »Was ist?«

»Knöpf dir diese Dame mal vor. In der Küche.«

Lisa wird flau. »Was sollen wir da?«

»Vertrau ihm«, antwortet Henriette und hilft ihr hoch. »Der Mann hat eine Ausbildung zum Osteopathen.«

»Und warum arbeitet er dann hier?«

Giovanni grinst. »Weil meine Chefin die beste der Welt ist. Fantastico.«

So, wie die zwei sich anhimmeln, verbindet sie mehr. Er macht ihr Komplimente zu den neuen Ohrringen. Dicke Silberklunker mit Strass, die unter dem Kopftuch hervorblitzen.

Lisa unterdrückt ein leises Neidgefühl und fragt sich, was sie verpasst hat. Sie besucht Henriette, die bald ihren fünfzigsten Geburtstag feiert, selten. Sonst kommt ihr die Wohnung, die ihr gemeinsames Zuhause war, noch leerer vor als an allen anderen Tagen.

Das alte Telefon, das Henriette vom Vormieter übernommen hat, schrillt ohrenbetäubend. Giovanni geht achtlos daran vorbei und Lisa folgt ihm. Auf dem Herd köchelt Suppe, die Spülmaschine ist fertig, doch der Mann mit den großen Händen hat die Ruhe weg. Er lässt Lisa durch den Raum laufen, von links nach rechts und in die Gegenrichtung.

»Warum ziehst du den Kopf ein, mia cara?«

»Tue ich nicht.«

»Aber sicher. Du hebst deine Schultern und versteckst ihn dazwischen, als ob du Angst vor einem schweren Schlag hättest.«

Er lässt sie auf einem Hocker Platz nehmen, stellt sich hinter sie und massiert ihren Nacken.

»Au!«

Seine Hände tasten tiefer, gleiten über ihre Lenden und instinktiv schreckt Lisa zurück.

»Ist dir das unangenehm?«

»Der Schmerz sitzt dort.« Ihre Finger wandern zu der Stelle oberhalb des Steißbeins. Es liege am Ischiasnerv, hat der Orthopäde behauptet, und an der einen Rippe, die ihr links von Geburt an fehle. Krankengymnastik und Einlagen für die Schuhe würden die Probleme lösen.

Bislang nicht.

»Er kommt woanders her«, entgegnet Giovanni und nimmt sich den Lendenwirbel vor, fast zärtlich und doch unnachgiebig. Die Bewegungen wecken Erinnerungen an eine Zeit, als sie Berührungen an ihren empfindlichen Stellen genießen konnte …

»Wenn du dich wehrst, kann ich wenig tun.« Er lässt von ihr ab.

Lisa steht auf und reckt sich. »Fühlt sich besser an.« Der brennende Schmerz ist fort. Die Muskeln links und rechts kribbeln.

»Du solltest mit jemandem reden, der sich mit so was auskennt«, sagt Giovanni und hat einen mitfühlenden Ausdruck in seinen Augen. »Den Dingen, die sich zwischen Herz und Hirn abspielen und für manche Schmerzen verantwortlich sind.«

Lisa stopft ihr Polohemd in die Jeans und zieht ihre Lederjacke wieder an.

*

Theo hat die Aufgaben mit wenigen Worten verteilt. Ben und Meinolf fahren zum Sender, Lisa, Elena, Taycan und Jule in den Grunewald.

Elena tauscht ihre neuen Sneakers gegen Sandalen. Sie hat nach dem gestrigen Befragungsmarathon eine Blase an der Hacke. »Diese Villen in den riesigen Gärten sind nicht meine Welt«, sagt sie und klebt ein Pflaster auf. »Lieber würde ich jetzt zu einer Mietskaserne fahren. Ich hab keine Lust mehr auf Video-Gegensprechanlagen, vor denen wir uns die Beine in den Bauch stehen.«

Lisa braucht auch einen Moment für sich. Sie flüchtet aus dem Großraumbüro zur Toilette und ruft in der Praxis ihrer Psychologin an.

»Ist etwas passiert?« Die Sprechstundenhelferin klingt besorgt.

»Einiges. In den letzten Nächten hab ich kaum geschlafen.« Lisa verhaspelt sich und denkt an die dünnen Behördenwände.

»Kommen Sie morgen vor den anderen Patienten.«

»Danke!« Die Praxis liegt auf dem Weg zur Arbeit.

Als sie wieder im Flur steht, tritt Taycan, der sonst um neun Uhr früh gute Laune versprüht, mit griesgrämigem Gesicht aus der benachbarten Tür.

»Was hat dir denn die Petersilie verhagelt?«

»Sorry, Lisa, aber ich habe gar keinen Bock auf diese Typen. Gestern wollte ein Privatbankier wissen, seit wann meine Eltern in Deutschland leben und was ich von den politischen Verhältnissen in der Türkei halte. Dann hat er sich darüber ausgelassen, warum er mit meinen Landsleuten keine Geschäfte macht.«

»Hast du das etwa zum ersten Mal gehört?«

»Nein. Nur selten so oft an einem Tag.«

Drei Leute, die nach einem anstrengenden Wochenende und unter einem wolkenlosen Himmel widerwillig ihren Job erledigen. Großartig. Jule brütet auch vor sich hin und kaut an einer Haarsträhne.

»Lasst uns blaumachen«, flachst Elena im Auto.

Lisa dreht das Radio an, ehe das Schweigen ihnen noch mehr aufs Gemüt schlägt, und atmet auf, als die Polizeiabsperrung vor Kerstensens Haus in Sicht kommt.

Ein weißhaariger Mann biegt mit einer Dogge um die Ecke. Lisa steigt aus und zückt ihre Polizeimarke. »Wohnen Sie in der Gegend?«

Hoheitsvolles Nicken. »Geboren und aufgewachsen. Meine Familie hat hier um Neuzehnhundert gebaut.«

»Sie wissen sicher, was passiert ist«, sagt sie und deutet auf das rot-weiße Flatterband.

»Ich hab's in der Zeitung gelesen.« Er stellt sich als »Lowack, Eugen« vor. »Schreckliche Geschichte. Hat der arme Teufel gelitten? Wissen Sie, ich stecke die Nase ja nicht in die Angelegenheiten meiner Nachbarn, aber wenn das Verbrechen direkt vor der Haustür zuschlägt …«

»Kannten Sie den Toten?«

»Wo denken Sie hin? In der Gegend läuft man nicht von Haus zu Haus und stellt sich vor. Irgendwann stand er am Zaun, holte die Post und hatte so ein weißes Fellknäuel auf dem Arm. Zunächst habe ich ihn nicht erkannt. Ohne die Brille sah er anders aus als im Fernsehen. Später habe ich ihn gegrüßt. Er hat auf stur geschaltet. Schade, wir hätten zusammen eine Hunderunde durch den Wald drehen können.«

»Haben Sie ihn dabei mal getroffen?«

»Nee. Das haben die zwei sicher im Garten erledigt. Machen einige so. Die wollen ihre Ruhe haben.« Eugen Lowack schnäuzt sich mit einem Stofftaschentuch die Nase und fragt, ob er seinen Spaziergang fortsetzen darf.

»Gleich. Wo können wir Sie im Zweifelsfall erreichen?«

Er nennt eine Telefonnummer, zieht seines Weges und bleibt vor einem Holzzaun stehen. Auf dem Grundstück rührt sich genauso wenig wie nebenan.

Elena und Taycan wollen wissen, wie es weitergeht.

»Jule und ich nehmen uns Kerstensens Makler vor«, antwortet Lisa. Dessen Adresse hat Sascha in dem wuchtigen Schreibtisch gefunden. Das Büro dieses Mannes erreichen sie zu Fuß. »Vielleicht hat er seinen Klienten näher kennengelernt.«

Die meisten Anwesen, an denen sie vorbeikommen, sind ähnlich eingezäunt wie das Grundstück ihres prominenten Opfers. Hier haben die Gitterstäbe Spitzen, wie Speere im Museum. Dichte Büsche und alter Baumbestand verbergen die unteren Etagen. Ab und zu zeigen sich aufwändig sanierte Fassaden oder verglaste Pavillons. Auf manchen Mauern stehen altertümliche Laternen, die im Dunkeln stimmungsvolles Licht spenden.

Jule streicht vor der weißen Maklervilla ihr T-Shirt glatt, klappt einen Taschenspiegel auf und malt ihre Lippen an.

»Ganz ruhig, da wohnen nur Menschen«, sagt Lisa. Sie nutzt die Pause für einen ungestörten ersten Eindruck. Zwei Etagen, Dachterrasse und ein kleines Penthouse. Wie viele Limousinen mögen in der Tiefgarage, zu der eine breite Einfahrt hinunter führt, stehen? Eine Überwachungskamera behält den Eingang im Blick. Doch alle Türen gleiten lautlos auf.

Die Polizistinnen finden sich in einer klimatisierten Halle wieder. Im Erdgeschoss hat die Firma »Alshuth Immobilien« ihren Sitz. Andere Namensschilder gibt es nicht.

Wie von Zauberhand öffnet sich eine Glastür.

»Moment«, ruft eine Stimme aus der Ferne.

Kurz darauf nähern sich schnelle Schritte.

»Was kann ich für Sie tun?«, fragt ein Mann in heller Leinenhose und dunkelblauem Hemd. Beides faltenfrei. Er streckt Lisa die Hand entgegen: »Valentin Alshuth«.

Lisa stellt sich und die Kollegin vor. Falls er zahlungskräftige Klientinnen erwartet hat, lässt er sich die Enttäuschung nicht anmerken. Mit seinen lockigen schwarzen Haaren, die eine Spur zu lang sind, könnte er Dozent an einer Uni sein.

Aus seinem sonnengebräunten Gesicht verschwindet der zerstreute Ausdruck, mit dem er auf sie zugekommen ist. »Ich wollte es nicht glauben, als ich im Radio davon hörte. Phil Kerstensen. Er hat so viel Elan und Lebensfreude ausgestrahlt. Wie jemand, der sich auf sein neues Leben freute und mit seiner Entscheidung hundertprozentig im Reinen war.«

»Wann war das?«

»Im vergangenen Herbst, als ich das richtige Haus für ihn gefunden hatte. Wie es aussah, war ihm fast egal, aber es sollte einen großen Garten haben und weit vom Bürgersteig entfernt sein. ›Keine Fans nach Feierabend.‹ Um mir das zu sagen, hat er ständig aus Köln angerufen. Er musste sich eine Weile gedulden. Solche Anwesen sind rar.«

»Was müssen Käufer dafür in dieser Gegend auf den Tisch legen?«

»Je nach Zustand der Bausubstanz zwischen fünf und zehn Millionen Euro.«

Für den Erben einer reichen Reederfamilie sicher kein Problem. Bei einer Kripobeamtin gehen fast die Hälfte des Gehalts für die Miete von achtzig Quadratmetern Altbau in Schöneberg und die Nebenkosten drauf.

»Wollen wir uns ins Freie setzen?«, fragt Alshuth. Er deutet auf ein großes Fenster und Gartenmöbel im Sonnenschein.

Lisa und Jule folgen ihm auf eine Terrasse mit schwarz-weißen Steinplatten im Schachbrettmuster, die von kugelrunden Buchsbäumen umrahmt sind.

»Darf ich Ihnen etwas zu trinken anbieten?«

»Ein Mineralwasser«, antwortet Lisa.

Jule nickt.

Der Hausherr kommt kurz darauf mit einem vollen Tablett zurück. Flaschen, Gläser, Schalen mit Eiswürfeln und italienischen Keksen. »Etwas improvisiert, tut mir leid. Meine Assistentin hatte gestern im Gewitterschauer einen Autounfall. Sie liegt mit gebrochenem Bein im Krankenhaus. Ich habe versucht, einen Ersatz zu organisieren, aber es ist Urlaubszeit.«

»Wo steckt denn Ihr übriges Personal?«

»Ein Mitarbeiter besichtigt vielversprechende Objekte auf Mallorca, den zweiten hat die Konkurrenz abgeworben und eine junge Kollegin ist gerade Mutter geworden.« Der Makler zerrt an seinem Hemdkragen, bis der oberste Knopf abspringt und unter Lisas Stuhl rollt.

Bevor sie aufstehen kann, bückt Alshuth sich nach dem Knopf.

An seinem Hinterkopf lichtet sich eine Stelle und ist der gleißenden Sonne preisgegeben. So schutzlos wie der Schopf von Philipp Kerstensen war, ehe ihn die tödliche Kugel traf.

Valentin Alshuth blickt hoch.

»Sie sollten in dem riesigen Haus nicht allein sein«, sagt Lisa schroff.

»Wie mein Klient?«

Sie nickt.

»Halten Sie es etwa für möglich, dass hier ein Serienkiller unterwegs ist?« Sein rechter Mundwinkel zuckt.

»Geben Sie bitte auf sich acht.«

»Nett, dass Sie sich um mich sorgen. Passiert nicht sonderlich oft. Meine Frau ist vor einem Jahr ausgezogen.«

Lisa setzt ihr Glas ab. »Sie sprachen vorhin von Philipp Kerstensens Elan und seiner Lebensfreude. Das heißt, Sie haben ihn persönlich getroffen?«

»Ja. Als er die Villa kaufte, hatte sie nicht mal Doppelverglasung. Ich habe ihm Handwerker und Spezialisten für Sicherheitstechnik vermittelt. Weil ich in der Nachbarschaft wohne, bat er mich, die Umbauarbeiten zu überwachen. Um alles zu besprechen, lud ich ihn übers Wochenende ein.« Alshuth zögert. »Ich darf davon ausgehen, dass unser Gespräch vertraulich ist?«

»Natürlich.«

»Er bot mir das Du an«, fährt er leise fort. »An den beiden Tagen lernte ich Phil von einer anderen Seite kennen. Der Mann, der sich auf sein Leben an der Spree gefreut hatte, entpuppte sich als Sonderling. Ausgehen wollte er nicht. Sein Traumhaus sollte ich in eine Festung verwandeln, in dem er sich vor dem Rest der Welt abschotten konnte. Er suchte sich die teuerste Alarmanlage auf dem Markt aus, bestand auf einer Feuerschutztür im Keller und einer Treppe zum Erkerzimmer, die er schnell hochziehen konnte … ›Ach, was soll's‹, dachte ich. Er war nicht der erste Klient mit Marotten und zahlte hervorragend.«

»Hat er Ihnen einen Grund für seinen Spleen verraten?«

»Angeblich hatte er Angst vor Einbrechern und Stalkern.«

»Später ist er wohl selten vor die Tür gegangen?«

»Stimmt. Dabei ist gleich gegenüber ein großes Hundeauslaufgebiet. Aber da bin ich ihm nie begegnet. Beim Angeln oder im Sportclub Grunewald auch nicht.«

Lisa bedankt sich für die Auskunft. »Wir wissen leider wenig über Philipp Kerstensens Privatleben.« Sie steht auf und drückt Valentin Alshuth eine Visitenkarte in die Hand. »Sollte Ihnen dazu noch etwas einfallen, melden Sie sich bitte. Jederzeit.«

Er begleitet den Besuch zum Tor. »Gern. Bin froh, dass ich Ihnen ein bisschen weiterhelfen konnte.«

Jule bleibt stumm. Bis zur nächsten Straßenecke. Dann zwinkert sie Lisa zu. »Genau dein Typ, stimmt's?«

»Blödsinn!«

»Sei ein einziges Mal so nett zu Ben und er frisst dir aus der Hand.«

*

»Mehr habt ihr nicht mitgebracht?« Mit spöttischem Grinsen lümmelt Ben auf seinem Drehstuhl.

Elena hämmert ihren Bericht in die Tastatur.

»Beschwer dich doch bei Theo«, murmelt Taycan und wendet sich seinen eigenen Notizen zu.

Sie haben auch den Rückweg schweigend zurückgelegt, einig in ihrem Frust über sinnlos verplemperte Stunden. Die meisten Villenbesitzer sind aus dem sommerlichen Großstadtmief geflüchtet.

Im Büro dringt ein Räuspern zu Lisa durch. Sascha steht mit einem schmalen Ordner in der Tür. »Wir sind auf Kerstensens Grundstück fertig. Interessiert sich hier jemand für den vorläufigen Spurensicherungsbericht?«

Lisa klopft beim Chef und fragt, ob er Zeit für eine spontane Besprechung hat.

Er nickt, sichtbar erleichtert, und drückt auf die Rufumleitung seines Telefons. »Die Pressestelle geht mir auf die Nerven!«

Sascha hockt sich auf Theos Schreibtischkante. »Lass die Journaille aus dem Spiel. Wenigstens für den Moment.«

»Warum?«, fragt Ben, der Lisa überholt hat.

»Ich glaube, Kerstensen hatte einen Knacks. Der hat nicht nur sinnloses Zeug gehortet, das andere vor dem Umzug weggeschmissen hätten. In seinem Kühlschrank haben wir K.O.-Tropfen gefunden. Mit der Menge hätte er eine Fußballmannschaft außer Gefecht setzen können.«

»Vielleicht hatte er's ja auf seine Konkurrenz beim Sender abgesehen«, sagt Meinolf und legt die Stirn in Falten. Wie vorhin, als er mit Ben nach der Befragung der Fernseh-Leute im Büro angekommen war.

»Die Truppe ist längst zum Tagesgeschäft übergegangen«, erzählt er jetzt. »Hinter Kerstensens Schreibtisch hat sein

Nachfolger Platz genommen. Ausgerechnet Burkhard Beulke, dieser Lackaffe mit der Fistelstimme. Der hat nicht mal so getan, als würde er um seinen Ex-Chef trauern. Warum auch? Angeblich hatte der Studioleiter ihm den Job als Anchorman beim ›Abendblick‹ versprochen, bevor plötzlich der Star aus Köln auf der Matte stand und den zwanzig Jahre jüngeren Beulke ausgebootet hat.«

»Dann hätte der dem Kerstensen etwas in den Kaffee schütten müssen und nicht umgekehrt«, wendet Theo ein.

Sascha hebt eine Hand, bis ihm alle wieder zuhören. »Wir haben in der Villa noch etwas entdeckt, das ihr bei einem alleinstehenden älteren Herrn nicht vermuten würdet. Französisches Damenparfüm, das nur in Grasse nahe der Côte d'Azur hergestellt und per Kurier zugestellt wird. So ein winziger Flakon kostet über fünfhundert Euro. Kerstensen hatte gleich mehrere. Einer lag im Schuppen mit den Gartengeräten, einer im Arbeitszimmer und zwei Fläschchen hat der Hausherr in einer Schublade seines Couchtischs aufbewahrt.«

»Ja, und?« Meinolf zuckt die Achseln. »Meine Frau steht auf Herrendüfte. Ich hab schon manches Rasierwasser vor ihr versteckt.«

»Du würdest dich garantiert nicht freiwillig an diesem teuren, süßlich stinkenden Zeug vergreifen«, frotzelt Sascha. »Selbst wenn du im Lotto gewonnen und deine Amelie mit ›Le temps de la vanille‹ beglückt hättest.«

»Oh …« Elenas Gesichtszüge werden weich. »Sperr bloß die Beweismittel gut weg. Sonst garantiere ich für nichts.«

»Wir haben also einen Toten mit einer Vorliebe für Betäubungsmittel und edle Duftwässerchen?« Theo wirkt ratlos. »Der Kerstensen war doch kein Zuhälter!«

»Jedenfalls hatte er Seiten, die er mit viel Aufwand vor der Öffentlichkeit geheim gehalten hat«, sagt Lisa und berichtet von der Befragung des Maklers. »Der Umbau war teuer. Sonderlich groß kann Kerstensens Angst vor Einbrechern aber nicht gewesen sein. Sonst hätte er seine teure Alarmanlage von einem Sicherheitsdienst überwachen lassen.«

Schweigen im ganzen Raum.

»Vergessen oder verschoben?«, fragt Meinolf. »Der Mann hatte genug Stress. Umzug und Jobwechsel, die langen Dienstzeiten …«

»Vielleicht hat ihn eine Frau durcheinandergebracht.« Sascha deutet auf seinen Ordner. »Diejenige, für die er das Parfüm gekauft und diesen Schlafzimmertraum in Weiß eingerichtet hat. Wir haben in der Küche die DNA einer unbekannten weiblichen Person sichergestellt.«

Theo spielt mit seinem Kugelschreiber und legt den Kopf schief. »Und wo soll Kerstensen die kennengelernt haben, wenn er nach Feierabend kaum vor seine Tür gegangen ist?«

»Muss ja niemand von hier gewesen sein«, ruft Jule aufgeregt.

Ben hält mal wieder dagegen: »Du glaubst, er hat in Köln alle Zelte abgebrochen, seine Herzensdame zurückgelassen und gehofft, dass sie ihm hinterherläuft?«

Taycan macht sich eine Notiz. »Ich frage bei den Kollegen am Rhein an, ob die mehr über Kerstensen wissen.«

Meinolf ist skeptisch. »Nie im Leben ist der aktenkundig geworden.«

Theo pflichtet ihm bei. »Wenn's so sein sollte, gebe ich einen aus.«

Ratlose Stille. Elena räuspert sich. »Was ist denn mit dieser Überwachungskamera?«, wirft sie ein. »Falls die Frau kein Phantom ist, könnte sie auf einem Video zu sehen sein.«

»Durchaus«, antwortet Sascha. »Dummerweise sind die Daten an eine Cloud übermittelt worden, die einem

Unternehmen in der Schweiz gehört. Mit der Firma wird sich die Kantonspolizei Zürich in Verbindung setzen. Aber die Kollegen dort sind skeptisch: Sie rechnen damit, dass die Computerfritzen freiwillig nichts herausrücken. Dann bleibt nur ein Rechtshilfeersuchen über die Staatsanwaltschaft. Bis das vor Gericht durch ist, vergehen Wochen.«

»Wir drehen uns im Kreis«, fasst Meinolf den Ermittlungsstand zusammen.

Sascha nickt. »Der Laptop des Toten ist nagelneu und gibt nichts her. Sein Smartphone gehörte dem Sender. Privat hat er ein uraltes Handy mit Prepaid-Karte benutzt. Wir haben auch das zertrampelte Grünzeug am Waldrand nach Hinweisen abgesucht. Doch da hat der Wolkenbruch alle Spuren fortgespült.«

»Ein Opfer mit dunklen Seiten, ohne nennenswerte Kontakte in Berlin und mit einer Vergangenheit, die sich woanders abgespielt hat …« Theo kaut an seinem Kuli und lässt keinen Zweifel daran, dass es in ihm brodelt. Er sieht Lisa in die Augen. »Wir brauchen jemanden, der sich an den Phil Kerstensen von früher erinnert.«

»Zu seiner Familie hatte er kaum Kontakt«, sagt Taycan, der die Todesnachricht telefonisch überbracht hat. Sein Anruf im feinen Hamburger Stadtteil Blankenese war schnell beendet gewesen.

Theos Blicke ruhen unverwandt auf Lisa. »In Köln gibt es langjährige Kollegen. Mag sein, dass er sogar Freunde hatte. Irgendjemand muss ihn naher gekannt haben. Was ist mit dem Streit, den sein Chef angedeutet hat?«

Über Lisas Steißbein meldet sich der stechende Schmerz. »Ich rufe bei Kerstensens ehemaligem Sender an«, presst sie zwischen zusammengebissenen Zahnen hervor.

Theo schüttelt den Kopf. »Fahr hin. Morgen. Du hast in der Stadt studiert und kennst dich da am besten aus.«

Sie schaut Meinolf hilfesuchend an.

Er verspricht ihr, dass er sie begleitet.

SPÄTE REUE

AN solchen Abenden hilft nur Whiskey. Lisa hat die letzte Flasche geöffnet, die Henriette vor langer Zeit gekauft hat, und das Glas zum dritten Mal gefüllt. Bald wird sie alles wiedersehen. Den Dom, den Rhein, ihr altes Viertel. Als sie aus Köln türmte, war der Rheinauhafen eine Großbaustelle. Immer, wenn darüber berichtet wurde, hat sie umgeschaltet oder weitergeklickt. Wie bei anderen Beiträgen über diese Stadt und ihre Bewohner.

Sie haben zwei Nächte in einem Hotel am Kölner Hauptbahnhof gebucht. Phil Kerstensens alten Arbeitsplatz werden sie zu Fuß erreichen können. Der Chef der Nachrichtenredaktion will alle Menschen zusammentrommeln, die ihnen vielleicht helfen können. Er hat ihnen gesagt, wo Kerstensen früher gewohnt hat.

Hoffentlich hält Meinolf das stramme Programm durch. Sie sollen auch den Orthopäden befragen, dessen Rezepte Sascha in Kerstensens Arbeitszimmer gefunden hat. Und Mitarbeiter der Maßschneiderei, aus der seine Anzüge kamen. Der Name des Geschäfts prangt auf den Etiketten.

Im Fernsehen beginnt eine der Talkshows jenseits von 22 Uhr, bei denen Lisa sonst einschläft. Heute reißt sie eine rote

Lockenpracht aus ihrer Lethargie. Neben dem aalglatten Moderator wogt Georgia von Hustedts imposante Oberweite.

Er deutet im Sitzen einen Diener an. »Liebe Frau von Hustedt, Sie haben vor zwei Tagen einen Mann, den wir alle verehrt haben, tot aufgefunden. Wie geht es Ihnen?«

»Ach.« Sie betupft ihre Augen. »In dem einen Moment warte ich darauf, dass er sich zu mir an den Tisch setzt. Wir waren Freunde, wissen Sie? Im nächsten sehe ich ihn in dieser Blutlache …« Leises Schluchzen.

Lisa spült den bitteren Geschmack, der in ihrer Kehle emporsteigt, mit Whiskey fort.

Georgia sollte sich für eine Rolle in Hollywood bewerben. Mit der Wirklichkeit hat ihr Auftritt wenig zu tun. Wieder schwadroniert sie von dem armen Hund, den sie gerettet haben will. »Ich habe ihn in meinen Wagen mitgenommen. Er war mein einziger Trost in diesen Stunden. Zwei einsame Wesen, die niemanden mehr auf der Welt hatten, bis ein kleines Wunder geschah.«

»Was ist passiert?« Der Moderator rutscht nach vorn und kippelt auf der äußersten Stuhlkante.

»Eine Polizeikommissarin klopfte an die Scheibe. Sie hat sich an meine Seite gesetzt und mir zugehört. Beinahe so einfühlsam wie Phil, den natürlich niemand ersetzen kann, aber unter ihrer rauen Schale ist auch Lisa Heynrichs ein wundervoller Mensch.« Die Walküre blickt direkt in die Kamera. »Ich danke Ihnen für alles. Das vergesse ich nie.«

Lisa lässt das Glas auf den Tisch fallen. Die Frau muss den Verstand verloren haben. Weiß sie denn nicht, was sie anrichtet? Sie hat in einer Sendung, die bundesweit ausgestrahlt wird, den Namen einer Polizistin preisgegeben. Ein willkommenes Fressen für alle Verrückten, die sich in den sozialen Medien tummeln und zur Gewalt gegen die Obrigkeit aufrufen. Nicht umsonst haben Einsatzkräfte, die von Demonstranten fotografiert werden und sich bei Instagram und anderswo wiederfinden, Angst. Um ihre eigene Sicherheit und um die ihrer Angehörigen.

Jemand wie Theo, der bei Pressekonferenzen im Rampenlicht steht, wohnt aus gutem Grund in einem Kaff außerhalb von Berlin. Da kennt jeder jeden. Und er hat einen Wachhund.

Auf der Mattscheibe fantasiert sich Georgia eine glückliche Vergangenheit mit dem Verstorbenen zurecht. In ihrer Version der Washington-Reise ist Phil Kerstensen ihr auf Schritt und Tritt gefolgt. »Dass wir uns schnell nähergekommen sind, wird Sie kaum überraschen.«

Der Moderator nickt eifrig.

»Wir hätten bald etwas bekanntgegeben. Leider hatte das Schicksal andere Pläne.« Tränen rollen über dick geschminkte Wangen.

Der Kameramann hat ein Einsehen und konzentriert sich auf den Gastgeber. Dessen mitfühlende Worte dringen sogar zu Georgia durch. Mit einem Taschentuch in der Hand verlässt sie die Bühne.

Vom Rest der Sendung kriegt Lisa nichts mit. Sie wischt die braune Pfütze weg, schenkt sich ein weiteres Glas ein und trinkt es aus. Dann holt sie eine pinkfarbene Visitenkarte aus ihrer Brieftasche.

Sie tippt die Nummer, die dort steht, ins Handy.

»Hallo?« Eine rauchige Stimme, die besser zu einer Bardame passen würde, meldet sich.

»Frau von Hustedt, ich gratuliere zu Ihrem grandiosen Auftritt. Ist Ihnen klar, dass Sie mich gerade zum Abschuss freigegeben haben? Ich will nicht wissen, was mir in nächster Zeit von den durchgeknallten Fans des Herrn Kerstensen bevorsteht.«

»Haben Sie etwa Angst?«

»Im Moment bin ich sauer«, antwortet Lisa und kämpft um eine deutliche Aussprache. »Und in Ihrem Oberstübchen muss einiges durcheinandergeraten sein. Kommen Sie mal von Wolke sieben runter. Ihr Angebeteter hat Sie ausgenutzt.«

»Mumpitz!«

»Ach ja? Er hatte Sie doch um Entwürfe für ein außergewöhnliches Schlafzimmer gebeten. Das gibt es längst. Ein Traum in Weiß, erster Stock in der Villa Kerstensen. Im Kleiderschrank hängen teure Kleider und scharfe Dessous. Alles in Größe 36.«

*

Meinolf hält den Mund. Ab und zu deutet er auf Schilder, die Tempo achtzig oder hundert anzeigen, und fragt, ob er Lisa am Steuer ablösen soll.

Sie verneint und hängt ihren Gedanken nach.

»Danke, dass du mitkommst«, sagt sie zwischen Ziesar und Magdeburg. Es ist besser, wenn sie wenig reden, und schon gar nicht über ihren neuen Fall.

Windräder, die neben der Autobahn rotieren, beruhigen Lisas gereizte Nerven. Sie stellt sich vor, dass Meinolfs Frau und Henriette auf der Rückbank sitzen. Wie im Herbst, als sie zu viert an der Havel spazieren gefahren waren. Henriette trug noch ihre Perücke, hatte gerade Meinolfs Mietvertrag unterschrieben und Glückskekse mitgebracht. Lisa zog aus ihrem einen Zettel, den sie in die Geldbörse steckte: »Vertraue dir selbst und den Menschen.«

Es fällt ihr schwer. Zu allem Überfluss hat sie ihren Brummschädel mit Aspirin bekämpft und will keine weitere Tablette nehmen. Das Stechen über dem Steißbein nimmt mit jedem Kilometer zu und verwandelt sich in ein schmerzhaftes Bohren. Als sie an der Gedenkstätte Marienborn, der ehemaligen Grenze zwischen Ost und West, vorbei sind, wird der Schmerz unerträglich.

Sie gibt auf. »Lass uns tauschen.«

Meinolf deutet auf ein Schild und sie steuert einen Rastplatz an. Er nimmt seine Aktentasche mit nach draußen. Auf einem wetterfesten Tisch packt er eine Thermoskanne mit Kaffee aus, Becher und Zuckertütchen. Für sich gleich zwei.

»Eine reicht«, protestiert Lisa.

»Heute nicht.«

»Was ist los?«

»Amelie hat gestern Abend einen Koffer gepackt und ist zu ihrer besten Freundin gezogen.«

»Nein! Weil du zwei Tage auf Dienstreise bist?«

»Das war nur der Tropfen, der das Fass zum Überlaufen gebracht hat.«

»Du hättest zu Hause bleiben sollen!«

»Mit Ben als Beifahrer wärst du gegen eine Leitplanke geknallt.«

Lisa drückt Meinolfs Schulter und schlürft ihren Kaffee, der gallebitter schmeckt.

Ehe sie wieder einsteigt, versucht sie die Rückenlehne in eine bequemere Position zu bringen. Aber sie müht sich vergeblich. Im Dienstwagen murksen zu viele Menschen an den Sitzen herum.

»Guck mich nicht so an«, knurrt Meinolf wenig später. »Ich muss mich konzentrieren.«

Von rechts sieht die hohe Stirn mit den Dackelfalten wie immer aus.

Er dreht am Radio, aus dem Rauschen ertönt, weil das Berliner Sendegebiet längst hinter ihnen liegt. Antenne Niedersachsen hat Songs im Programm, die ihm ein Lächeln entlocken.

»Kannst du anlassen«, sagt Lisa, stutzt und schließt schnell die Augen. Diese Schnulze hat ihr noch gefehlt. »Niemals geht man so ganz« von Trude Herr und Wolfgang Niedecken, zwei echten Kölner Urgesteinen. Ein alter Song, der während ihrer Studienzeit in jeder zweiten Kneipe lief. Zu Hause würde sie umschalten.

Meinolf stellt den Ton lauter.

Lisa öffnet ihre Umhängetasche und nimmt eine Schmerztablette aus dem Röhrchen. Doch statt wegzudösen, wie sie hofft, stürmen Erinnerungen auf sie ein. Liegt es am Lied, am Kaffee oder an diesem Anruf bei Georgia, den sie sich besser gespart hätte? Das schlechte Gewissen bringt andere Bilder zurück. Bilder, die in jedem stillen Moment wieder da sind.

Vor einem Jahr kam der Tod eines Berliner Baulöwen bei der Kripo mit Verspätung an. Er war in der Uckermark überfahren worden. Kein Unfall, sondern Vorsatz, wie sich am nächsten Tag herausstellte. Der Mann hatte ein Mehrparteienhaus in Kreuzberg gekauft und wollte den Mietern kündigen. Ben und Lisa klingelten an den Türen. Ein kleines Mädchen flitzte an ihnen vorbei und Lisa brachte es zu seiner Mutter.

Im Flur standen Kartons. Aus einem Raum drang lautes Hämmern. Die Frau hielt ein Baby im Arm und entschuldigte sich für den Krach. »Wir bekommen eine neue Küche.« Auf einer Kiste lag die Rechnung. Sie war erst wenige Stunden alt.

Mit einem flauen Gefühl setzte Lisa durch, dass das Auto der alleinerziehenden Frau aus einer Seitenstraße abtransportiert wurde. Am gleichen Tag fanden Sascha und seine Leute Blutspuren des Opfers an den Radkappen und der verbeulten Stoßstange. Weil Lisas Chef einen Termin hatte, landete der Untersuchungsbericht bei ihr. Sie las ihn, rannte hinaus und gönnte sich eine ausgedehnte Runde um den Block. Ihre Gedanken kreisten um zwei Kinder, die nach der Verhaftung ihrer Mutter woanders aufwachsen würden. Die Wohnung hatte mit bunt gestrichenen Wänden und Schaukeln vor den Zimmern wie ein heimeliges Nest gewirkt.

Etwas später stand die Kommissarin vor ihrem leeren Schreibtisch und in einem verwaisten Büro. Taycan hielt als Einziger die Stellung. Die übrigen Kollegen waren nach Kreuzberg unterwegs.

Lisas Fahrt endete vor dem abgesperrten U-Bahnhof Kotbusser Tor. Die Verdächtige war auf der Flucht vor einen fahrenden Zug gestürzt.

»Es ist nicht deine Schuld«, sagte Theo, der Lisa zum Psychosozialen Dienst der Polizei schicken wollte. Sie lehnte ab, weil sie der innerbehördlichen Schweigepflicht misstraute. Und sie wusste am besten, dass sie sich zur falschen Zeit ausgeklinkt hatte. Nur darum war Ben mit Saschas Bericht zu Theo marschiert. Hätte sie besonnener reagiert, wäre die Frau am Leben und würde eines Tages wieder auf freiem Fuß sein. In den schlaflosen Nächten setzten Rückenschmerzen ein. Wenn wenigstens Henriette noch an ihrer Seite gewesen wäre …

Die stand eines Tages vor der Tür, mit zwei Wellensittichen im Käfig und einem Zettel. »Ruf diese Nummer an. Ohne Frau Doktor Ashradi wäre ich nach dem Krankenhaus nicht so schnell auf die Beine gekommen.«

Gülriz Ashradi stammt aus dem Iran, ist Psychologin und ein lebensfroher Mensch. »Gehen Sie aus, lernen Sie Leute kennen«, hat sie Lisa geraten. »Sie sind zu jung, um sich zu verkriechen.«

Guter Tipp. Für andere. Mit der Ärztin hat Lisa zwar über die unmittelbare Vergangenheit gesprochen, doch ihr früheres Leben hat sie ihr verschwiegen. Frau Ashradi ahnt nichts von den Schatten, die ihre Patientin seit zwanzig Jahren begleiten. Vielleicht wäre heute ein passender Anlass gewesen. Aber sie sind so früh losgefahren, dass Lisa ihren Termin abgesagt hat.

In ihrem Kopf dudelt die Radioschnulze als Dauerschleife weiter. So ganz ist sie wirklich nie gegangen, und je näher sie Köln kommen, desto mehr wird ihr das bewusst.

»Kennst du da eigentlich noch jemanden?«, will Meinolf wissen.

»Nee. Ist ewig her.«

»Du wirst ja wohl nicht vergessen haben, wo man etwas Anständiges zu essen kriegt.«

Diese Orte will sie nie wiedersehen. »Lass uns erst mal ankommen«, weicht sie aus und hofft, dass vor einem der vielen Autobahnkreuze Stau ist. Sie sind zum Arbeiten in der Domstadt. Je später sie anfangen können, desto weniger Zeit bleibt für private Abstecher und neugierige Fragen.

*

Pech gehabt. In Nordrhein-Westfalen sind seit zwei Wochen Sommerferien. Sogar an den Baustellen im Ruhrgebiet kommen sie zugig durch. Das Einchecken im Hotel ist schnell erledigt.

»Lass uns loslegen«, drängelt Meinolf.

Lisa zuckt resigniert die Achseln. Mit Kerstensens ehemaligen Kollegen sind sie morgen verabredet. Nun haben sie alle Zeit der Welt für die Südstadt, wo der prominente Moderator gewohnt hat.

Während Meinolf zur Tiefgarage am Rheinauhafen abbiegt, wünscht sich Lisa weit fort. Auch vor zwanzig Jahren hat sie nicht selbst fahren müssen. Das unterirdische Parkhaus war damals noch nicht fertig, aber es fand sich immer ein Platz, wo Luxuslimousinen stundenlang unbeschadet stehen konnten. Das gehörte zum Service der Nobelrestaurants, in denen Lisas Begleiter Stammgäste waren.

»Wo bleibst du denn?«, fragt Meinolf, der eine Jacke aus dem Kofferraum geholt hat und seiner Kollegin die Beifahrertür öffnet.

Sie folgt ihm. Auf einer der zahlreichen Treppenstufen blinzelt sie ins Licht und prallt gegen seinen Rücken.

Er hält sie fest. »Fall nicht runter.«

»Keine Bange.«

Seine Stirn wirft wieder Dackelfalten, doch er sagt nichts. Er inspiziert den Routenplaner auf dem Smartphone und schlägt den Weg zum Chlodwigplatz ein.

Lisa beißt die Zähne zusammen. Vor ihnen taucht die Severinstorburg auf. Einst hatte sie sich den Tag ausgemalt, an dem sie in einem der Trauzimmer heiraten würde. Alle Warnzeichen, die ihre naiven Tagträume störten, hatte sie ignoriert. Ob sie Alexander heute noch erkennen würde? Er müsste jetzt über achtzig sein, und sie wäre mit einem Greis verheiratet.

Den Torbogen hatte sie imposanter in Erinnerung. Sie betrachtet ihn, stolpert und hält nur mühsam mit Meinolf Schritt.

Da vorn ist der Volksgarten. Halbe Nächte hat sie dort mit Leuten, die sie an der Uni kennengelernt hatte, verbracht. Unter den Bäumen standen Tischtennisplatten. Es war eine unbeschwerte erste Zeit mit zahlreichen Grillpartys. Dann wurde das Haus, in dem sie wohnte, abgerissen und sie zahlte für ihr neues Zimmer fast doppelt so viel Miete wie vorher. In ihrem zweiten Sommer war sie nicht mehr im Park.

Phil Kerstensen muss schon damals in unmittelbarer Nähe gelebt haben. Er besaß eine Wohnung in einem der alten, denkmalgeschützten Stadthäuser, die vor über hundert Jahren in der Volksgartenstraße erbaut worden sind. Lisa schaut an einer weißen Fassade mit Steinbalkonen hoch. Für einen Single, der sich's leisten kann, eine angemessene Umgebung. Warum hatte sich der Fernsehstar kein ähnliches Domizil in Berlin gesucht?

Im Erdgeschoss ist eine Arztpraxis. Darüber gießt eine alte Dame ihre eingetopften Geranien. Sie klingeln.

»Ja?«, tönt es durch die Gegensprechanlage.

»Wir sind von der Berliner Kriminalpolizei«, ruft Meinolf. »Hauptkommissarin Lisa Heynrichs und Hauptkommissar Meinolf Uhde.« Mit seiner freundlichsten Stimme fragt er, ob sie heraufkommen und einige Fragen über den verstorbenen Nachbarn stellen dürfen.

Mit leisem Summen öffnet sich die Tür. Es gibt einen Lift, doch sie wollen in die erste Etage und nehmen die Treppe.

Ein Mann im Rollstuhl empfängt sie. »Kumme Se ren«, sagt er, besinnt sich darauf, dass er keine Kölner vor sich hat und schickt ein »Hereinspaziert« hinterher. Er heißt Nelles. Seine Frau nennt er »Mariechen«.

Sie kocht Kaffee. Er lotst die Überraschungsgäste ins Esszimmer.

Das Ehepaar Nelles hat im Radio von Kerstensens Tod gehört. »Unfassbar. So ein freundlicher, stiller Mensch. Der konnte keiner Fliege was zuleide tun«, sagt Mariechen.

»Meine Frau hat seine Blumen gegossen, wenn er verreisen musste.«

»Kam das oft vor?«, hakt Meinolf nach.

Sie nickt. »Seit zwei, drei Jahren. Früher war er häuslicher. Vielleicht hat er seinen Wechsel zu diesem Privatsender von langer Hand vorbereitet.«

Ihr Mann kratzt seinen haarlosen Kopf. »Den kleinen Hund hat er sich erst im letzten Herbst zugelegt. Kurz bevor er weggezogen ist. Seine Wohnung hat ein junges Pärchen gekauft. Die beiden haben ein Vermögen für Möbel ausgegeben.«

»Wie war Herr Kerstensen eingerichtet?«, fragt Lisa.

»Langweilig«, antwortet Marie Nelles. »Sofa, riesige Schrankwand im Wohnzimmer, nichtssagende Bilder an den Wänden. Typisch Junggeselle.« Ihr zufriedener Blick ruht auf einem Tischchen, das aus einem Antiquitätengeschäft stammen könnte, und wandert zu den ledernen Buchrücken in einem meterhohen Regal. »Glaub nicht, dass er je gekocht hat. Der Herd war immer blitzblank.«

»Er ist häufig essen gegangen«, wirft ihr Mann ein. »In seine Stammkneipe an der Agrippinawerft. Der Wirt ist ein netter Kerl und hat eine ordentliche Speisekarte.«

Meinolf lässt sich die Adresse geben.

»Tschö«, sagt Herr Nelles beim Abschied und wünscht einen schönen Abend.

In den anderen Wohnungen reagiert niemand aufs Klingeln.

»Was soll's.« Meinolf greift wieder zum Handy und sucht die Website des Lokals. Seine Miene hellt sich auf. »Prima, im Biergarten haben sie Blutwurst mit Kartoffelbrei und Apfelmus.«

»›Himmel un Ääd‹ verkneifst du dir besser«, erwidert Lisa. »So viele Broteinheiten verträgst du nicht.«

Er grinst und tätschelt seinen Bauch.

In Berlin würde sie ihm eine Gardinenpredigt halten und auf dem Smartphone Alternativen für Diabetiker suchen. Hier trottet sie wie eine Marionette neben ihm her. Es duftet nach frisch gemähtem Gras von den Rheinwiesen, wie damals.

Sie hatte mit Alexander unterhalb der Südbrücke gestanden, über die ein Güterzug hinwegdonnerte. Der Mann, den sie liebte, hatte auf die eigenwilligen Hochhäuser in der Ferne gedeutet. Kranhäuser wurden sie genannt, denn sie sahen wie Hafenkräne aus. »Im Nordturm habe ich mir eine Wohnung gekauft.« Trotz des Lärms hatte Lisa verstanden, dass dort für sie kein Platz war.

Von der Stelle, an der ihre Träume geplatzt waren, ist Kerstensens Stammkneipe ein ganzes Stück entfernt. Glück gehabt.

Ein Windhauch weht ihnen entgegen, gefolgt von Gelächter und Gläserklirren. Die Gaststätte ist in einer ehemaligen Fabrikhalle aus rotem Backstein untergebracht. Davor stehen einfache Tische und Holzbänke.

Meinolf ergattert zwei freie Plätze.

In dem Gedränge soll Phil Kerstensen sein Abendessen verdrückt und womöglich ein Kölsch getrunken haben?

Meinolf studiert die Speisekarte und ordert das rheinische Nationalgericht.

Lisa bestellt einen Salat, hält dem Kellner ihre Polizeimarke hin und fragt nach dem Wirt.

»Do bruche Se Jedold«, antwortet er.

Aha. »Wir sollen uns gedulden«, übersetzt sie für ihren Kollegen.

Als sie aufgegessen haben, baut sich ein hagerer Mittfünfziger neben ihnen auf. »Tut mir leid, dass Sie warten mussten. Kommen Sie mit rein. Da haben wir unsere Ruhe.«

Sie zahlen die Zeche und begleiten den Mann. Drinnen riecht es nach Gebratenem. Aus der Küche dringt Qualm. Fleischportionen werden im Akkord durch eine Luke geschoben.

Der Wirt öffnet ein Hinterzimmer, das als Lager für Waren und Akten dient, und deutet auf wackelige Stühle. »Sind Sie wegen Herrn Kerstensen hier?«

Meinolf nickt. »Er soll einer Ihrer Stammgäste gewesen sein.«

»Ja, Phil kam zwei- oder dreimal in der Woche.«

»Sie haben ihn geduzt?«, erkundigt Lisa sich.

»Hat lange gedauert, bis es so weit war. Ich habe ihn angesprochen, weil er einsam wirkte. Er saß immer neben dem Ausgang. Ohne Brille, oft in kurzen Hosen und mit einer Schirmmütze, die er tief ins Gesicht gezogen hatte.«

»Wann war das?«, fragt Meinolf.

»Vor fünfzehn oder sechzehn Jahren. Irgendwann habe ich ihn auf einen Absacker eingeladen und begriffen, mit wem ich's zu tun hatte. Er hat mir von seiner reichen Familie in Hamburg erzählt. Die hielt von Journalisten wenig. Eine Zeitlang ging es dem armen Kerl deshalb richtig schlecht. Doch eines Tages war er wie ausgewechselt.«

Lisa beugt sich vor. »Wissen Sie, warum?«

»Hatte wohl mit dieser Frau zu tun. So jung, wie die war, hätte sie seine Tochter sein können. Die beiden hielten Händchen und hatten etwas zu feiern. Nicht draußen im Biergarten, sondern drinnen an unserem schönsten Tisch mit Blick auf den Rhein. Ich hab die Dame nur ein einziges Mal gesehen. Warten Sie … das muss jetzt um die zehn Jahre her sein. Aber die Sache ist garantiert länger gelaufen. Phil hat sich damals rar gemacht.«

Meinolf zieht seinen Notizblock hervor. »Erinnern Sie sich, wie sie aussah?«

»Blond. Schlank. Tolle Oberweite, stark geschminkt und teuer angezogen. Wie eine von denen, die Männer sich für viel Geld kaufen, na, Sie wissen schon …«

Meinolf pfeift durch die Zähne. »Donnerwetter!« Er lässt den Block sinken. »Eine Escort-Lady?«

»Kann sein. Phil hat sie trotzdem wie ein Schuljunge angeschmachtet und an dem Abend lauthals Anekdoten aus seinen Sendungen zum Besten gegeben. Mit der Nummer hätte er auftreten können.«

»Was ist, wenn sie bloß auf eine Karriere beim Fernsehen scharf war?«, fragt Meinolf.

Der Wirt winkt ab. »Dann war sie bei Phil an der falschen Adresse. Er hat Job und Privatleben hübsch getrennt, wie die Steuerprüfer beim Finanzamt. Von denen kenne ich einige.«

»Ist die Frau auch zu Wort gekommen?«, fragt Lisa in dem harschen Tonfall, den sie sich sonst für Vernehmungen aufspart.

»Ab und zu.«

»Können Sie sich an die Stimme erinnern?«

»Eine Kölnerin war das nicht. Die ist über den spitzen Stein gestolpert.« Der Mann ahmt den Hamburger Dialekt nach.

Meinolf bedankt sich, packt den Block ein und überreicht seine Visitenkarte. »Melden Sie sich bitte, wenn Ihnen noch etwas einfällt.«

Lisa verabschiedet sich mit einem Kopfnicken, durchquert schnurstracks die Halle und atmet draußen geräuschvoll aus.

Meinolf bugsiert sie zu einem freien Tisch. »Der Typ war doch ganz in Ordnung. Warum bist du so schnell abgehauen?«

Sie schweigt.

Er bestellt ein Kölsch und zwei Magenbitter, kippt seinen auf Ex und starrt auf den Rhein.

»Sorry«, sagt sie, »ist heute nicht mein Tag.«

»Glaubst du, meiner?«

»Hat Amelie sich gemeldet?«

Er schüttelt den Kopf, nippt am Bier und schiebt das Glas zur Seite.

»Früher oder später ist sie wieder da. Bestimmt, Meinolf.«

Schulterzucken. »Selbst wenn. Sie wird mir zum hundertsten Mal die Ohren vollheulen, weil sie sich alleingelassen fühlt. Dabei war ich längst Polizist, als wir geheiratet haben. Sie wusste, dass sie keinen Mann kriegt, der pünktlich Feierabend macht.«

»Scheint sie aber früher nicht gestört zu haben.«

»Bevor unsere Jungs ausgezogen sind, ging es.«

»Näht sie noch Kinderkleidung? Sie hatte sich ja diese sündhaft teure Maschine zugelegt.«

Meinolf wischt seinen Mund ab. »An der sitzt sie selten, seit wir das Haus in der Kantstraße haben. Irgendwer von den Mietern beschwert sich immer. Wer soll sich sonst darum kümmern?«

»Du. Der riesige Kasten hat deinem Vater gehört.«

»Schon vergessen, dass ich einen Job habe? Ich hab keine Zeit, nebenbei den Hausverwalter zu spielen!«

»Es gibt Firmen, die das übernehmen.«

»Die lassen sich teuer bezahlen. Demnächst muss das Dach neu gedeckt werden, und die Heizung ist ein halbes Jahrhundert alt. Ich will keine Schulden machen.«

»Lieber das Geld horten und beizeiten Pension kassieren?«

Er schlürft geräuschvoll sein Kölsch.

»Wie langweilig, Meinolf!«

»Gar nicht«, erwidert er trotzig. »Als Rentner kaufe ich mir einen Hund, wie der Kerstensen, und drehe mit dem meine Runden durch den Tiergarten.«

»Ohne Amelie fällt dir die Decke auf den Kopf.«

Lisa fängt seinen unergründlichen Blick auf.

»Sie fehlt mir«, gibt er widerwillig zu.

»Hat sie mit dem Nähen nicht mal Geld verdient?«

»Sie hat sogar einen Gewerbeschein.«

»Dann verkauft das Haus oder teilt euch die Arbeit. So, ab ins Hotel. Ruf deine Frau an, damit du besser schläfst.«

Meinolf begleicht die Rechnung.

Während sie am Rheinufer entlang Richtung Parkhaus schlendern, schaut Lisa zu den Kranhäusern. Die Wolken dahinter hat die Abendsonne rosarot gefärbt. Ob Alexander noch im Nordturm wohnt? Nicht weit von hier hatte sie ihm ihren Entschluss mitgeteilt. Sie würde fortgehen. Er hatte nicht mal versucht, sie umzustimmen. Wie konnte sie sich nur so in ihm täuschen?

Meinolf überreicht Lisa den Autoschlüssel und lässt sich auf dem Beifahrersitz nieder. »Mir ist schummrig.«

»War wohl ein Kölsch zu viel.«

»Danke für den Tritt in den Hintern.«

»Immer gerne.«

Von der Hotel-Tiefgarage fahren sie mit dem Lift zu den beiden Zimmern im dritten Stock. Meinolf hat es eilig. Er zieht Schlüsselkarte und Handy gleichzeitig aus der Jackentasche.

Lisa wünscht ihm eine gute Nacht und »toi, toi, toi«.

Bei ihr riecht es nach Raumspray. Das Fenster lässt sich kippen. Sie hört den Schlag einer Kirchturmuhr. Um zehn hat sie früher in einer Bar an den Rheinterrassen einen Drink genommen. Vorher waren ganze Nachmittage beim Friseur und im Kosmetikstudio draufgegangen. Erstaunlich, wie schnell die Erinnerungen zurück sind.

Sie schaltet den Fernseher an, schon wieder diese Sendung, in der gestern Georgia von Hustedt zu Gast gewesen ist. Lisa zappt zum nächsten Programm, leert ein Fläschchen

Rotwein aus der Minibar und schluckt eine Schmerztablette. Unter der dünnen Decke schläft sie sofort ein.

*

Fünf Uhr. Lisa schreckt hoch. Im Traum war sie selbst in der Talkshow zu Gast. Der Moderator hat mit hochgezogenen Augenbrauen ihrer Lebensbeichte gelauscht. »Bereuen Sie etwas?«, hat er gefragt und dem Kameramann ein Zeichen gegeben. Nahaufnahme vom Gesicht der aufgewühlten Kommissarin. In dem Moment war ihre Nacht vorbei.

Lisa geht zur Toilette. Die innere Unruhe hat sie weiter im Griff. Sie füllt den Wasserkocher und nimmt aus dem Kästchen daneben einen Teebeutel. Welche Antwort hätte sie gegeben?

Der Kamillentee ist zu dünn. Ihre Nerven liegen immer noch blank.

Was vor zwanzig Jahren geschah, verfolgt sie bis heute. Die Trennung von Alexander. Ein Kind, das nicht zur Welt kam. Es ist ein Jahr her, seit die falsche Entscheidung von damals Lisa wieder eingeholt hat. Im Flur eines Berliner Mietshauses weckten zwei andere Kinder Wünsche, die sie sich selten eingestand. Sie hatte die kleine Familie schützen wollen und beging den schwersten Fehler ihrer Laufbahn.

Lisa bleibt mit der halbleeren Tasse am Fenster stehen. Morgendunst hüllt die Altstadt ein. Neben dem Messeturm steigt die Sonne auf. Eine dicke Wolke zieht vorbei. Ihre Umrisse ähneln Georgias Silhouette.

Die Walküre hat sich auch in einem Mann getäuscht. Wie Lisa seinerzeit in Alexander. Doch sie war jung genug gewesen, um in Berlin von vorn anzufangen. Georgia ist um die sechzig und hat einen festen Job in der Metropole. Wird sie darüber hinwegkommen, dass Phil Kerstensen ihre Gutgläubigkeit ausgenutzt und das zweite Schlafzimmer für eine fremde Frau eingerichtet hat?

Lisa kriecht ins Bett, greift zum Smartphone und schaut sich den gestrigen »Abendblick« in der Mediathek an. Burkhard Beulke moderiert mit Hanne Thoma, obwohl Georgia in dieser Woche Dienst hat. Auf der Website des Senders und dessen Facebook-Seite steht über die Besetzung nichts. Vielleicht auf Georgias eigener Homepage?

Nein. Dafür gibt es dort neben dem Kontaktformular einen Link zu Instagram.

Für das Netzwerk hat Lisa einen Account, seit sie vor ein paar Jahren aus ihrem Berufsalltag berichtet hat. Es war eine Idee der Pressestelle gewesen, die die Texte auf ihrem Kanal postete. Die Polizei suchte dringend Nachwuchs. Lisa schaute sich ihre eigenen Beiträge an und stellte fest, dass Social Media nicht ihre Welt war. Zu viele schöne Bilder, zu wenig Inhalt.

Doch jetzt klickt sie auf den Link. Georgia hat ein neues Foto hochgeladen. Sie posiert im Nachthemd und wendet sich mit geröteten Augen an ihre Fans: »Ihr Lieben, heute heißt es Abschied nehmen …«

Lisa liest weiter. Auf ihren Unterarmen richten sich die Härchen auf und der Schmerz über ihrem Steißbein meldet sich zurück.

»Für eine Weile lag die Zukunft wie ein verheißungsvolles Paket vor mir«, steht da. »Aber nun ist alles anders. Jemand hat mir die Augen geöffnet und ich muss die Wahrheit wissen. Ein Mann kennt sie. Wir treffen uns bald wieder. Lebt wohl.«

Lisa ruft Georgias Mobilfunknummer an und erreicht nur die Sprachbox. Sie hinterlässt eine Nachricht und fragt sich, ob sie den nächsten Fehler begangen hat, den sie nie mehr gutmachen kann.

Oder war das bloß eine perfekt inszenierte Show, um Follower anzulocken und die Einschaltquoten beim »Abendblick« in die Höhe zu treiben?

HINTER DEN KULISSEN

MEINOLF hat lange mit Amelie telefoniert.

»Hör mir endlich mal zu«, hatte sie sein Herumdrucksen unterbrochen. »Mir geht's nicht um deine unberechenbaren Arbeitszeiten und schon gar nicht um zwei Tage Köln. Sondern um die Zeit zu Hause. Die verbringst du vor der Glotze oder schläfst im Sessel ein.«

»Du übertreibst!«

»Hast du bemerkt, dass im Wohnzimmer ein neues Bild hängt?«

»Sicher!«

»Wie gefällt dir die kleine Kirche?«

»Wirklich hübsch. Ein Aquarell?«

»Nein«, hatte Amelie traurig geantwortet, »ein Foto von unserem Ausflug im letzten Herbst. Ich habe es vergrößern lassen und gehofft, dass du die alte Mühle an der Havel erkennst.«

»War ein schöner Tag damals«, hatte er hilflos gestammelt.

»Ja, und seit Monaten wünsche ich mir, dass wir wieder ins Grüne fahren. Doch ich habe das Warten aufgegeben und mir eine sinnvollere Beschäftigung gesucht.«

Er hatte das Handy ans Ohr gepresst, weil ihre Stimme immer leiser geworden war. »Welche?«

»Wenn du im Sessel geschnarcht hast, habe ich genäht. Bunte Jacken für Jungs und Mädchen, freche Latzhosen mit vielen Taschen, Kapuzenshirts. Jetzt will ein Geschäft für Kindermode mehr davon. Schicker Laden am Prenzlauer Berg, wo die gutbetuchten Mütter einkaufen. Ich habe zugesagt.«

»Wann?«

»Vor einigen Stunden.«

Er war aus dem einzigen Sessel in seinem Zimmer hochgeschossen, zwischen Bad und Fenster herumgetigert und hatte vergeblich um Worte gerungen.

Amelie hatte das Gespräch weggedrückt.

Wenig später hatte er sie ein zweites Mal angerufen und ihr etwas erzählt, das er Lisa verschwiegen hat. Seit Monaten liegt der Vertrag einer Firma, die die Verwaltung des Hauses in der Kantstraße übernehmen würde, in einer Schublade seines Schreibtischs. Alles, was fehlt, ist die Unterschrift. »Ich mache einen Termin mit denen, damit du dich um deine Kinderkollektion kümmern kannst.«

Sie hatte ihre Nase geschnäuzt.

Er hatte ihr von Lisas Tritt in den Hintern erzählt.

»War höchste Zeit«, hatte seine Frau erwidert. »Falls sie selbst irgendwann Hilfe braucht, kann sie auf mich zählen.«

Sie hatten geredet, bis die Akkus ihrer Handys leer waren.

In dieser Nacht hat Meinolf wie ein Stein geschlafen.

*

»Schöne Grüße von Amelie«, sagt er beim Frühstück, »und noch mal ein dickes Dankeschön.«

Lisa lächelt, doch sie wirkt meilenweit entfernt. Ihr Brötchen bestreicht sie mit Marmelade und rührt es nicht an.

Verstehe einer die Frauen!

»Hol dir was Neues«, ermuntert er sie und rechnet mit einem Rüffel. Auf seinem Tablett steht neben der Schale mit Müsli ein Teller mit gegrillten Tomaten, einem Croissant und Rührei. Immerhin, zum Nachtisch gibt es frisches Obst.

Lisa schüttelt den Kopf, isst eine Brötchenhälfte auf und lässt die zweite liegen. Dafür nagt sie an den Knöcheln ihrer geballten Faust.

»Beeil dich, Meinolf«, drängelt sie.

»Wieso? Unser Termin beim Sender ist erst um halb zwölf.«

»Vorher schaffen wir die anderen. Phil Kerstensens Orthopäden und seine Maßschneiderei erreichen wir zu Fuß. Wir müssen nur durch die Hohe Straße und um ein paar Ecken.« Sie verschwindet nach draußen.

Meinolf beobachtet sie durch die gläserne Hoteltür und fragt sich, mit wem sie so gestenreich telefoniert.

Lisa schweigt sich aus. Durch Kölns Einkaufsmeile prescht sie, als ob sie einen Geschwindigkeitsrekord brechen will. Dabei erwachen die Läden und Kaufhäuser gerade zum Leben.

»Warte«, ruft er und holt sie ein. »Überlass mir das Reden. Bei den Weißkitteln kommt Hektik schlecht an.«

»Meinetwegen.« Sie deutet auf den Eingang zu einem Ärztehaus und überlässt ihm den Vortritt.

Die Sprechstundenhilfe will die Polizeiausweise sehen und schickt sie ins Wartezimmer.

Sie nehmen Platz. Lisa schlägt mit den Fingerspitzen einen Trommelwirbel auf ihren Hosenbeinen an.

Der Mediziner heißt Lindenschmidt und bittet sie nach zehn Minuten in sein Sprechzimmer. »Sie sind extra aus Berlin gekommen, um etwas über Phil Kerstensen zu erfahren?«

Meinolf nickt.

Lindenschmidt deutet auf einen großen Flachbildschirm. »Das sind die letzten Röntgenaufnahmen meines Patienten. Sie waren unauffällig, obwohl er oft über starke Rückenschmerzen geklagt hat. Vor zehn Jahren bestand er sogar auf einem MRT und zahlte die Rechnung aus eigener Tasche. Am Ende habe ich ihm Krankengymnastik und Einlagen verschrieben.«

»Das war alles?«, erkundigt Lisa sich.

Sie wollte doch still sein!

»Kortisonspritzen auch«, räumt Lindenschmidt ein. »Wenn jemand über einen langen Zeitraum so offensichtlich leidet, braucht er Hilfe.« Kurzes Zögern. »Ein Psychologe hätte vermutlich mehr für Herrn Kerstensen tun können. Aber das hat er strikt abgelehnt und lieber einige Kilo zugelegt. Ist schon eine Weile her, dass seine Therapie aus Essen und Alkohol bestand. Immerhin hat er damit seine Krise bewältigt und eines Tages war er über dem Berg. Zuletzt kam er nur noch her, um sich neue Rezepte abzuholen.«

»Hat er sich vor dem Umzug nach Berlin verabschiedet?«, fragt Meinolf.

»Ja. Für ihn schien es die richtige Entscheidung zu sein. Zuversicht ist bekanntlich das beste Lebenselixier. Zum ersten Mal, seit ich ihn kannte, hielt er sich kerzengerade. Dazu hatte ich ihm von Anfang an geraten. Eine geduckte Haltung und Übergewicht sind Gift für die Wirbelsäule.« Der Arzt blickt auf seine Armbanduhr.

Sie verabschieden sich.

Draußen mustert Meinolf Lisa von der Seite. Sie drückt eine Hand ins Kreuz.

»Was hältst du von der Diagnose?«, fragt er.

»Ich glaube, Kerstensen war kreuzunglücklich. Früher in Köln, dann in Berlin. Seine Probleme hat er mitgenommen.«

»Welche?«

»Wir werden sehen. Der eine vertraut seine Geheimnisse dem Friseur an und der nächste vielleicht einem Maßschneider.«

Schweigend kehren sie in die Fußgängerzone zurück, überqueren einen Platz mit Cafés, vielen Sonnenschirmen und einem Reiterdenkmal. Am Heumarkt hat der Fernsehmoderator seine Anzüge fertigen lassen. Bestimmt hat die ehrwürdige Manufaktur »Faber & Meister« noch andere prominente Kunden.

Drinnen begrüßt sie zartes Glockengeläut. Flügeltüren führen in einen Verkaufsraum mit weißen Stuckdecken. Hinter einer gläsernen Theke wartet eine junge Frau im hautengen Kleid.

»Sie wünschen?« Der distanzierte Blick spricht für sich. Vor ihr stehen zwei Polizisten, die ihre Kleidung von der Stange kaufen.

Meinolf zückt seinen Ausweis.

»Ich hole den Chef.« Die Dame huscht davon, leichtfüßig wie eine Gazelle.

Er überlegt, wie ihm ein schwarzer Smoking aus der Vitrine stehen würde. Die Hose müsste weiter sein. Amelie wäre baff. Soll er nach den Preisen fragen?

Aus dem Hintergrund schreitet ein Mann über sechzig auf sie zu. »Gestatten: Friedrich Faber.« Er trägt einen dunklen Zweireiher und deutet vor der Kommissarin eine Verbeugung an.

»Wir möchten Ihnen einige Fragen zu Philipp Kerstensen stellen«, sagt Lisa.

Faber nickt, bittet in sein Büro und ruft der Empfangsdame zu, dass sie Getränke bringen soll.

»Zuletzt habe ich im Herbst bei ihm Maß genommen«, erzählt er und deutet auf eine Sitzgruppe an einem runden Tisch.

»Anfangs war alles wie immer, doch dann bat Herr Kerstensen mich sofort um die Rechnung. Die hat er auf der Stelle beglichen. Aus eigener Tasche, wie jedes Mal, weil die Kleiderpauschale beim öffentlich-rechtlichen Sender für seine Ansprüche sowieso nicht reichte. Mich irritierte, dass er wesentlich mehr bestellte als sonst. Nicht nur Anzüge für den Winter, auch helle und leichte für den Sommer. Die Stoffe waren gerade aus England und Italien hereingekommen. Dazu wählte er Krawatten, Oberhemden, Einstecktücher und vier Paar handgenähte Schuhe aus. Wir haben dafür exklusive Lieferanten.«

»Er hat auf Vorrat eingekauft?«, erkundigt Lisa sich.

»Zunächst vermutete ich etwas anderes. Die alten Sachen waren ihm zu weit, weil er stark abgenommen hatte. Was wirklich hinter dem Großauftrag steckte, begriff ich erst, als er mir seine neue Adresse in Berlin aufschrieb. Dorthin sollten wir alles schicken. Unsere Lieferzeiten liegen bei sechs bis acht Wochen. Er ist vorher umgezogen.«

Die Frau vom Empfang stellt ein vollbeladenes Tablett vor ihrem Chef ab.

»Wie lange war Herr Kerstensen Ihr Kunde?«, fragt Meinolf.

»Über drei Jahrzehnte. Er hat meinen Vater sehr geschätzt. ›Sie haben es richtig gemacht‹, sagte er oft. ›In Ihrer Familie ist Platz für alle. Nicht nur für diejenigen, die in der Schneiderei mitarbeiten.‹«

Meinolf lächelt. »Respekt.«

»Danke. Mein jüngster Sohn wird den Betrieb übernehmen. Der älteste ist Lehrer.« Faber schenkt den Kaffee persönlich ein und deutet auf Teller mit Erdbeertörtchen.

Meinolf greift zu.

»Warum hatte Herr Kerstensen abgenommen?«, fragt Lisa.

»Tut mir leid. Diskretion ist in unserer Branche oberstes Gebot.«

»In unserer auch«, entgegnet sie. »Aber Opfer wie Ihr langjähriger Kunde haben es verdient, dass ihr Tod aufgeklärt wird. Im Übrigen hat uns bereits ein Orthopäde über die Gewichtsprobleme von Herrn Kerstensen informiert.«

»Sie werden doch sicher ältere Unterlagen haben, in denen sein Bauchumfang vermerkt wurde«, sagt Meinolf.

Faber seufzt ergeben, öffnet einen Metallschrank, der bis zur Decke reicht, und zieht eine Schublade hervor. Er nimmt eine prall gefüllte Papptasche aus einer Hängeregistratur. »Diese Mappen sind echte Fundgruben. Schon mein Großvater hat die Maße von allen Anproben aufbewahrt. Er war der Meinung, dass ein Schneider jede Kleinigkeit, die den Tragekomfort eines Kleidungsstücks beeinträchtigen kann, aufzuschreiben hat.« Für einen Moment herrscht Schweigen, das durch Rascheln von eng beschriebenen Schriftstücken unterbrochen wird. Schließlich reißt Faber sich los. »Herrn Kerstensen plagte eine Narbe am rechten Handgelenk, die er bei jedem Wetterwechsel gespürt hat. Mit der frischen Wunde war er nicht beim Arzt und anschließend ist sie schlecht verheilt. Seitdem war die rechte Manschette seiner Oberhemden weiter als die linke.« Er deutet auf eine Notiz, die mit gelbem Textmarker hervorgehoben ist.

»Was ist ihm passiert?«, fragt Lisa.

»Er wollte einen Braten tranchieren und ist mit dem Messer abgerutscht. Vor über zwei Jahren. Wundert mich nicht, denn er war eher ein Schöngeist als praktisch begabt. Von Sport hielt er ebenfalls wenig. Das hat sich gerächt, lassen Sie mich nachschauen …« Wieder Rascheln. »Hier. Anfang 2014 hat er in der Taille kräftig zugelegt. Aus hundert wurden plötzlich fast 120 Zentimeter.«

»Schlecht für jemanden, der ständig im Rampenlicht steht. Oder?«

»Eine Katastrophe. Herr Kerstensen verschwand Hals über Kopf in einer Fastenklinik, um sein Hüftgold loszuwerden.«

»Verstehe. Wollte er eigentlich weiterhin bei Ihnen einkaufen?«

»Ich habe das Thema vorsichtig angeschnitten. Leider hatte er schon einen Herrenausstatter in Berlin gefunden. Er konnte natürlich nicht wissen, ob der gute Arbeit leisten würde und deswegen hat er sich ein letztes Mal ordentlich bei uns eingedeckt. Typisch für ihn. Er scheute das Risiko.«

»Hat er den Namen seines neuen Schneiders erwähnt?«

»Nein.« Faber räumt die Papiere ein. »Kann ich noch etwas für Sie tun?«

Sie bedanken sich für den Kaffee und er begleitet sie zum Ausgang.

Meinolf hätte sich gern länger im Ausstellungsraum umgesehen.

Ehe er auf dem Gehsteig einen vollständigen Satz zustande bringt, verkündet Lisa, dass sie telefonieren muss.

Er steuert auf eine Parkbank zu. Die Pause nutzt er, um seine Notizen durchzugehen. Warum hat Kerstensen seine Verletzung keinem Arzt gezeigt? Und waren die überflüssigen Kilo wirklich die Folge von mangelnder Bewegung? Stress oder private Probleme können genauso daran schuld sein. Der Fernsehstar wäre nicht der Erste gewesen, der nach einer Enttäuschung zu viel isst und trinkt.

Meinolf klappt das Büchlein zu und beobachtet Lisa, die sich von ihm abgewandt hat. Ihre linke Hand massiert den unteren Rücken.

Sie beendet das Gespräch. Zwischen ihren zusammengezogenen Brauen ist eine steile Falte entstanden. Wie immer, wenn eine schlechte Nachricht eingetroffen ist.

»Raus damit«, sagt Meinolf.

»Das war Elena. Ich hatte sie gebeten, mit Georgia von Hustedt Kontakt aufzunehmen. Die hat mitten in der Nacht eine Art Abschiedsbrief bei Instagram hinterlassen. Sie war nicht beim Sender und ihr Handy war ausgeschaltet. Deshalb ist Elena mit Taycan zu Georgias Wohnung gefahren. Drinnen lief der Fernseher in voller Lautstärke. Als niemand öffnete, haben die beiden sich Zutritt verschafft. Jetzt liegt die Frau im Sankt-Hedwig-Krankenhaus. Versuchter Suizid.«

»Um Himmels willen, wie hat sie das denn angestellt?«

»Ein Tablettencocktail. Meine Schuld.«

»Red dir keinen Quatsch ein!«

»Doch, Meinolf. Hast du diese Talkshow gesehen, in der sie meinen Namen genannt hat?«

»Ja. Wetten, dass sie vorher einen gebechert hatte?«

»Ich auch. Darum habe ich stinkwütend bei ihr angerufen. Nun weiß sie von Kerstensens zweitem Schlafzimmer und dass es für eine andere Frau vorgesehen war. Eine, die weniger Pfunde auf den Rippen hat als Georgia.«

Meinolf stöhnt.

»Sie liegt im Koma«, fügt Lisa leise hinzu. »Kann ich dich um einen Gefallen bitten?«

»Fast jeden.«

»Ich möchte so schnell wie möglich nach Berlin zurück. Lass uns die Befragung beim Sender zügig durchziehen.«

Er verspricht ihr, sein Bestes zu geben. »Und die zweite Hotelübernachtung sparen wir uns.« Mit langen Schritten überquert er den Domplatz. Lisa bleibt an seiner Seite.

Das Westfunk-Hochhaus überragt alle Gebäude in der Nachbarschaft. Hinter einer gläsernen Drehtür kontrolliert ein Wachdienst Ausweise, Taschen und Rucksäcke. Als Lisa und Meinolf den Zweck ihres Besuchs nennen, erhebt sich ein junger Mann von seinem Stuhl. »Sie werden erwartet. Folgen Sie mir.«

Sie steigen in einen Lift. Er fährt nicht nach oben, wie Meinolf geglaubt und auf einen spektakulären Blick über den Rhein gehofft hatte. Es geht abwärts. Fünf, sechs Etagen.

»Zwanzig Meter unter der Erde sind die Studios für unsere Magazinsendungen«, erläutert der Jüngling. »Sie wollen sicher sehen, wo Herr Kerstensen moderiert hat?«

Hinter einer breiten, grauen Metalltür rollen zwei Fernsehkameras an ihnen vorbei. Eine Kulisse kommt Meinolf bekannt vor. »Wird hier die Talkshow aufgezeichnet, die dienstagabends läuft?«, fragt er.

»Gut erkannt«, antwortet ein bebrillter Herr, der um eine Ecke biegt und in Kerstensens Alter sein muss. »Henning Willmann. Leiter der Nachrichtenredaktion.«

Er führt sie an Wänden auf Rollen und an Kabeltrommeln vorbei. Eine Spanplatte mit Spülbecken und einem Wasserkocher hält als improvisierte Teeküche her. Auf dem Fußboden stehen Getränkekästen.

Willmanns Mundwinkel zucken. »Kein Glamour. Habe ich Sie enttäuscht?«

Lisa weicht einer weiteren Kamera aus und verneint.

Er deutet auf eine Sofalandschaft, die sich um ein Tischchen mit Blumenstrauß gruppiert. »Da hat alles angefangen. Vor über dreißig Jahren hat Phil Kerstensen das Konzept für ›Das Land um sieben‹ entwickelt. Er bestand auf Reportagen, die fünf bis zehn Minuten dauern konnten, und auf Studiogästen, die etwas zu sagen hatten.«

»Ich weiß«, sagt Lisa. »Meine Mutter hat fast immer eingeschaltet. Weil alle möglichen Leute auf diesem Sofa saßen und Herr Kerstensen jeden Einzelnen bestens zu kennen schien. Politiker und Millionäre, Handwerker, Hausfrauen und Trickbetrüger …«

Willmann nickt. »Er hat über seine Gesprächspartner ausführliche Dossiers angefertigt. Ein- oder zweimal ließ er die in seinem Büro liegen und ich konnte hineinschauen. Jeder Privatdetektiv wäre neidisch gewesen.«

»Worauf?«

»Details über Scheidungen, uneheliche Kinder und Schulden. Das Meiste dürfte normalerweise unter Verschluss sein. Entweder war Phil bestens vernetzt oder er hat dafür gezahlt. Vielleicht beides. Ganz ehrlich, ich wollte es nie genau wissen. Seiner Arbeit haben wir es zu verdanken, dass eine der wichtigsten Talkshows, die bundesweit ausgestrahlt werden, aus diesem Studio kommt.« Er zeigt auf die Stehtische, die Meinolf als Erstes aufgefallen sind. Dort hat gestern der Bundesminister für Digitales und Verkehr mit dem Chef eines Energiekonzerns diskutiert. Es ging um die Strom- und Gasversorgung im nächsten Winter. Angeblich steigen die Preise wieder.

Willmann wendet sich der anderen Szenerie zu und drückt auf einen Lichtschalter. Über Sofa, Tischchen und Vase wird es hell. »Das ist jetzt unsere Allzweck-Kulisse für alle möglichen Sendungen wie ›Fakten‹, ›Familie heute‹ und den ›Mittagstisch‹«, erläutert er. »Die Möbel bleiben stehen, nur die Bildschirme im Hintergrund und das Licht werden angepasst. Dafür haben wir einen Zeitplan, der auf die Minute pünktlich einzuhalten ist.«

»Klingt wie Stress«, wirft Meinolf ein.

»Nun ja. Die Moderatoren der Frühsendung fangen neuerdings nachts um eins an.«

»Hat Herr Kerstensen das auch getan?«, fragt Lisa.

»Ab und zu. Er war ein Arbeitstier. Die Abläufe der digitalen Technik hatte er schneller verinnerlicht als manche hier. Mit einem kam er allerdings schlecht zurecht. Heute ist ein Team für die redaktionellen Inhalte verantwortlich und er durfte kaum noch etwas allein entscheiden.«

»War das der Grund für seine Kündigung?«, hakt Lisa nach.

»Ich gehe davon aus.«

»Vermissen Sie ihn?«

»Rein menschlich? Nein. Aber seit er fort ist, hat ›Das Land um sieben‹ viele Zuschauer verloren. Der Intendant denkt laut über ein anderes Format nach.« Willmann tritt vor das Sofa, hebt ein zerdrücktes Kissen hoch und legt es mit einer resignierten Geste zurück.

Hinter ihnen werden Stimmen laut. Er ruft: »Wir sind hier« und setzt ein joviales Lächeln auf. Zwei Frauen, die seine Töchter sein könnten, biegen um die Ecke. Beide stark geschminkt und mit Headsets über den Ohren.

»Geht schon vor, im Konferenzraum ist gedeckt«, sagt er zu ihnen und wartet, bis sie wieder zu dritt sind. »Behandeln Sie unser Gespräch bitte vertraulich.«

Lisa nickt. »Können wir es später fortsetzen?«

»Gern.«

Er hält ihnen die breite, graue Tür auf. Sie biegen in einen langen Flur ab. Ein Dutzend Fernsehleute wartet. Sie haben sich um einen blankpolierten Holztisch versammelt, an dessen Kopfende Willmann Platz nimmt. Zwei Stühle auf der gegenüberliegenden Seite sind frei.

»Ihr wisst, worum es geht«, sagt er und stellt die Gäste vor. »Fällt einem von euch etwas zu Phils Privatleben ein?«

In den Mienen spiegelt sich Ratlosigkeit.

Ein kahlköpfiger Mann meldet sich zu Wort. »Feinde hatte er nicht.«

»Kannten Sie ihn näher?«, fragt Meinolf.

»Ich war zehn Jahre dabei, wenn er nach der Sendung mit seinen Gästen zusammengesessen hat. Manche hat er ja vor der Kamera regelrecht auseinandergenommen. Denen hat er hinterher die Gründe erklärt. Ab und zu hat er sich sogar entschuldigt. Am Ende war niemand mehr sauer.«

»Phil habe ich gemocht«, meldet sich eine Frau um die vierzig zu Wort. »Er hat sich vor keiner Arbeit gedrückt. Nicht mal, als es ihm dreckig ging.«

Lisa schaut sie an. »Wann war das?«

»Vor ungefähr drei Jahren. Eine Kollegin, mit der er sich das Moderatorensofa geteilt hatte, ist gestorben. Hirnschlag im Sommerurlaub. Phil hatte Augenringe wie ein Pandabär, doch im Studio hat er eisern durchgehalten.«

Willmann bestätigt das und legt die Fingerspitzen zusammen. »Fragt sich nur, wie es hinter seiner Fassade aussah. Erinnert ihr euch an die Sprüche, die er damals von sich gab?«

Die Frau nickt. »Er redete ständig davon, wie kurz ein Leben sei und dass er noch manches erledigen müsse … Etwas später hat er Urlaub genommen und auch anschließend häufiger. Hier zwei Tage, da ein verlängertes Wochenende, immer ganz spontan. Vielleicht hat er schon in den Wochen nach einem neuen Job Ausschau gehalten.«

Achselzucken am Tisch. In der Runde werden Anekdoten über Kerstensen erzählt. Er sei ein höflicher Mensch gewesen, heißt es. Und nach Feierabend? Wieder ratlose Gesichter.

Lisa wippt auf der Stuhlkante. Schließlich steht sie auf. »Danke, wir haben keine weiteren Fragen.«

Die Fernsehtruppe rückt ab und der Kahlköpfige ruft »Tschö«.

Willmann putzt seine Brille.

Lisa wartet, bis er fertig ist. »Wie steht's mit Ihnen? Waren Sie in all den Jahren nie mit Herrn Kerstensen in einer Kneipe?«

»Vor einer Ewigkeit. Wir waren im gleichen Ausbildungsjahrgang und trafen uns mit den anderen Volontären regelmäßig in der Altstadt. Zuerst habe ich laut über den reichen Schnösel gelacht, der im Maßanzug sein Glas Kölsch festhielt. Als er sich ins Gespräch einmischte, merkten wir, dass er aufgepasst hatte und die richtigen Fragen stellte. Phil gehörte schnell zu uns.«

»Hat sein Geld eine Rolle gespielt?«, erkundigt Lisa sich.

»Nein. Er tat alles, um uns seine Herkunft vergessen zu lassen. Ich traf ihn mal im Supermarkt, mit einer Flasche Champagner und Parmaschinken im Korb. Butter und Brot hatte er nicht gefunden. Mit hochrotem Gesicht bat er mich um Stillschweigen. Allzu lange habe er die falschen Freunde gehabt, klagte er. Er hat sich abgerackert, um uns und der Welt zu beweisen, was er aus eigener Kraft auf die Beine stellen konnte.«

»Der Erfolg gab ihm recht«, sagt Meinolf. »Seine Familie war sicher stolz auf ihn.«

Willmann schüttelt den Kopf. »Kerstensen senior hat oft versucht, Phil wieder an die Elbe zu locken. Zuletzt vor acht Jahren. Erinnern Sie sich an dieses Flugzeugunglück in den Pyrenäen, bei dem viele Deutsche ums Leben gekommen sind? Sein älterer Bruder war mit an Bord. Trotzdem wollte

Phil nicht zur Reederei zurück. Daraufhin hat sein Vater das Testament geändert. Als er starb, ist der Großteil des Familienvermögens an die Gesellschaft zur Rettung Schiffbrüchiger gegangen. Nach dem edlen Spender wurde ein Rettungskreuzer benannt.«

Lisa nickt. »Darüber gab es einen Bericht im Fernsehen.«

»Hätte mich brennend interessiert, was Phil davon hielt. Leider war er bereits in Berlin und das Band zwischen uns zerschnitten.«

»Warum?«, fragt Meinolf.

»Seine Kündigung hat mich tief enttäuscht. Ich habe ihm prophezeit, dass er beim Privatsender eine Bruchlandung hinlegen würde: ›Bildest du dir etwa ein, dass sie in dem Haifischbecken auf einen alten Knacker Rücksicht nehmen?‹ Sein mitleidiges Grinsen und eine dumme Bemerkung haben mich erst recht auf die Palme getrieben. Mir fiel eine Begegnung ein, die etwa zehn Jahre her ist. Ich war mit meiner Frau an Silvester in Hamburg und traf Phil zufällig in einem Sternerestaurant. Er saß mit einer bildhübschen Blondine am Tisch. Die hatte es garantiert nicht auf seine blauen Augen abgesehen.«

»Das heißt?« Lisas Stimme klingt frostig.

»Eine Professionelle. Stocksauer, wie ich vor seinem Abgang war, habe ich gefragt, ob er noch was auf der hohen Kante hätte. Für den Fall, dass er auch in Berlin zahlen müsse, um seinen Spaß zu haben.«

»Aua.« Die Bemerkung ist draußen, ehe Meinolf nachgedacht hat.

Lisa erhebt sich. »Haben Sie Erfahrungen mit Frauen, die sich für solchen ›Spaß‹ bezahlen lassen?«

»Ich bitte Sie. Die Dame war um die zwanzig. Wer so jung ist, schlägt sich den Silvesterabend nicht freiwillig mit Halbgreisen um die Ohren. Und so peinlich, wie Phil unser zufälliges Treffen war, gab es keinen Zweifel, wen er da aufgegabelt hatte.«

Sie knöpft ihre Lederjacke zu. »Herr Willmann, wir sind fertig. Danke für Ihre Zeit. Meinolf, kommst du?«

Verblüfft steht er auf und verabschiedet sich formvollendet.

»Was war das denn?«, fragt er, als sie in den Lift steigen.

»Ich brauch frische Luft. Der selbstgefällige Kerl ging mir auf die Nerven.«

»Weil er dem Kerstensen unterstellt hat, dass der für eine heiße Nacht blechen musste?«

»Fang du nicht auch an!« Sie durchbohrt Meinolf mit Blicken, die sie in Berlin für Ben reserviert.

Auf dem Weg zum Hotel kommen sie am Dom vorbei. Meinolf war noch nie in der mächtigen Kathedrale, doch Lisas Laune verdirbt ihm die Lust auf einen Besuch.

»Ich lege mich eine Stunde aufs Ohr«, sagt er und betritt die Lobby. »Sonst schaffe ich die lange Rückfahrt nicht.«

»Okay.« Lisa winkt kurz und dreht sich auf dem Absatz um.

Zeitreise

Sie läuft die halbe Strecke zurück und biegt von der Einkaufsmeile ab. Das Fünf-Sterne-Hotel hätte sie mit geschlossenen Augen gefunden.

Immer noch wartet ein Page in Uniform neben dem Eingang. Er hält ihr die Tür auf. Für einen Moment vergisst sie, dass sie keine High Heels mehr trägt. In Jeans und ihren alten Sneakers schreitet sie über den roten Läufer.

Drinnen scheint die Zeit stehengeblieben zu sein. Der Concierge an der Rezeption ist knapp über dreißig, damals kann er nicht hier gewesen sein. Er wird einige Sprachen fließend beherrschen. Schließlich muss er für die betuchten Gäste aus aller Welt Restaurantbesuche oder den VIP-Shuttle zum Flughafen organisieren.

Lisa schlendert weiter, taucht einen Finger in das Wasserbecken mit den bunten Fischen und lauscht dem plätschernden Brunnen. Dahinter schraubt sich eine Wendeltreppe aufwärts. Auf den Stufen liegt königsblauer Teppich wie eh und je. Manchmal ist sie zu Fuß in den fünften Stock emporgestiegen, wo Alexander in einer Suite mit Dachterrasse und Whirlpool wartete. Wenn er Lisa die Tür öffnete, hatte der Champagner exakt die richtige Temperatur.

Sie schaut auf ihre Armbanduhr. Jetzt wird im Wintergarten der Afternoon Tea gereicht, frisch zubereitet und in vorgewärmten Kannen. Inzwischen könnte sie ihn selbst bezahlen. Wie er wohl schmecken würde?

Der Concierge winkt einer Hotelangestellten, die auf Lisa zueilt. »Kann ich Ihnen helfen?«

»Nein, danke.« Sie wischt ihre feuchte Hand am T-Shirt ab. Früher gehörte sie auch nicht in diese Umgebung, doch niemand sprach sie an.

Die Frau in der weinroten Weste mustert Lisa kühl.

Es ist Zeit zu gehen.

Draußen rennt sie los und hält vor einer Imbissstube an. Sie tritt ein, bestellt eine Cola und setzt sich an einen schmierigen Tisch. Der Ausflug in ihre Vergangenheit war sinnlos. Wäre Alexander noch Stammgast in dem Hotel und ihr zufällig begegnet, hätte sich nichts geändert. Männer wie er verachten Frauen, die sie kaufen können. Wer in dieser Welt sein Herz verliert, hat die Regeln nicht verstanden.

Lisa war blindlings da hineingeraten. Sie stammt aus einem Wallfahrtsort im Münsterland, ihre Mutter ist Witwe und war früher Kassiererin in einem Supermarkt. In der Freizeit jobbte Lisa ebenfalls, weil sie der Kleinstadt schleunigst den Rücken kehren wollte. Sie machte sich nichts aus den Männern, die ihr hinterherliefen, aber die Gerüchteküche brodelte. Neidische Mitschülerinnen dichteten ihr eine Affäre mit dem Klassenlehrer an.

Als sie nach dem Abitur in Köln ankam, spürte sie eine Lebenslust, die ihr verlorengegangen war. Sie stürzte sich in ihr Psychologiestudium und war nie allein, wenn sie durch die Kneipen pilgerte. Im zweiten Semester bezog sie notgedrungen ein neues Zimmer. Um die höhere Miete bezahlen zu können, ging sie kellnern und fiel durch eine wichtige Prüfung.

Bei einer Studentin aus ihrem Jahrgang heulte sie sich aus. Die war in jeder Runde der strahlende Mittelpunkt und mit ihren tollen Beinen als Tanzmariechen im Karneval aufgetreten.

Lisa bestaunte Michelles große Wohnung und den Inhalt ihres Schranks im Schlafzimmer. An den Stangen hing Kleidung mit Etiketten von Gucci, Prada und Dior.

»Hast du reiche Eltern?«, fragte Lisa.

»Nö.« Michelle feixte und zeigte ihr das Wäschefach. Da lagen transparente Slips, die im Schritt offen waren, und enge Korsagen aus Leder. Eine hatte Nieten, die nächste war mit Schnallen ausstaffiert. Vorn und hinten.

»Wann ziehst du das denn an?«

»Wenn ich Geld, Möbel oder sonst was brauche.« Michelle deutete auf ein Regal, das genau bis zur Dachschräge reichte. »Maßanfertigung vom Schreiner. Hat Charly mehrere Tausender gekostet.«

»Charly?«

»Er will nicht, dass ich ihn Karl nenne. Dann kann er vergessen, dass er mir fast vierzig Jahre voraushat.«

»Du lässt dich von einem alten Mann aushalten?«

»Von ihm und ein paar anderen. Sie haben mich angeglotzt, seit ich im kurzen Röckchen auf der Karnevalsbühne getanzt habe. Einer hat mich in einen gemeinsamen Urlaub eingeladen. War kein schlechter Deal. Ich habe einfach weitergemacht. Die meisten Greise zahlen anständig für ein bisschen Spaß, nehmen Rücksicht und Viagra.«

Lisa hatte sich mit rotem Kopf davongestohlen, trug lieber Zeitungen aus und vergeigte entscheidende Klausuren.

Michelle dagegen hatte gute Noten, war stets ausgeschlafen und bestens gelaunt. Eines Tages lud sie das Provinzmädchen wieder ein. In ein Musical, das monatelang im Voraus ausverkauft war und von dem Lisa oft geschwärmt hatte. Sie wollte nicht kneifen, leerte mit Michelle eine Flasche Sekt und schlüpfte, leicht benebelt, in eins der teuren Kleider.

Am Eingang zum Musical Dome warteten zwei graumelierte Herren. Einer legte beide Arme um Michelle. Während unter dem halbrunden Zeltdach Musik einsetzte, verbeugte sich der andere vor Lisa. Er hatte Lachfältchen um die verständigen Augen, wie ihr Vater, der zehn Jahre zuvor gestorben war. In seiner Stimme lag der unverkennbare Dialekt aus dem Münsterland. Was ihm gefiel, fand er »jovel«, also »toll« oder »schön«. Lisa auch.

Die Nacht verbrachte sie in seinem Fünf-Sterne-Hotelzimmer. In Ludgers Armen dämmerte ihr, was Michelle meinte. Ein erfahrener Mann war zärtlich und ließ eine junge Frau auf ihre Kosten kommen. Dieser konnte sogar zuhören und hatte Ratschläge für Lisas Praktikum. Nach zwei unvergesslichen Tagen kaufte er ihr eine teure Kette. »Zum Andenken.«

Sie schickte viele Vorurteile, die sie Michelle gegenüber hegte, in die Wüste und vermisste Ludger, der sich nie mehr meldete. Dann begleitete sie ihre neue Verbündete zum Essen. Die hatte es auf einen Geschäftsmann abgesehen, der an einem Tisch den Alleinunterhalter gab. Doch er hatte nur Augen für Lisa.

Auch er war ein aufmerksamer Gesprächspartner und einfühlsamer Liebhaber.

»Du lernst schnell«, lobte Michelle, nahm sie zum Friseur, zur Kosmetikerin und in die richtigen Geschäfte mit. Sie zeigte Lisa, was teuer aussah und wenig kostete. Durchsichtige Wäsche und Sexspielzeug gab es in einem Laden hinter dem

Hauptbahnhof. Am Ende der Einkaufstour waren die beiden Frauen ein Team, das Erfolge und Niederlagen teilte.

Manchmal zog eine keinen dicken Fisch, sondern eine miese Ratte an Land. Männer, die das Geld penibel abzählten, auf einem Blowjob bestanden und ihnen das Gefühl gaben, der letzte Dreck zu sein. Michelle rappelte sich immer schneller als Lisa auf. »Da musst du durch«, herrschte sie das heulende Elend an. »Oder willst du alles hinwerfen, was du dir aufgebaut hast, und in dein Zehntausend-Seelen-Dorf zurückkriechen?«

Lisa verneinte. Spott und Häme hatte sie hinter sich gelassen. Mamas Held war ihr großer Bruder, der es zum Abteilungsleiter eines Münsteraner Kaufhauses gebracht hatte. Seine Sprüche vergällten der jungen Frau die Besuche in der Heimat. Sie riss sich zusammen, genoss eine Weile den unverhofften Wohlstand und legte sich ein Sparkonto zu. Bis sie Alexander kennenlernte.

Strenggenommen war er ein Kunde, sogar einer ihrer zahlungskräftigsten. Als Vorstandsvorsitzender einer Krankenkasse war er ständig auf Reisen und schwer enttäuscht von den Frauen, mit denen er sich eingelassen hatte. »Sie wollten nur mein Geld«, klagte er. Nun sei er bereit, für menschliche Wärme zu zahlen.

Er hatte am gleichen Tag Geburtstag wie Lisa. Sie schleppte eine riesige Torte ins Hotel, auf die sie 62 winzige Kerzen gequetscht hatte. Alexander revanchierte sich mit einem Einkaufsbummel durch Boutiquen, in denen seine Begleiterin wie eine Königin hofiert wurde. Aber Lisa wollte weder Sekt noch Häppchen. Einen Urlaub auf den Seychellen hätte sie ebenso wenig gebraucht. Für den Mann, der nächtelang seine Sorgen mit ihr teilte, hatte sie längst alle anderen Gönner abserviert.

Ein Fehler? Je mehr sie von sich preisgab, desto seltener wurden seine Anrufe. Als er sie zu einem offiziellen Abendessen mitnahm, schöpfte sie neuen Mut. Unterm Tisch schob er eine Hand durch den Schlitz ihres Rocks, in den Slip und massierte ihre empfindlichste Stelle.

Sie biss sich die Lippen wund. Das rote Gesicht ihres Sitznachbarn sprach Bände.

»Hat es dir etwa nicht gefallen?«, fragte Alexander hinterher mit Unschuldsmiene und legte einen Hunderter drauf.

Lisa warf ihm das Geld vor die Füße.

Bald darauf kaufte er die große Wohnung im Nordturm der Kranhäuser. Während eines Spaziergangs am Rhein erzählte er von den bestellten Möbeln. Ein Schlafzimmer für zwei war nicht vorgesehen.

Lisa schob das Ausbleiben ihrer Regel auf die tränenreichen Nächte, ging schließlich zur Frauenärztin und mit der Diagnose zu Alexander. Alles, was er für sie hatte, war eine Telefonnummer: »Eine Privatklinik. Die Ärzte verstehen ihr Handwerk. Ich übernehme die Rechnung.«

Wie sollte sie dieses Baby großziehen, ohne jemanden an ihrer Seite, der ihr beistand? Die Bekanntschaften aus dem ersten Semester hatten sich verflüchtigt, seitdem sie nur noch sporadisch an der Uni war. Und Michelle war auf dem Straßenstrich gelandet. Lisa hatte sie aus einem Taxifenster entdeckt. Die Frau, die sie ihre Freundin genannt hatte, spazierte in hautengen Klamotten neben Wohnmobilen auf und ab. Hinter einer Scheibe klemmte ein Pappschild mit einem roten Herz und ihrem Namen.

Lisa gab auf. Nach der Rückkehr aus dem Krankenhaus kündigte sie ihr Zimmer. Bloß weg aus Köln, so weit, wie es eben ging. Was konnte sie mit einem abgebrochenen Studium in Psychologie anfangen? Sie durchforstete das Internet, fand eine Anzeige der Berliner Polizei und bewarb sich. Wenn sie das mehrstufige Auswahlverfahren bei der Kripo bestand, würde sie für Gerechtigkeit sorgen. Dort, wo Männer mit Geld zu viel Macht hatten und immer gewannen.

Drei Jahre später erhielt sie an der Hochschule für Verwaltung und Recht ihr Diplom und wurde Kommissarin am Landeskriminalamt. Sie erledigte jeden Job, der ihr aufgetragen wurde, reagierte schnell, stieg zur Ober- und Hauptkommissarin auf. Und stellte fest, dass reiche Männer Anwälte hatten, die sie vor Gericht herauspaukten. Für Bewohner der grauen Vorstädte mit Pflichtverteidiger sah die Welt anders aus. Als Lisa ins Dezernat für Delikte am Menschen versetzt wurde, klafften auch da gewaltige Lücken zwischen ihren Illusionen und der Wirklichkeit.

Anfangs waren die meisten Kollegen männlich und deutlich älter. Sie hielt alle auf Abstand, bis Meinolf während einer Dienstfahrt zum Arzt musste. Hinterher kutschierte sie ihn zu seiner Frau und verbrachte mit den beiden einen unerwartet familiären Abend. Sie wissen, dass Lisa ihr Studium geschmissen hat. Aber die ganze Geschichte kennt nur ihre Freundin Henriette.

Ob Meinolf fragt, was Lisa in Köln die Laune verdorben hat? Kluger Kopf, der er ist, könnte er sich manches zurechtreimen. Zur Not wird sie ihm die halbe Wahrheit anvertrauen. Eine unglückliche Liebe, lange vorbei.

Wirklich? In ihren Träumen reist sie noch zurück. Dann reißen die alten Wunden auf und mit einem Schlag ist alles wieder da. Scham, hilflose Wut, unendliche Traurigkeit. Aus Selbstschutz hat sie nie nachgeforscht, was aus Alexander wurde. Ob er eines Tages vielleicht eine standesgemäße Frau geheiratet hat?

Es ist eine halbe Ewigkeit her und höchste Zeit, den Erinnerungen die Stirn zu bieten. Warum nicht an diesem Ort, fast in Sichtweite von Suiten mit Whirlpool und Dachterrasse?

Lisa trinkt den letzten Rest Cola, greift zum Smartphone und sucht Alexanders Namen im Internet. Sekunden später hält sie sich an der schmierigen Tischkante fest.

Er ist tot. Vor drei Jahren hat eine Kölner Tageszeitung über ihn einen Nachruf veröffentlicht.

*

Die Dusche hat Lisas Tränen fortgespült. Ehe sie sich in die Hotellobby traut, trägt sie mehr Schminke als sonst auf und zieht ein buntes T-Shirt an.

Meinolf schaut ihr entgegen, pfeift durch die Zähne und ruft: »Donnerwetter!«

»Lass uns was essen gehen«, erwidert sie und bezahlt ihr Zimmer.

Sie bringen das Gepäck ins Auto. Er folgt Lisa ohne Widerrede zu einem vegetarischen Schnellimbiss, obwohl es rund um den Bahnhof jede Menge andere Restaurants gibt.

Über zwei großen Salatschalen schweigen sie sich an.

»Noch sauer auf den Herrn Willmann?«, fragt Meinolf.

»Geht so.«

»Er hat einige Lücken in Kerstensens Lebenslauf gefüllt. Und egal, wie viel Geld der arme Teufel hatte: Mir tut er schrecklich leid.«

»Warum?«

»Schau mal, ich hab hier das Wichtigste zusammengefasst.« Meinolf holt seinen Notizblock aus der Jackentasche und legt ihn vor Lisa hin. »Der Senior in Hamburg hat vergeblich auf die Rückkehr seines abtrünnigen Sohns gewartet.

Zwischen den beiden hat's vermutlich alle naselang gekracht. In seiner neuen Heimat war der junge Phil ein Sonderling im Maßanzug, hat sich verbissen hochgearbeitet und Karriere gemacht. Wirklich zu Hause war er nirgends. Nach Feierabend saß er allein im Biergarten.«

»Nicht immer.«

»Du meinst diese unbekannte Schönheit? Die war Gift für ihn. Sonst hätte er sich keinen Wanst angefressen und wäre nicht beim Orthopäden aufgelaufen. Dann sind sein Bruder und seine Kollegin gestorben. Wieder hat dieser Star, den alle Frauen angehimmelt haben, allein gelitten. Ich vermute, er hat damals innerlich gekündigt.«

Lisa kaut auf einem Stück Eisbergsalat herum und nuschelt: »Kann ich gut verstehen.«

»Ehrlich? Wärst du auch abgehauen, ohne Rücksicht auf Verluste?«

Sie gibt keine Antwort. Wie würde Meinolf auf die ganze Wahrheit reagieren?

Vor ihrem Umzug nach Berlin, der zwei Jahrzehnte zurückliegt, hatte sie sich ein letztes Mal mit Alexander getroffen.

»Du willst Köln verlassen?«, fragte er.

Sie nickte und wartete auf ein versöhnliches Wort. Den Versuch, sie umzustimmen. Einen Hinweis, dass ihm etwas an ihr lag.

»Viel Glück. Hoffentlich findest du einen Anderen, der dich anständig bezahlt.«

Erst in dem Moment hatte sie sich wie eine »Professionelle« gefühlt.

Nun ist er tot. Die Geschichte, die vor langer Zeit zu Ende ging, wird nie mehr aufgerollt. Ob sie eines Tages an Bedeutung verliert?

Lisa legt das Besteck zur Seite. »Ich bin satt, Meinolf.«
»Wird sowieso Zeit, dass wir auf die Straße kommen.«

*

Er nimmt auf dem Fahrersitz Platz. Lisa schläft an seiner Seite sofort ein.

In ihren wirren Träumen steigt sie zu Alexander in den Fesselballon. Sie stürzen ab, das gehört dazu. Doch jetzt schleudert ein heftiger Ruck nur Lisa aus dem Korb und sie stolpert allein durch eine Felslandschaft. Jemand ruft ihren Namen. Voller Schrecken schaut sie sich um.

Hinter ihr steht Georgia von Hustedt.

»Aufwachen.« Meinolf rüttelt an Lisas Schulter.

Sie reibt ihre Augen. Die Sonne neigt sich dem Horizont entgegen. »Wo sind wir?«

»Auf einem Rastplatz bei Hannover.«

Während er tankt und Kaffee kauft, geht sie zur Toilette. Hinter der Trennwand durchforstet sie die sozialen Netzwerke nach Neuigkeiten. Georgias Instagram-Beitrag hat einige hundert Herzchen und mitfühlende Kommentare eingeheimst.

Inzwischen ist ihr Abschiedsbrief auch bei X, dem ehemaligen Twitter. Dort stellen die Follower Fragen: »Hat diese Frau Philipp Kerstensen getötet?«

»Sperrt sie ein«, fordert ein anderer und der nächste behauptet, dass sie garantiert im Suff durchgedreht sei. Als Beweis hält ein Foto her, auf dem Georgia vor leeren Weinflaschen sitzt.

Was soll das? Die Meute, die sich hier zusammenrottet, faselt von Irrenanstalt und Gefängnis. Sobald die Lawine langsamer rollt, tauchen weitere Schnappschüsse auf. Georgia auf einer Feier, lachend, mit verrutschtem Dekolleté. Oder mit Augenringen und einem vollen Cognacschwenker in der Hand.

Lisa eilt zum Auto. »Ich hab es komplett vermasselt«, ruft sie Meinolf zu.

»Was denn?«

»Irgendwer will Georgia fertigmachen. Such ihren Namen bei X, dann weißt du, was los ist.«

Er sieht sich das Malheur an. »Das wünsch ich meinem schlimmsten Feind nicht!«

»Gib mir die Autoschlüssel, Meinolf. Jetzt bin ich dran.«

Aus der Ferne

PHIL konnte nur existieren, wenn er die Kontrolle behielt. Er blieb halbe Nächte wach, um über die Gäste seiner Sendungen alles Erdenkliche herauszufinden. »Du musst deine Gegner kennen«, sagte er. Sein Bekanntenkreis bestand aus Menschen, die ihm nützlich waren. Bankdirektoren, Richter, ein Kriminalrat war ebenfalls dabei.

Manchmal durfte ich zuschauen, wenn er online seine Interviewpartner und deren Netzwerk checkte. Die meisten boten für Likes ihr Privatleben feil. Wir amüsierten uns beide über so viel Naivität. Spätabends schauten wir Talkshows. Eine schalte ich noch heute ein. Der Moderator sieht wie eine Schaufensterpuppe aus, aber mir gefällt er. Vorgestern hat es sich gelohnt.

Lisa Heynrichs heißt du also. Deine Spur hatte ich mit ein paar Klicks. Vielleicht hast du vergessen, dass deine Freundin Henriette einen ellenlangen Beitrag bei Facebook hochgeladen hat. Vor zwei Jahren, mit etlichen Fotos von der Eröffnung ihres Cafés. Lachende Menschen drängen sich um ein Frühstücksbuffet. Diese Henriette hat die Namen von allen, die ein Facebook-Konto haben, markiert. Deinen auch.

Wie schade, dass du nichts postest und dein Profilbild zwei Wellensittiche zeigt. Auf Henriettes Schnappschüssen habe ich deine blonden Locken erkannt. Für eine Frau, die jenseits der vierzig sein muss, bist du toll in Form. Schlank, kaum Falten. In einem schicken Kleid könntest du modeln. Warum trägst du diese hässliche Lederjacke?

Ich wollte mehr erfahren. Gestern habe ich im »Café H.« am Savignyplatz einen Nachmittag vertrödelt. Irgendwann hatte die Chefin Langeweile. Sie kam mit einem Cappuccino an meinen Tisch und wir plauderten. Über ihre neue Wohnung in der Kantstraße und die alte, die sie lange mit ihrer besten Freundin geteilt hat. Dass die Zeit vorbei ist, macht Henriette zu schaffen. Sie geht immer sofort ans Handy, wenn die Freundin anruft, und ist froh, dass sie wieder deren Schlüssel hat. Die beiden Piepmätze brauchen regelmäßig Futter.

»Ist Ihre Freundin nicht da?«, habe ich gefragt.

»Nee, auf Dienstreise.«

Henriette ist aufs Rad gestiegen. Meins stand einige Meter entfernt unter der Hochbahntrasse. Es war fast dunkel, als ich ihr in die Steinmetzstraße gefolgt bin.

Deine Freundin verschwand in einem Altbau mit gelber Fassade. Kurz darauf ging das Licht an. Hast du keine Vorhänge? Ich konnte in die Küche sehen. Ein großer Vogelkäfig wurde geöffnet.

Nun kenne ich deine Adresse. Ich weiß, wer dir etwas bedeutet. Komm mir nicht zu nah, Lisa. Sonst werden andere leiden.

Opfer und Täter

Hinter Magdeburg muss sie den Fuß vom Gas nehmen. Nach einem Unfall ist die Autobahn gesperrt. Lisa bringt Meinolf erst um Mitternacht zu seiner Frau und den Dienstwagen anschließend in die Keithstraße. Um halb zwei schließt sie ihre Wohnung auf, lässt die Reisetasche im Flur stehen und fällt ins Bett.

Irgendwann brummt das Handy.

Lisa springt auf und fischt es aus dem Haufen, der am Boden liegt. Hose, T-Shirt, Schuhe, alles durcheinander. »Ja?« Ihr ist schwindelig und die Zunge klebt am Gaumen.

»Bist du krank?«

Oje, sie hat den Anruf bei ihrer Mutter vergessen. Der ist an jedem Mittwochabend vor der Tagesschau fällig.

»Keine Sorge, Mama.« Lisa sinkt wieder aufs Kissen. »Ich rufe dich gleich zurück, in Ordnung?« Sie hat brennenden Durst und ihr Kopf ist noch nicht ganz da. Jetzt auf den lockeren Tonfall umschalten, den sie sich für diese Telefongespräche angewöhnt hat?

»Lass dir Zeit, ich hab's nicht eilig.« Es klingt schnippisch.

Die alte Kaffeemaschine ist hin. Doch neben dem Wasserkocher liegt eine Packung mit Tassenportionen für Cappuccino. Und im Kühlschrank hat jemand außer frischer Milch, Butter und Eiern zwei gebratene Buletten hinterlassen.

Mit Speck und roten Zwiebeln. Eine der Spezialitäten, die Henriette ab und zu auf ihre Abendkarte schreibt.

Am Päckchen klebt ein Zettel mit einem Smiley.

Lisa gönnt sich ein ausgiebiges Frühstück, ehe sie sich zum Telefonieren aufrafft. »Mama, ich war unterwegs. Dienstlich.«

»Wo denn?«

»In Köln.«

»Ausgerechnet!«

Lisa presst die Lippen zusammen. In ihrer Familie ahnt niemand, womit sie damals ihren Lebensunterhalt verdient hat. Als Studentin war sie das schwarze Schaf und erst ihr Wechsel nach Berlin hat Mutter und Bruder widerwilligen Respekt abgerungen. Mit dem »anständigen« Beruf konnte sie sich wieder bei den beiden blicken lassen. Zwei- oder dreimal im Jahr tut sie ihnen den Gefallen.

Mama seufzt. »Ich hatte gehofft, du hättest einen Mann kennengelernt und darüber die Zeit vergessen.«

»Wann glaubst du mir endlich, dass ich keinen brauche?«

»Du wirst nicht jünger, Kind.«

»Danke, gleichfalls.«

»Wie kann man bloß so stur sein?«

Es ist zwecklos. Die Mutter hält an ihren Vorstellungen fest, obwohl Lisa ihr Leben seit Jahrzehnten aus eigener Kraft stemmt. Eine alleinstehende Frau ist höchstens die Hälfte wert. Auch Lisas neunzehnjährige Nichte hat das offenbar verinnerlicht. »Zu Weihnachten feiern wir Verlobung«, verkündet Mama stolz.

Wir. Aha.

»Du, ich muss zum Dienst«, sagt Lisa. Dass die Kollegen frühestens mittags mit ihr rechnen, behält sie für sich.

Am Handy wird es still. »Na schön, dann bis nächste Woche.«

Ihr Puls beruhigt sich fünf Minuten später.

Sie lehnt sich gegen ihre Nackenrolle. Prompt meldet sich der Schmerz über dem Steißbein. Vorsichtig steht sie auf und tappt auf nackten Füßen durch das Wohnzimmer. Ihre Mutter und ihr Bruder haben sich hier nie blicken lassen, weder früher noch nach Henriettes Auszug. Inzwischen hat Lisa die Wände hellgrün gestrichen und bei eBay eine bunte Sitzlandschaft ersteigert. Darüber hängt eine Designerlampe aus Metall. In die Ecke neben dem Fernseher schmiegt sich ein neues Bücherregal aus Kirschbaumholz.

Auf dem weißen Couchtisch hat der Inhalt eines Whiskeyglases einen braunen Fleck hinterlassen. Lisa tränkt einen Schwamm mit Essig und legt ihn auf die Stelle. Sie reißt die Balkontür auf, damit der beißende Geruch verschwindet.

*

Auf dem Weg zum Krankenhaus kommt Lisa an einem Kiosk vorbei. Sonst liest sie keine Boulevardzeitungen, doch von einer Titelseite starrt ihr Georgia entgegen.

Lisa kauft ein Exemplar und überfliegt den Artikel. Die Schlagzeile verspricht zu viel. Was da als »Geheimnis der Mordnacht« angepriesen wird, ist nur eine Zusammenfassung der Hasstiraden aus dem Netz. Um die Stimmung anzuheizen, lässt sich der Reporter über Georgias missglückte Entziehungskuren aus.

Wäre er so weit gegangen, wenn die Walküre sich wehren könnte? Eine erfolgreiche Verleumdungsklage brächte ihr ein hübsches Sümmchen ein.

Lisa knüllt das Papier zusammen und stopft die geballte Ladung Dreck in eine Mülltonne. Angeblich ist ein privater

Wachdienst seit Tagen ausgebucht, weil im Grunewald die Angst vor einem Serienkiller umgehen soll. Die Mordkommission hat auch einen Seitenhieb abgekriegt: »Schlafen die Beamten an der Keithstraße?«

Am Klinikeingang zeigt die Kommissarin ihren Dienstausweis vor. Sie wird in der Intensivstation angekündigt, aber dort hält eine Krankenschwester sie zurück: »Die Patientin ist nicht ansprechbar.«

»Darf ich sie trotzdem sehen?«, fragt Lisa.

»Warum?«

»Weil ich mir Sorgen mache. Wird Frau von Hustedt wieder gesund?«

Die Schwester mustert sie eindringlich. »Wenn Sie etwas Zeit haben, rufe ich die behandelnde Ärztin.«

»Sehr nett von Ihnen. Danke.«

Lisa harrt auf einem Plastikstuhl aus. Ein Plakat weist Besucher darauf hin, dass hier »handyfreie Zone« ist. Sie zählt bis hundert und konzentriert sich auf ihren Atem. Aus der Ferne nähern sich Schritte.

»Sicher warten Sie auf mich«, sagt eine leise Stimme. Sie gehört einer zierlichen Frau im weißen Kittel, die sich als »Doktor Yilmaz« vorstellt. So jung, wie sie wirkt, könnte sie Studentin sein.

Lisa erhebt sich. »Wie geht es Frau von Hustedt?«

»Den Umständen entsprechend. Wir konnten sie stabilisieren. Derzeit befindet sie sich in einem leichten Komastadium.«

»Das heißt, sie wacht bald auf?«

Doktor Yilmaz zögert. »Die Chancen stehen recht gut, solange sie in keine tiefere Komastufe fällt.«

»Ich würde alles tun, um das zu verhindern!«

»Das ist meine Aufgabe«, erwidert die Ärztin.

»Es heißt doch, dass manche Komapatienten ihre Besucher wahrnehmen und hören, was man ihnen erzählt.«

»Tut mir leid, dafür ist es zu früh. Nach der Luftröhrenpunktion wäre das Infektionsrisiko zu hoch. Aber wenn es Sie beruhigt, können Sie durch eine Scheibe kurz ins Krankenzimmer schauen.«

Doktor Yilmaz führt Lisa in eine Umkleidekabine, reicht ihr einen grünen Kittel, der nach Desinfektionsmitteln riecht, und deutet auf Clogs in der gleichen Farbe. Sie nimmt die Kommissarin zu einer Fensterfront mit.

Lisa schaut hin, obwohl sie lieber die Augen schließen würde. Georgias bleiches Gesicht ruht reglos auf einem Kissen. Unter dem Kehlkopf ist ein Schlauch befestigt, der zu einer Maschine führt. Monitore blinken. Neben dem Bett türmt sich meterhoch die medizinische Technik auf.

»Frau von Hustedt wird beatmet.«

Über dem massigen Körper wölbt sich eine dünne Decke. Darauf liegen Georgias Hände. Ohne Siegelring. Die Ärmel des Kliniknachthemds sind hochgekrempelt. Im linken Ellenbogen steckt eine Infusionsnadel für den Tropf. Das rechte Handgelenk umschließt eine Blutdruckmanschette.

»Nackte Arme … Ist das nicht zu kalt?«, fragt Lisa im Flüsterton.

»Keine Sorge. Dort drinnen ist es warm, und wir überwachen Frau von Hustedts Körpertemperatur.«

»Wenn sie wieder zu sich kommt …«

Doktor Yilmaz hebt die Augenbrauen. »Dann braucht sie Schonung. Ich wage keine Prognose, wann Sie sie vernehmen können.«

»Ich halte sie nicht für verdächtig«, entgegnet Lisa. »Sie hat nur das Pech, dass jemand den Fall, in den sie hineingeraten ist, für sich ausnutzt. Vielleicht ein missgünstiger Mensch aus dem Kollegenkreis. Mir geht es um etwas anderes.«

»Was?«

»Sagen Sie ihr bitte, dass ich meinen wütenden Anruf zutiefst bereue und alles daransetzen werde, um den wahren Täter zu finden.«

»Versprochen.«

*

Lisa schiebt ihr Rad durch die Torflügel des Trutzbaus an der Keithstraße, der über hundert Jahre alt ist und mitten in einem Wohnviertel liegt. Vor dem Haupteingang parkt ein blauweißes Einsatzfahrzeug, und ein unauffälliges Schild weist darauf hin, dass sich hier das »LKA 1 – Delikte am Menschen« befindet. Das ist alles. Wer es nicht besser weiß, fährt achtlos an dem Gemäuer vorbei.

Sie lehnt den Drahtesel gegen eine Wand und hört von Weitem Meinolfs Pfeifen. Er nimmt immer die U 2, steigt am Wittenbergplatz aus und macht oft einen Umweg zu seiner Lieblingsbäckerei.

»Ausgeschlafen?«, ruft er und schwenkt eine Papiertüte.

»Denkste. Meine Mutter hat mich aus dem Bett geworfen.«

Er grinst. »Ich musste um acht raus. Amelies Nähmaschine steht im Schlafzimmer.«

Aha, sie ist wieder da.

Ein Dienstwagenbiegt um die Ecke. Taycan lässt die getönte Fensterscheibe herunterfahren und fragt: »Wie war's?«

Sie warten im Treppenhaus, bis er das Auto im Innenhof abgestellt hat und mit Elena ausgestiegen ist. Für ein paar dürre Sätze über den Ausflug nach Köln reicht der Weg zum Büro im vierten Stock.

Elena dreht sich zu Lisa um. »Kannst du neuerdings hellsehen?«

»Wieso?«

»Du bist doch sonst nicht bei Instagram unterwegs. Dass ausgerechnet du Georgia von Hustedts Abschiedsbrief entdeckt hast ...«

Ein Stoß in die Rippen lässt Lisa straucheln. Sie hält sich am Treppengeländer fest. Meinolf überholt sie und schüttelt kurz den Kopf. Alles klar. Er bewahrt sie vor einer Dummheit.

Lisa behauptet, sie habe sich den »Abendblick« aus Langeweile in der Mediathek angeschaut. »Georgia war nicht dabei. Ich wollte wissen, warum.«

»Als der Rettungsdienst eintraf, hatte sie das Bewusstsein schon verloren«, erzählt Elena. »Vermutlich seit Stunden. Wenig später wäre sie tot gewesen.«

Meinolf bückt sich nach seinen Schnürsenkeln und wartet, bis sie mit Taycan hinter einer Tür verschwindet. »Mach keinen Fehler, Lisa«, flüstert er. »Wenn du Theo deinen Anruf bei Georgia beichtest, zieht er dich von dem Fall ab.«

Ja, und dann wäre ihr Versprechen auf der Intensivstation nichts mehr wert. Wer Phil Kerstensen auf dem Gewissen hat, ist auf freiem Fuß und Georgia der Sündenbock. So geht das nicht weiter.

Lisa drückt die Tür zum Büro auf und grüßt kopfnickend in die schweigsame Runde. Sofort sieht sie, dass jemand an ihrem Schreibtisch war. Warum auch nicht? Er steht am Fenster, mit einigen Metern Abstand zum nächsten. Der richtige Platz für alle, die in Ruhe arbeiten wollen. Wenn sie länger nicht da ist, schließt sie ihre Schubladen ab.

Aber sie will auf ihrer Unterlage keinen Müll vorfinden. Keine Krümel, keine zerknüllte Kekstüte und erst recht kein halbvolles klebriges Glas, aus dem es süßlich stinkt! Sie lässt beides neben Bens Tastatur fallen. Er ist der Einzige, der hier literweise Pfirsich-Maracuja-Saft schlürft und Mandelkekse dazu verdrückt.

Ungerührt wischt er einen Spritzer von seiner Wange. »Ihr sollt euch bei Theo melden«, sagt er, wie immer grinsend.

Lisa wartet auf Meinolf und klopft beim Chef.

»Na, hat sich die Tour gelohnt?«, fragt Theo.

»Es geht«, antwortet Lisa. »Um es kurz zu machen: Philipp Kerstensen war in Köln einsam, vor etwa zehn Jahren verliebt und hatte dann eine Lebenskrise.« Sie schildert, was sie herausgefunden haben.

Theo schreibt mit, wirft den Kugelschreiber wieder hin und runzelt die Stirn. »Alles vage Vermutungen. Habt ihr nichts Handfestes?«

»Damit die Sensationsreporter endlich Ruhe geben?«

»Ich will mir nicht vorwerfen lassen, dass meine Leute pennen!«

»Von wegen pennen«, mischt Meinolf sich ein. »Wir haben jetzt Zeugen, die unabhängig voneinander bestätigen können, dass Kerstensen mal liiert war. Offenbar mit einer Hamburgerin, die ihn in Köln besucht hat. Gehalten hat die Geschichte nicht, doch sie muss ihm mächtig an die Nieren gegangen sein. Was ist, wenn er aus Sentimentalität so viel alten Kram aufbewahrt hat?«

Lisa gibt ihm Recht. »Ich vermute, dass wir in seinen Hinterlassenschaften eine Spur der Dame finden.«

Theo erhebt sich, weil die Sonne ihn blendet und zieht die Vorhänge an den Sprossenfenstern zu. »Worauf wartet ihr noch? Ihr wisst ja, wo die Sachen aus der Villa sind.«

Die Spurensicherer haben sie in einer der Kammern untergebracht, die Außenstehende nie zu sehen bekommen.

Im Büro der Asservatenverwaltung notiert ein Angestellter Lisas und Meinolfs Anwesenheit. Er beschreibt ihnen, wo sie in dem fensterlosen Raum suchen müssen. Kunstlicht beleuchtet stabile Regale. Sie sind bis zur Decke mit Kartons vollgestopft.

»Ach du grüne Neune«, stöhnt Meinolf. Saschas Leute haben im Grunewald ein halbes Dutzend großer Kisten gefüllt. Auf einer prangt das Wort »Arbeitszimmer«.

Sie wuchten das Monstrum auf einen Tisch. Lisa klappt den Deckel hoch und rümpft die Nase. Was finden andere Frauen nur an »Le temps de la Vanille«? Ein Fläschchen hatte in Kerstensens Schreibtisch gelegen und der Verschluss muss undicht sein. Der Duft dringt durch einen geschlossenen Asservatenbeutel. Sie öffnet ihn und kämpft gegen einen Anflug von Übelkeit. Das Zeug, mit dem sich Michelle vor dem Ausgehen betupfte, roch ähnlich.

Meinolf tippt Lisa an. »Starr keine Löcher in die Luft.«

Er schiebt eine Schachtel mit Fotos über den Tisch. Zuoberst liegt ein Schnappschuss aus dem Hamburger Hafen. Ein Feuerwerk erhellt den nächtlichen Himmel, die Schiffe sind mit Lichterketten geschmückt und die allgegenwärtigen Containerbrücken sind als Schatten in den Hintergrund gerückt.

Lisa dreht das Bild um. Auf der Rückseite hat jemand mit Bleistift »Silvester 2012« notiert. War das der Abend, an dem Kerstensen in Begleitung speiste und unerwartet seinem Kölner Kollegen Willmann begegnete?

Meinolf deutet auf ein schmales Heft mit weinrotem Umschlag. DIN A 4, in der Mitte eine weiße Kordel, die von Goldfäden durchwirkt ist, dickes Papier. Er hat es aufgeschlagen und grummelt: »So viel Geld hab ich noch nie an einem Abend auf den Kopf gehauen.«

Vor ihnen liegt die Speisekarte eines Restaurants namens »Kasematten«. Das Silvestermenü von 2012, wie ein Schriftzug auf der ersten Seite verrät. Große Buchstaben, von einer Blumenranke umrahmt. Bei den fünf Gängen, die serviert wurden, dürften alle Gäste auf ihre Kosten gekommen sein. Es gab Fisch, Fleisch und reichlich Auswahl für Vegetarier. Inklusive Getränken hatte der Spaß fast zweihundert Euro pro Nase gekostet.

Meinolf klappt die Karte zu. »Amelies Heringssalat ist mir lieber.«

Lisa nimmt einen Prospekt an sich, der die Höhepunkte der Hamburger Kultursaison im Winter 2012/2013 anpreist. Das St.- Pauli-Theater hatte »The King's Speech« aufgeführt, ein Stück, in dem es um den stotternden britischen König George VI. ging. Die Premierenvorstellung ist mit einem Kreuzchen markiert. War Kerstensen mit der Unbekannten da? Im Kino hatte er sich »12 Years a Slave« angesehen. Aber nicht allein. In der Schachtel liegen zwei abgerissene Eintrittskarten. Lisa erinnert sich an den Film. Der Held war ein farbiger Amerikaner, der als freier Mann geboren wurde und aufgrund seiner Herkunft als Sklave verkauft worden war.

»Was hältst du davon?«, fragt Meinolf und zeigt Lisa eine Karikatur.

Sie erkennt Phil Kerstensen kaum. Er trägt zwar Anzug und Krawatte, doch zu Lebzeiten hatte er keine tiefen Falten auf der Stirn, über der Nase und an den heruntergezogenen Mundwinkeln. Oder war er nur perfekt geschminkt? Dieses Gesicht mit den traurigen Augen gehört einem deprimierten Mann, der hilflos seine Hände erhebt. Neben der schwungvollen Signatur des Künstlers steht »Comicmesse Köln 2013«.

»Die ist immer im Herbst«, sagt Lisa. Sie schaut die Termine im Internet nach. »In dem Jahr war sie im November. Dann wissen wir ja, wann unsere Unbekannte den Kerstensen besucht hat.«

»Hm.« Meinolf legt einen Stapel Fotos zurück. »Abgebildet ist sie nirgends. Meinst du wirklich, sie waren zusammen dort?«

»Ja, sicher. Anderenfalls würde es diese Zeichnung nicht geben. Warum hätte ein Prominenter, der privat äußerst scheu war, wohl sonst einem Karikaturisten Modell gesessen? Erinnere dich, was der Wirt von Kerstensens Stammkneipe erzählt hat. In Begleitung dieser Dame war sein Gast wie ausgewechselt.«

Lisas Smartphone brummt. »Theo will, dass wir sofort kommen«, ruft sie verwundert. »Dringende Lagebesprechung.«

Sie schieben die Kiste ins Regal zurück. Die Schachtel mit den Fotos und Prospekten nehmen sie mit. Der Verwalter am Ausgang stellt eine Quittung aus.

Im Büro ist niemand, doch aus dem offenen Chefzimmer dringen Stimmen. Meinolf und Lisa treten ein. Was macht Sascha denn schon wieder hier? Der Tatortmann ist als Kriminalbeamter zwar in die Ermittlungen eingebunden. Oft hält er sich aber länger als die Kommissare an den Schauplätzen der Verbrechen auf oder fährt mit dem Motorrad zum Kriminaltechnischen Institut am Tempelhofer Damm.

Lisa versucht die ratlosen Mienen der Kolleginnen und Kollegen zu deuten.

»Vorhin bekam ich eine Mail aus dem Bundeskriminalamt. Phil Kerstensens DNA ist in der Analysedatei registriert«, setzt Sascha sie ins Bild. »Der Mann war nicht nur Opfer. Offenbar ist er selbst in den Tod von drei Menschen verwickelt gewesen.«

Kein Wunder, dass ringsum sichtliche Bestürzung herrscht. Die Datenbank des BKA archiviert die genetischen Spuren von allen Tatorten in Deutschland. Als Saschas Team die Laborproben aus der Grunewalder Villa ausgewertet hatte, waren die Ergebnisse routinehalber nach Wiesbaden geschickt worden. Mit Treffern hatte niemand gerechnet.

Theo schnäuzt seine Nase. »Würde der Mann noch leben, müssten wir ihn festnehmen.«

Sascha nickt. »Zum ersten Mal wurden seine Hautschuppen und einige Haare in Hamburg sichergestellt. Das ist sieben Jahre her. Vor zwei Jahren hat er seine Spuren in Cottbus hinterlassen und zum dritten Mal hier in Berlin im vergangenen Sommer. Da war dieses Segelboot auf dem Tegeler See gekentert.«

»Was ist, wenn jemand Kerstensen schaden wollte?«, fragt Jule. »Ihr wisst alle, wie leicht das geht. Wenn ich Bens Kekstüte aus dem Müll hole und an einem Tatort fallen lasse, hat er ein Problem.«

Er droht ihr mit dem Zeigefinger.

Sascha schüttelt den Kopf. »Dieses Boot hat der Spurensicherung reichlich Arbeit eingebracht. Der Besitzer ging über Bord und ertrank, der Kahn lief auf Grund, doch das Deck blieb trocken. Es gab viele Fingerabdrücke vom Bootseigner und etliche, die niemand zuordnen konnte. Nun wissen wir, dass sie von Kerstensen sind.«

Lisa ist skeptisch. »Er könnte Wochen vorher dort gewesen sein.«

»Stimmt«, antwortet Sascha. »Dafür ist die Beweislage in Cottbus eindeutig. Im Park vor dem Branitzer Schloss hat dieser Mann eine Menge Blut verloren.«

Hat die Verletzung auch für eine Narbe am Handgelenk gesorgt, die bei jedem Wetter schmerzte?

»Wie hast du das in der kurzen Zeit herausgefunden?«, erkundigt sich Meinolf.

»Die Ermittlungen fallen ins Revier der Polizeiinspektion Spree-Neiße. Mein Bruder arbeitet da.«

Theo zieht ein missmutiges Gesicht. »Was in Hamburg geschehen ist, wissen wir noch nicht. Ich fordere die Akte an.« Er wirft seinen Kugelschreiber hin. »Drei weitere Fälle, die wir aufrollen müssen.«

»Wir haben jetzt etwas mehr«, sagt Lisa und berichtet von ihren Funden in der Asservatenkammer. »Wie wäre es, wenn wir die Bevölkerung um Mithilfe bitten? Vielleicht kennt ja jemand eine junge Frau, die Phil Kerstensen zwischen Silvester 2012 und November 2013 begleitet hat.«

Ben zieht die Augenbrauen hoch. »Waren die beiden in Berlin?«

»Nein. In Hamburg und Köln, vorzugsweise im Theater, im Kino und in Restaurants.«

»Mensch, Lisa. Ruf doch gleich bei ›Aktenzeichen XY‹ an.«

Sein Spott löst in ihrer Fußspitze einen Reflex aus. Am liebsten würde sie vor sein Schienbein treten.

FREMDE GESICHTER

MEINOLF beobachtet das stumme Kräftemessen zwischen Lisa und Ben. Sie wippt auf dem Stuhl. Er grinst.

Dass Theo verärgert die Stirn runzelt, merken beide nicht. »Ihr habt etwas Brauchbares in den Kisten gefunden?«, fragt er. »Stichhaltige Beweise, dass die Unbekannte existiert?«

Meinolf setzt zu einer Antwort an.

Der Chef niest, schnäuzt wieder seine Nase und winkt ab. »Ich erwarte euren Bericht. Schriftlich und schnell. Und unser nächstes Treffen findet im großen Besprechungsraum statt. Mit einem halben Dutzend weiterer Kollegen, die uns unter die Arme greifen.«

Lisa nagt an ihren Fingerknöcheln.

Er reißt eine Packung Papiertaschentücher auf. »Wenn Kerstensens Tod mit anderen Fällen in Verbindung steht, steckt womöglich kein Einzeltäter dahinter. Vielleicht hatte seine ominöse Begleiterin Unterstützung. Habt ihr ein Foto der Frau?«

Lisa schüttelt den Kopf.

»Dann nehmt noch mal mit diesem Nachrichtenchef vom Kölner Sender Kontakt auf. Er soll sich bei der dortigen Polizei melden. Wenn die Dame nicht in der Verbrecherkartei zu finden ist, tut es auch ein Phantombild. Wieso habt ihr daran nicht gedacht?«

Meinolf schweigt. Als Henning Willmann von dem Silvesterabend in Hamburg erzählt hatte, war das Gespräch für Lisa beendet gewesen. Nach ihrem harschen Abgang hatte Meinolf die Wogen glätten wollen und war ihr wie ein dummes Schaf gefolgt.

Er begleitet sie zu ihrem Schreibtisch.

»Rufst du diesen Wichtigtuer an?«, fragt sie.

»Du meinst Herrn Willmann? Ja, mache ich. Wenn du endlich aufhörst, an deinen Fingern zu knabbern.«

Irritiert lässt sie die geballte Faust sinken, betrachtet die lädierten roten Knöchel und schiebt ihre Rechte in die Hosentasche.

»Was ist los, Lisa?«

»Dieser vermaledeite Bericht über unsere Befragungen in Köln, den Theo sofort haben will …«

»Reg dich ab, den schreibe ich.«

Ihr dankbarer Blick entschädigt Meinolf für den langen Arbeitstag, dessen Ende in weiter Ferne liegt. »Du hast was gut bei mir«, flüstert sie. »Falls mich jemand sucht: Ich bin im Archiv.«

Wo sonst? Sie wird sich die Akte über den Toten vom Tegeler See holen und für alles andere blind und taub sein.

Er sinkt auf seinen Bürostuhl und ruft beim Kölner Westfunk an. Pech gehabt. Henning Willmann ist auf Dienstreise. Eine Sekretärin nimmt Festnetz- und Mobilnummer des Berliner Kommissars entgegen und verspricht, dass ihr Chef sich melden wird. An sein Handy gehe er selten.

Meinolf probiert es trotzdem und gibt schließlich auf. Er holt sich einen Espresso aus dem Automaten und klemmt seine Tüte vom Bäcker unter einen Arm. Ab nach draußen, frische Luft schnappen. Macht Lisa immer so, wenn ihr Kopf raucht. Nur wegen des Puddingteilchens, das er auf dem Gehsteig verdrückt, würde sie ihm einen Vortrag halten.

Auf dem Rückweg überholt er seine Lieblingskollegin. Die hat sich in einen Aktenordner vertieft.

Er räuspert sich laut. »Na, spannend?«

Sie erschrickt und fängt sich wieder. »Der Tote vom See war Arzt am Humboldt-Klinikum. Seine Leiche wurde frühmorgens an der Badestelle Reiherwerder angeschwemmt. Er hatte reichlich Alkohol im Blut. Hinweise auf Fremdeinwirkung gab es nicht.«

Meinolf nickt. Er erinnert sich in groben Zügen. Damit war der Fall abgeschlossen gewesen. Aber nun werden sie neu ermitteln müssen. »Glaubst du, dass Kerstensen ihn abgefüllt und ins Wasser geworfen hat?«

»Warum nicht?«, antwortet Lisa. »Wer mit Geld aufgewachsen ist, macht doch, was er will. Solchen Leuten sind die Konsequenzen egal.« Sie eilt mit dem Ordner schnurstracks an ihren Schreibtisch.

Was hat sie eigentlich gegen die Reichen dieser Welt? Bemerkungen wie diese hat Meinolf schon häufiger von ihr gehört.

Mit einem Stoßseufzer wirft er seinen Block neben die Tastatur und überfliegt die Notizen der vergangenen Tage. Ein halbes Dutzend Befragungen, viele Zeugen. Er beginnt den Bericht mit Kerstensens ehemaligen Nachbarn, die von einer lieblos möblierten Wohnung erzählten. Das Gegenteil der Villa im Grunewald. Für wen hatte sich der Fernsehstar dermaßen ins Zeug gelegt, wenn er gleichzeitig die Bude verrammelt und keinen Besuch empfangen hatte? Ein Mann mit zwei Seiten. Eine für die Kamera. Und die andere? Vielleicht hatte er sie der unbekannten Frau gezeigt und der Karikaturist auf der Comicmesse war im richtigen Moment zur Stelle gewesen. Der Wirt von Kerstensens Stammkneipe hatte ihn ebenfalls durchschaut. Hinter der jovialen Fassade des beliebten Journalisten versteckte sich ein einsamer und unsicherer Mensch.

Meinolf vertippt sich, löscht einen Absatz, lugt zu Lisa. Die hat sich über die Akte gebeugt und kritzelt einen Zettel voll. Offenbar kann sie sich besser konzentrieren als er. Warum sie in Köln so mies gelaunt war, hat sie ihm nicht verraten. Unterwegs hatte er sie fragen wollen. Leider war er auf dem Beifahrersitz sofort eingenickt und erst vor seiner Haustür aufgewacht.

Das Telefon schrillt. Er reißt sich los. »Willmann«, bellt ihm jemand entgegen und: »Was gibt's denn noch?«

Meinolf bedankt sich für den Rückruf. »Wir brauchen Ihre Unterstützung. Sie hatten von einer Blondine gesprochen, die Herrn Kerstensen zu einem Silvestermenü in Hamburg begleitet hat.«

»Ja, und?«

»Ich möchte Sie bitten, sich mit dem Kölner Kriminalkommissariat 11 in Verbindung zu setzen. Ist nicht weit von Ihnen entfernt. Da gibt es Fotos von polizeibekannten Tätern.«

»Der Abend ist über zehn Jahre her! Glauben Sie allen Ernstes, dass ich die Frau wiedererkenne?«

»Einen Versuch ist es wert. Bringen Sie etwas Zeit mit. Wenn in der Kartei kein Bild der Dame zu finden ist, haben die Kollegen einen guten Zeichner.«

»Ich bin bis morgen Abend unterwegs.«

»Übermorgen früh reicht auch.«

Willmann drückt das Gespräch weg.

Missmutig nimmt Meinolf die Fleißarbeit zum zweiten Mal in Angriff, ackert sich durch die Befragungen des Orthopäden und des Maßschneiders. Nach eineinhalb Stunden ist der Bericht fertig. Während Meinolf zusieht, wie der Drucker die Seiten ausspuckt, kämpft neben ihm jemand gegen einen Hustenanfall.

Theo. Er umklammert ein Glas, in dem es aus einer Tablette sprudelt. Wasser schwappt auf den Boden.

»Gib her«, sagt Meinolf und trägt das Getränk ins Chefzimmer.

Theo sackt in seinem Sessel zusammen. Auf seiner Stirn glänzt Schweiß.

Meinolf betrachtet ihn aus sicherer Entfernung. »Geh lieber heim, bevor du uns alle ansteckst.«

»Kommt nicht infrage.« Theo trinkt sein Glas leer, obwohl ihm das Schlucken sichtlich schwerfällt.

Nichts wie raus! Meinolf hat keine Lust auf eine Sommergrippe. Und überhaupt, er hat alles erledigt, was er Lisa versprochen hat, und spürt die letzten zwei Tage in sämtlichen Knochen.

»Hast du was dagegen, wenn ich Feierabend mache?«

»Lass den Bericht hier und schwirr ab«, krächzt Theo.

*

Am nächsten Morgen fehlt er. Die Tür zu seinem Büro steht offen und der Schreibtisch ist verwaist.

»Theo musste zum Arzt«, verkündet Ben. »Wir sollen ohne ihn anfangen.«

Großartig! Die erste Morgenrunde mit den neuen Leuten wird Lisa leiten. Ausgerechnet heute rückt sie als Letzte an.

Sie gähnt und liest Meinolfs Bericht in aller Eile durch.

»War's spät gestern?«, fragt er, während sie gemeinsam den Weg zum Besprechungsraum antreten.

»Fast elf. Ich hab das Licht ausgemacht. Sascha hat seinen Bruder gelöchert, bis der uns ein Foto des Toten in Cottbus geschickt hat. Wenn ich bloß wüsste, woher ich das Gesicht kenne …«

Ben kommt ihnen entgegen. Ende des vertraulichen Gesprächs.

Die anderen sind längst da. Ein Dutzend Menschen füllt den Raum. Lisa bleibt neben dem Flipchart stehen, das jemand aus Theos Zimmer herübergerollt hat. Sie begrüßt alle und fasst die Sachlage gewohnt knapp zusammen.

Eine Brillenträgerin, die mit Vornamen Sandra heißt und sonst in der dritten Mordkommission arbeitet, bringt Lisa aus dem Konzept: »Was ist, wenn der Tod von Phil Kerstensen mit den älteren Fällen nichts zu tun hat?«

Meinolf Lieblingskollegin ringt um eine Antwort, wie es ab und zu passiert. Dabei hatte sie im vergangenen Jahr voller Enthusiasmus eine Fortbildung zur Profilerin begonnen. Mit ihrem Grundwissen aus dem Psychologiestudium und einem sicheren Gespür für die Gedankengänge von Tätern brachte sie dafür die besten Voraussetzungen mit. Doch der tödliche Unfall im U-Bahn-Schacht erschütterte ihr berufliches Selbstbewusstsein. Sie brach den Lehrgang ab. Theo wollte sie halten und beförderte sie zur Aktenführerin, mit der Aussicht, ihn in nicht allzu ferner Zeit zu beerben.

»Durchaus möglich«, räumt sie ein. »Im Moment wissen wir nur, dass er drei Menschen aufgesucht hat, die gewaltsam ums Leben gekommen sind. Das erste Opfer starb in Hamburg, wo Kerstensen geboren wurde.«

Meinolf springt ihr bei. »Die Frau, mit der er mehrmals gesehen wurde, stammt offensichtlich aus derselben Stadt.«

Sandra nimmt ihre Brille ab. »Ob sie die drei Toten auch gekannt hat?«

»Das müssen wir prüfen und vielleicht bei abgeschlossenen Ermittlungen von vorn anfangen. Die Zeit, die seitdem vergangen ist, macht es leider nicht einfacher …« Lisa heftet ein ausgedrucktes Foto ans Flipchart. Es zeigt einen Mann um die dreißig, der sein weißes Oberhemd eine Spur zu weit aufgeknöpft hat. Die braunen Haare sind mit Gel in Form gebracht.

»Mirko Röhm. Er war Standesbeamter in Cottbus, bevor er vor über zwei Jahren mit Stichwunden im Hals tot aufgefunden wurde. Der Tatort war eine Bank im Park des Branitzer Schlosses. Dort hat die Spurensicherung erhebliche Mengen Blut der Gruppe B gefunden. Es stammt von Kerstensen. Bei aller Kritik an den entsprechenden Testmethoden: Der Mann hatte seit ungefähr zwei Jahren eine große Narbe am Handgelenk, die er als Folge einer Schnittverletzung ausgegeben hat.« Sie hält das nächste Foto hoch, bevor sie es neben dem anderen befestigt. »Das ist Dr. Dennis Kleibaum, Arzt am Humboldt-Klinikum, dessen Boot im vergangenen Sommer auf dem Tegeler See kenterte. Er ertrank und hatte reichlich Alkohol im Blut. Die Akte wurde geschlossen, denn alles sprach für einen Unfall. Jetzt wissen wir, dass Phil Kerstensen an Bord war.«

Lisa verteilt die Aufgaben. Ein Zweierteam beordert sie an den See, noch eins soll sich mit den Angehörigen und Kollegen von Kleibaum in Verbindung setzen. Die Zusammenarbeit mit der Polizeiinspektion Spree-Neiße drückt sie Ben und Taycan aufs Auge. »Wenn es nötig wird, fahrt nach Cottbus.«

»Und ich?«, mault Jule leise.

»Du hältst mit Elena die Pressestelle auf dem Laufenden. Schaut euch vorher an, was bei den sozialen Medien los ist. Weitere Schläge unter die Gürtellinie brauchen wir nicht.« Lisa blickt demonstrativ auf ihre Armbanduhr. Die Besprechung ist beendet.

Meinolf verzieht sich auf die Toilette und schreibt Amelie eine lange SMS. Es wird wieder spät werden. Für die Akten hat Lisa keine Zeit mehr, der leidige Kram bleibt an ihm hängen. Herzlichen Glückwunsch, Sie wurden befördert!

Theo hat kurz angerufen. Er ist für einige Tage krankgeschrieben. Lisa zieht vorübergehend in sein Büro und überlässt ihren Schreibtisch einem Mann namens Holger. Bei seinem Anblick denkt Meinolf an einen Gorilla. Er hat überall schwarze Haare. Auf dem Kopf, an den Händen, Unterarmen, am Hals und am Kinn.

Die Tür zum Chefzimmer steht offen. Meinolf lugt hindurch. Lisa starrt aufs Flipchart mit den Gesichtern der beiden Toten.

»Störe ich?«, fragt er.

»Nee. Sag mal, hast du die zwei nicht auch schon irgendwo gesehen?«

Er tritt näher, wartet vergeblich darauf, dass es im Oberstübchen Klick macht, und schüttelt den Kopf. »Weder im wahren Leben noch in der Glotze. Hast du einen Tipp für mich?«

»Ich hatte gehofft, den hättest du.« Sie deutet auf einen Stapel Akten und Ausdrucke. »Alles deins. Bring dich auf den neuesten Stand, so schnell du kannst. Was wir bis jetzt haben, fasse ich für die Chefetage zusammen.«

Vor dem Kontakt zum Leiter des Landeskriminalamts hat sie sich bisher bei jeder Gelegenheit gedrückt. Ist ihr nicht klar, dass sie als Nachfolgerin von Theo auf einen Alltag zusteuert, der sich innerhalb dieser Trutzburg abspielt? Dann ist Schluss mit dem Polizeidasein in freier Wildbahn. Sie wird nur selten mit Tätern und Opfern zu tun haben. Wie lässt sich das mit ihren Vorstellungen von diesem Beruf vereinbaren?

Meinolf verkneift sich eine Bemerkung und hebt die Hand zum Abschied.

Im Büro setzt Betriebsamkeit ein. Ben telefoniert lautstark mit jemandem in Cottbus. Elena hat ebenfalls den Hörer am Ohr.

Holger bedient sich aus einer Lunchbox. »Du auch?«, fragt er kauend.

Meinolf brummt: »Bin satt.«

Kurz darauf wird Holger von einem Kollegen abgeholt. Erleichtert wendet sich Meinolf den Akten zu. Eine beginnt mit dem Obduktionsbericht der Wasserleiche. So, wie der Arzt auf diesen Fotos aussieht, hätte niemand ihn erkannt. Wie hatte er mit einem Promille Alkohol im Blut sein Boot steuern können? Er war nicht weit von der Grenze zu absoluter Fahruntüchtigkeit entfernt gewesen.

ALLEINGÄNGE

DIESES Zimmer hat Lisa immer Respekt eingeflößt. Die Tür bleibt normalerweise zu, und wer mit Theo sprechen will, klopft vorher an. Nun sitzt die Kommissarin auf dem Chefsessel mit der hohen Rückenlehne.

Sie kommt sich wie eine Schauspielerin vor. Fast wie in ihren ersten Berliner Jahren, als die Angst vor der Vergangenheit jeden neuen Fall begleitet hatte. Wer wusste denn, welche Männer ihr an den Tatorten begegnen würden? Sie ließ sich die langen Haare kurz schneiden und warf die wenigen Kleider, die sie aus Köln mitgebracht hatte, fort. Dafür kaufte sie sich eine Lederjacke, die ihr etwas zu groß war und ihre weiblichen Formen verbarg.

Vor der Übernahme in den Polizeidienst musste sie eine Sicherheitsüberprüfung durchstehen. Zum Glück spielten die sozialen Medien damals noch keine Rolle, sonst wären ihre Geheimnisse womöglich ans Licht gekommen.

Hatte Phil Kerstensen etwas zu verbergen und deshalb um Facebook & Co. einen großen Bogen gemacht? Andere hatten sich gern mit ihm geschmückt. Auf ihrem Rechner hat Lisa Fotos von Prominentenpartys gespeichert. Die meisten zeigen strahlende Gesichter, Gruppen und Pärchen. Kerstensen lächelt mit, aber er steht überall am Rand.

Beinahe hätte er ihr Mitgefühl geweckt.

Sein Geburts- und Todestag liegt eine Woche zurück und die Konkurrenz schläft nicht. Burkhard Beulke und Hanne Thoma moderieren den »Abendblick«. Bei Instagram diskutieren sie mit ihren Followern über die Sendung. Undenkbar zu Kerstensens Lebzeiten.

Doch wenn Theo länger ausfällt, muss auch Lisa eigene Entscheidungen treffen. Viel früher, als sie angenommen hatte, und sie fühlt sich schlechter denn je für diese Rolle vorbereitet.

Sie schließt die Tür, ruft in der Praxis ihrer Psychologin an und bittet um einen Termin in der Mittagspause. Es klappt. Um kurz vor zwölf durchquert sie ein fast leeres Großraumbüro. »Ich hole mir einen Döner«, sagt sie zu Jule.

*

Draußen schlägt ihr die Wucht eines schwülen Julitags entgegen. Sie zieht die Lederjacke aus. Schon nach fünf Minuten brennt ihre blasse Haut in der prallen Sonne. Auf der anderen Straßenseite spenden die Bäume einer Grünanlage Schatten. Als sie dort ankommt, knirscht es unter ihren Füßen. Vor einem Altglascontainer ist der Gehsteig von Scherben übersät.

Dr. Gülriz Ashradi residiert in einem zehnstöckigen Bürogebäude. Die Sprechstundenhilfe wirkt bei Lisas Eintritt erleichtert. »Pünktlich auf die Minute!« Mit einem Einkaufskorb in der Hand verlässt sie die Praxis.

Aus einem Behandlungsraum dringt leise Musik. Die Ärztin hat sich im Liegesessel ausgestreckt. Sie springt sofort auf und überlässt der Patientin ihren Platz. »Den brauchen Sie sicher dringender.«

»Sehe ich so aus?«

»Ja. Was ist passiert?«

»Einiges«, antwortet Lisa, sinkt auf das warme Leder und schließt die Augen. »Ich habe eine Riesendummheit begangen. Nun liegt eine Frau im Koma. Außerdem muss ich zum ersten Mal ein Team mit neuen Leuten leiten. Dafür habe ich keinen Mumm.«

»Langsam. Kann es sein, dass Ihr Schuh ganz woanders drückt?«

Lisa zögert. »Ich hab Ihnen nie von früher erzählt.«

»Wollen Sie darüber reden?«

»Hilft wohl nichts.« Sie ringt um Luft, bekommt keinen Ton raus und versucht es aufs Neue. Mit einer Stimme, die sich nach einer durchzechten Nacht anhört. »Ich war in Köln. Beruflich. An jeder Ecke hat mich mein altes Leben eingeholt. Viele Männer. Vor allem einer, den ich nie vergessen habe und heiraten wollte. Dass ich nur ein Spielzeug für ihn war, schmerzt nach zwanzig Jahren noch.«

»Kein Wunder, dass Ihnen der Mumm verlorengegangen ist.«

»Wie meinen Sie das?«

»Sie haben sich einmal geirrt und rechnen damit, dass es jederzeit wieder passieren kann. Stimmt's?«

Lisa betrachtet ihre lädierten Fingerknöchel.

Die Ärztin lehnt sich gegen eine Fensterbank. »Jetzt begreife ich endlich, warum Sie sich jeden Fehler so zu Herzen nehmen.«

»Kann sein.«

»Wenn Sie einfach weitermachen, wird der Mann von damals immer gewinnen. Wollen Sie das?«

»Ich weiß nicht, was ich dagegen tun soll.«

»In aller Ruhe heulen.«

»Um ihn?«

»Ja. Damit Sie begreifen, dass der Kampf vorbei ist und Sie nicht länger gegen Windmühlen anrennen.«

»Ich hab gerade erfahren, dass er inzwischen gestorben ist. Da kamen mir die Tränen«, sagt Lisa leise.

»Viele?«

»Nein. Mein Kollege wartete auf mich.«

»Verstehen Sie sich gut mit ihm?«

»Schon. Ab und zu treffen wir uns privat.«

»Dann wird er gemerkt haben, dass mit Ihnen etwas nicht gestimmt hat. Vielleicht glaubt er, dass es an ihm lag. Das wäre unfair ihm gegenüber.«

Lisa dreht den Kopf. Die Sonne scheint ihr mitten ins Gesicht. »Hm.« Sie denkt an die Offenheit, mit der Meinolf ihr seine Eheprobleme anvertraut hat. Welchen Sinn hat es also, dass sie an ihrer Rolle festhält?

»Alleinsein ist auf die Dauer schrecklich anstrengend.« Frau Dr. Ashradi öffnet das Fenster. »Und mit einem Verbündeten macht der Job mehr Spaß. Ziehen Sie doch mal länger Ihre Lederjacke aus.«

»Sie wärmt mich, wenn's kalt ist.«

»Ich habe Tee gekocht.« Die Ärztin verlässt das Zimmer und Lisa folgt ihr in die Küche.

Dort dampft es aus zwei silbernen Kannen, die übereinander auf einer Herdplatte stehen. Aus der oberen schüttet Dr. Ashradi ein stark konzentriertes Gebräu in kleine Gläser, verdünnt es mit Wasser aus dem unteren Kessel und rührt Zucker hinein.

Der Koffeinstoß aus Schwarztee, Zimt und Kardamom vertreibt die bleierne Müdigkeit, die Lisa seit der Morgenrunde spürt. Soll sie sich auch einen Caydanlik, wie diese Variante eines russischen Samowars heißt, zulegen?

Sie wischt einen Schweißtropfen ab, bevor er in den Ausschnitt ihres Polohemdes rinnt.

»Probieren Sie's mit einem Sommerkleid«, rät die Psychologin beim Abschied.

Ein ärmelloses, buntes hängt im Schaufenster eines Modegeschäftes am Wittenbergplatz. Aber was soll Lisa damit? Ihr letzter Urlaub ist eine Ewigkeit her und der nächste noch lange nicht in Sicht.

*

Das Kleid spukt in ihrem Kopf herum, während sie die vertrauten Treppen zum Büro emporsteigt. Elena telefoniert. Die Tür zum Chefzimmer, die Lisa hinter sich zugezogen hatte, steht jetzt offen. Drinnen bewegt sich etwas.

Sie rennt los.

Jule hat sich über den Schreibtisch von Theo gebeugt. Und über die Schachtel aus der Asservatenkammer, die mit Lisas Laptop hierhin umgezogen ist. Blitzschnell schließt sie ihre Faust.

Plötzlich ist alles zurück. Die Erinnerung an den letzten Sommer, als Ben Lisas Bericht an sich nahm, eine Verhaftung in einem Kreuzberger Mietshaus einleitete und wenig später jemand starb.

»Mach die Hand auf!«, faucht Lisa.

»Es ist nicht so, wie du glaubst«, stottert Jule und lässt das teure Parfüm fallen.

Lisa hebt das Fläschchen auf. Ihr Herz rast. In den Ohren setzt ein Pfeifton ein. »Wie dann?«, fragt sie und ringt um Luft.

Jule ist rot angelaufen. Trotzdem reckt sie das Kinn vor. »Vorhin schwärmte Elena wieder von dem Zeug. Mir fiel ein, dass manche Hunde auf unbekannte Gerüche aggressiv reagieren. Hab ich dir je erzählt, dass ich nach der Schule in einem Tierheim ausgeholfen habe? Da hab ich einige Beißereien miterlebt. Ich musste an die kleine Bily von Phil Kerstensen denken. Was ist, wenn der Mann so viel Parfüm gehortet hat, um die Hündin an den Duft zu gewöhnen? Kann doch sein, dass seine Traumfrau sich damit immer einbalsamiert hat.«

»Du meinst, dass ihm eine kläffende kleine Furie im Schlafzimmer die Tour vermasselt hätte?«

»So ähnlich. Dabei ist Bily wirklich lieb. Ich wollte ausprobieren, ob sie das Parfüm erkennt.«

Lisa ruft sich ihre Recherchen in Erinnerung. Von »Le temps de la Vanille« werden in einer französischen Manufaktur nur wenige hundert Flakons pro Jahr hergestellt. Die Kundenkartei dürfte überschaubar sein. Vielleicht enthält sie eine Anschrift in Hamburg.

»In Ordnung, Jule. Die Adresse des Tierheims haben wir. Nimm das Fläschchen mit und besuch Bily.«

»Bin schon weg.«

»Moment. Wenn du recht hast, setzen wir uns mit dem Hersteller in Verbindung. Aber frag mich beim nächsten Mal bitte, ehe du in meinen Sachen wühlst.«

»Deinen?«

»Beweismitteln, die ich aus guten Gründen ausgewählt habe.«

»Du warst nicht da und ich hätte das Parfüm zurückgebracht!«

Lisa setzt sich auf die Schreibtischkante und betastet ihren Zopf, aus dem die Locken hervorquellen. »Ich muss mich auf dich verlassen können. Hier und woanders. Kann sein, dass wir eines Tages an einem Tatort aufeinander angewiesen sind. Ich will keine weichen Knie haben, wenn du mir Rückendeckung gibst.«

Jule nickt und macht ein zerknirschtes Gesicht.

Lisa hat ein schlechtes Gewissen. Wer seit zwei Jahrzehnten Theater spielt, sollte lieber keine Moralpredigt vom Stapel lassen.

*

Ben schwadroniert über den Cottbusser Schlossgarten, bis der Letzte in der Morgenrunde kapiert, dass der Wichtigtuer über den Tod von Mirko Röhm nichts herausgefunden hat.

Lisa unterbricht ihn. »Was ist mit seinem Arbeitgeber und den Angehörigen?«

»Der Mann war Single und seine Eltern leben in Süddeutschland. Das Standesamt hatte Wochenende.«

»So früh?« Am gestrigen Freitag war die Besprechung um halb elf vorbei gewesen. Hätte der Chef Druck gemacht, wäre Ben sofort ans Telefon geeilt.

Er straft Lisas Bemerkung mit beleidigtem Schweigen ab.

Sie wendet sich Jule zu. »Unsere jüngste Kollegin ist weitergekommen als du. Sie hat im Tierheim etwas ausprobiert. Schaut euch das bitte an.«

Jule startet ein Video. Ihr Smartphone ist per USB-Kabel mit dem Flachbildschirm im Besprechungsraum verbunden. Alle sehen, wie sich die Tür zu einem Zwinger öffnet. Zwei Hunde haben die Schnauzen in einem Napf vergraben. Ein halbes Dutzend Artgenossen tobt durch den Käfig. Mittendrin ein weißes Fellknäuel, das mit dem hilflosen Bündel in Georgia von Hustedts Armen kaum noch Ähnlichkeit hat.

»Die Kleine hat sich eingelebt«, erzählt Jule. »Nachdem sie begriffen hatte, dass das Futter für alle da ist.«

Sie wird selbst sichtbar, geht in die Hocke und ruft den Namen der Hündin. Nichts passiert. Bily findet den Pudel an ihrer Seite spannender. Jule greift in die Hosentasche, zieht das Parfümfläschchen heraus und dreht den Verschluss auf. Großzügig betupft sie ihre Unterarme mit dem teuren Inhalt.

Elena schnappt geräuschvoll Luft.

»Es waren nur ein paar Tropfen«, beschwichtigt Jule sie.

Im Zwinger hebt Bily das Näschen, stutzt und lässt den Pudel stehen. Sie rennt mit wehenden Ohren los. Arme recken sich zu ihr herunter. Die Kamera zoomt heran. Eine rosa Zunge schleckt eifrig nackte Haut ab.

»Hunde reagieren oft wie Menschen«, sagt Jule. »Sie erkennen einen Duft, mit dem sie angenehme Erinnerungen verbinden. Vermutlich musste Bily daran schnuppern, ehe sie ein Leckerli bekam. Von Phil Kerstensen. Warum hat er das wohl getan?«

Elena schmunzelt. »Die Frau seines Herzens dürfte auch eine Schwäche für ›Le Temps de la Vanille‹ haben.«

Lisa nickt. »Gute Arbeit, Jule. Wer von euch setzt sich mit dem Parfümhersteller in Verbindung?«

Das Küken im Team hebt eine Hand. »Ich hatte Französisch als Leistungskurs und war für ein Schuljahr in Nizza. Das liegt in der Nähe von Grasse, wo das Parfüm herkommt. In der Gegend ist gerade Hochsaison. Wetten, dass in der Manufaktur samstags jemand ans Telefon geht?«

»Schreib doch eine E-Mail«, muffelt Ben.

»Franzosen haben's lieber, wenn man mit ihnen spricht.« Jule erhebt sich, um das Handy vom Kabel zu trennen.

Als sie an ihm vorbeigeht, schiebt er seinen Stuhl nach hinten.

Sie stolpert.

Lisa blickt Ben ins Gesicht. »Ich hoffe, das war ein Versehen.«

Er entschuldigt sich bei Jule.

Holger war am Tegeler See. Er berichtet, dass der tote Arzt Mitglied im Segelverein war. Im Bootshaus hatte die Nachricht von seinem tragischen Ende Bestürzung und Ratlosigkeit ausgelöst: »Dort behaupten alle, er habe keinen Tropfen Alkohol angerührt«, sagt der Kommissar mit den dichten schwarzen Haaren.

»Wusste jemand, ob er allein zu seiner letzten Tour aufgebrochen ist?«, fragt Lisa.

»Nein«, antwortet Holger. »Der Kahn war an einem verregneten und stürmischen Sommertag unterwegs. Mitten in der Woche.«

Davon steht nichts in der Ermittlungsakte. Verflixte Schlamperei.

Die Runde löst sich auf. Der einzige Mensch, der einem weiteren Tag voller Kleinarbeit erwartungsfroh entgegensieht, ist Jule. Sie hat sich die Telefonnummer in Grasse schon notiert.

Lisa dagegen unterdrückt einen Stoßseufzer. Bei ihr sind dutzendweise E-Mails eingegangen. Auch aus der Chefetage am Platz der Luftbrücke. Kein Wunder, dass Theo so selten aus seinem Bau kommt.

Eine Mail stammt von Taycan, der in Zeitungsarchiven alles Erdenkliche über die Reederfamilie Kerstensen recherchiert hat. Lisa vertieft sich in seine Zusammenfassung. Der junge Philipp und sein Bruder hatten Pokale für den Segelclub Blankenese errungen. Einem passionierten Wassersportler dürfte es kaum schwergefallen sein, ein fremdes Boot bei schlechtem Wetter über den Berliner See zu manövrieren. Hatte der Fernsehstar Dennis Kleibaum mit K.O.-Tropfen aus seinem Privatvorrat schachmatt gesetzt?

Von Partydrogen steht im Obduktionsbericht nichts. Bei einer Leiche, die zwölf Stunden im Wasser gelegen hatte, war die toxikologische Analyse ergebnislos geblieben. Und ohne begründeten Anfangsverdacht hatte niemand eine Haarprobe, in der Liquid Ecstasy länger nachweisbar gewesen wäre, genommen. Der Tote war auf Wunsch seiner Angehörigen eingeäschert worden.

Aber warum hätte Kerstensen einen Unfall inszenieren sollen? Hatte Kleibaum ihn womöglich provoziert? Lisa schreibt ihre Fragen aufs Flipchart. Der segelnde Arzt und Mirko Röhm aus Cottbus waren im gleichen Alter. Sie könnten sich gekannt haben.

Das Telefon klingelt. Die Pressestelle fragt, ob es über Kerstensens unbekannte Begleiterin weitere Informationen gibt. Lisa verneint. Dass die Frau wahrscheinlich ein seltenes französisches Parfüm aufgetragen hat, bleibt vorerst unter Verschluss. Etwas später zeigt der Posteingang eine Mail aus dem Kriminalkommissariat in Köln an. Mit einem brauchbaren Foto?

Von wegen. Das Phantombild mit den großen Augen und den langen Wimpern ähnelt einem Gesicht aus japanischen Comicheften. Welcher echte Mensch sieht wie ein Manga-Mädchen aus? Und selbst Lisa hatte nie so eine Wespentaille.

Theo hat sich auch gemeldet. Er hat Fieber und hütet das Bett. »Du schaffst das«, schreibt er. »Wenn ich wieder auf dem Damm bin, mache ich mich oben für Dich stark.«

Das Versprechen ist nicht neu, doch diesmal löst es keine Euphorie aus. Nach den unruhigen Nächten hat Lisa bleischwere Lider. Sie braucht einen Koffeinstoß. Auf dem Weg durchs Großraumbüro spürt sie Blicke von den vertrauten Schreibtischen.

Meinolf drückt ein Telefongespräch weg und ruft: »Unten steht ein Kurier aus Hamburg.«

Lisa holt den Mann, der die Akte mit dem dritten Fall dabeihat, ab. »So schnell hatten wir nicht mit Ihnen gerechnet.«

Er grinst. »Bedanken Sie sich bei Ihrem Vorgesetzten. Der kennt meinen Chef von einem Seminar für Führungskräfte und hat ihm Dampf gemacht. Mir soll's recht sein. Ich wollte sowieso nach Berlin. Hab Konzertkarten für die Uber- Arena.«

Lisa quittiert die Übergabe.

Auf dem Rückweg trifft sie Meinolf, den der Hunger hinaustreibt. Seine Stirn wirft Dackelfalten. »Soll ich dir was mitbringen?«

»Du bist ein Schatz. Bloß keine Puddingteilchen …«

»Lieber ein Brötchen und schlappen Salat aus der Plastikdose, stimmt's?«

Sie nickt. In der Nachbarschaft gibt es jede Menge Gelegenheiten für ein schnelles warmes Mittagessen. Heute ist die Zeit knapp und sie begnügt sich mit einem Cappuccino, den der Automat ausspuckt. Von einer frisch zubereiteten Köstlichkeit ist er meilenweit entfernt. Wenigstens wärmt er. Mit der dampfenden Tasse in den kalten Händen versenkt Lisa sich in die Hamburger Akte.

Vor sieben Jahren war die Kosmetikerin Diana Haberkort in ihrem Studio nahe der Mönckebergstraße tot aufgefunden worden. Jemand hatte sie gefesselt und mit einem Schal aus dunkelblauer Baumwolle erwürgt. Solide Qualität. Viel zu warm für den Sommerabend, an dem die Frau gestorben war. Hatte ihn der Täter aus Hochmut zurückgelassen? Die damaligen Ermittler vermuteten, dass er sein Opfer bei Facebook entdeckt hatte. Dort posierte Diana täglich und verloste Gutscheine, um ihr Geschäft anzukurbeln.

Die Fotos vom Tatort überblättert Lisa schnell. Im Studio waren alle Schränke durchwühlt worden, die Kundenkartei fehlte, aber in einer Schublade waren fünfhundert Euro liegengeblieben. Sie sucht nach einem Bild, das die Kosmetikerin lebend zeigt, und wird auf den letzten Seiten fündig. Moment – diesen frechen, roten Kurzhaarschnitt, die vollen Lippen und die Stupsnase mit den unzähligen Sommersprossen hat sie schon gesehen. Nur wo?

Es gibt mehrere Aufnahmen der dreißigjährigen Frau. Sie hatte nebenbei gemodelt. Ihre Setkarte steckt in einer Klarsichthülle. Auf einem Bild ist sie von Kopf bis Fuß zu sehen. Sie trägt ein kurzes Kleid und einen lila Sonnenschirm mit weißen Punkten. Auf ihrem Unterarm blitzt ein Tattoo. Ein kleiner, blauer Schmetterling.

Lisa kramt in der Schachtel aus der Asservatenkammer, bis sie einen Flyer wiederfindet. Zuletzt hatte sie ihn im stickigen Arbeitszimmer von Phil Kerstensen betrachtet und den vier jungen Leuten auf der Titelseite keine weitere Beachtung geschenkt. Doch der Schmetterling hat sich in ihrem Gedächtnis festgesetzt.

Nun erkennt Lisa ihn auf Anhieb. Er hat seinen Platz auf Dianas Arm. Und es ist ihr Gesicht zwischen den drei anderen. Zum Zeitpunkt der Aufnahme war sie höchstens Mitte zwanzig. Sie sitzt auf dem Beifahrersitz eines Cabrios und wirkt wie eine ausgelassene Studentin.

Die beiden Männer sahen damals anders aus. Einer hatte halblange Haare, der zweite auf der Rückbank trug einen Oberlippenbart. Darum hat Lisa sie nicht erkannt. Es sind Mirko Röhm und Dr. Dennis Kleibaum.

Sie starrt die beiden an. Wie oft ist sie mit dem Dienstwagen an dem Foto vorbeigerauscht? Unzählige Male. Vor einigen Jahren war es Teil einer Werbekampagne. Die Plakatwände an den Landstraßen und Autobahnen wurden damit tapeziert. Der Slogan »Schau hin, aber nicht aufs Handy« rief

Lisas schlechtes Gewissen wach. Sie reagiert selbst beim Fahren auf ein brummendes Smartphone und pfeift auf solche Ermahnungen.

Wie die Anzeigentafeln warnt der Flyer vor Leichtsinn im Straßenverkehr. Im Innenteil gibt es Fotos von zerstörten Unfallautos. Die Titelseite wirkt vergleichsweise harmlos, doch drei der Models sind jetzt tot.

Was ist mit der zweiten Frau? Sie schmiegt sich an Dennis Kleibaum. Eine Blondine mit glatten, schulterlangen Haaren und leichtem Silberblick. Der Mann, der auf dem Tegeler See starb, hat einen Arm um die schmalen Schultern gelegt.

Große Augen, lange Wimpern. Ist das etwa die geheimnisvolle Unbekannte? Oder ist auch sie inzwischen einem Verbrechen zum Opfer gefallen?

Lisa bringt den Prospekt zu Meinolf und zeigt ihm die Frau auf dem Rücksitz. »Scan das Gesicht ein und mach eine Abfrage bei Inpol.« Das Kürzel steht für ein Informationssystem des Bundeskriminalamts, in dem sämtliche Fälle von unbekannten Toten in Deutschland archiviert sind. Zugriff haben nur die Vermisstenstellen der Landesbehörden. Zum Glück sind die Dienstwege in Berlin kurz.

»Was ist, wenn die Frau noch lebt?«, fragt Meinolf.

»Dann könnte sie Kerstensens letzter Gast gewesen sein.«

Hinter ihnen räuspert sich jemand. »Lisa, willst du deine Erkenntnisse nicht mit uns allen teilen?«

»Das mache ich morgen«, antwortet sie Ben. »Heute ist langweiliger Kleinkram dran. Hast du Zeit für weitere Telefongespräche?«

Ben eilt an seinen Schreibtisch. Elena tippt einen Bericht und Jule parliert auf Französisch. Meinolf drückt Lisa eine Tüte aus seiner bevorzugten Bäckerei in die Hand.

Sie verschanzt sich wieder in Theos Büro. Wer ist für den Flyer verantwortlich? Auf der Rückseite entdeckt sie einen Namen. Aha, eine Werbeagentur in München. Mit zwei Klicks landet sie auf deren Website. Da arbeiten offensichtlich lauter junge, motivierte Leute.

Teure Werbung

DIE Dame am Telefon gibt sich hocherfreut. »Womit kann ich Ihnen dienen?« Sie hält Lisa für eine potenzielle Kundin.

»Mein Name ist Heynrichs. Ich bin Hauptkommissarin am Landeskriminalamt Berlin und brauche Informationen über eine Ihrer Kampagnen. Sie liegt einige Jahre zurück.«

»Tut mir leid. Da kann ich Ihnen leider nicht helfen. Unser Büro ist samstags nicht besetzt.« Klick. Ende der Durchsage.

Lisa beißt in ein Brötchen, kämpft ihren Ärger nieder und wählt dieselbe Nummer. Beim dritten Anlauf klappt es.

»Sie wünschen?«

»Heynrichs, LKA Berlin. Ich gehe davon aus, dass Sie einen Ihrer Vorgesetzten erreichen können. Falls ich mich undeutlich ausgedrückt haben sollte: Es ist dringend.«

Diesmal wird sie verbunden. Eine aufgekratzte Stimme meldet sich: »Es ist mir eine Freude …«

Lisa unterbricht die Frau mit dem bayerischen Akzent. »Danke, gleichfalls. Ich möchte Ihre Zeit nicht unnötig beanspruchen, darum mache ich es kurz: Wer hat die Fotos für die

Werbekampagne mit dem Slogan ›Schau hin‹ gemacht? Sie war jahrelang auf vielen Plakatwänden zu sehen.«

»Oh! Gibt es damit ein Problem?«

»Die Kampagne steht im Zusammenhang mit einem Kriminalfall.«

»Das ist ja schrecklich, unsere Agentur hat einen tadellosen Ruf!«

»Ich benötige nur den Namen des Fotografen.«

Die Dame, die sich Fritzi nennt, bittet um Geduld.

Lisa verkneift sich den Wunsch, Theo einen Schokoladenriegel zu klauen. Die Schale neben seinem Rechner ist halb voll.

»Ich hab's«, flötet es unvermittelt am Ende der Leitung. »Ferdi Zorn aus Berlin. Er hat sein Studio in Lichterfelde.«

Lisa notiert seine Mobilnummer, verabschiedet sich und ruft ihn an.

»Zorn«, blafft es ungnädig. Im Hintergrund wird Fangesang angestimmt. Der Mann sitzt im Fußballstadion. »Ist gerade schlecht«, schreit er und: »Melde mich nach dem Abpfiff«. Also warten, mindestens zwei Stunden. Beim Lokalderby Hertha BSC gegen Union Berlin ist auf den Tribünen der Teufel los.

Lisa bedient sich jetzt doch an Theos geheimem Vorrat. Autsch! Das Süßzeug enthält Nüsse. Der Termin beim Zahnarzt ist längst überfällig. Sie springt auf, geht zum Fenster, kneift in einen Oberschenkel. Der Schmerz lässt nach, auch der im Mund.

Ein anderer ist hartnäckiger. Seit Lisa von Alexanders Tod weiß, hat sie in jeder Nacht von ihm geträumt. Und von ihrem Fesselballon. Nie zuvor tat der Absturz so weh. Ihr Körper müsste von Wunden und blauen Flecken übersat sein.

Um vier Uhr ist sie erwacht. Sie hätte gern geweint, wie Dr. Ashradi es ihr geraten hat. Aber so sehr sie es versuchte, die Tränen wollten nicht fließen. Für eine Flucht in Henriettes Café war es zu früh. Am Ende hatte die Müdigkeit gesiegt. Um ein Haar hätte sie zum ersten Mal verschlafen.

Lisa ballt die Fäuste. Um ihr verkorkstes Privatleben kann sie sich kümmern, wenn der Tod von Phil Kerstensen aufgeklärt ist. Wenn Georgia von Hustedt hoffentlich aufwacht und ihren Platz vor der Kamera zurückerobert. Was ist eigentlich draußen im Büro los?

Sie reißt die Tür auf und knöpft sich Ben vor. »Irgendwas Neues aus Cottbus?«

Er verschränkt die Arme hinter dem Kopf. »Ich hab die Eltern von Mirko Röhm erreicht. Sie begreifen immer noch nicht, warum ausgerechnet ihr Sohn so grausam sterben musste. Er war Karatemeister und hatte zwei schwarze Gürtel.«

»Das wäre eine Erklärung, weshalb Kerstensen am Tatort so viel Blut verloren hat.«

Lisa läuft weiter und fragt Jule, ob sie in Grasse Erfolg hatte.

»Oui, Madame. Morgen oder übermorgen kriegen wir die Liste mit den Adressen aus Deutschland.«

Prima. Vielleicht die nächste heiße Spur. Lisa isst ihren Salat aus der Plastikschale, entsorgt den Müll und gießt die Orchidee auf Theos Fensterbank. Ein Geschenk seiner Frau. Der Blumentopf steht in der prallen Sonne. Wehe, wenn das gute Stück nach seiner Rückkehr den Kopf hängen lässt. Die Yuccapalme hinter Bens Schreibtisch bekommt selten Wasser und so sieht sie auch aus.

Das Telefon schrillt. Endlich.

»Ferdi Zorn«, brüllt der Fotograf, obwohl die Geräuschkulisse aus dem Stadion verstummt ist.

»Danke, dass Sie zurückrufen. Es geht um Fotos, die Sie vor einigen Jahren gemacht haben. Erinnern Sie sich an die ›Schau hin‹-Kampagne?«

»Klar«, knurrt er. »Wird mir unvergesslich bleiben. Doppeltes Shooting. Seitdem lasse ich keine Models mehr ins Studio, die sich vor der Unterschrift drücken.«

»Tut mir leid, ich verstehe nur Bahnhof.«

»Ich erklär's Ihnen. Kurz vor dem ersten Termin fiel ein Model wegen Magen-Darm-Grippe aus. Mitten im Sommer war beim besten Willen kein schneller Ersatz aufzutreiben. Diana aus Hamburg, die ich oft vor der Kamera hatte, schlug eine Freundin vor. Die kam natürlich später als alle anderen. Ich hatte es eilig und hab das Formular vergessen.«

»Welches Formular?«

»Damit treten Models die Rechte am eigenen Bild an den Auftraggeber einer Fotoproduktion ab. Früher hatte so was Zeit. Bis die Motive ausgewählt waren und in Zeitungen oder Zeitschriften erschienen, vergingen Wochen. Heutzutage kommt alles ins Netz und die Unterschriften müssen sofort da sein.«

»War's schlimm, dass damals eine fehlte?«

»Und wie. Bei diesem ersten Shooting ging es nur um einen Prospekt. Er sollte in Brandenburger Fahrschulen verteilt werden. Als er fertig war, bekam ich auch ein paar Exemplare. Die schickte ich den drei Models, deren Adressen ich hatte. So jung, wie die waren, konnten sie das Titelbild für ihre Setkarten gut gebrauchen. Einer der Männer war mächtig stolz und hat es bei Facebook hochgeladen. Bald darauf war die Kacke am Dampfen.« Zorn schnaubt und macht seinem

Namen alle Ehre. »Plötzlich rief diese Frau an, die Diana angeschleppt hatte. Sie drohte mit dem Anwalt, wenn ihr Gesicht nicht sofort aus dem Internet verschwinden würde. Während sie schimpfte, fiel mir siedend heiß ein, dass sie dieses Formular nicht unterschrieben hatte. Mir war der Vordruck beim Aufräumen wieder in die Hände gefallen, doch da hatte sie sich schon verdünnisiert. Ich gab Diana den Zettel mit und bat sie, ihn von ihrer Freundin unterschreiben zu lassen. Hat sie nie gemacht. Und ich hab seit einer Ewigkeit nichts von Diana gehört.«

»Weil sie vor sieben Jahren gestorben ist.«

»Wie bitte? Die war Mitte zwanzig.«

»Sie fiel einem Verbrechen zum Opfer. Der Täter wurde nie gefasst. Dieser Fall hängt mit einem anderen zusammen. Er ist kürzlich passiert und beschäftigt uns jetzt.«

Am Telefon herrscht Stille. Dann schnäuzt Zorn laut und vernehmlich seine Nase. »Finden Sie das Schwein!«

Lisa verschweigt ihm, dass sie es wohl nicht mehr suchen müssen. »Wie sah Dianas Freundin aus?«, fragt sie.

»Blond, nicht zu groß, tolle Oberweite, blaue Augen. Ein Traum für jeden Fotografen.«

»Haben Sie den Namen notiert?«

»Ach was. Ich hab die Dame bar bezahlt, also schwarz, wenn Sie so wollen … Sie war zum Glück nie wieder da. Und um mir weiteren Ärger zu ersparen, habe ich die Bilddaten gelöscht.«

»Hatte sie einen Silberblick und glatte, schulterlange Haare?«

»Nee, Locken.«

»Sie sagten vorhin, dass sie doppelt fotografieren mussten. Ich vermute, der Flyer, den ich hier habe, ist beim zweiten

Mal entstanden.« Lisa beschreibt die Unbekannte von der Rückbank.

»Sie haben's erfasst. Das ist Vivien Flatow. Die war früher häufiger bei mir.«

»Haben Sie ihre Adresse?«

»Ich weiß nur, dass sie in Berlin lebt und zig-mal umgezogen ist. Heute nehme ich selten Kontakt zu den Models auf. Die Kunden erwarten, dass ich vor jeder Fotoproduktion einige Dutzend Vorschläge einhole. Dafür höre ich mich bei den Agenturen um.«

»Welche vertritt Frau Flatow?«

»Die ist bei Luis Krumpe in Friedrichshain unter Vertrag. Er hat damals schnell für Ersatz gesorgt. Sonst hätte es die Plakatwände an den Autobahnen nie gegeben. Die Aktion war der Hammer. Wollen Sie darüber etwas wissen?«

»Na klar.«

»Bei Facebook schlug die Titelseite dieses Prospekts wie eine Bombe ein. Eine Agentur, die für das bayerische Verkehrsministerium arbeitete, entdeckte das Bild. Werbung für Sicherheit am Steuer traf den Nerv der Zeit, doch die Münchener wollten kein Geld ausgeben. Sie riefen ihre Kollegen beim Bund in Berlin an, die sofort begeistert waren. Innerhalb kürzester Zeit entstand eine Kampagne, für die weitaus mehr Fotos gebraucht wurden als für einen Fahrschul-Flyer.« Lautes Schnauben. »So kam ich wieder ins Spiel. Ferdi, der Mann für alle Fälle. Logisch, dass ich Dianas Freundin beim zweiten Shooting nicht dabeihaben wollte. Aber weil das erste Bild dermaßen erfolgreich war, sollten die neuen Motive möglichst ähnlich aussehen. Ich engagierte die anderen drei Models noch mal. Luis schlug Vivien vor. Von allen Frauen in seiner Kartei ähnelte sie Dianas Freundin am meisten.«

»Wann war diese Vivien zuletzt bei Ihnen?«

»Keine Ahnung, muss ein oder zwei Jahre her sein. Soll das heißen, dass ihr auch etwas passiert sein könnte?«

»Ich hoffe nicht.«

Der Fotograf flucht.

Lisa hört ein scheppperndes Geräusch. Reagiert Zorn seine Hilflosigkeit mit einem Fußtritt ab? Sie wartet, bis er ihr die Nummer von Luis Krumpe gibt, bedankt sich und beendet das Gespräch.

Der Model-Agent hat seine Mobilbox eingeschaltet. Lisa hinterlässt ihm eine Nachricht. Im gleichen Moment meldet sich ihr Smartphone.

Eine WhatsApp mit Smiley von Henriette: »Alles in Ordnung bei Dir?«

»Geht so«, antwortet Lisa.

Postwendend brummt es wieder. »Arbeitest Du etwa noch?«

»Sicher.«

»Mittagspause?«

»Vergiss es.«

»Willst du hinter deinem Schreibtisch zusammenbrechen?«

»Keine Bange.« Sie verabschiedet sich knapp, schaltet ihr Handy stumm und zieht die Vorhänge vor dem Fenster zu.

*

Um zwanzig Uhr hat es keinen Zweck mehr. Lisas Augen brennen.

Taycan klopft. Er hält ihr eine offene Dose mit Erdnüssen hin.

Sie denkt an ihre Wellensittiche. Der Futternapf war morgens voll. Und der andere mit dem Wasser?

»Geh heim«, sagt Taycan und verspricht ihr, dass er die Stellung hält.

Sie packt zwei Aktenordner ein und hastet zu ihrem Rad.

Durch die offenen Torflügel entdeckt sie Ben. Er startet gegenüber einen E-Scooter und düst pfeifend in den Feierabend.

Lisa steigt nach ein paar Metern ab. Auf der gegenüberliegenden Seite der Kurfürstenstraße haben Pizzeria, Steakhaus und ein China-Restaurant geöffnet. Es duftet verführerisch. Sie hat Hunger, doch die Sorge um Lutz und Udo treibt sie weiter. Am Winterfeldtplatz geht ihr endgültig die Puste aus. Wen wundert's? Ihre Joggingrunde ist seit Tagen ausgefallen. Sie sackt auf eine Bank, stopft Kopfhörer in die Ohren und startet eine Playlist auf dem Smartphone. Die meisten Songs liefen während ihrer ersten Berliner Zeit im Radio. Damals hatte jede bestandene Prüfung einen kleinen Riss in ihrem Herzen geflickt.

Der Trick hilft. Wie immer an dieser Stelle. Von ihrem Arbeitsplatz im Stadtteil Tiergarten braucht Lisa nur wenige Minuten bis zum Schöneberger Akazienkiez. Das Viertel verdankt seinen Namen den Bäumen, die hier früher wuchsen. Heute stehen vor den Fenstern ihrer Wohnung Japanische Schnurbäume. Wenn ihr vor der Rückkehr und Henriettes leerem Zimmer graut, erinnert sie sich an die Wochen, als sie mutterseelenallein in der Großstadt hockte. Musik hatte sie getröstet und sie hatte sich wieder aufgerappelt.

Als sie in der Steinmetzstraße die Haustür aufdrückt, steigt ihr ein vertrauter Duft in die Nase. Bratwurst, Tomaten, Curry. Die Spezialität aus dem »Café H«. Eine Halluzination? Sie eilt die Treppen hinauf, schrammt haarscharf an einem

Kinderwagen vorbei und fischt ihren Schlüssel aus der Hosentasche.

Ehe sie ihn ins Schloss stecken kann, kommt ihr jemand zuvor.

»Da bist du ja«, ruft Henriette und wischt ihre Hände an der alten Schürze ab, die sie beim Auszug vergessen hat. »Die Soße ist gleich fertig.«

Lisa fällt nichts Gescheites ein. Stumm umarmt sie die Freundin.

Im Vogelkäfig liegt sauberer Sand, die Näpfe sind frisch gefüllt. Lutz pickt Körner. Udo hockt auf seiner Lieblingsstange, zwitschert zufrieden und putzt die Schwanzfedern.

»Wie lange bist du schon da?«, fragt Lisa.

»Seit Meinolf vor einer guten Stunde ins Café gekommen ist. Zur Not hätte ich dir das Essen ins Büro gebracht.«

Lisa schließt die Augen und genießt die Vorfreude.

»Aufwachen!«

Neben der Currywurst türmt sich ein Berg Kartoffelspalten. Das Bier auf dem Tisch ist ebenfalls von Henriette.

Lisa öffnet zwei Flaschen. »Danke. Dabei hast du mich erst vor drei Tagen versorgt. Nach der Rückkehr aus Köln hatte ich mit einem leeren Kühlschrank gerechnet. Stattdessen standen gebratene Buletten drin …«

»Reiner Egoismus. Wenn du vom Fleisch fällst, landest du irgendwann im Krankenhaus. Darauf hab ich keine Lust mehr.«

»Vorgestern war ich bei Georgia von Hustedt.«

»Wie geht es ihr?«

»Sie wird beatmet. Ich durfte sie nur durch eine Scheibe sehen.«

»Bist du deshalb wieder so spät vom Hof geritten?«

»Auch. Für das, was passiert ist, bin ich mitverantwortlich.« Lisa schildert ihren Anruf bei Georgia mit schonungsloser Offenheit.

»Der Frau hätte ich ganz andere Sachen an den Kopf geworfen«, erwidert Henriette. »Hör auf, dich selbst fertigzumachen, und iss.«

Lisa tunkt ein Stück Wurst in die Soße. Köstlich. Die scharfen Aromen wecken ihre Lebensgeister. Tabasco, Madras-Curry und etliche Gewürze, die Henriettes Geheimnis sind. Am Kochtopf darf ihr niemand zu nahe kommen.

»Kennt eigentlich Giovanni das Rezept?«

»Nö.«

»Lässt du ihn mal an den Herd?«

»Klar, zu Hause. Und er hat sich als Maler ausgetobt. Würdest du weniger arbeiten, hättest du längst unser schickes neues Wohnzimmer bewundern können.«

»Sobald wir den Fall Kerstensen aufgeklärt haben, besuche ich euch«, verspricht Lisa und stochert in den knusprigen Kartoffeln herum. Gerade haben sie ihr noch geschmeckt.

Sie gönnt Henriette ihr Glück. Aber dass Giovanni bei ihrer besten Freundin eingezogen ist, trifft sie hart. Die alten Zeiten in diesen vier Wänden sind endgültig vorbei.

*

Sie leeren gemeinsam zwei Gläser Whiskey, dann muss Henriette wieder ins Café. Am Wochenende schließt es erst um 23 Uhr. Lisa lässt die Flasche auf dem Tisch stehen, während sie die Küche aufräumt, nimmt sie mit vor den Fernseher und schaut sich die Klatschsendung »Spezial« in der Mediathek an.

Hanne Thoma vom »Abendblick« hat einen Gastauftritt. In Schwarz gekleidet liest sie aus E-Mails und Briefen vor. Genesungswünsche für Georgia von Hustedt. Theatralisch verkündet die Moderatorin, dass die Redaktion mit dem Schlimmsten rechne. »Aus dem Krankenhaus haben wir erfahren, dass der Zustand unserer Kollegin kaum Hoffnungen zulässt.«

Lisa genehmigt sich noch ein Glas und ruft auf der Intensivstation an.

»Yilmaz?«

»Entschuldigen Sie die Störung. Ich war vor zwei Tagen bei Ihnen. Geht es Frau von Hustedt schlechter?«

»Wie kommen Sie denn darauf? Die Patientin ist stabil.«

»Im Fernsehen hörte es sich anders an.«

»Unsinn. Sie zeigt Reflexe und kann jederzeit aufwachen.«

Erleichtert beendet Lisa das Gespräch, schenkt sich einen weiteren Whiskey ein und fällt kurz darauf ins Bett. Sie träumt wüstes Zeug.

*

Der nächste Morgen beginnt mit viel Mineralwasser und einer Aspirintablette.

Alle sind schon da, als Lisa durchs Büro eilt. Der Model-Agent hat eine Nachricht auf ihrer Sprachbox hinterlassen. »Bin inner Spelunke«, sagt Luis Krumpe in schnodderigem Berliner Dialekt. »Melde mir später.«

Wie lange dauert so ein Frühschoppen?

In der Morgenrunde dreht sich alles um die neuen Spuren. Lisa schreibt Fragen aufs Flipchart: Was hatte die unbekannte Freundin der Kosmetikerin Diana gegen ein harmloses Facebook-Posting? Statt die Aufmerksamkeit zu genießen, war sie auf die Barrikaden gegangen. Um mehr Honorar herauszuschinden?

Elena schüttelt den Kopf. »Dann hätte die Frau einen Geldbetrag genannt und eingefordert. Aber sie hatte nur eins im Sinn: schnell wieder in der Versenkung verschwinden.«

»Ein schüchternes Model?«, fragt Meinolf verwundert.

»Sie war keins«, erwidert Elena. »Entweder wollte sie ihrer Freundin einen Gefallen tun oder sich fix ein paar Scheine hinzuverdienen. Vermutlich lebte sie auch in Hamburg. Die Wahrscheinlichkeit, dass dort ein Flyer aus Brandenburg auftauchen würde, dürfte gering gewesen sein. Dummerweise ging das Titelbild online. Wenn es so erfolgreich war, ist es sicher einige tausend Male angeklickt worden. Glaubt ihr allen Ernstes, die Frau war sauer? Nee, die hatte Angst.«

»Das Internet vergisst nichts«, wirft Ben ein.

»Von wegen«, gibt Lisa zurück. »Ich hab stundenlang die Suchmaschinen heiß laufen lassen und das erste Titelbild dieser Broschüre nicht gefunden.«

Jule meldet sich zu Wort. »Eine Frau kann leicht ihre Spuren verwischen.«

»Wie denn?«, fragt Ben.

»Heiraten. Ich bin mit einem Mädchen, das Özlem hieß, zur Schule gegangen. Sie durfte kein Abi machen. Ihre Eltern wollten sie in die Türkei schicken, wo ein Ehemann auf sie wartete. Den hatte Özlem nie zuvor gesehen. Bevor ihr Flieger ging, ist sie abgehauen. Heute hat sie einen deutschen Nachnamen. Ich muss euch nicht erklären, was passiert, wenn ihre Brüder und Cousins sie erwischen. Oder?«

Lisa kennt solche Geschichten. »Du glaubst, die Freundin von dieser Diana hatte die gleiche Idee?«

»Unter den früheren Mordopfern war ein Standesbeamter. Wer sagt denn, dass der ausschließlich Männer und Frauen aus Cottbus getraut hat?«

Lisa notiert die Idee auf dem Flipchart. »Klemm dich dahinter, Ben.«

»Es ist Sonntag«, grummelt er.

»Komm morgen pünktlich und ruf gleich in Cottbus an. Wir brauchen die Adressen aller Brautpaare der letzten zehn Jahre.«

Ben sieht aus, als ob er in eine Zitrone gebissen hätte.

Elena berichtet, dass in der Pressestelle die Telefone glühen. »Haben wir etwas Neues für die Journalisten?«

»Reicht denen nicht, was wir haben?«, entgegnet Lisa. »Mit Phil Kerstensens unbekannter Schönheit lässt sich doch jede Menge anfangen.«

Ben setzt sein spöttisches Grinsen auf. »Bis jetzt haben sich nur Wichtigtuer gemeldet. Niemand kannte diese Frau. Wir stehen immer noch wie Trottel da. Ein toter Fernsehstar und drei Morde, die vermutlich auf sein Konto gehen.«

»Das gehört nicht nach draußen«, sagt Lisa mahnend. »Mal abgesehen davon, dass uns seine Reederfamilie innerhalb kürzester Zeit ihre Anwälte auf den Hals hetzen würde: Willst du etwa die Täterin vorwarnen?«

»Täterin?«, fragt Ben.

»Vermutlich das erste Fotomodel. Falls die Frau wirklich in Hamburg lebte, könnte es sich um Kerstensens Begleiterin handeln. Wäre schon ein komischer Zufall, wenn die gleich beide aus dem hohen Norden stammen …«

Er tippt sich an die Stirn. »Warum sollte sie einen Fernsehstar in Berlin erschießen?«

Elena deutet auf die eng beschriebenen Seiten ihres Notizblocks. »Hört auf zu streiten. Ich bereite ein unverfängliches Statement über den Ermittlungsstand vor.«

Lisa erinnert sie an die Schlagzeilen in der Boulevardpresse. »Bau zwei, drei Sätze ein, die den Herrschaften in der

Villenkolonie ihre Angst vor dem Serienkiller nehmen.« Sie steht auf. Die Runde ist beendet.

Ihr Handy zeigt einen verpassten Anruf von Luis Krumpe an.

»Na endlich«, raunzt der Model-Agent, als Lisa ihren Namen nennt. »Ham Se nich jesacht, es sei dringend?« Im Hintergrund klirren Gläser und es wird gelacht.

»Ist es auch. Von Ferdi Zorn weiß ich, dass Sie Vivien Flatow vertreten.«

»Ja, und?«

»Ich brauche ihre Adresse.«

»Hab ick nicht dabei.«

»Vielleicht eine Telefonnummer?«

»Was wollen Se von Vivien?«, fragt er misstrauisch.

»Zorn hat sie vor einigen Jahren für die ›Schau hin‹-Kampagne fotografiert. Mit dem ersten Shooting gab es Probleme, Sie wissen sicher davon ...«

»Ach, die Jeschichte hat sich für alle jelohnt. Beim zweeten Mal kam det Jeld fixer als sonst. Zuletzt rief sogar det Fernsehen an. Een Journalist wollte Interviews mit den Models machen.«

»Wie hieß er?«

»Hab ick vajessen. War keen Berliner. Die Kontaktdaten von dem Typ hab ick an die jungen Leute jeschickt. Diana aus Hamburg hatte damals ihr Kosmetikstudio frisch eröffnet und war janz wild auf kostenlose Werbung. Keene Ahnung, ob der wirklich einen Film mit ihr jedreht hat. Mir hat er jedenfalls stundenlang volljequasselt.«

»Erinnern Sie sich an seine Stimme?«

»Jung war der nich mehr. Er hat meene Agentur eine ›Vermittlungsstelle‹ jenannt und wollte mir ›keene Umstände bereiten‹.«

Klingt nach den gepflegten Manieren, die Phil Kerstensen ein Leben lang ausgezeichnet hatten. Prominent, wie er war, hatte er sich wohl kaum mit seinem echten Namen vorgestellt.

Jemand schreit, dass Krumpes Bier warm wird.

Er rasselt Vivien Flatows Mobilfunknummer herunter.

Lisa kritzelt sie auf ihren Block und verabschiedet sich.

Das Model geht sofort ans Handy. Als Lisa den Grund ihres Anrufs nennt, ist es mit der aufgesetzten Fröhlichkeit vorbei.

»Das Shooting werde ich nie vergessen«, sagt Vivien leise. »Dennis und ich haben uns dabei ineinander verliebt.«

»Dennis Kleibaum, Arzt am Humboldt-Klinikum?«

»Ja. Leider hat er Schluss gemacht, nachdem er seinen Doktortitel hatte.«

»Wissen Sie, dass er vor einem Jahr gestorben ist?«

Schweigen.

Ist die Frau noch da? »Ich ermittle in einem neuen Fall«, legt Lisa schnell nach, ehe das Gespräch weggedrückt wird. »Dabei spielt diese Fotoproduktion eine Rolle.«

»Sie ist ewig her …«

»Erzählen Sie mir bitte trotzdem davon.«

»Die Bilder waren schnell im Kasten. Vielleicht, weil die anderen sich kannten und ein eingespieltes Team waren. Mich haben sie mit einbezogen. Mirko Röhm hat Witze gerissen, und Diana hatte tausend Anekdoten auf Lager. Zu ihren Kundinnen gehörten Damen aus den besseren Hamburger Kreisen.«

Die ausgelassene Stimmung hatte Ferdi Zorn mit der Kamera eingefangen. Kein Wunder, dass die Plakate ein Hingucker waren.

»Es gab nur einen merkwürdigen Moment«, fährt Vivien Flatow fort. »Mirko wollte wissen, warum diese Freundin von Diana beim zweiten Mal gekniffen habe. Die zischte ihn an, dass er die Klappe halten solle. Caro sei kein Model.«

»Caro?«

»Ihren Nachnamen hat Diana uns nicht verraten.«

Lisa bedankt sich und beendet das Gespräch. Ihr Puls rast. Die unbekannte Schönheit mit Hamburger Akzent heißt also Caro. Für welchen Namen steht die Abkürzung? Carolin vermutlich, oder Caroline.

Die Kommissarin malt auf dem Block herum, wie Theo, mit vielen Kringeln und Verbindungslinien. Auf das letzte freie Stück zeichnet sie ein fettes Katzengesicht mit Zigarre im Mundwinkel. Kater Karlo aus den Comicheften, die sie als Kind verschlungen hat. Entweder verkroch sie sich zum Lesen oder setzte komplizierte Puzzles zusammen. Sobald sie das eine entscheidende Teil hatte, waren die restlichen Lücken erstaunlich schnell gefüllt.

Ist sie wieder an dem Punkt?

Sie braucht Bewegung und reißt die Tür auf. Im Großraumbüro war die Stimmung schon besser. Ben zerkrümelt einen Keks. Der Boden unter ihm muss garantiert gefegt werden. Elena hat das Telefon ans Ohr gepresst und starrt genervt die Decke an.

Meinolf blättert in einem Ordner und wendet diesem Holger, der an Lisas Schreibtisch sitzt, demonstrativ den Rücken zu.

Sie tritt näher und flüstert: »Dreh die Akte um, sonst kannst du sie nicht lesen.«

Er blickt sie verdattert an.

Das nächste Wochenende im Eimer. Seit Phil Kerstensens Tod hat niemand von ihnen einen freien Tag gehabt. In Lisas Wohnung warten nur die Wellensittiche. Heute sind ihre Näpfe voll. Aber was ist mit den frustrierten Ehefrauen der Kollegen?

»Hat jemand noch was Spannendes in petto?«, fragt sie laut.

Allgemeines Kopfschütteln.

»Dann schlage ich vor, dass ich mit ein oder zwei Leuten hier bleibe und der Rest nach Hause geht.«

Meinolf strahlt.

Ben schießt hoch. »Ich mach 'nen Abgang!«

Innerhalb von ein paar Minuten sind sie zu dritt. Elena telefoniert. Jule bearbeitet ungerührt ihre Tastatur.

Lisa schaut ihr zu. Sie ist selbst manchmal für die Umgebung außerhalb ihres Arbeitsplatzes blind und taub. Vor zwanzig Jahren hatte sie mehr Schwung. Weil sie ihren Job liebte? Auch. Es gab einen weiteren Grund, der das Hamsterrad immer schneller antrieb. Sie wollte sich und der Welt beweisen, dass sie endlich auf dem richtigen Weg war. Jule muss das nicht. Und sie schleppt keine Erinnerungen mit sich herum, die sie bei jeder Gelegenheit einholen. Marschgepäck, das mit dem unbedachten Anruf bei Georgia von Hustedt um einige Kilo schwerer geworden ist.

Im Stillen gibt Lisa der Walküre ein Versprechen. Bis Theo zurück ist, hat sie diese Caro am Wickel.

»Sorry, wenn ich störe«, sagt Jule. Sie steht mit einem Bogen Papier und roten Wangen vor Lisa. »Ein netter Franzose aus der Parfümfabrik in Grasse hat für mich eine Sonderschicht in der Buchhaltung eingelegt. Er hat mir die Liste mit den Namen und Adressen der deutschen Kunden gemailt. Einer wohnt in Berlin. Den haben wir schon kennengelernt.«

Aus der Ferne

»Häng dein Herz an niemanden, Schwesterchen.« Jackies Worte höre ich noch heute. Sie war mit sechzehn ausgezogen. Als sie mich zwei Jahre später vor dem Schultor abpasste, war sie die Geliebte eines Mannes, der ihr eine neue Nase und neue Brüste spendiert hatte. Wo sie ihn kennengelernt hatte, verschwieg sie mir. Ich wollte es auch nicht wissen. Sie trug teure Kleidung, lud mich in ein schickes Café an der Alster ein und verbot mir, sie je wieder Jaqueline zu nennen.

Wie hatte ich sie vermisst! Mit unseren beiden Brüdern konnte ich die spannenden Veränderungen im Leben einer Dreizehnjährigen nicht besprechen. Und von Gleichaltrigen hielt ich mich genauso fern wie früher Jackie. Wir waren zwar in den Hochhäusern von Hamburg-Wilhelmsburg aufgewachsen, doch wir hielten uns für etwas Besseres. Unser Vater verdiente gut, unsere Wohnung hatte vier Zimmer und in unserer Familie besaß jeder ein Handy. Papa sparte sogar Geld an.

Solange ich klein gewesen war, hatte er mich zu den Wellblechbaracken am Kanal mitgenommen. Ich liebte seine Hundezucht und verbrachte viele Stunden vor den Zwingern. Die winzigen Beagles kuschelten sich an ihre Mütter, und wenn sie größer wurden, kraulte ich ihr flauschiges Fell.

Sie bekamen keine Namen. Aber als eine der Hündinnen starb, zog ich ihre Babys mit der Flasche groß. Ein Rüde wurde von seinen Brüdern weggeschubst. Ich nannte ihn Lucky und wünschte mir zu meinem zehnten Geburtstag nur eins: Ihn wollte ich behalten.

Papa behauptete, er habe die Kleinen längst verkauft. Es sei eine teure Rasse, der wir unseren bescheidenen Wohlstand zu verdanken hätten. Er tröstete mich. Luckys neuer Besitzer lebe auf einem großen Grundstück. »Ein Paradies für Hunde.«

Woher wusste er das? Die Welpen wurden immer zusammen abgeholt, der ganze Wurf. An solchen Tagen musste ich zu Hause bleiben. Als Papa diesmal davon erzählte, weinte ich mich in den Schlaf.

Mamas Stimme weckte mich. »Schluss damit«, schimpfte sie in der Küche nebenan. »Die Kleine wird älter und merken, dass du sie anlügst. Erspar uns das. Ich hab hier genug Ärger.« Sie stritt sich damals dauernd mit Jackie, die über Nacht wegblieb und niemandem Bescheid gab.

Von da an fuhr Papa allein los. Eines Tages machte ich mich nach der Schule auf den Weg und besuchte ihn in seinen Baracken. Er wimmelte mich ab: »Hast du keine Hausaufgaben?«

Die Einzige, die mir helfen konnte, war meine Schwester. Wenn jemand die Wahrheit kannte, dann sie.

Ich stürmte in ihr Zimmer: »Warum darf ich nicht mehr zu den Hunden?«

Sie nahm eine Nagelfeile von ihrem Nachttischchen. »Weil du größer wirst und ein weiches Herz hast.«

Es klopfte bis zum Hals. »Was ist aus Lucky geworden?«

Mit einem Seufzer holte sie Taschentücher, Schokolade und Bonbons aus der Küche. Sie setzte sich neben mich, legte einen Arm um meine Schulter. Meinen Kopf zog sie dicht an ihren heran.

Die Süßigkeiten habe ich nicht angerührt.

Leise erzählte mir Jackie von einem Labor vor den Toren Hamburgs, das die Beagles kaufte. An Hunden, Katzen, Kaninchen und Affen wurden die Nebenwirkungen von Medikamenten getestet. Freiwillig schluckten die Tiere das Zeug nicht, darum wurden sie fixiert und bekamen Schläuche in die Mäuler gestopft. Die meisten starben qualvoll in engen Käfigen.

Ich glaubte meiner Schwester nicht. Darum zeigte sie mir Fotos, die ihr Freund heimlich gemacht hatte. Auf einem Lkw vor Papas Baracken stand der Name des Labors. Etwas später waren Tierschützer dort eingebrochen, hatten mit versteckter Kamera Filme gedreht und im Internet hochgeladen.

Wochenlang träumte ich von denen. Von dem Affen, dessen Hals in einer engen Metallmanschette festgeschraubt war und der mit aufgerissenen Augen in die Kamera starrte. Von dem Beagle, Lucky zum Verwechseln ähnlich, der erschöpft in einer blutigen Pfütze lag.

Wie konnte Papa unsere kleinen Hunde nur dafür hergeben?

»Bringt mehr ein als ein Job bei der Müllabfuhr«, sagte Jackie achselzuckend. »Stell dir vor, er wäre da geblieben. Du hättest jetzt ein Klappbett im Wohnzimmer und müsstest deine Klamotten auf dem Flohmarkt kaufen.« Sie presste die Lippen zusammen. An den Mundwinkeln bildeten sich steile Falten. Ich fand, dass sie älter als fünfzehn wirkte.

Vielleicht mischte sich deshalb niemand in ihr Leben ein. Sie kam und ging, wann sie wollte. Von den Baracken hielt sie sich schon lange fern, obwohl auch sie früher in Pullovern, die nach Hund rochen, heimgekommen war.

Im Jahr darauf fand sie einen Ausbildungsplatz. Das Modegeschäft lag am Hauptbahnhof und die weite U-Bahn-Fahrt war nichts für die Langschläferin. Sie schlüpfte bei einer

Freundin unter. Dass sie in Wahrheit zu einem Mann gezogen war, verriet sie mir bei unserem Wiedersehen.

Im ersten Moment hielt ich sie für ein Topmodel. Meine Klassenkameradinnen gafften uns mit offenen Mündern an. Am Straßenrand parkte ein Cabrio, das ihr gehörte und in dem ich schwer beeindruckt Platz nahm. Meine große Schwester. So schön, so stolz und sie duftete nach einem teuren Parfüm. Das Fläschchen schenkte sie mir zum Abschied. Ihr Freund wollte sie auf eine Reise ins Ausland mitnehmen.

Ich hörte nie wieder von ihr.

Mit »Le temps de la Vanille« in der Tasche bin ich selbst in ein neues Leben aufgebrochen. Wenn ich es heute auftrage, denke ich an Jackie.

RÜCKENDECKUNG

JULES Zeigefinger deutet auf den Namen »Alshuth«.

»Der Makler?«, fragt Lisa verdutzt. Es ist noch keine Woche her, seit sie zusammen sein Immobilienbüro im Grunewald aufgesucht haben. Sie nimmt die Liste aus Grasse an sich. Lieferdaten enthält sie nicht.

»Pierre sagt, das Vanilleparfüm sei bei den deutschen Kunden ein Renner«, berichtet Jule.

»Pierre?«

»Der charmante Franzose, der meinetwegen Überstunden gemacht hat.«

Lisa eilt durchs Büro, legt die Liste neben den Rechner von Theo und greift nach den Schlüsseln für den Dienstwagen.

Elena telefoniert.

Lisa schreibt ihr eine Notiz. »Wir fahren hin«, sagt sie zu Jule.

»Du willst diesem Alshuth auf die Bude rücken?«

»Für einen Durchsuchungsbeschluss haben wir nichts in der Hand. Wer weiß, wann der Mann das Parfüm gekauft hat. Es wird für seine Frau gewesen sein. Die ist ausgezogen.«

»Und wenn er den Kerstensen erschossen hat?«

»Quatsch. Der Mann war einer seiner besten Kunden.«

*

Der Makler sitzt in kurzen Hosen auf seiner Terrasse. Er blickt den beiden Frauen entgegen, vor denen sich lautlos ein Gartentor geöffnet hat.

Lisa erschrickt, als sie sein Gesicht sieht. Es wirkt gelblich und die dunklen Augenringe verraten sein wahres Alter. Valentin Alshuth muss über sechzig sein. Beim letzten Mal hat sie ihn für deutlich jünger gehalten.

Er steht im Zeitlupentempo auf und reicht ihr eine kalte Hand.

»Was ist denn mit Ihnen los?«, fragt sie.

»Mir ist ein Arbeitsessen schlecht bekommen. Zum Dessert gab es Tiramisu. War wohl verdorben.«

Sie wartet, bis er wieder in einen Korbsessel gesunken ist.

Seine Stimme klingt erschöpft. »Nehmen Sie doch bitte Platz. Was führt Sie zu mir?«

»Die Kundenkartei einer französischen Parfümfabrik. Wann haben Sie zuletzt ›Le temps de la Vanille‹ bestellt?«

»Oh, das muss ein oder zwei Jahre her sein. Damals war meine Frau noch bei mir.«

»Wo ist sie jetzt?«

»Auf Mallorca. Ich habe ihr eines meiner Apartments überlassen. Nach unserer Trennung wollte ich klare Verhältnisse. Kein Arrangement, bei dem zwei Ehepartner den Schein wahren und in getrennten Schlafzimmern unter einem Dach wohnen. Sie war sofort einverstanden.«

»Haben Sie Kontakt zu ihr?«

»Ab und zu. Die Scheidungspapiere sind unterwegs. Was hat sie mit dem Fall, in dem Sie ermitteln, zu tun?«

»Wir haben in der Villa von Philipp Kerstensen mehrere Fläschchen dieses Parfüms entdeckt«, sagt Lisa.

»Tja, der Mann hatte Geld genug.«

Jule beugt sich über den Gartentisch. »Herr Alshuth, wo waren Sie am vorletzten Freitag zwischen 22 Uhr und den frühen Morgenstunden?«

Er verzieht das Gesicht zu einer gequälten Grimasse. »An dem Abend war Grundsteinlegung einer Ferienanlage, bei der ich Mitgesellschafter bin. In Heringsdorf auf Usedom. Sie werden Videos davon im Netz finden. Ich bin erst am nächsten Tag heimgefahren.« Das Wasserglas trinkt er mit durstigen Zügen leer und erhebt sich. »Was darf ich Ihnen anbieten?«

Lisa schiebt die Ärmel ihrer Lederjacke hoch. »Auch Wasser.«

Jule nickt.

»Ist dir in dem Teil nicht warm?«, fragt sie, als Alshuth im Haus verschwunden ist.

»Nein.«

Mit einem vollen Tablett kehrt der Makler zurück. Er hat Kekse mitgebracht und nimmt sich einen sofort. »Mir knurrt der Magen. Gutes Zeichen.«

Lisa ertappt sich bei einem Lächeln.

»Verraten Sie mir, wie ich Ihnen helfen kann?«

»Indem Sie Ihre Frau anrufen«, antwortet sie.

Alshuth zieht ein Smartphone aus der Tasche seiner Shorts. Er tippt auf eine Zahl, vermutlich die Kurzwahl für einen Anschluss auf Mallorca, und wartet. Das Freizeichen tönt laut in die Stille des Sonntagnachmittags. Eine Minute, zwei. Nichts passiert.

»Sie wird am Strand sein«, sagt er.

»Geben Sie mir bitte ihre Telefonnummer«, erwidert Lisa und hofft, dass er keinen Blick auf ihre rechte Hand geworfen hat. Sie hat mit einem stummen Trommelwirbel auf dem Hosenbein begonnen.

Er diktiert ihr eine Zahlenkolonne für das spanische Festnetz und eine Mobilfunknummer. Damit versucht er es selbst. Fehlanzeige.

»Merkwürdig«, murmelt er und betupft seine feuchte Stirn mit einem Taschentuch. »An ihr Handy geht Caro immer.«

»Caro?«

»Eigentlich heißt sie Caroline. Wieso?«

»Mich würde interessieren, woher Ihre Frau stammt.

»Aus Hamburg. Vorsicht!«

Ein Schwall Wasser ist aus Lisas Glas auf den Tisch geschwappt. Sie tupft die nassen Stellen mit einem Taschentuch ab.

»Haben Sie sich dort kennengelernt?« Den harmlosen Plauderton hat sie auf zahllosen Familienfeiern trainiert. Ihre Mutter wäre stolz.

Alshuth verneint und betrachtet seine akkurat gestutzten Buchsbäume. »Was soll's. Früher oder später würden Sie es sowieso herausfinden. Ich habe meine Frau online entdeckt. Auf einem Dating-Portal.«

»Damit liegen Sie voll im Trend«, platzt es aus Jule heraus.

»Ach ja? Es war keine Website, auf der Sie die Liebe fürs Leben finden. Bei ›Sugardate‹ suchen ältere Herren ihre Frauen aus. Für gewisse Stunden. Die Damen sind deutlich jünger und erwarten Geschenke. Ein schickes Auto oder Flugreisen zu exotischen Zielen. Manche lassen sich sogar eine Wohnung finanzieren.«

Jule starrt ihn mit offenem Mund an.

Lisas Hände krallen sich in ihre Jacke. Die Fingerknöchel treten hervor, mit leuchtend roten Spuren wie Warnsignale. Unversehens hört sie Alexanders Stimme und ihr Puls rast. Hätte er ihre Beziehung genauso beschrieben?

Der Makler schaut ihr in die Augen. »Schockiert?«

Sie schüttelt den Kopf, stürzt den Rest Wasser hinunter und gewinnt den Kampf gegen einen dicken Kloß in ihrem Hals. »Mich interessiert, wie mehr daraus werden konnte.«

»Wir sind uns einfach zur richtigen Zeit begegnet.« Alshuth legt seine Hände offen auf den Tisch. »Caro war die Lust auf Gelegenheitsjobs vergangen. Ich hatte dieses Haus geerbt und wünschte mir eine Familie.«

»Sie haben Kinder?«

»Nein.«

»Ist Ihre Ehe daran zerbrochen?«

Er lehnt sich zurück und verschränkt die Arme vor der Brust. »Einen Zusammenhang zwischen unseren Problemen und dem Tod von Herrn Kerstensen kann ich mir nicht vorstellen.«

Eins zu null für ihn. Lisa beißt sich auf die Lippen. Sie hat keine Fragen gestellt, die den Fall betreffen, sondern ihre eigenen. Es gibt also Männer, die für Sex bezahlen und die Frauen hinterher nicht wegwerfen wie ein benutztes Kondom? Vielleicht war diese Caro klüger gewesen als eine naive Kölner Studentin. Oder schöner. Ob der Makler die Trennung verkraftet hat?

Lisa steckt den Rüffel weg. Im Rücken spürt sie den vertrauten Schmerz. »Wir ermitteln in einem Mordfall. Auf Ihre Privatangelegenheiten kann ich leider keine Rücksicht nehmen.«

»Ich würde mich wohler fühlen, wenn intime Details nicht in einer Polizeiakte auftauchen. Und falls Sie wissen wollen, ob wir ein Zweckbündnis eingegangen sind oder echte Gefühle im Spiel waren: Fragen Sie meine Frau. Aus meinen habe ich nie einen Hehl gemacht. Der Tag, an dem sie ging, war einer der schwärzesten in meinem Leben.«

Vergeblich ringt Lisa um einen Geistesblitz, mit dem sie das Gespräch in unverfängliche Bahnen lenken kann. Doch für Valentin Alshuth ist es zweifellos beendet.

Sie drückt sich aus dem Sessel hoch. »Danke für Ihre Zeit.«

»Gern geschehen.«

»Eine Frage habe ich noch«, lässt Jule sich hören.

Alshuth lächelt sie auffordernd an.

»Wo haben Sie beide geheiratet?«

»In Cottbus. Vor dreieinhalb Jahren.«

»Warum nicht in Berlin?«

»Meine Verwandtschaft hätte die Nase gerümpft. Wir wollten uns Diskussionen ersparen und haben sie vor vollendete Tatsachen gestellt.«

Klingt plausibel. Auch Jule erhebt sich.

Lisa sagt zum Abschied den bewährten Spruch auf: »Falls Sie irgendeine Idee haben, die uns weiterbringen könnte, melden Sie sich bitte. Jederzeit.«

»Ich habe ja Ihre Karte.«

Auf dem Gartenweg fällt ihr jeder Schritt schwer. Hat Caroline Alshuth ihren Mann geliebt? Oder war ihr aufgegangen, dass sie den Falschen geheiratet hatte, als Philipp Kerstensens Umzug nach Berlin bekannt wurde? Vielleicht wollte sie im Ausland die Scheidung abwarten, etwas Zeit verstreichen lassen und dann so tun, als ob sie den Fernsehstar gerade erst kennengelernt hätte. Eine respektable Frau Kerstensen hätte die Grunewalder Villenkolonie sicher mit offenen Armen wieder aufgenommen.

»Gib mir die Autoschlüssel«, unterbricht Jule Lisas Gedanken.

»Wieso?«

»Ist sicherer. Der Typ hat dich komplett durcheinandergebracht.«

»Blödsinn!«

»Hallo? Cottbus? Klingelt da bei dir nichts?«

Lisa schweigt. In dieser Stadt gibt es ein Schloss und vermutlich ein historisches Trauzimmer. Wie in der Kölner Severinstorburg. Im Nachruf auf Alexander war seine Witwe erwähnt worden.

Ob die beiden im Burgturm geheiratet hatten?

*

Lautes Gezwitscher weckt Lisa. Sie hat vergessen, den Vogelkäfig abzudecken und ist nach zahllosen vergeblichen Anrufen bei Caroline Alshuth auf dem Sofa eingeschlafen. Einen Moment lang bleibt sie liegen. Ihr Kopf ist schwer wie Blei. Welche Erinnerungen gehören ins Reich der Träume und welche sind wahr?

An ihren Schreibtisch war sie nicht mehr gekommen. »Du siehst aus, als ob du etwas ausbrütest. Hoffentlich hast du dich nicht bei Theo angesteckt«, hatte Elena gerufen und Lisa nach Hause geschickt.

Sie war zuerst zum Savignyplatz gefahren.

Henriette hatte Giovanni die Theke überlassen und sich mit ihrer Freundin an einen der hinteren Tische gesetzt. Da waren am frühen Sonntagabend die meisten Plätze leer.

Brühwarm erzählte Lisa von der Befragung des Maklers.

Diesmal ließ Henriette sie nicht ausreden: »Dieser Alshuth ist kein bisschen besser als dein seliger Alexander.«

»Wie bitte?«

»Du bedauerst den armen Mann, weil die Gattin ausgezogen ist und er ganz allein in seinem Prachtbau hockt. Geht's noch?«

Lisa knabberte an ihrer Faust.

Henriette holte die Whiskeyflasche und füllte zwei Gläser. Voller als sonst. Statt mit der Freundin anzustoßen, nahm sie sofort einen großen Schluck. »Hast du dir je die einschlägigen Seiten im Netz angeschaut? Solche wie ›Sugardate‹?« Sie griff nach dem Salzstreuer auf dem Tisch, drehte ihn in den Händen und betrachtete ihn wie ein seltenes Kunstobjekt.

»Nee«, antwortete Lisa. »Du?«

»Allerdings. Ich hab da mal ein Bild von mir hochgeladen.«

Lisa blieben die Worte im Hals stecken.

Henriette sprach hastig weiter. »Blöd genug, ich weiß. Doch ich hatte eine Wette verloren und es war ein Schnappschuss aus meiner Zeit als Au-Pair-Mädchen. Damals war ich achtzehn. Jedenfalls haben sich daraufhin alte, spendable Knacker bei mir gemeldet. Jede Menge Sugardaddys auf der Jagd nach blutjungen Frauen, und keiner mit einem Foto von sich selbst. Die hatten alle Angst um ihren Ruf.«

»Hast du geantwortet?«

Henriette stellte das Salz hin und griff sich einen verpackten Zahnstocher. »Einer klang nett. Machte mir Komplimente und wollte mich kennenlernen. Ich war geschmeichelt.« Mit leisem »Knack« brach das Holz entzwei. »Er lud mich in einen privaten Chat ein. Da verlangte er, dass ich in ein dünnes Nachthemd schlüpfen sollte und einiges mehr …«

»Was?«

»Lass gut sein. Ich hab sofort die Reißleine gezogen. Mir wird immer noch schlecht, wenn ich daran denke.«

»Wann war das?«

»Muss zehn Jahre her sein. Du hattest Stress mit einem Fall. Ich wollte dich nicht belasten.«

»Hättest du aber machen sollen!«

Ein paar Gäste drehten sich zu Lisa um.

Henriette legte einen Zeigefinger auf die Lippen und schenkte nach. »Und deine alten Wunden aufreißen?«, fragte sie leise.

Stumm leerten sie ihre Gläser, dann musste die Freundin an die Theke. Giovanni konnte nicht sämtliche Gäste allein bedienen.

Nun rappelt Lisa sich auf und massiert ihren Rücken, dem das weiche Sofa schlecht bekommen ist. Im Traum hat der Fesselballon seine Reise in eisiger Kälte zurückgelegt.

Das vertraute »Tschip, tschip, tschip« der Wellensittiche beruhigt ihre angegriffenen Nerven.

»Morgen, Jungs.«

Udo zwitschert weiter und plustert das blaue Gefieder auf.

Gähnend sucht Lisa die Futterpackung und füllt den Fressnapf. Nicht wieder das Wasser vergessen, der Tag soll heiß werden. Wer weiß, wann ihr Dienst endet.

Lutz hüpft von seiner Lieblingsstange auf ihre Hand und legt den Kopf schief. Charmebolzen. Er will, dass sie seinen gelben Bauch krault.

Während sie ihm den Wunsch erfüllt, rückt Udo näher. Er verstummt. Schade. Doch plötzlich spuckt er neue Töne: »Lutz und Udo. Coole Jungs.«

Er hat Sprechen gelernt! Ehe der Fall Kerstensen Lisas Privatleben lahmgelegt hatte, war sie oft vor dem Käfig sitzengeblieben und hatte den beiden ihre Namen vorgebetet. In einer Tiersendung hatte es geklappt. Am besten mit Worten, die ein »U« enthielten. Darum heißt Lutz wie der Verkäufer im Späti an der Ecke. Udo hat den Vornamen von Rocksänger Lindenberg.

»Wo bist du?«, fragt er.

»Tschip, tschip.« Vielleicht kriegt Lutz es auch noch hin.

Lisa duscht bei offener Badezimmertür. Anschließend spendiert sie den Vögeln einen der dicken Kekse, die Henriette gebacken hat. Extra für Sittiche, mit vielen Körnern und Honig, das reinste Fressfest für die beiden.

Sie fallen begeistert darüber her.

»Ihr fehlt mir jetzt schon«, ruft Lisa ihnen zu und stellt fest, dass sie spät dran ist. Ihr eigenes Frühstück fällt aus.

*

»Geht's dir besser?«, fragt Jule im Büro.

»Alles okay«, antwortet Lisa. »Ich hab ausgeschlafen und bin wie neugeboren.«

Ringsum erleichterte Gesichter. Nur Ben lässt sich keine Gefühlsregung anmerken. Im Besprechungsraum sitzt er auf dem Platz, der am weitesten von ihr entfernt ist.

Lisa trägt vor, was sie herausgefunden hat. »Ihr erinnert euch sicher, dass die Fotos für diese Werbekampagne mit dem Slogan ›Schau hin‹ bei einem zweiten Shooting entstanden sind. Ich habe mit dem Model gesprochen, das extra dafür engagiert wurde. Die Frau heißt Vivien Flatow. Sie weiß noch, wer beim ersten Mal an ihrer Stelle dabei war. Der Name unserer Unbekannten ist Caro.«

Ben hebt die Hand. »Caroline, um genau zu sein. Geboren wurde sie in Hamburg. Aber sie lebt schon länger in Berlin. Seit ihrer Eheschließung als Caroline Alshuth.« Er zieht ein gefaltetes Stück Papier aus der Brusttasche seines Oberhemds und schubst es über die Tischplatte. »Frisch aus dem Drucker. Im Cottbusser Standesamt arbeitet eine nette Dame, die heute Morgen sofort ans Telefon ging. Sie schwärmte mir vom Grünen Saal im Branitzer Schloss vor. Dort hat der verstorbene Mirko Röhm Trauungen vorgenommen, was erst seit einer Restaurierung vor wenigen Jahren möglich ist. Meine Gesprächspartnerin hatte eine Liste mit den Eheschließungen griffbereit und entdeckte darauf zwei Namen aus Berlin. Valentin und Caroline Alshuth. Die beiden haben sich auf goldenen Stühlen das Ja-Wort gegeben, unter einer blauen Saaldecke mit vielen Sternen. Da gibt's einen Flügel, auf dem Felix Mendelssohn-Bartholdy vor fast zweihundert Jahren den Hochzeitsmarsch gespielt haben soll. Romantisch, findet ihr nicht?«

Lisa nimmt den Zettel. Namen und Adressen, Informationen über den Saal. Offiziell nennt er sich Musikzimmer. Eine Kulisse, die der Kölner Severinstorburg ebenbürtig ist.

»Was nun?«, fragt Ben und schaut Lisa erwartungsvoll an.

Sie zögert. Soll sie zugeben, dass sie den Namen Caroline Alshuth bereits kannte? Nein. Dann müsste sie von ihrem gestrigen Besuch in der Maklervilla berichten und eingestehen, dass sie falsch reagiert hat. Einmal mehr.

Jule und Elena schweigen.

»Gib der Spurensicherung Bescheid«, antwortet Lisa und legt den Zettel in die Akte. »Ich rufe bei der Staatsanwaltschaft an.«

Zu spät. Sie hätte gestern den diensthabenden Richter in seiner Sonntagsruhe stören müssen. Es gibt jetzt genug Verdachtsmomente für eine Hausdurchsuchung, die die geltende Rechtsprechung bis 21 Uhr erlaubt. Doch sie hatte Valentin Alshuth informiert, dass seine Frau ins Visier der Kripo geraten ist, und war in aller Seelenruhe zu Henriette ins Café gefahren. Über Nacht hatte er jede Menge Zeit, um sämtliche Gegenstände, die Caroline gehört haben, verschwinden zu lassen. Nur mit sehr viel Glück werden die Kollegen etwas finden, das sie mit den DNA-Proben aus Kerstensens Küche vergleichen könnten.

Lisa beendet die Morgenrunde. Der Durchsuchungsbeschluss wird sofort bewilligt.

Nichts wie raus hier! »Ich hole mir einen anständigen Kaffee«, ruft sie Elena zu und rennt die Treppen hinab.

Bis zur nächsten Bäckerei sind es keine hundert Meter. Zwei oder drei Minuten im Laufschritt und wenn vor der Kurfürstenstraße ein grünes Ampelmännchen aufmarschiert. Meist reicht die kurze Entfernung, um einen klaren Kopf zu kriegen.

Mit einem großen Pappbecher und einem Croissant lässt Lisa sich in einer Sitzecke vor dem Laden nieder. Sie beobachtet einen alten Mann, der umständlich einen Brief aus seiner Jackentasche klaubt und in den gelben Kasten auf dem Bürgersteig wirft. Er wirkt erleichtert und schlurft an ihr vorbei.

An der Ecke dreht er sich zu Lisa um. »Lassen Se det Jrünzeuch leben.«

Sie hat Zweige von einem Strauch abgerissen und die Stacheln nicht bemerkt. Autsch.

Frische Luft löst heute kein Problem. Dass sie wieder versagt hat, wird über kurz oder lang auffliegen. Was soll sie zu ihrer Verteidigung vorbringen? Dass sie neben der Spur war, weil ihre eigene Vergangenheit sich unversehens mit der Gegenwart vermischt hatte? Wohl kaum.

Ob sie vielleicht doch mit einem blauen Auge davonkommt? Wenn Valentin Alshuth nichts zu verbergen hat, bringen Sascha und die anderen etwas mit. Eine alte Jacke, Schuhe, irgendetwas, das Caroline beim Auszug vergessen hat. Wie die Gummistiefel, die einst Lisa gehört haben und die ihre Mutter inzwischen bei der Gartenarbeit trägt.

Leises Rascheln hinter Lisa. Jemand hüstelt.

»Störe ich?«, fragt Jule, die einen Muffin auswickelt.

»Nein. Wieso hast du in der Runde nichts von unserem Besuch bei Alshuth erzählt?«

»Dafür hätte sich sowieso keiner mehr interessiert. Und du kannst jemanden gebrauchen, der dir Rückendeckung gibt. Ich hab auch mit Elena gesprochen. Sie hat den Wisch, den du ihr vor unserer Fahrt in den Grunewald auf den Schreibtisch gelegt hattest, weggeworfen. Offiziell weiß sie nichts davon.«

Alles sauber

Meinolf hat der freie Abend gut getan. Als er ungewohnt früh die Haustür aufgeschlossen hatte, trug Amelie ein kurzes Kleid und schicke Sandalen.

»Bist du verabredet?«, fragte er irritiert.

»Ich muss ja nicht wie Rumpelstilzchen aussehen, wenn ich an einem Sonntag in der Kantstraße die Hausmeisterin spielen soll.« Sie erzählte ihm, dass der neue Mieter in der zweiten Etage sich über Schimmelpilz an den Wänden beschwert habe.

»Das bringen wir zusammen hinter uns«, sagte Meinolf und schlüpfte schnell in ein frisches Hemd. Er hatte einen Tisch in Amelies Lieblingsrestaurant reserviert. Ein Spanier am Savignyplatz, bloß einen Katzensprung von Henriettes Café entfernt.

Der Mieter empfing sie mit grimmiger Miene. »Eigentlich wollte ich tapezieren. Kommen Sie mal mit.« Er deutete auf hohe Regale mit geschlossener Rückwand, die er günstig beim Einzug übernommen hatte. Dahinter breiteten sich schwarz-grün-graue Flecken aus. Von den Decke abwärts, auf einer Fläche von einigen Quadratmetern.

Meinolf erinnerte der Anblick an die Landkarte von Südostasien. »Wir beauftragen Fachleute«, versprach er dem erzürnten Mann.

»Rechnen Sie nicht damit, dass ich vorher Miete zahle.«

Draußen schimpfte Amelie wie ein Rohrspatz. »Wieder Handwerker, denen ich auf die Finger schauen muss! Wie soll ich nebenbei den Haushalt schmeißen und die Kollektion für das Geschäft am Prenzlberg fertigstellen?«

Meinolf besänftigte sie mit der Aussicht auf den Restaurantbesuch. Dort bestellte er Tapas für zwei.

»Was hältst du davon, wenn wir uns eine Putzfrau zulegen?«, fragte er und schenkte ihr Rotwein ein. »Die Pinnwand im Supermarkt ist voll mit solchen Angeboten.«

Amelie ließ sich Zeit. Sie schob ihr Glas über das weiße Tischtuch, wie immer, wenn sie ein Haar in der Suppe sucht. »Ich kenne die Preise«, sagte sie schließlich und erinnerte ihn daran, dass ihre beste Freundin seit Jahren eine Zugehfrau hat. »Schwarzarbeit kommt nicht infrage, Meinolf. Können wir uns fünfzehn Euro Stundenlohn leisten?«

»Wird schon klappen. Mir ist es das Geld wert, wenn wir dafür mehr Zeit miteinander verbringen können.«

Amelie küsste ihn und verschränkte ihre Finger mit seinen. »Dann ist es mit deinen verschlafenen Abenden im Fernsehsessel aber vorbei!«

Als sie später zwei Espressi tranken, trottete Lisa über den Platz. Selbstvergessen, eine Hand ins Kreuz gestützt. Sie achtete nicht darauf, wer unter den Sonnenschirmen saß.

Meinolf widmete sich weiter seiner Frau und schlummerte zu Hause in ihren Armen ein.

*

Heute ist er pfeifend ins Büro geschlendert. Doch Lisa gibt ihm Rätsel auf. Nach der Morgenrunde ist sie sang- und klanglos verschwunden. Sie kehrt mit Jule zurück. Die beiden zwinkern sich zu und er fühlt sich ausgeschlossen.

Ben legt das Telefon hin. »Kommst du mit?«, fragt er Meinolf.

»Wohin?«

»Zur Maklervilla. Ich brauche einen zweiten Mann.«

»Warum ich?«

»Bei dir sind die Akten garantiert auf dem neuesten Stand. Das heißt, du hast jede Menge Zeit.«

Na schön. Seine Gegenwart ist angenehmer als das Gequatsche von Holger, dem Gorilla. In diesem Büro scheint es ihm bestens zu gefallen. Hoffentlich bewirbt er sich nicht in ihrem Team, wenn nach dem Ausscheiden von Theo eine Planstelle frei wird.

»Ich hab nichts gegen Lisa«, sagt Ben, während er Richtung Grunewald abbiegt.

Auf das heikle Thema hat Meinolf keine Lust. Er klappt die Sonnenblende runter.

Ben seufzt. »Aber seit einem Jahr rasseln wir ständig aneinander.«

»Wundert dich das?«

»Ja. Sie ist damals davongerannt, nicht ich. Mitten in einem Fall, der uns alle rund um die Uhr beschäftigt hat. Ich hab für Lisa mitgedacht. Wer weiß, wohin diese Frau, die den Baulöwen überfahren hat, geflohen wäre.«

»Dabei ist sie ums Leben gekommen.«

»Eine Kurzschlusshandlung. Willst du mich etwa dafür verantwortlich machen?«

»Du warst derjenige, der eine Festnahme mit bewaffneter Unterstützung durchgedrückt hat.«

»Gefahr im Verzug«, gibt Ben schmallippig zurück.

»Welche Gefahr wäre wohl von einer jungen Frau mit zwei kleinen Kindern ausgegangen?«

Schweigen. Als sie vor der Villa des Maklers halten, ist die Luft im Dienstwagen zum Schneiden dick.

Ben marschiert voran. Meinolf hinterher. Wo bleibt denn die Spurensicherung? Donnerwetter, so würde er auch gern wohnen. Auf dem flachen Dach thront ein Penthouse, kaum kleiner als das Ferienhaus an der Nordsee, in dem er mit Amelie den letzten Urlaub verbracht hat. Und in der Eingangshalle mit den Marmorwänden ist es himmlisch kühl. Wie teuer ist eigentlich eine Klimaanlage?

»Sie wünschen?«, fragt eine Frau, die von ihrem Computer hochblickt. Sie ist knapp über zwanzig. In dem großen Büro sind nur zwei von vier Schreibtischen besetzt. »Kripo Berlin«, antwortet Ben. »Wir haben einen Durchsuchungsbeschluss.«

»Chef!«, brüllt ein Jüngling mit zu viel Gel in den Locken.

Ein Mann in den Sechzigern betritt den Raum. Er trägt sein weißes Hemd offen und die Haare eine Spur zu lang. Gebräunte Haut, hellblaue Augen, schlanke Taille. Instinktiv zieht Meinolf seinen Bauch ein.

»Valentin, die Polizei will hier alles auf den Kopf stellen«, sagt der Jüngling.

»Nicht die Geschäftsräume«, entgegnet Meinolf. »Wir brauchen Zugang zu Ihrer Privatwohnung.«

Der Makler will das Schreiben der Staatsanwaltschaft sehen.

Ben zeigt es ihm.

»Einen Moment, ich informiere meinen Anwalt.« Mit dem Smartphone am Ohr verzieht sich Alshuth in eine Ecke des Büros. Keine Spur von Nervosität. Als er sein Telefonat beendet hat, überreicht er Ben das Handy.

Der Kollege betet alle Paragrafen, die eine Hausdurchsuchung rechtfertigen, herunter. Fast gleichzeitig treffen Sascha und sein Mitarbeiter Dietmar ein.

»Ich erwarte Klienten«, sagt der Makler und verlangt, dass sein ungebetener Besuch das Auto in einer Seitenstraße abstellt.

»Wir haben ein Zivilfahrzeug«, erwidert Ben.

Alshuth deutet zum Fenster. Der graue »Mordbus«, der lange vor der Villa Kerstensen geparkt hat, steht direkt am Zaun. Er wendet sich an den jungen Mann. »Sag alle heutigen Termine ab.«

»Was ist mit der Besichtigung in Kleinmachnow?«

»Die übernimmst du.«

Ohne ein weiteres Wort durchquert der Makler die gläserne Tür, die zur Halle führt, und nimmt Kurs nach oben. Die Treppe ist ebenfalls aus Marmor. Als sie im ersten Stock ankommen, fällt Meinolf auf, dass Valentin Alshuth ihn um zwei Köpfe überragt.

»Was suchen Sie eigentlich bei mir?«, will er wissen und deutet auf Saschas Koffer.

»Kleidungsstücke, Toilettenartikel oder etwas anderes aus dem Besitz Ihrer Frau«, antwortet Meinolf.

Alshuth lacht kurz und bitter. »Ich dachte, ich hätte mich Ihrer Kollegin gegenüber deutlich ausgedrückt. Caroline hat mich vor einem Jahr verlassen.«

»Wo ist sie jetzt?«

Er stutzt, murmelt »Mallorca« und schließt eine weißgestrichene Tür auf. »Dann mal rein in die gute Stube. Rechts ist das Schlafzimmer. Im Schrank werden Sie nur meine Sachen finden. Dort drüben im Bad gibt's Rasierzeug und kein Make-up.«

Das Wohnzimmer trägt auch keine weibliche Handschrift. Graues Ledersofa, Stahlrohrmöbel, eine High-Tech-Musikanlage und ein riesiger Flachbildfernseher. Eine

Skulptur aus Metall vor dem bodentiefen Fenster. Abstrakte Drucke in Schwarz und Rot an den weißen Wänden lassen Meinolf frösteln. Die Einrichtung in seiner Wohnung ist nicht halb so schick, aber dafür über Jahre gewachsen und liebevoll ausgewählt.

»Nach der Trennung von meiner Frau habe ich renovieren lassen«, verkündet der Makler.

»Was ist mit dem Penthouse?«, fragt Ben.

»Ein Apartment für Geschäftsfreunde und Klienten. Den Weg finden Sie sicher allein.« Alshuth wirft ihnen einen Schlüssel zu, nimmt eine Zigarre aus einem Kästchen und zieht sich auf den Balkon zurück.

»So lässt sich's leben«, raunt Ben.

Meinolf winkt ab. Draußen ist keine Wolke in Sicht, doch beim Blick durchs Fenster hat sich die Farbe des Himmels in ein undefinierbares Blaugrau verwandelt. Es wird an der getönten Scheibe liegen, die den Raum bei Sommerhitze kühl hält.

Um nichts in der Welt würde Meinolf hier einziehen.

Sie öffnen ein Sideboard voller Architekturzeitschriften und nehmen das Bücherregal unter die Lupe. Lauter dicke Schinken, viele in Leder gebunden, alle ohne Eselsohren oder sonstige Gebrauchsspuren. Der Barschrank enthält teure Spirituosen.

Zum Penthouse geht es über eine Wendeltreppe. Oben sind die Fenster gekippt. Der Duft nach Putzmitteln erzählt von einer fleißigen Haushaltshilfe, deren Besuch nicht lange her sein kann. Nirgends ein Staubkorn, weder auf den Möbeln noch auf dem Teppich. Das Bettzeug riecht frisch gewaschen.

Meinolf tastet eine Récamiere ab, die mit einem geblümten Stoff bezogen ist. Zwischen Sitzfläche und

Rückenlehne steckt ein Schild mit Pflegehinweisen. Das Ding ist neu, das Parkett darunter ohne Schmutz oder Fusseln.

Sie finden den Makler hinter einer Wolke aus Zigarrenqualm. »Ihr Penthouse wirkt, als würden Sie Besuch erwarten«, sagt Meinolf.

Alshuth nickt. »Ein Paar aus Süddeutschland, das sich für eine Villa am Müggelsee interessiert. Hochkarätige Klienten, mit denen ich außerdem befreundet bin. Sie treffen heute Abend ein.« In seinen Worten schwingt mit, dass die Polizei vorher verschwinden soll.

Meinolf hört Geräusche aus dem Bad, tritt in den Flur und öffnet eine Tür. Saschas Kollege Dietmar klappt einen verspiegelten Schrank zu. »Fehlanzeige. Ich hab nur graue Haare gefunden. Kein Parfüm, kein Schminkzeug. Der Hausherr schluckt jede Menge Vitaminpillen. Soll ja gesund sein.«

Sascha hat die Kleidungsstücke des Maklers auf dessen Bett ausgebreitet und die Taschen nach außen gewendet. Er hockt neben einem wetterfesten Rucksack am Boden und holt Mückenspray, ein Taschenmesser und ein Käppi mit angehängtem Moskitonetz heraus. »Das gehört keiner Frau«, murmelt er enttäuscht.

Alshuth lehnt im Türrahmen. Er muss sich lautlos herangepirscht haben. »Ab und zu gehe ich angeln«, sagt er und lächelt. »Möchten Sie meine Ausrüstung sehen?«

Ben begleitet den Makler zu einem Wandschrank im Flur, inspiziert den Inhalt und holt einen Schlafsack heraus. »Den nehmen wir mit. Und das kleine Zelt.«

Alshuths Haltung ist so lässig wie zuvor. »Ich erwarte von Ihnen ein Verzeichnis aller beschlagnahmten Gegenstände.«

»Selbstverständlich«, erwidert Ben und streckt seine Hand aus. »Ihr Smartphone setzen wir mit auf die Liste. Darf ich bitten?«

»Nein!«

»Gegen Ihre Frau besteht Tatverdacht in einem Tötungsdelikt.«

»Und mich verdächtigen Sie gleich mit, weil ich versucht habe, sie zu erreichen?«

Ben rührt sich nicht.

»Dafür können Sie sich bei Ihrer Kollegin bedanken. Seit sie mich nach Caroline gefragt hat, habe ich mehrmals in der Wohnung auf Mallorca und auf Caros Handy angerufen. Leider vergeblich.«

»Das überprüfen wir.«

Alshuth zieht das Handy aus seiner Brusttasche und wirft es Ben zu.

Sascha holt einen Vordruck aus seinem Koffer und listet die wenigen Gegenstände auf, von denen sie sich brauchbare Spuren erhoffen. Auch er stattet mit Dietmar dem Penthouse einen Besuch ab und bringt von dort zwei Saftgläser mit. »Sicher ist sicher.«

Der Makler blickt demonstrativ auf seine Rolex.

Um kurz vor drei verlassen sie mit ihrer schmalen Ausbeute die Villa. Wenn sie in keinen Stau geraten, reicht die Zeit für einen Abstecher in die Bäckerei. Meinolfs Magen knurrt.

»Ich kann meilenweit riechen, wenn mich jemand veräppelt«, motzt Ben. »Dieser Alshuth soll sich nicht einbilden, dass es ihm gelungen ist.«

»Ist mir was entgangen?«

»Ich bitte dich. Vom Boden in dem Gästeapartment konntest du essen. Den hat jemand viel zu gründlich gewischt. Und der Gipfel war, dass der Typ seinen Zigarrenqualm mitten in mein Gesicht geblasen hat!«

»Wundert dich das?«, fragt Meinolf. »Wir haben ihm das Geschäft vermasselt.«

»Ist dir nicht aufgefallen, wie schnell der seinen Anwalt an der Strippe hatte? Kam mir vor, als ob er mit unserem Besuch gerechnet hätte.«

»Das macht ihn noch lange nicht verdächtig«, erwidert Meinolf. »Hast du vergessen, was Lisa neulich erzählt hat? Phil Kerstensen war mal übers Wochenende bei Alshuth. Er konnte sich an fünf Fingern abzählen, dass wir uns sein Penthouse genauer ansehen würden.«

»Auf wessen Seite stehst du eigentlich?«

Meinolf kapituliert und hofft, dass Ben bald Ruhe gibt. Dem würde es garantiert gegen den Strich gehen, wenn er seinen Kleiderschrank vor Fremden öffnen müsste. Über sein Privatleben lässt er nichts verlauten. Wer weiß, was der Kollege nach Feierabend treibt und vor dem Rest der Welt verbirgt.

Ben trabt sofort ins Büro, Meinolf dreht seine Runde. Heute stärkt er sich mit einem großen Stück Butterkuchen.

»Da bist du ja endlich«, ruft Lisa, als er an seinem Schreibtisch ankommt. »Wie war's?«

»Den Ausflug hätten wir uns sparen können«, antwortet er. »Wir haben kaum was mitgebracht. Nur ein paar Sachen, die diesem Herrn Alshuth gehören.«

»Nichts von seiner Frau?«

»Nee. Die ist mit Sack und Pack ausgezogen und anschließend hat er gründlich klar Schiff gemacht. Sogar die Möbel hat er ausgetauscht. Gemütlich sieht anders aus.«

Sie knabbert an den Fingerknöcheln. »Wie hat er auf euren Besuch reagiert?«

»Er war stocksauer. Hat alle Termine abgesagt und sich zum Rauchen auf seinen Balkon verkrümelt.«

»Dann konntet ihr ja in Ruhe arbeiten.«

»Mit Ben hat er sich's verscherzt.«

»Hat Alshuth ihm etwa keinen Pfirsich-Maracuja-Saft angeboten?«, spöttelt Lisa.

Meinolf legt einen Finger auf die Lippen. Ben starrt auf seinen eigenen Bildschirm, doch die Lautstärke muss zu ihm durchgedrungen sein. Können sich die zwei nicht endlich vertragen? Ein Jahr dicke Luft reicht. Und bevor Lisa Meinolfs letzten Rest guter Laune klaut, ist Schluss mit dieser Stichelei.

»Ich muss den Bericht schreiben«, sagt er, auch eine Spur zu laut.

Die Tür zum Chefzimmer schließt sich hinter Lisa.

Er schaltet den Rechner wieder ein. Seine Konzentration war schon besser. Nach einer Weile surft er auf den Internetseiten von »Radio Fernsehen Berlin.« Recherche, was sonst? Die Startseite enthält einen neuen Artikel. Eine weitere Frau verstärkt das Moderationsteam beim »Abendblick«. Sie ist gerade dreißig geworden, hat einen Doktortitel und bereits zwei Jahre als TV-Korrespondentin im Ausland hinter sich.

Donnerwetter! Die reinste Augenweide! Mit der blonden Lockenmähne sieht sie wie eine Löwin aus. Und erst die imposante Oberweite …

Er schickt Lisa den Link.

Einen Moment später öffnet sie ihre Tür und rennt wortlos an ihm vorbei.

Auf der Bank

An Georgia von Hustedt hat Lisa in den letzten Stunden kaum gedacht. Doch der Bericht über die Neue beim »Abendblick« lässt ihren Magen rebellieren. Sie schließt sich auf der Toilette ein. Zum fünften oder sechsten Mal, seit Ben mit Meinolf zur Maklervilla aufgebrochen ist.

Wider Erwarten hat Alshuth den Kollegen nichts von ihrem gestrigen Besuch erzählt. Warum? Wütend, wie er offensichtlich war, hätte er sich lauthals über die aufdringliche Polizei beschweren müssen. Stattdessen hatte er sich zurückgezogen. So verhält sich niemand, der sich im Recht wähnt.

Lisa wird nicht schlau aus ihm. Ihr Notizblock hat sich mit Fragen gefüllt. Keine einzige kann sie stellen, ohne zu viel von sich selbst preiszugeben. Weil auf allen Seiten der Name »Valentin Alshuth« prangt, hat sie Georgia schlicht und einfach vergessen.

Und die steht jetzt allein da. Ihr Fernsehsender hat sie abgeschrieben. Innerhalb weniger Tage hat eine aufgedonnerte Blondine den Moderationstisch erobert. Der Kampf um die Zuschauer ist kein Zuckerschlecken.

Lisa drückt auf die Spülung, wäscht ihre verschwitzten Hände und hält sie lange unter den kalten Wasserstrahl. Mit schweren Schritten schlurft sie in das Zimmer von Theo und beißt in ein trockenes Brötchen. Der bittere Geschmack im Mund lässt nach.

Sie wählt Saschas Handynummer. »Bist Du im Labor?«

»Ja, sicher.«

»Wie weit seid ihr mit den DNA-Proben?«

Er lacht. »Aha, du kannst es wieder nicht erwarten. Gib uns bis zum ›Abendblick‹.«

»Meldest du dich, wenn du Ergebnisse hast?«

»Geht klar, Chefin.«

Anschließend ruft sie im Sankt-Hedwig-Krankenhaus an.

Doktor Yilmaz ist nicht im Dienst. Die Ärztin, die an ihrer Stelle Georgia von Hustedt betreut, darf angeblich keine Auskunft über den Zustand der Patientin erteilen. »Oder sind Sie eine Verwandte?«

Lisa verneint. Sie hat sich mit Namen und Dienstgrad vorgestellt, will sich nicht abwimmeln lassen, aber über ihrem Steißbein setzt das vertraute Ziehen ein. Wo ist ihre Kraft geblieben? Schnell verabschiedet sie sich. Morgen ist auch ein Tag und in ihrem Posteingang warten unzählige E-Mails. Die dringendsten knöpft sie sich gleich vor. Ehe sie eine Antwort sendet, liest sie ihre wenigen Zeilen doppelt und dreifach.

*

Irgendwann klopft es. Meinolf.

»Ich gehe«, sagt er. »Legst du die nächste Nachtschicht ein?«

»Nur bis Sascha fertig ist.«

Kaum ist er draußen, brummt ihr Smartphone. Auf dem Display erscheint eine unbekannte Nummer mit Berliner Vorwahl.

»Heynrichs.«

»Valentin Alshuth. Ich sitze am Schreibtisch. Mein Smartphone haben Ihre Kollegen einkassiert.«

»Sie bekommen es zurück.«

»Hoffentlich. Trotzdem möchte ich mit Ihnen reden. Über etwas anderes und unter vier Augen.«

»Das geht eigentlich nicht.«

»Es ist wirklich dringend«, beharrt der Makler. »Die Klienten, die ich erwartet hatte und die in meinem Penthouse übernachten sollten, habe ich extra ausgeladen.«

»Wenn das mal keinen Ärger gibt.«

»Egal. Und mir ist es gleichgültig, wann Sie Feierabend machen und wo ich Sie treffen kann. Schlagen Sie etwas vor. Die Bar im ›Adlon‹, eine Frittenbude oder eine Parkbank. Ich richte mich nach Ihnen.«

Er legt auf, ohne ihre Antwort abzuwarten. Hat er Angst, dass sie Nein sagt? Während sie verblüfft auf das Handy in ihrer Hand starrt, wird das Display wieder hell. Sascha.

»Das war nix.« Er klingt müde. »Null Komma null Spuren außer denen von Alshuth. Auch in der Mülltonne haben wir keine brauchbaren Hinweise gefunden. Dafür bergeweise Tüten von einem Lieferservice für asiatisches Essen.«

»Was ist mit Alshuths Smartphone?«

»In letzter Zeit hat er außer ein paar Nummern in Berlin nur x-mal auf dem Handy seiner Frau und einen Anschluss auf Mallorca angerufen. Eine Verbindung kam allerdings nicht zustande. Angeblich lebt die Gattin auf der Insel.«

»Ich weiß.«

»Davon hast du neulich nichts gesagt.«

Lisa behauptet, dass sie nach Hause müsse, und drückt das Gespräch weg. Mag sein, dass Sascha sonst weiterbohrt. Ihr offizieller Besuch in der Maklervilla ist eine Woche her.

Vielleicht wird der Tatortmann laut über ihre Bemerkung nachdenken, und vor allem, warum Alshuth sich jetzt erst mit seiner Frau in Verbindung gesetzt hat.

Die Kommissarin schließt offene Fenster und schaltet die Lampe neben Meinolfs Rechner aus. Normalerweise führt ihr nächster Gang in die Waffenkammer, wo sie ihre Dienstpistole über Nacht einschließt. Das Halfter mit dem schweren Inhalt stört sie beim Radfahren und in ihrer Wohnung gibt es keinen Tresor.

Aber schutzlos einem Mann gegenübertreten, der womöglich Dreck am Stecken hat? Dieses Treffen zu zweit kann eine Chance sein. So, wie sie Valentin Alshuth einschätzt, macht er bei einer offiziellen Vernehmung dicht. Der klappt zu wie eine Auster auf dem Trockenen, sobald sie mit Meinolf oder Ben vor ihm sitzt. Falls er wirklich auf die beiden sauer ist, braucht er nun jemanden, mit dem er besser klarkommt und bei dem er Dampf ablassen kann. Mit etwas Glück rutscht ihm dann ein unbedachtes Wort heraus. Irgendeine Kleinigkeit, die den Fall Kerstensen voranbringt.

Mit noch mehr Glück kann Lisa sogar ein, zwei Fragen stellen, die darüber hinausreichen. Ihre eigenen. Alexander wird ihr die Antworten für immer schuldig bleiben.

Es wäre dumm, diese Gelegenheit verstreichen zu lassen.

Sie kehrt an Theos Schreibtisch zurück und wählt die Festnetznummer der Immobilienfirma. Der Makler nimmt sofort ab.

»Ich mache mich auf den Weg«, sagt sie. »Kommen Sie in den Prater.« Der Biergarten am Prenzlauer Berg öffnet bei schönem Wetter täglich. Doch Kollegen verirren sich selten dorthin. Um diese Zeit ist es voll an den Holztischen, und manche Touristen halten sich stundenlang an einem Getränk fest. Zwischen den vielen Menschen kann wenig passieren. Oder?

Alshuth ist einverstanden und schlägt einen Platz an der Freilichtbühne vor. Sie befindet sich im hinteren Teil des Gartens, weit entfernt vom Haupteingang. Lisa überprüft ihre Dienstwaffe und den Sitz des Holsters. Unter ihrer dicken Jacke fällt die Beule kaum auf.

Sie holt ihr Rad und tritt in die Pedale. Den Weg schafft sie in einer halben Stunde, trotz der Kette, die bei jeder Gelegenheit abspringt. Alshuth wird mit dem Auto nicht schneller da sein. Die kürzeste Route führt durch den Tiergarten, vorbei an der Siegessäule und am Schloss Bellevue. Über die denkmalgeschützte Lutherbrücke spazieren Menschen mit asiatischen Gesichtszügen und bewundern das schmiedeeiserne rosa Geländer. Eine Frau fotografiert den Obelisken, der an die Erbauung und den Wiederaufbau der Brücke in den Fünfzigerjahren erinnert.

An der Invalidenstraße steigt Lisa ab und lässt Reisenden, die am Hauptbahnhof angekommen sind, den Vortritt. Ihre Trolleys rumpeln über den Asphalt. Niemand schaut zur Seite oder achtet auf die Radfahrer. Ein Wunder, dass es nicht häufiger kracht. Etwas später biegt sie hinter dem Volkspark am Weinberg in die Kastanienallee ein. Eine S-Bahn spuckt Fahrgäste aus.

Nach einem Blick auf die Uhr radelt Lisa am Biergarten vorbei. Sie war etwas schneller, als sie erwartet hatte. Unter dem Hochbahnhof Eberswalder Straße zieht sie Bargeld aus einem Automaten. Genug, um ihre Getränke und ihr Essen selbst bezahlen zu können.

Vor einer roten Ampel hält sie an. Ein Mann läuft weiter und umarmt eine Frau im Tüllrock. Kurz darauf überholt

Lisa die beiden. Wie es wohl wäre, wenn sie unter den Lichterketten des Praters ein Rendezvous hätte?

Sie kettet den Drahtesel fest und tritt durch das Tor mit der Leuchtreklame. Auch auf den Holzbänken drängen sich Menschen, die Händchen halten. Wer nicht allein nach Hause will, sucht in der Dämmerung Anschluss. Die Sonne ist hinter den alten Kastanien- und Ahornbäumen, die tagsüber Schatten spenden, verschwunden.

Nah an der Bühne leert sich ein Tisch. Eine Bank erobert Lisa, auf die gegenüberliegende hat es ein Paar abgesehen, das mit dem Kinderwagen anrollt. Der Nachwuchs bleibt ruhig und Papa holt Abendessen.

Lisa bekommt beim Anblick der Buletten neuen Appetit. Hoffentlich kreuzt Alshuth bald auf. Solange sie ihre Sitzgelegenheiten verteidigen muss, kann sie sich schlecht in eine Warteschlange einreihen. Sie zählt die Sonnenschirme und die Glühbirnen, die in einer langen Reihe über ihrem Kopf hängen.

»Hat ja prima geklappt«, sagt eine sonore Männerstimme.

Lisa dreht sich um. Der Makler trägt ein weißes Oberhemd, Jackett, und seine dunkelgraue Hose hat eine akkurate Bügelfalte.

Sie grinst. »Wären Sie lieber woanders hingegangen?«

Er lässt sich an ihrer Seite nieder und streckt die langen Beine aus. »Nein, mir gefällt's hier. Ich hab während meiner Studienzeit oft in Kneipen gejobbt.«

»Zeigen Sie mal, was Sie da gelernt haben.« Sie drückt ihm zwanzig Euro in die Hand. »Ich nehme zwei Buletten, eine Brezel und ein alkoholfreies Bier.«

»Sie sind eingeladen!«

»Danke, aber ich bin im Dienst.«

Mit einer leichten Verbeugung zieht er los und ist nach zehn Minuten zurück. Das Wechselgeld legt er auf den Tisch, Teller und Biergläser stellt er daneben.

Beim Essen bekleckert Valentin Alshuth sein Hemd mit Senf. Er verschwindet zu einem Toilettenhäuschen.

»Zwecklos«, sagt er hinterher achselzuckend und deutet auf den nassen Fleck.

Lisa fängt einen mitfühlenden Blick auf. Die junge Mutter beugt sich über den Kinderwagen. An der Schulter hat ihr blaues T-Shirt eine helle Stelle. Sieht wie Babyspucke aus.

»Mussten Sie früher kellnern oder war das nur ein Zeitvertreib für Sie?«, fragt Lisa.

»Nein, ich brauchte Geld. Mein Vater war Klempner und hatte einen eigenen Betrieb. Den sollte ich übernehmen, doch ich hatte wenig Lust auf verstopfte Abflussrohre und marode Heizungen. Zum Entsetzen meiner Eltern wollte ich Jurist werden.«

»Warum sind Sie keiner?«

»Prüfungsangst. Ich bin durchs erste Staatsexamen gerasselt, daraufhin krachte es zu Hause heftig und mein Onkel bot mir einen Job in seinem Maklerbüro an. Er hat mir das Immobiliengeschäft von der Pike auf beigebracht. Als er starb, erbte ich seine Villa.«

»Und Sie suchten sich eine Frau.«

»So ähnlich.«Alshuth spielt mit einem Bierdeckel.

»Sie sprachen von diesem Dating-Portal«, sagt Lisa zögernd und wägt jedes Wort sorgfältig ab. Bloß nicht wieder die falschen Fragen stellen. »Verraten Sie mir, wie groß der Altersunterschied zwischen Ihnen beiden ist?«

»Ich bin fünfundsechzig. Caro ist vor einigen Wochen dreißig geworden.«

»Haben Sie ihr gratuliert?«

Er zerbröselt ein Stück Brezel. »Ja, und seitdem habe ich nichts von ihr gehört. Darüber wollte ich mit Ihnen sprechen. Ich warte schon länger auf Scheidungspapiere, die meine Frau unterschreiben und an mich zurückschicken sollte. Halten Sie mich ruhig für einen sentimentalen Greis, aber jeder Tag, an dem keine Post aus Spanien kam, hat mich hoffen lassen. Ich redete mir ein, sie habe es sich vielleicht doch noch anders überlegt.«

»Deshalb haben Sie sich um weitere Anrufe gedrückt?«

Alshuth nickt. »Bis gestern. Ich weiß nicht, wie oft ich seit Ihrem Besuch versucht habe, Caro zu erreichen. Übers Festnetz, per SMS, WhatsApp und E-Mail. Ihren Facebook- und Instagram-Account habe ich natürlich auch überprüft. Alles umsonst.«

»Wir können eine Vermisstenanzeige aufnehmen und die Kollegen auf Mallorca um Amtshilfe bitten.«

»Wie lange dauert das?«

»Es ist Hauptsaison und bei der Polizei in Palma dürften alle schwer beschäftigt sein.«

»Mehr Geduld bringe ich nicht auf. Ich habe in der letzten Nacht kaum geschlafen.«

»Wollen Sie Ihre Frau etwa selbst suchen?«

»Ich nehme den ersten Flieger, den ich kriegen kann.«

»Die sind jetzt bestimmt alle ausgebucht«, erwidert Lisa kopfschüttelnd.

»In der Business Class wird es freie Plätze geben. Wenn's sein muss, chartere ich eine Privatmaschine.«

Valentin Alshuths Sorge weckt ein leises Neidgefühl in ihr. Wer würde für sie sofort alles liegenlassen? Andererseits kennt der Makler seine Frau am besten. Möglicherweise ist Caroline wirklich etwas zugestoßen. Und Phil Kerstensen war auf der Baleareninsel. Das Flugticket hatte er an der Pinnwand seines Büros im Sender befestigt.

»Hätten Sie Lust, mich zu begleiten?«

»Wie bitte?«

»Ich meine es ernst.« Alshuth legt den Bierdeckel hin. »Wir wollen doch beide dasselbe. Meine Frau finden. Sie glauben, Caro habe etwas mit dem Mord zu tun. Ich bin überzeugt, dass sie unschuldig ist. Nehmen Sie ein Diktiergerät mit. Falls wir sie aufspüren, können Sie Ihre Fragen an Ort und Stelle loswerden. Und ich werde hoffentlich ebenfalls wissen, woran ich bin.«

*

Er hat sich mit einem festen Händedruck verabschiedet, aber seine Stimme klingt in ihrem Kopf nach. Auf dem Rückweg hält sie am Reichstagsufer an. Die Spree wird von den Scheinwerfern des Regierungsviertels angestrahlt. Lisa schnippt einen Stein ins Wasser. Er zieht Kreise, in denen sich das Licht bricht.

In Alshuths Augen lag der Widerschein winziger Glühbirnen.

Freimütig hatte er aus seinem Leben erzählt. »Vor einigen Jahren steckte ich in einer Krise. Beruflich hatte ich eine Menge erreicht, nur alles andere war komplett auf der Strecke geblieben.«

Die Tischnachbarn blickten auf.

Er rutschte näher an Lisa heran. »Sämtliche Frauen, die ich kennenlernte, waren so alt wie ich, hatten Schönheitsoperationen hinter sich und wollten mich am liebsten sofort heiraten.«

»Das gefiel Ihnen nicht?«

»Sie wollten einen Versorger und keinen Mann. Ein Portal wie ›Sugardate‹ ist ehrlicher. Es bringt zwei Menschen zusammen, die eine schöne Zeit miteinander verbringen und keine Verpflichtungen eingehen wollen. Davon haben beide etwas.«

»Sex gegen Geld?« Lisa mühte sich mit dem Reißverschluss ihrer Jacke ab und bekam ihn nicht zu. »Der Straßenstrich funktioniert genauso.«

»Es geht nicht immer um Sex. Manche Paare reden lieber, und es soll sogar vorkommen, dass sich welche finden, die später heiraten.« Valentin Alshuth lächelte wehmütig.

Daran hat sie vor langer Zeit selbst geglaubt. »Tja, und dann lassen sie sich scheiden.« Der Satz war unversehens draußen.

Kommentarlos verschwand der Makler zur Toilette.

Sie rechnete nicht mit seiner Rückkehr. Als die Bank doch unter seinem Gewicht ächzte, bat sie ihn um Entschuldigung.

Er holte zwei Schnäpse. »Sie sind nicht der erste Mensch, der auf meine Vorliebe für junge Frauen mit Unverständnis reagiert.«

»Was reizt Sie so daran?«

»An ihrer Seite konnte ich mich wieder für Dinge begeistern, die ich längst abgehakt hatte. Das Sektfrühstück in der Badewanne, ein spontanes Wochenende in Paris und neben mir jemand mit praller Haut und großen, staunenden Augen … Einfach unwiderstehlich.«

Lisa kippte ihren Schnaps. Der bittere Geschmack im Mund blieb. »Darf ich fragen, was dieses Vergnügen kostet?« In letzter Sekunde verkniff sie sich den Wunsch, ein »heutzutage« hinterherzuschicken.

»Kommt darauf an. Manche Frauen brauchen dringend ein paar hundert Euro. Andere wollen sich lieber amüsieren und sind auf ein exquisites Abenteuer aus.«

»Zu welcher Kategorie gehörte Caroline?«

»Anfangs habe ich sie falsch eingeschätzt. Im Restaurant wählte sie das teuerste Gericht. Dann öffnete sie einen Umschlag, den ich ihr diskret zugeschoben hatte, und zählte ungeniert die Geldscheine. Im Bett sagte sie, das sei ein Test gewesen. Sie habe wissen wollen, ob ich den Moralapostel spielen würde. Das hatte sie schon erlebt.«

»Mit wem?«

»Den Namen kenne ich nicht. Ich weiß nur, dass sie auch diesen Mann online kennengelernt und häufiger getroffen hat. Er muss sie verletzt haben. Sie ertrug keinen fremden Geruch mehr auf ihrer Haut. Bevor sie sich zu mir legte, betupfte sie sich mit diesem französischen Parfüm.«

»Warum ist sie nach der schlechten Erfahrung auf einem Dating-Portal geblieben?«

»Sie hat sich mit Gelegenheitsjobs durchgeschlagen und verdiente zu wenig für ein unbeschwertes Leben in Berlin.«

»Klingt berechnend.«

»Mich hat's nicht gestört. Und bei unserem ersten Treffen war ich angenehm überrascht. Sie hatte kein Foto von sich hochgeladen, sondern eins im Internet gekauft. Ich rechnete damit, dass ich eine Brünette namens Sheila kennenlernen würde. Stattdessen tauchte diese kleine Blonde auf und hat mich völlig umgehauen …«

»Haben Sie ein Bild von ihr dabei?«, fragte Lisa. Ein weiterer Gedanke, der zu spät kam, denn gestern hatte Alshuths Beschreibung von »Sugardate« ihr Reaktionsvermögen lahmgelegt. Auf seiner Terrasse und für den Rest des Tages.

Er zückte seine Brieftasche und zog ein Porträt heraus.

Große, blaue Augen. Tolle Oberweite. Der Fotograf hat kein bisschen übertrieben.

»Sie ähneln ihr.« Es hörte sich überrascht an.

Lisa zuckte zusammen. Vor zwanzig Jahren hätte die Frau auf dem Foto tatsächlich ihre Zwillingsschwester sein können. Damals trug sie selbst solche Oberteile, die den halben Busen preisgaben. »Ich besitze keine Kleider, die ich mir mit Tapes an die Haut kleben muss«, presste sie mühsam hervor.

»Immerhin kennen Sie den Trick. Was hat eine Polizistin, die sich unter ihrer Jacke versteckt, sonst noch auf Lager?«

Sie schob ihre lädierten Fingerknöchel hinter das Leder, zählte wieder die Glühbirnen und hoffte, dass er die Ader, die an ihrer Schläfe pochte, nicht bemerken würde.

Auf der schmalen Bank war wenig Platz zwischen ihnen.

»Keine Sorge«, flüsterte Alshuth. »Ihre Geheimnisse sind bei mir in Sicherheit.«

Lisa wich seinem Blick aus. Sie trägt keine Rolex, doch auch eine teure Uhr, die sie sich nach der Beförderung zur Hauptkommissarin geleistet hat. Der große Zeiger hatte die Zwölf überschritten.

Im Nu war sie auf den Beinen. »Es ist Geisterstunde und ich brauche eine Mütze Schlaf«, sagte sie laut. »Buchen Sie meinetwegen zwei Plätze im Flieger. Aber frühestens ab morgen Mittag.«

Auf der anderen Seite der Spree sind einige Lichter ausgegangen. Eine Windböe bläst Lisa ins Gesicht. Sie radelt los, denn die Nacht ist bald vorbei. Alshuths Stimme begleitet sie.

Seinetwegen hat sie eine Entscheidung getroffen, die sie ihren Job kosten kann.

*

»Du spinnst!« Henriette knallt die Kühlschranktür zu. Mit unübersehbarem Groll stellt sie Mineralwasser und zwei Gläser auf den Tisch. Ihre silbernen Ohrringe wackeln und die Steine aus Strass blitzen in der Sonne. Wenn sie einen ihrer Termine zur Krebsnachsorge hinter sich hat, ist sie immer ungenießbar. Beim letzten hatte ihre Ärztin sie ermahnt, regelmäßig Pausen einzulegen. Seitdem schließt das »Café H.« in der Mittagszeit.

»Am liebsten würde ich dich bei deinem Chef anschwärzen«, knurrt Henriette.

»Vergiss es. Der ist krank«, erwidert Lisa.

»Das ist kein Freifahrtschein, um selbst eine Magen-Darm-Grippe vorzuschützen und mit diesem windigen Typ nach Mallorca zu fliegen!«

»Übermorgen bin ich wieder da.«

»Darauf würde ich nicht wetten. Was ist, wenn der seine holde Gattin gemeuchelt hat, um sich die teure Scheidung zu sparen? Dann bringt er dich auch um die Ecke, weil du ihm zu dicht auf die Pelle gerückt bist.«

Henriette liest zu viele Krimis.

»Das hätte er gleich erledigen können. Wir haben uns in einer dunklen Seitenstraße verabschiedet. Weit und breit war niemand zu sehen.«

Die Freundin verschwindet ins Wohnzimmer. Sie kommt mit einer Whiskeyflasche zurück. Ihrer Lieblingssorte.

Heute zieht Lisa es vor, nüchtern zu bleiben.

Henriette schenkt sich großzügig ein und streift die Sandalen ab. »Ich nehme an, der Herr Makler zahlt alles?«

»Den Flug. Leider gab's nur noch in der teuren Business Class freie Plätze. Alshuth rief deshalb vorhin an. Für mich hat er ein Zimmer in einem kleinen Hotel reserviert. Die Rechnung nehme ich auf meine Kappe.«

»Wo ist das Haus?«

»In Port d'Andratx.«

»Ui, Tür an Tür mit den Reichen und Schönen der deutschen Schickeria. Hoffentlich bist du hinterher nicht pleite. Ach, egal. Sicher wird der Mann dich sowieso auf Händen tragen und am Ende eine Gegenleistung fordern.«

»Die kriegt er. Ich helfe ihm bei der Suche nach seiner Frau.«

»Wie denn? Du warst nie dort und sprichst kein Spanisch.«

»Ich hab dich nicht um eine Moralpredigt gebeten!«

»Bloß um meine Hilfsdienste am Vogelkäfig. Aber ich streike. Hoffentlich findest du niemand anderen, der Lutz und Udo füttert, und bleibst wenigstens ihretwegen hier.« Henriette tritt gegen ein Tischbein und flucht. Sie hat früher bei Hertha 03 Zehlendorf Fußball gespielt. Regionalliga. In Turnschuhen, nicht mit nackten Zehen. Humpelnd flüchtet sie aus der Küche.

Lisa trägt ihr die Sandalen hinterher, wirft einen flüchtigen Blick auf frisch gestrichene Wände in Orangetönen und das neue Kuschelsofa für zwei. Die Balkontür steht offen. Henriette gießt ihr kleines Hochbeet mit den Tomatenpflanzen und Salatköpfen.

»Ist das dein letztes Wort?«, fragt Lisa.

»Mein allerletztes.«

»Du hast mir die Wellensittiche doch geschenkt!«

Henriette schweigt.

Das kann Lisa auch. Sie wartet fünf Minuten, ehe sie die Wohnung verlässt. Im Eingang horcht sie, ob in der ersten Etage eine Tür aufgeht. Es bleibt still.

Vor dem Haus lehnt sie sich an die hellbraune Wand. Noch nie hat Henriette ihr einen wichtigen Wunsch abgeschlagen. Setzen ihr die eigenen Erinnerungen an diese Dating-Plattform zu? Das hätte sie offen zugeben können, statt eine Predigt vom Stapel zu lassen oder Lisa zu unterstellen, dass sie sich von diesem Alshuth um den Finger wickeln lässt.

Ein rosafarbenes Hollandrad lenkt sie ab. Es ist an den Ständer der Pizzeria im Nachbarhaus gekettet. Lisa erkennt den großen Korb am Lenker und den gepolsterten Sattel. Lauter Weihnachtsgeschenke, die Meinolf in den vergangenen Jahren unter seinem Schreibtisch versteckt hatte.

Springt Amelie wieder als Hausmeisterin ein?

Lisa spaziert bis zur Shisha-Bar an der Ecke und dreht um. In zwei Stunden muss sie zum Flughafen aufbrechen. Wirklich? Sie ist Alshuth zu nichts verpflichtet. Für sie steht unendlich mehr auf dem Spiel.

Falls sie Caroline aufstöbern, muss Lisa ihrem Chef die Reise beichten. Eine Reise, die Theo nie erlaubt hätte, und dann dürften ihre Tage bei der Mordkommission an der Keithstraße gezählt sein. Sie würde schnellstens strafversetzt. Wie oft würde sie Meinolf, Elena und den Rest der Truppe noch sehen? Weitere vertraute Menschen, die aus ihrem Alltag verschwinden … Ist es das wert?

Alshuth kann es verschmerzen, wenn ein teures Flugticket verfällt. Soll er Lisa ruhig für eine Memme halten. In ein paar Wochen ist über den langen Abend auf einer Biergartenbank Gras gewachsen.

Ein Rettungswagen rast Richtung Messegelände an Lisa vorbei. Autos fahren rechts ran. Das Blaulicht erinnert sie an eine Intensivstation. Und an ein Versprechen, das sie der bewusstlosen Georgia gegeben hat.

»Was machst du denn hier?«, fragt Amelies Stimme.

»Grübeln.«

»Geht's um deine Wellensittiche?«

»Du hast uns belauscht!«

»Ließ sich schlecht verhindern. In der zweiten Etage kriecht der Schimmelpilz aus allen Ritzen. Sogar auf dem Balkon. Da war ich vorhin.«

»Henriette will meine Vögel nicht füttern.«

»Musst du wieder lange arbeiten?«

Lisa schaut Amelie in die Augen. »So ähnlich. Kannst du mir vielleicht aus der Klemme helfen?«

ÜBERZEUGUNGSARBEIT

DASS der Flughafen »janz weet draußen« liegt, wie viele Berliner motzen, ist heute ein Segen. Lisa ist mit S- und U-Bahn eine knappe Stunde unterwegs. Die letzte Gelegenheit zum Durchatmen.

Amelie hat ihr die Entscheidung leicht gemacht. Sie hat den Zweitschlüssel zu Lisas Wohnung eingesteckt und versprochen, dass sie am Abend bei Udo und Lutz vorbeifährt.

Danach hat Lisa sie gebeten, Meinolf nichts zu verraten.

Auf Amelies Stirn erschienen Dackelfalten. Kaum merklich nickte sie. »Weil du's bist und wir zwei dir allerhand verdanken. Gib aber bitte auf dich acht.«

Noch eine mehr, die sich sorgt …

Lisa lenkt sich mit einem Blick durchs Fenster ab. Auf einer Neuköllner Lärmschutzwand haben sich Sprayer mit ihren Graffitis verewigt. Wenn die sich an alle Vorschriften gehalten hätten, wäre die ganze Gegend trist und grau.

Theo braucht keine Störung, die seine Genesung hinauszögert. Ihm hat Lisa im Morgengrauen einen Brief geschrieben und die Entscheidung, ihn abzuschicken, hinausgeschoben. Jetzt liegt er in ihrem Nachtschränkchen.

Mit quietschenden Bremsen hält der Zug im Bahnhof unter dem Abflug-Terminal. Auf allen sechs Gleisen herrscht Betrieb. Ein Kind lässt sein Stofftier fallen, wird von erwachsenen Händen mitgezerrt und heult.

Lisa hebt den roten Hasen auf. Als sie die Familie erreicht, sagt nur der kleine Junge »Danke«.

Das Gesicht von Willy Brandt, dessen Namen der Flughafen Berlin-Brandenburg trägt, ist das freundlichste weit und breit. Überlebensgroß prangt sein Konterfei an einer Wand, daneben ein Spruch, der von Frieden und Freiheit handelt.

Plötzlich hört Lisa wieder die mahnenden Stimmen von Amelie und Henriette. Wie wird es um ihre Freiheit bestellt sein, wenn Valentin Alshuth überall seine Kreditkarte zückt?

Für die kurze Reise hat sie einen Trolley gepackt, den sie als Handgepäck mitführen kann. Er kippt auf der Rolltreppe um. Lisa bückt sich, stolpert und die Metallrillen einer Stufe bohren sich in ihre Fingerknöchel. Am Daumen tut es richtig weh. Die Stelle wird rot, wie das Kunstwerk »Fliegender Teppich«, das unter der hohen Decke von Terminal 1 schwebt.

Den Schmerz vergisst sie, als sie die Schlangen vor allen Check-in-Schaltern sieht. Manche Touristen sitzen auf ihren Koffern. Und die Maschine nach Palma, in der Alshuth ihre Plätze gebucht hat, hebt in zwei Stunden ab. Wo steckt er denn? Sie hätten sich früher verabreden sollen!

Er kommt ihr entgegen, faltet sorgsam eine Zeitung zusammen und ruft: »Da sind Sie ja.«

Lisa riskiert einen Blick auf die Uhr. Kurz vor eins. Sie ist pünktlich.

Die Zeitung wandert in eine schmale Ledertasche. Sonst hat der Makler nichts dabei.

Lächelnd führt er Lisa aus dem Getümmel zu einem Schalter, vor dem niemand ansteht und über dem ein Schild mit der Aufschrift »First Class/Business Class« prangt. Eine Mitarbeiterin überreicht ihnen die Bordkarten. Sie hat die Ruhe weg.

»Lassen Sie uns etwas trinken gehen«, schlägt Alshuth vor. »In der Lounge.«

Lisa nickt, obwohl sich alles in ihr sträubt. Für Vielflieger der gehobenen Preisklasse hatten die großen Airlines schon vor Jahrzehnten exklusive Aufenthaltsräume. Alexander war nicht der einzige ältere Mann, der sich dort gern in Begleitung einer sehr jungen Frau sehen ließ.

Auch hier gibt es Scheiben aus Milchglas, die Neugierige fernhalten und die raue Wirklichkeit aussperren. Draußen hocken erschöpfte Menschen am Boden, weil ein Flug ausgefallen ist. Alshuth hält Lisa eine Tür auf, zeigt zwei freundlichen Damen seine Mitgliedskarte und steuert Ledersessel vor den großen Fenstern an. »Bringen Sie uns Champagnercocktails«, ruft er einem Mann an der Bar zu.

Der greift sofort zu einer Flasche.

»Ein Cappuccino ist mir lieber«, erwidert Lisa.

»Verstößt Schampus gegen Ihre Dienstvorschriften?«

»Nein. Ich suche meine Getränke nur lieber selbst aus.«

»Natürlich. Sorry. War mir völlig entfallen. Für Caroline habe immer ich bestellt.«

Als die Cocktails gebracht werden, ordert er zwei Cappuccini und fragt, ob er den Alkohol zurückgehen lassen soll.

Lisa verneint.

Er hebt sein Glas. »Prosit. Darf ich Sie um etwas bitten? Wir werden jetzt eine Menge Zeit miteinander verbringen. Zugegeben, der Vorname Valentin ist gewöhnungsbedürftig, aber ich möchte zum Du übergehen …«

»Lisa.« Sie trinkt hastig und verkriecht sich im Sessel. Nach einem Frühstück, das ewig her ist, steigt ihr der edle Schaumwein zu Kopf und hüllt ihn in einen dicken Wattebausch.

Valentins Mundwinkel zucken. Er erhebt sich. »Brauchst du Lesestoff für den Flug? Dort drüben gibt's reichlich Auswahl. Kostet nichts.« Kurz darauf hat er zwei Wirtschaftsmagazine unterm Arm, in die er sich vertieft.

Lisa geht zu den Regalen und entdeckt eine bekannte Boulevardzeitung. Georgia von Hustedt hat es auf die Titelseite geschafft. »Ende einer Ikone« steht in riesigen Lettern über einem Foto, auf dem sie noch keine Tränensäcke hat und ihr Gesicht halb so breit wie heute ist. Aus welchem Jahr stammt es? Und wie lange hat es dann gedauert, bis ihr jeder die Spuren unzähliger Saufgelage ansehen konnte?

»Es wird Zeit«, unterbricht Valentin Alshuth Lisas Gedanken.

An seiner Seite gehört sie zu den Ersten, die ins Flugzeug dürfen. In der letzten Reihe der Business Class trennen kleine Vorhänge, die von der Decke bis zu den Kopfstützen reichen, die Masse der Urlauber vom exklusiven Rest.

Nach dem Start bringt eine Stewardess den abgeschirmten Passagieren Menü- und Getränkekarten. Valentin wählt ein Glas Chardonnay und Garnelensalat. Lisa nimmt ein

Käsebrötchen, das als »Halve Hahn« nach Kölner Rezept angepriesen wird.

Sie gönnt sich einen weiteren Cappuccino, nickt trotzdem ein und erwacht vom Rumpeln des Fahrwerks auf der Landebahn von Palma. Neben der Asphaltstrecke ist die Erde rotbraun, von der Sonne verbrannt. In der Ferne erhebt sich das Tramuntanagebirge und davor ragen zerzauste Palmen in den Himmel. Natur pur. Wo sind die Vergnügungsmeilen und die Partytouristen aus den Schlagzeilen?

*

Eine knappe Stunde später verlassen sie die Ankunftshalle. Beim Autoverleih, der sich gegenüber in einem Parkhaus befindet, ist ein BMW-Cabrio reserviert. Ein Mitarbeiter führt sie zu dem silbernen Auto und will Valentin erklären, wie das Faltdach funktioniert.

Er winkt ab. »In Deutschland fahre ich das gleiche Modell.«

Der Mann verbeugt sich. Er lädt Lisas Trolley in den Kofferraum. Als Valentin einsteigt, hält er ihr die Beifahrertür auf.

Sie schwitzt in der schwülen Luft auf dem offenen Parkdeck und pellt sich aus der Lederjacke.

Der Typ tippt gegen sein Käppi und zieht Lisa mit gierigen Blicken aus. Seine Zunge leckt über die dicke, glänzende Oberlippe. Ein spanischer Macho, der nicht anders kann? Oder ist jede Frau an der Seite eines deutlich älteren Mannes Freiwild für ihn?

Ihr Puls braucht lange, bis er seinen Rhythmus wiederfindet.

»Du bist blass. Ist dir schlecht?«, fragt Valentin.

»Nein.«

»Ein Glück. Bald geht es in die Berge. Wir nehmen die Autobahn, aber ein paar Serpentinen musst du überstehen.«

Vorher quälen sie sich durch einen kilometerlangen Stau. Zum Feierabend ist der Verkehr von Palma genauso zäh wie in Berlin, Hupkonzert inbegriffen. Valentin scheint es wenig auszumachen. Er deutet auf die Kathedrale, die über der Stadt thront, schwärmt von der einmaligen Aussicht und den farbenprächtigen Kirchenfenstern.

»Wir sind nicht zum Spaß hier«, erwidert Lisa.

»Ach, oft gibt es mehr als eine Gelegenheit im Leben …« Zu seiner Linken glitzert das Meer in der Abendsonne. Segelboote liegen dicht an dicht im Hafen.

»Da ankert die Jacht der spanischen Königsfamilie«, sagt Valentin. »Vor beinahe zwanzig Jahren war ich Gast an Bord.«

»Warum?«

»Die Regierung der Balearen hatte erfolgreiche Geschäftsleute eingeladen. Du kannst dir das wie eine Kaffeefahrt vorstellen. Wir wurden zu attraktiven Zielen kutschiert und sollten unser Geld in Bauprojekte stecken. Mit einem Empfang auf dem Schiff ging es los.«

»Hat sich die Tour gelohnt?«

»Wie man's nimmt. Es war ein Erlebnis, mit der damaligen Königin und ihrer Schwiegertochter zu plaudern. Doch ich hatte auf das Vorkaufsrecht für ein Grundstück im Nordosten der Insel gehofft.«

»Kein Deal für deutsche Investoren?«

»Heute bin ich ganz froh darüber. Die Luft vor dem Leuchtturm da oben haben Blechlawinen jahrelang verpestet. Jetzt ist die Straße in den Sommermonaten gesperrt. Wenn

Touristen nach Cap Formentor wollen, müssen sie in einen Shuttlebus steigen.«

Damit werden sich seine Klienten kaum zufriedengeben. Wie teuer ist wohl ein exklusiver Wohnsitz auf Mallorca? Valentins Welt ist von den zehnstöckigen Betonklötzen am äußersten Rand von Palma, an denen sie vorbeifahren, meilenweit entfernt.

Etwas später drehen sich neben der Straße die Flügel einer kleinen Windmühle. Seine Miene hellt sich auf. »Angeblich haben Perser die erste gebaut. Im siebten Jahrhundert. Inzwischen gibt es fast nirgends so viele wie hier. Die Einheimischen mahlen damit ihr Getreide oder ringen dem staubtrockenen Boden Wasser ab.«

»Ich hatte mir Mallorca anders vorgestellt.«

Valentin lacht leise und nimmt die nächste Ausfahrt. »Dann sieh dich mal gründlich um.« Das Verdeck gleitet zurück. Über enge Kurven geht es aufwärts und durch Kiefernwälder. Unter ihnen liegt eine Badebucht. Sie halten vor einem wackeligen Holzzaun.

Lisa steigt aus und bleibt hinter Valentin stehen.

»Hast du Angst, dass ich dich runterschubse?«

Sie lacht ihre Unsicherheit weg und knipst mit dem Smartphone ein Erinnerungsfoto. Hoch über dem Meer sind Nadelgehölze und Sträucher in den felsigen Untergrund hineingewachsen. Sie ducken sich vor dem Wind und schmiegen sich an jeden festen Halt. Einer Kiefer dient sogar der Zaun als Stütze.

Lisa prägt sich den Anblick ein. Diese schiefen Gewächse haben sich angepasst und trotzen jeder Witterung. Genau deshalb?

Valentin startet das Cabrio, lässt das Verdeck unten, fährt zur Hauptstraße. Kurz darauf brausen sie am Golfplatz von

Camp de Mar vorbei und durch ein Waldstück. Dahinter tauchen einzelne Häuser auf, die ersten von Port d'Andratx. Die Tennisplätze und das große Schwimmbecken am Ortseingang sind wohl nicht für alle da. Ein meterhoher Metallzaun sperrt die Sportanlage ab.

Valentin biegt auf die Uferpromenade ein. Über dem Meer sinkt die Sonne und färbt den Horizont rosa. Federwölkchen ziehen auf. Von der Halbinsel, die dem Hafen gegenüberliegt, muss die Aussicht traumhaft sein.

Lisa betrachtet die weißen Häuser auf dem Hügel. »Wer wohnt da?«

»Viele Deutsche«, antwortet Valentin.

»Du auch?«

»Nein, ich lebe auf Sa Mola.« Er deutet voraus, zu einer Anhöhe mit Felsen und Kiefernwäldern.

Dort werden sicher keine Pauschaltouristen absteigen.

Vor einem Hotel an der Straße hält er an. Lisas Quartier. Es heißt »Ruido del Mar« und einige Balkone bieten Meerblick.

Im Eingang erwartet sie ein weißhaariger Portier. In Deutschland wäre er vermutlich längst in Rente. Er trägt Lisas Namen in ein dickes Buch ein und reicht ihr einen klobigen Schlüssel über die Holztheke. Das Messingschild mit der eingravierten Fünf könnte aus einem alten Film sein.

Valentin zieht ein Smartphone aus der Hosentasche. »Nagelneu. Ich gebe dir die Nummer.«

»Wieso, hast du jetzt etwas vor?«

»Seit Caroline hierhergezogen ist, war ich nicht mehr in meinem Haus.«

»Das wird in ein paar Stunden immer noch da sein«, entgegnet Lisa. »Lass uns lieber sofort zu ihrem Apartment fahren.«

»Na schön.« Er sinkt auf einen Stuhl. Die Lehne knarzt.

Lisa zieht ihren Trolley zu einer Marmortreppe mit schmiedeeisernem Handlauf und steigt in den ersten Stock. Der Balkon von Zimmer fünf bietet freie Sicht auf die Mülltonnen im Hof. Dafür hat das Bett eine solide Matratze und die zartgrauen Wände sehen frisch gestrichen aus.

Sie geht zur Toilette, wäscht ihre Hände und wünscht sich Urlaub. Einfach auspacken, ein leichtes Kleid überstreifen und in einem netten Restaurant den Tag ausklingen lassen. Ihr letzter Abstecher nach Südeuropa liegt drei Jahre zurück. Eine Pleite. Die anderen Teilnehmer der Gruppenreise waren Pärchen. Lisa saß allein am Katzentisch.

Valentin will etwas essen gehen. Er führt sie über die Straße zu einer Terrasse am Meer. Auf weißen Decken stehen Stoffservietten, daneben liegt silbernes Besteck.

»Was möchtest du trinken?«, fragt er.

»Mineralwasser.«

Er empfiehlt ihr ein Gericht, das er selbst nimmt. »Ceviche stammt ursprünglich aus Peru. Kabeljau oder Wolfsbarsch werden einige Stunden in den Saft von Zitrusfrüchten eingelegt und nicht gekocht.«

»Kalter Fisch?« Lisa schüttelt sich und bestellt einen Salat mit Ziegenkäse.

Etwas später pickt sie die Rosinen heraus und legt sie auf ihre Serviette.

Valentin tunkt Süßkartoffeln in eine hellbraune Soße. Er hält ihr ein leeres Schälchen hin, das eigentlich für Gräten vorgesehen ist. »Wie wär's mit einer Kostprobe?«

Lisa probiert den Fisch, der nach Limetten und Orangen schmeckt. Köstlich. Die kleine Schale ist in Windeseile leer.

Valentin schaufelt Kartoffeln und Soße hinein.

Sie lacht. »Du hast mich überzeugt.«

»Ich hoffe, nicht zum letzten Mal.« Er prostet ihr mit Weißwein zu und bestellt einen »Café Cortado«. Er wird im Glas serviert. Unten spanischer Kaffee, oben Milchschaum.

Daran könnte Lisa sich auch gewöhnen.

Valentin deutet zum Himmel. »Bald wird's dunkel.«

Sie beobachtet eine Jacht, die den Hafen verlassen hat und am Leuchtturm der Halbinsel vorbeisegelt. Welchen Kurs sie wohl nimmt? Ein Entenpaar watschelt zum Rand der Terrasse, bleibt vor Valentin und Lisa stehen. Ein friedlicher Abend. Muss er jetzt schon enden?

Ja. Sie sind nicht zum Vergnügen hergeflogen. »Stimmt, wir sollten aufbrechen.« Klingt in ihren Worten eine Spur des Bedauerns an?

Valentin begleicht die Rechnung. Sie schlendern schweigend zum kleinen Parkplatz.

Außerhalb der Hafengegend geht es über eine Schotterstrecke bergauf. Hier leuchten nur einzelne Straßenlaternen, und außer Palmen und Kiefern kommt nichts mehr.

»Ziemlich weit vom Schuss«, sagt Lisa verwundert.

»Als Caro mich verlassen hat, war kein anderes Apartment frei. Es sollte renoviert und verkauft werden, aber es gab kaum Interessenten.«

Wen wundert's?

»Wir sind da.« Valentin hält vor einer fünfstöckigen Wohnanlage. Kein Betonbunker, eher ein riesiger Bienenstock mit ockerfarbenem Putz und überdachten Balkonen. Er steigt aus und schreitet die Reihe der geparkten Autos und Motorräder ab. Schließlich zuckt er resigniert die Achseln.

Seine schwerfälligen Schritte lassen Lisa an einen alten Mann denken. Sie schlüpft in ihre Jacke und folgt ihm.

Vor einem halbrunden Torbogen zieht er einen Schlüssel aus der Hosentasche und öffnet die Pforte zu einem kleinen Innenhof. In der Mitte stehen Blumenkübel, die jemand gegossen hat. Blätter und violette Blüten glänzen feucht. Valentin wendet sich zur Seite, stochert in einem Schloss herum, doch bevor Lisa ihre Hilfe anbieten kann, stolpert er in einen dunklen Flur.

Sie fasst an ihre Hüfte und findet keine Dienstwaffe. Selten ist sie sich so schutzlos vorgekommen. Sekunden später wird ihr klar, dass sie nichts befürchten muss. Es riecht muffig. Wie im Haus ihrer Großmutter, das nach deren Tod wochenlang leer gestanden hatte. Auch in diesen Räumen ist ewig nicht gelüftet worden. Eine Grünpflanze ist verdorrt und hat ihre Blätter verloren.

Valentin reißt die Fenster auf.

Der Kühlschrank ist leer, die Vorratsschränke sind es ebenfalls. Außer alten Gewürzdosen deutet nichts darauf hin, dass in dieser Küche je gekocht wurde.

Drei Stufen führen ins Wohnzimmer hinab. Eine dicke Staubschicht bedeckt den Fernseher, die Glasplatte eines Couchtisches und das eiserne Kaminbesteck.

»Wo ist das Schlafzimmer?«, fragt Lisa.

Valentin zeigt ihr eine Tür vor dem Ausgang zum Balkon.

Weiße Wände, ein abgezogenes Bett, das Nachtschränkchen ist leer und verstaubt. Eine Ferienwohnung wie viele andere. Caroline hat keine Spuren hinterlassen.

Der wuchtige Schrank ist groß genug für die Garderobe von zwei Personen. Lisa öffnet ihn und klappt die Seite mit den leeren Regalen wieder zu. Daneben gibt es eine Kleiderstange mit Metallbügeln, die klirrend zusammenstoßen. An einem hängt noch etwas.

Lisa streift Latexhandschuhe über, die in einer ihrer Taschen stecken, und nimmt die weiße Damenstrickjacke ab. Größe 36. Ihre eigene.

Valentin sitzt auf einem bunten Ecksofa und starrt das federleichte Stück an. »Caros Jacke«, ruft er und reibt seine Augen.

Lisa lässt sie in einen Asservatenbeutel gleiten.

»Die hat sie auf unserer Hochzeitsreise getragen.« Eine raue Stimme, ein wehmütiger Blick.

Den Wunsch, Valentin zu trösten, verspürt Lisa nicht zum ersten Mal. Bloß raus aus diesem Wohnzimmer! Mit der Jacke unterm Arm sucht sie nach der Quelle des muffigen Geruchs und entdeckt das Bad. Auf dem Waschbecken liegt ein Rest harter Seife, die längst ihren Duft verloren hat.

In dem Schränkchen mit den Spiegeltüren hat Caroline vermutlich ihre Kosmetik verstaut. Ob sie mit ihrem Aussehen zufrieden war? Diese Türen öffnen sich mit leisem Quietschen, aber nicht ganz. Es knirscht.

Lisa fasst vorsichtig hinein, ertastet Plastik und zerrt an dem Ding, das ein Scharnier blockiert. Mit lautem Poltern knallt es auf die Bodenfliesen. Eine klappbare Bürste. Zwischen den Borsten hat sich ein langes, blondes Haar verfangen.

Mit spitzen Fingern lässt Lisa sie in einen weiteren Beutel fallen.

»Was machst du denn für einen Krach?«, fragt Valentin. Er lehnt am Türrahmen.

Sie zeigt ihm den Fund.

»Könnte Caro gehören. Sie liebt solche praktischen Sachen.«

»Ist sie eine der Frauen, die den halben Haushalt mit sich herumschleppen?«

»Ja. Sie hat eine große Tasche. Da passt von der Zahnpasta bis zum T-Shirt alles hinein.«

Klingt wie eine Notfall-Ausrüstung.

Valentins Lächeln ist zurück. »Bist du mit der Ausbeute zufrieden?«

»Ich hatte nicht damit gerechnet«, antwortet Lisa. »Deine Frau hat ja viele Monate hier gelebt und nichts Persönliches hinterlassen. Hast du ihr verboten, Bilder aufzuhängen oder Bücher ins Regal zu stellen?«

»Sie wollte bald wieder ausziehen und sich von dem Geld, das ihr nach der Scheidung zusteht, etwas Eigenes kaufen.«

»Warum verschwindet sie dann, ohne dir eine Adresse mitzuteilen, an die du die Papiere schicken kannst?«

Er verlässt das Bad mit hängenden Schultern.

Lisa entdeckt ihn auf dem Balkon. In den Händen zerknüllt er ein Stofftaschentuch. Seine Augen wirken im Schein einer elektrischen Wandlaterne gerötet. Er schnäuzt sich. »Du hast mehr gefunden als deine Kollegen bei mir in Berlin. Willst du früher heim? Wenn ich deinen Flug umbuche, könntest du Caros Sachen schon morgen untersuchen lassen.«

»Du bleibst?«

»Ja.«

»Wo willst du nach deiner Frau noch suchen?«

Er zögert. »Ihr Lieblingscafé ist in Puerto Portals. Dort habe ich ein Büro. Vielleicht hat einer meiner Mitarbeiter sie gesehen.«

»Die hätten dich doch sicher informiert.«

»Warum? Sie verkaufen und vermieten Wohnungen. Alles ›no problema‹, jedenfalls am Telefon. Ab und zu lasse ich mich bei ihnen blicken, ohne vorher Bescheid zu geben. Sonst erfahre ich nie, was ich wirklich wissen will.«

»Du hättest dich bei der Polizei bewerben sollen.«

Valentin steckt sein Taschentuch ein und ignoriert den Scherz.

»Sprechen deine Angestellten nur Spanisch?«

»Nein. Voraussetzung für den Job ist, dass sie Deutsch und Englisch können. Wie unsere Klienten.«

»Prima. Ich begleite dich. Vier Ohren hören mehr als zwei.«

DESESPERADO

LISA hat bei offenem Fenster geschlafen und erwacht vom Lärm eines Müllwagens. Ihre Nacht ist vorbei. Sie tritt auf den kleinen Balkon. Über einem bewaldeten Höhenzug zieht die Morgendämmerung herauf. Weiter südlich muss Sa Mola sein, das Viertel, in dem sich Valentins Haus befindet.

Was wäre wohl ohne seinen Onkel aus ihm geworden? Sicher kein erfolgreicher Makler, der Champagner schlürft und der spanischen Königin die Hand schüttelt. Trägt er manchmal so dick auf, weil ihm die kleinbürgerlichen Wurzeln peinlich sind?

Lisa reißt sich los und hängt ihre Lederjacke auf. Viel zu warm bei dieser Hitze. Die Sandalen, die sie eingepackt hat, stehen zu Hause meist im Schrank. Auf den Absätzen hält sie keine langen Arbeitstage durch. Aber bald wird sie neben Valentin im Auto sitzen, und zur weißen Leggins passen Sneakers nicht. Dazu ein blaues Leinenshirt, das ihre Augen strahlen lasst … So kann sie sich in Puerto Portals sehen lassen. Im Netz finden sich jede Menge Berichte über den mondänen Jachthafen. Ein weiterer Tummelplatz der Reichen und Schönen.

Die würden sich nie ins »Ruido del Mar« verirren. In einem Wandregal des Frühstücksraums stehen Porzellanteller mit aufgemalten Jagdszenen. Wie in einer Münsterländer Dorfkneipe. Mit diesen fleckigen Tapeten und den rissigen Bodenfliesen lässt sich auch kein Staat machen.

Ein Kellner eilt mit zwei Kannen herbei. »Kaffee oder Tee?«

Lisa verkneift sich die Frage, ob er ihr einen Café Cortado bringt, und holt sich ein Croissant vom Buffet. Das Müsli lässt sie stehen. Es gibt nur eine Sorte mit Rosinen.

*

Was nun? Valentin kommt erst in einer halben Stunde. Sie verlässt den düsteren Saal und blinzelt in den Sonnenschein. Von der Promenade biegt sie in eine Seitenstraße ab. Kleine Geschäfte rüsten sich für den Touristenansturm. Vor den Türen stehen Ständer mit farbenfrohen Strandkleidern, Badetüchern und Bikinis. Und mit Korbtaschen, die vierzig Euro kosten. Lisa kauft eine blau-weiß gestreifte. Worin soll sie sonst die Asservatenbeutel und Latexhandschuhe verstauen? Kurzentschlossen legt sie außerdem Sonnencreme und eine schicke getönte Brille auf den Tresen des gut sortierten Ladens.

Valentin ist zu spät dran. Ungeduldig geht Lisa vor dem Hotel auf und ab. Nebenan werden Markisen ausgerollt und Glastüren geöffnet. Das nächste Modegeschäft. Im Schaufenster hängt ein ärmelloses, buntes Sommerkleid. Es ähnelt dem, das sie während ihrer Mittagspause in Berlin bewundert hat.

»Würde dir sicher stehen«, ruft Valentins Stimme.

Er hält neben ihr an. Das Verdeck ist offen.

»Neue Tasche?«

Sie nickt und setzt die Sonnenbrille auf.

»Wir fahren noch mal zu Caros Apartment«, sagt er. »Um diese Zeit müsste der Hausmeister in der Wohnanlage sein.« Die dumpfe Traurigkeit des gestrigen Abends scheint hinter ihm zu liegen. Er schaltet das Radio an, verlässt die belebten Straßen am Hafen und biegt zügig in die enge Gasse ein, die aufwärts führt.

Wenig später eilt er mit federnden Schritten zu einer Tür, die von bunten Kacheln umrahmt ist, und klingelt.

Ein Mann mit dicken Brillengläsern öffnet. Die beiden palavern auf Spanisch. Valentins Gesichtsausdruck verfinstert sich. »Señor Martinez sagt, dass Caro schon lange fort sei.«

»Seit wann?«

»Weiß er nicht genau.«

»Kein Wunder. Er ist kurzsichtig.«

»Seine Frau nicht«, erwidert Valentin, wischt über seine Stirn und öffnet den obersten Knopf seines hellblauen Hemdes. Am Kragen hat es dunkle Schweißflecken. »Sie hat bei Caro geputzt, stand eines Tages vor verschlossener Tür und wartete vergeblich auf den Lohn, der ihr zustand. Bis heute.«

»Wann hast du zuletzt mit Caro gesprochen?«

»Ihr Geburtstag ist Mitte Mai.«

»Hat sie dir verraten, wo sie war?«

»Nein. Im Apartment hatte sie sich nicht gemeldet, aber sie ging sofort ans Handy. Wie immer.« Er unterdrückt ein Geräusch, das an Schluchzen erinnert, drückt dem Hausmeister hundert Euro in die Hand und murmelt »Adiós«. Zum Parkplatz trottet er mit gesenktem Kopf. Lisa hält er die Tür auf.

Doch ehe sie angeschnallt ist, brettert er los. Will er auf der Küstenstraße ein Autorennen gewinnen? In schmalen Kurven überholt er, rückt anderen auf die Stoßstange und schert sich einen Dreck um den Gegenverkehr.

»Was soll das?«, schreit Lisa.

Keine Reaktion.

An einer Kreuzung tritt er auf die Bremse. Hat er die Radarfalle rechtzeitig entdeckt, oder kommt er endlich zur Besinnung? Eine palmengesäumte Straße führt nach Puerto Portals hinab. Das Cabrio rollt auf ein Meer aus schneeweißen Jachten zu, hinter denen ein Stück blauer Ozean durchscheint.

Lisa ist speiübel.

Valentin quetscht den BMW zwischen einen Jaguar und einen Porsche. An den Seiten einer Mole parken die Autos dicht hintereinander.

Lisas öffnet die Tür und hält sich am Griff fest. Ihre Knie geben nach. »Bei dir piept's wohl«, presst sie hervor.

»Sorry. Mir sind vorhin die Sicherungen durchgebrannt. Caro mag ihre Fehler haben, aber Termine hat sie immer eingehalten. Sie soll eine Putzfrau bestellt haben und abgehauen sein, bevor sie ihre Schulden bezahlt hatte? Niemals. Hätte ich das gewusst, wäre ich vor Wochen hier gewesen.«

»Dann kommt es auf ein paar Minuten nicht an.«

Er hält ihr seinen Arm als Stütze hin.

Sie winkt ab.

Mit zerknirschter Miene klettert er auf eine Mauer und wartet, bis sie ihm gefolgt ist. »Du hast recht. Ich habe so viel Zeit vergeudet … in mehr als einer Hinsicht. Von meinen Angestellten erwartet uns niemand. Es ist völlig egal, ob wir jetzt oder in einer halben Stunde bei denen aufkreuzen. Tief ein- und ausatmen. Stell dir den Geschmack von sauren Früchten vor. Das hilft.«

Lisa denkt an Zitroneneis. Ihr Magen beruhigt sich.

Valentin deutet auf einen eckigen, weißen Turm mit einem Ziegeldach. Darunter verläuft eine Balustrade aus Holz. »Das Wahrzeichen von Puerto Portals. Dort oben ist die Aussicht traumhaft. Würde dir sicher gefallen.«

Irgendwann, vielleicht.

Nach zehn Minuten hilft er Lisa von der Mauer.

Langsam spazieren sie am Turm vorbei. In den unteren Etagen hat die Hafenverwaltung ihren Sitz und vor dem Eingang hängt eine große Glocke. Lisa hebt einen Arm und lässt ihn sinken. Bloß nicht an dem Seil ziehen. Fehlt noch, dass sie das Monstrum zum Klingen bringt und ihretwegen ein spanischer Sicherheitsdienst anrückt.

Sie wendet sich den schwimmenden Palästen zu. Die meisten haben getönte Scheiben und blickdichte Absperrungen, die die Balkone vor neugierigen Blicken schützen. Doch auf einer Jacht frühstückt ein glatzköpfiger Mann mit einer sehr jungen Frau an Deck. Sie trägt ein kurzes schwarzes Kleid.

Er füttert sie mit einem Stück Orange.

Ihr Lachen schallt über die Mole und sie setzt sich auf seinen Schoß. Wie eine Enkelin.

Seine Hand gleitet unter ihren Rock.

Lisa kämpft wieder gegen die Übelkeit. Zu Hause würde sie sich einen Whiskey genehmigen.

Die Geschäfte an der Promenade, etwas entfernt von den Ankerplätzen, erwarten offenbar illustre Kundschaft. In den Schaufenstern liegt teurer Schmuck aus. Die Mode ist von Gucci und Prada, viele Dekolletés sind tief ausgeschnitten. Wo gibt es die Dessous, die immer diskret in neutralen Tüten verpackt werden?

An den Restauranttischen sitzen Geschäftsleute vor aufgeklappten Notebooks. Kellner schleppen Tabletts. Einer stellt zwei Näpfe vor einem Pudel ab.

Valentin hält vor einem Ladenlokal an. Im Fenster hängen Fotos von Villen mit Pool und Meerblick, die Markise darüber trägt den Schriftzug »Alshuth – Real Estate and More«. Er späht durch eine Scheibe, ehe er Lisa die Glastür öffnet.

Ein schickes Büro, eindrucksvoller als sein Firmensitz im Grunewald. Weiße Ledersofas warten auf Klienten. Poster an den Wänden zeigen Mallorcas schönste Seiten.

Hinter einem Flachbildschirm springt ein grauhaariger Mann auf. »Señor Alshuth, was machen Sie denn hier?«

Eine Frau in den Vierzigern erhebt sich langsam.

»Pilar, Miguel, verzeihen Sie mir bitte den Überfall.« Valentin lächelt und schüttelt Hände. »Darf ich vorstellen? Das ist Lisa Heynrichs von der Berliner Kriminalpolizei.«

Pilar weicht zurück. »Ist etwas passiert?« Hilfesuchend schaut sie ihren Kollegen an.

Zwei junge Männer, höchstens Mitte zwanzig, eilen von ihren Schreibtischen herbei. Sie stellen Fragen und Miguel antwortet. Auf Spanisch.

Valentin runzelt verärgert die Stirn. »Unser Gast spricht Deutsch. Das erwarte ich jetzt von Ihnen.«

»Sie wissen doch, dass Luis und Pedro neu sind«, entgegnet Miguel. »Ihr Kurs an der Abendschule beginnt bald.«

»Dann sollen sie an ihre Arbeit gehen.«

Miguel verscheucht die zwei mit einer knappen Handbewegung. Seine Blicke huschen von Valentin zu Lisa.

»Wir suchen meine Frau«, sagt Valentin. »Ich hatte gehofft, sie in ihrem Apartment anzutreffen. Das steht offenbar seit Monaten leer.«

Pilar tritt vom linken Fuß auf den rechten. »Stimmt. Wir wären dort sicher vorbeigefahren, wenn die Señora anders reagiert hätte …«

»Was soll das heißen?«

Miguel zieht einen Kugelschreiber aus der Brusttasche seines Oberhemds und klemmt ihn hinters Ohr. »Wir haben uns nur an die Anweisungen Ihrer Frau gehalten.«

»Reden Sie Klartext!«

Hilflos kratzt der Spanier seinen ergrauten Kopf.

Pilar springt ein. »Als wir ihr zuletzt begegnet sind, war sie desesperado. Wie sagt man auf Deutsch? Verzweifelt. Sie suchte eine neue Bleibe. Davon dürfe aber niemand erfahren, beschwor sie uns. Auch Sie nicht. Wir haben ihr ein Apartment am Stadtrand von Palma vermittelt. Ihr Geld reichte für zwei Wochen. Anschließend hat sie uns die Schlüssel zurückgebracht, weinte und war aún más desesperado. Noch mehr verzweifelt.«

Valentin sackt auf ein weißes Sofa. »Warum um alles in der Welt haben Sie mich nicht informiert?«

»Der Wunsch der Señora war uns Befehl«, antwortet Miguel leise.

»Caroline ist meine Frau«, schnauzt Valentin. »Wann war das?«

Miguel setzt sich wieder hin und tippt. »Ich hab's«, ruft er. »Von Mitte bis Ende April.«

»Wollte Frau Alshuth nach Deutschland?«, erkundigt Lisa sich.

Pilar flüstert Valentin etwas zu.

»Ein fremder Mann? Wie sah er aus?«, fragt er bestürzt.

»Ich bin ihm nie begegnet. Meine Freundin Elisa, die im ›Café Sunshine‹ bedient, hat von ihm erzählt. Er soll nach

Carolines Adresse gefragt haben. Vielleicht ist sie seinetwegen fortgezogen.«

Valentin verlangt den Schlüssel zum Apartment in Palma.

»Das ist vermietet«, protestiert Miguel.

»Wir klingeln vorher.«

Glaubt Valentin etwa, dass sie in einer Wohnung, die seit Carolines Aufenthalt vermutlich einige Male gereinigt worden ist, eine Spur von ihr finden werden? Er zerrt am Hemdkragen. Die Schweißflecken sind größer als am Morgen.

Pilar deutet auf eine Karaffe. »Wollen Sie etwas trinken, Chef?«

Er schüttelt den Kopf, verkündet, dass sie ins Café gehen, und führt Lisa hinaus.

Es sind nur wenige Schritte. Sie überqueren eine Terrasse und betreten einen Wintergarten, wo Wasser in ein Becken mit wohlgenährten Fischen plätschert. Koi-Karpfen. Ein Schild weist darauf hin, dass jedes dieser buntschillernden Exemplare einige tausend Euro kostet und das Füttern verboten ist.

»Was möchtest du?«, fragt Valentin.

»Wasser und einen Café Cortado.«

»Mit leerem Magen wird dir wieder schlecht«, warnt er und deutet auf eine Glasvitrine. »Nimm lieber eine Ensaïmada.«

»Was ist das?«

»Eine Hefeschnecke. Ohne Rosinen. Bessere gibt's nirgends.« Er winkt einem Kellner und bestellt. Für sich dunkles Brot, das mit gehackten Tomaten bestrichen ist und das er nach wenigen Bissen auf den Teller zurücklegt.

»Señor Alshuth«, ruft jemand. Ein Mann mit weißer Schürze eilt an ihren Tisch.

»Buenas días, José.«

»Wir haben Sie vermisst. Und Ihre … « Er bricht im Satz ab, mustert Lisa und streicht über den fleckigen Stoff.

»José, wollten Sie sagen, dass Sie meine Frau vermisst haben?«

»Ja.«

»War sie in letzter Zeit hier?«

»Tut mir leid, ich bin eine Weile ausgefallen. War im Krankenhaus.«

Lisa stellt sich vor und holt ihren Polizeiausweis aus der Korbtasche. »José, kennen Ihre Kolleginnen und Kollegen Frau Alshuth?«

»Selbstverständlich.«

»Dann holen Sie uns bitte jemanden.«

»Unmöglich. Sie sehen ja, wie viel gerade los ist.« Im Wintergarten und draußen sind alle Stühle besetzt.

Valentin steckt José einen Zwanzig-Euro-Schein zu.

Etwas später schiebt der Kellner eine verschüchterte Frau vor sich her. »Juanita sagt, dass Señora Alshuth lange nicht da war. Aber eine Mann wollte Ihre Gattin besuchen.«

»Wann?«, fragt Valentin.

José übersetzt.

Juanitas rechtes Augenlid zuckt. Sie antwortet so leise, dass Lisa sie nicht mal auf Deutsch verstehen würde.

»Muss im Frühjahr gewesen sein«, dolmetscht José.

Lisa hat ein Foto von Phil Kerstensen auf dem Smartphone gespeichert. Sie zeigt es Juanita. »Dieser Mann?«

Achselzucken.

»Sie weiß es nicht genau«, sagt José.

Vielleicht hat sie Angst um ihren Job. »No problema«, versucht Lisa sie zu beruhigen.

Valentin begleicht die Rechnung. José verschwindet schnell wieder in der Küche.

Auf der Terrasse bricht Lisa der Schweiß aus. Drinnen hat die Klimaanlage sie vergessen lassen, dass die Sonne ihren höchsten Stand überschritten hat. Das Thermometer neben einem Juweliergeschäft zeigt über dreißig Grad an. Ausgerechnet jetzt melden sich ihre Rückenschmerzen.

»Gibt es hier eine Apotheke, Valentin?«

»Dort drüben. Ein Stück hinter der Agentur, die Segeljachten vermittelt.« Er starrt aufs Wasser und kreuzt die Arme vor der Brust.

Lisa zieht los, kauft die stärksten Schmerztabletten, die sie ohne Rezept bekommen kann, und schluckt eine. Sie kommt am Maklerbüro vorbei. Vor der Tür hängt ein Schild mit deutschen Sätzen. In den nächsten beiden Stunden ist Siesta.

Durchs Fenster entdeckt sie Miguel. Er hat die Augen geschlossen und die Hände über seinem Kugelbauch gefaltet. Pilar lackiert ihre Fingernägel. Auf ihrem Schreibtisch steht ein leeres Sektglas.

Als Lisa zu Valentin zurückkehrt, hat er sich keinen Millimeter bewegt.

Sie tippt behutsam gegen seine Schulter.

Er blinzelt verwirrt, als ob er jemand anderen erwartet hätte.

»Ich bin's«, sagt sie leise.

»Hab ich mich eigentlich schon bei dir bedankt?«

»Wofür?«

»Dass du mitgekommen bist. Dass du Fragen stellst und einen kühlen Kopf bewahrst. Caro und ihre Heimlichkeiten. Vom ersten Tag an hatte ich Angst, dass sie mich für einen jüngeren Mann verlässt.«

»Was ist, wenn er fast so alt war wie du?«

Valentin presst Zeige- und Mittelfinger gegen seine Schläfen. »Meinst du etwa Kerstensen? Den kannte Caro nicht.«

»Bist du sicher? In seinem Haus haben wir ein Parfüm gefunden, das du ebenfalls für sie bestellt hast. Ein Parfüm, das in Deutschland nicht zu haben ist und ein kleines Vermögen kostet. Willst du meine ehrliche Meinung hören?«

»Ich bitte darum.«

»Phil Kerstensen wurde vor etwa zehn Jahren in Begleitung einer Frau gesehen, auf die Carolines Beschreibung passt. Blond, blaue Augen, Hamburger Akzent. Mag sein, dass sie sich zufällig in Berlin wiedergetroffen haben. Dann wäre es möglich, dass sie sich seinetwegen von dir getrennt hat.«

»Glaubst du?«

»Nein.«

»Sondern?«

Lisa betrachtet Valentins Profil. Er presst die Lippen zusammen und reckt das Kinn. Wie ein Geschäftsmann, der es mit der Welt aufnimmt. Nur der zuckende Adamsapfel an seinem Hals verrät ihn. Ob er die Wahrheit verkraftet? »Falls Kerstensen sie hier aufgespürt und sie deshalb nach Palma umgezogen ist, war sie auf der Flucht vor ihm.«

»Willst du damit andeuten, dass er Caro gekidnappt hat?«, fragt Valentin verblüfft. »So reich bin ich nun auch nicht.«

»Dein Geld war ihm sicher egal. Er hatte selbst genug. Und deine Frau ist ihm vermutlich entwischt. Vielleicht nach Deutschland.«

»Wo er sie gefunden und eingesperrt hat?«

Lisa ruft sich Kerstensens Villa in Erinnerung. Eine Festung mit Bewegungsmeldern, größeren Vorräten an K.O.-Tropfen und einem leeren Brautgemach. Sie schüttelt den Kopf. »So weit ist es nicht mehr gekommen.«

»Ach ja, er hat vorher das Zeitliche gesegnet. Hätte ich fast vergessen.« In Valentins Stimme mischt sich Bitterkeit. »Kein Wunder, dass Caro auf eurer Hitliste der Verdächtigen ganz oben steht. Was ist mit mir?«

»Dein Alibi habe ich überprüft.«

»Der Tatsache verdanke ich wohl das Vergnügen deiner Anwesenheit.«

Er lässt Lisa stehen, hält auf den Jachthafen und die Parkplätze mit den teuren Autos zu.

Sie fröstelt in der Hitze und zwingt sich, seinen großen Schritten zu folgen. Mit ihrer Offenheit hat sie einen unsichtbaren Graben aufgerissen. Gibt es einen Weg hinüber? Hoffentlich. Der Schmerz des verlassenen Mannes hat sie angerührt. Er ähnelt ihrem eigenen.

Oder sind die Momente, in denen Valentin seine Sorgen mit ihr geteilt hat, vorbei?

IM LICHT

DIESMAL tritt er nicht aufs Gas. Er hält sich an alle Verkehrsregeln, bleibt hinter einem Bus voller Touristen und biegt nach einer knappen halben Stunde zu einem der riesigen Wohnblocks im Westen von Palma ab.

»Willst du mitkommen?«, fragt er. Es sind seine ersten Worte.

»Natürlich. Sonst hilft dir niemand, wenn es brenzlig wird. Lernt bei uns jeder Berufsanfänger.«

Valentins Mundwinkel zucken. Auf einem Parkplatz dreht er seine Runden, bis eine schattige Lücke in der letzten Reihe frei wird. Ehe Lisa aussteigen kann, öffnet er die Beifahrertür für sie.

Diese Mietskasernen wirken so anheimelnd wie die Betonklötze von Berlin-Marzahn. Zwischen Mauern und einem Baukran blitzt das Meer durch.

Valentin schaut sich suchend um und spielt mit dem Schlüsselbund, den sein Mitarbeiter widerstrebend herausgerückt hat. Zögernd tritt er auf einen Eingang zu.

Lisa versucht die Klingeln zu zählen. Es müssen über fünfzig sein.

Valentin drückt auf den Knopf des vermieteten Apartments. Sollte dort jemand sein, müsste sich die Haustür öffnen. Nichts passiert. Er schließt selbst auf. Der Aufzug streikt. Sie steigen zu

Fuß in den siebten Stock. Durch dünne Wände dringen Stimmen, irgendwo läuft ein Fernseher, weiter oben plärrt Popmusik. Der Geruch von gebratenem Fleisch und Frittierfett zieht durchs Treppenhaus. Die meisten Türen haben Kratzer.

Wie groß muss die Not sein, wenn jemand nach Jahren in einer Grunewalder Villa hierher flüchtet?

Valentin klingelt noch einmal.

Es bleibt still.

Langsam und fast geräuschlos dreht er den Schlüssel um.

Lisa lugt durch den schmalen Spalt im Eingang. »Niemand da.«

Im Flur stolpert sie über eine Luftmatratze. Dahinter steht ein Wäscheständer, an dem Bikinis und Badehosen trocknen. In der Küche wartet schmutziges Geschirr vom Frühstück auf den Abwasch.

»Sieht nach Mietern aus, die bald zurückkommen«, unkt Lisa und zeigt auf eine volle Thermoskanne. »Wir sollten uns beeilen.«

Valentin nickt, geht ins Wohnzimmer und schiebt Bücher zur Seite. In Windeseile rückt er sie wieder zurecht. Auch eine Vase mit künstlichen Blumen, Tonkrüge und eine Musikanlage wandern an ihre alten Plätze.

»Was suchst du da?«, fragt Lisa.

»Etwas, das Caro vielleicht vergessen hat und den Putzfrauen entgangen ist. Notizen, eine Busfahrkarte, was weiß ich … einen Hinweis, wo wir sie finden können.« Nebenan hebt er die Matratze eines Doppelbetts hoch und lässt sie fallen. Dann öffnet er den Kleiderschrank.

Lisa schaut vom Flur aus zu und spitzt die Ohren. Im Treppenhaus streiten sich ein Mann und eine Frau auf Englisch. Die Stimmen werden lauter.

»Valentin!«

Der Schrank knallt zu. Gerade rechtzeitig. Eine Rothaarige mit vielen Sommersprossen und ihr strohblonder Begleiter poltern herein, blaffen sich weiter an. Als sie begreifen, dass sie nicht allein sind, verstummen sie.

»Who are you?«, fragt der Mann verdutzt.

Valentin stellt sich als Vermieter vor. Es habe ein Problem mit der Wasserleitung gegeben.

Die Frau marschiert an ihm vorbei, hebt ein Kopfkissen hoch, das vom Bett gefallen ist, und inspiziert den Kleiderschrank. Sie deutet auf die Stange, an deren Ende alle Bügel zusammengeschoben sind. »Call the police, Frankie.«

Der Mann zückt sein Handy.

»Nicht nötig«, entgegnet Lisa auf Englisch und stellt sich vor. Sie nimmt den rot-weißen Dienstausweis mit ihrem Foto aus der Tasche und zeigt den beiden die ovale Messingscheibe, die sie voller Stolz seit Jahrzehnten trägt. Hinten ist der Berliner Bär eingeprägt, vorn das Wort »Kriminalpolizei«.

Der Mann bleibt misstrauisch und erkundigt sich, was eine Polizistin aus Deutschland in diesem Apartment will.

Lisa erklärt ihm, dass sie in einem Gewaltverbrechen ermittelt.

Augenblicklich schaut sich die Rothaarige nervös um.

Valentin versichert ihr, dass sie sich keine Sorgen machen müsse.

Frankie legt einen Arm um seine Begleiterin. Er flüstert ihr den Namen einer bekannten Strandbar zu und steckt schweigend einen Fünfzig Euro Schein von Valentin ein. Die beiden nehmen ihre Badesachen vom Ständer. Fünf Minuten später sind sie fort.

Lisa und Valentin tasten die Fußleisten ab. In den Ritzen steckt nichts. Unter dem breiten Bett liegt nur ein vergessener

Babyschnuller. Im Küchenschrank stehen Frühstücksflocken, haltbare Milch und eine Flasche Gin. Die mageren Vorräte dürften den jetzigen Mietern gehören.

»Was können wir denn noch tun?«, fragt Valentin verzweifelt und durchsucht die Regale im Badezimmer.

»Nichts.«

»Unmöglich. Käme mir wie ein Verrat an meiner Frau vor.«

Lisa nagt an ihren Fingerknöcheln, bis die Stelle schmerzt, mit der sie auf die Rolltreppe im Flughafen geknallt ist. »Du lebst seit einem Jahr allein. Vielleicht musst du dich damit abfinden, dass es so bleibt.«

Er boxt gegen die Kacheln. Einmal, fünfmal.

»Hör auf«, ruft Lisa. »Weißt du, wie viele Menschen verschwinden, ohne ihren Angehörigen eine Erklärung zu hinterlassen?« Ein schwacher Trost. Doch ein besserer fällt ihr nicht ein.

Valentin lässt die Fäuste sinken.

*

Sie führt ihn aus der Wohnung. Die Tür klappt leise zu. In dem Zustand sollte er nicht fahren. Gibt es irgendwo einen Platz, an dem er zur Ruhe kommen kann? Diesen Wohnblock und den nächsten verbindet ein gepflasterter Hof. Eine Frau mit zwei Kindern an den Händen überquert ihn. Die Kleinen tragen Eimer, Förmchen und Schaufeln. Sie gehen gemeinsam zur Straße.

Lisa folgt ihnen und Valentin bleibt an ihrer Seite. Kurz darauf erreichen sie einen Park, in dem vereinzelte Palmen etwas Schatten spenden.

Verwirrt blickt Valentin sich um. »Wo sind wir?«

»Keine Ahnung. Ich find's hübsch hier.«

»Hast du Angst, dass ich auf der Autobahn einen Unfall baue?«

»Ja. Könnte ich sogar verstehen. Ich weiß, wie es ist, wenn man sich mit aller Macht an eine Hoffnung klammert und am Ende mit leeren Händen dasteht.«

Helles Lachen lässt Lisa aufblicken. Der Junge und das Mädchen haben eine Rutsche erobert, während ihre Aufpasserin am Sandkastenrand eine Zeitschrift liest. So alt, wie sie ist, könnte sie die Oma sein.

»Wann hast du mit leeren Händen dagestanden?«, fragt Valentin.

»Vor über zwanzig Jahren.«

»Magst du darüber reden?«

»Ungern. Falscher Mann zur falschen Zeit. Ein Baby, das nicht zur Welt kommen durfte. Seitdem war der Job mein bester Freund.« Lisa setzt sich auf eine Bank, zieht die Beine an und umschlingt sie mit den Armen.

»Reicht dir das?«

Eine ähnliche Frage hat ihre Psychologin auch gestellt. Aus Valentins Mund klingen die Worte mitfühlender.

Lisa zuckt die Achseln. Sie hat immer behauptet, dass sie allein klarkomme.

Valentin lässt sich zu ihren Füßen auf dem Rasen nieder. »Wenn ich an meine Zukunft denke, wird mir angst und bange.«

»Warum?«

»Mein Großvater ist über neunzig geworden und mein Vater hat ihn eingeholt. Mit diesen Genen dürften mir noch etliche Jahre bevorstehen. Jahre, von denen ich nicht weiß, wie ich sie verbringen soll.«

»Was ist mit deinen Hobbys? Du treibst Sport, und meine Kollegen haben eine Angelausrüstung bei dir entdeckt.«

»Ich habe mir Kinder gewünscht.«

»Und Caroline?«

»Sie wurde einfach nicht schwanger und ist von einem Spezialisten zum anderen gelaufen. Weil sie im besten Alter ist, um Mutter zu werden, hat sie die Schuld bei sich gesucht. Sogar eine Hormonbehandlung hat sie mitgemacht und dabei fünf Kilo zugenommen.«

Hatte sie schließlich begriffen, dass es mit einem Mann über sechzig aussichtslos gewesen war, und ihn deshalb verlassen? Das würde ihr Verschwinden in ein neues Licht rücken.

Ein Schrei unterbricht Lisas Gedanken.

Valentin springt auf.

Das Mädchen liegt unter einem Klettergerüst. Der Junge kniet neben ihr und weint. Die Aufpasserin ist verschwunden.

Lisa spurtet los.

Valentin kommt vor ihr an. Er sagt etwas Spanisches zu dem Jungen, der vielleicht fünf oder sechs Jahre alt ist.

Die Kleine, deutlich jünger, rührt sich nicht.

Lisa tastet ihren Puls, spürt kräftiges Pochen und beugt sich hinab. Atem, der nach Pfefferminz duftet, streift ihre Wange. Vorsichtig streicht sie lockige, schwarze Haare zurück.

»Mamá?« Das Mädchen schaut sie aus braunen Augen an.

Valentin hockt sich in den Sand und spricht mit den Kindern. Diese sanfte Stimme hört Lisa zum ersten Mal. Er wäre sicher ein liebevoller Vater.

»Leon! Isabella!« Die Aufpasserin rennt auf sie zu.

Valentin steht auf. Dass er eine Schimpftirade vom Stapel lässt, versteht Lisa ohne Spanischkenntnisse. Viel Widerstand schlägt ihm nicht entgegen. Die Frau stottert, ringt sich offenbar eine Erklärung ab.

Als er »Hospital« sagt, ruft sie »No!«.

Er schaut Lisa an. »Würdest du die Kleine ins Krankenhaus bringen?«

»Frag sie, ob ihr übel ist.«

Das Mädchen hört ihm zu und schüttelt den Kopf.

Valentin hebt es hoch. »Ich trage Isabella heim. Sind ja nur ein paar Meter.« Er führt die kleine schweigende Gruppe an. Hinten ist seine Hose grün. Bevor sie aus dem Park heraus sind, hat sein Hemd am Rücken feuchte Stellen.

Leon schnieft. Lisa gibt ihm ein sauberes Taschentuch und eine winzige Tüte Gummibärchen aus dem Flugzeug. Eine sandige Hand schiebt sich in ihre.

Valentin schleppt nicht täglich kleine Mädchen und die »paar Meter« ziehen sich hin. Vor dem Wohnblock sind seine Haare nassgeschwitzt. Immerhin funktioniert hier der Lift und bringt sie in den zehnten Stock.

»Gracias«, sagt die Frau und will sie an der Tür abfertigen.

Valentin wartet, bis sie aufgeschlossen hat, und trägt Isabella in ihr Zimmer.

Lisa schaut zu, wie er ein Kissen aufschüttelt, das mit einem Stoff voll bunter Einhörner bezogen ist. Die Kleine lutscht am Daumen. Er hüllt sie in eine kuschelige Decke. Der Abschied fällt ihm sichtlich schwer. Mit einem letzten Streicheln über den schwarzgelockten Kopf wendet er sich ab.

Was hat dieses Ziehen in der Herzgegend vor dem Zimmer einer kleinen Spanierin zu suchen? Lisa hält die Luft an. Es bleibt.

Valentin ruft »Adiós«, verlässt die Wohnung und drückt auf den Knopf, der den Aufzug nach oben holt. Die Kabine ist kaum größer als der Korb des Fesselballons aus Lisas Träumen. Was würde passieren, wenn sie steckenbleiben und auf kleinstem Raum einige Zeit miteinander verbringen müssten?

»Lisa?«

»Hm?«

»Wir sind unten.«

Sie eilt durch die Eingangshalle ins Freie und atmet gierig die frische Luft ein.

»Und nun?«, fragt er.

»Ich bin fix und fertig. Können wir zurückfahren?«

*

Die Badebuchten, an denen sie vorbeikommen, lassen Lisa kalt. Zu viele Menschen, zu wenig Strand und Meer. Sie inspiziert ihr Handy. Von den Kollegen hat sich niemand gemeldet. Weil sie ihre vorgeschützte Krankheit in aller Ruhe auskurieren soll? Ach was, nachdem gleich zwei Leute ausgefallen sind, steckt der Rest der Truppe bis zum Hals in Arbeit. Falls diese heimliche Reise je auffliegt, wird nicht nur Theo seinem Ärger lautstark Luft machen.

Valentins Abschiedsschmerz scheint verflogen. »Ist dir ein Umweg recht?«, erkundigt er sich. »Da gibt's mehr zu sehen als auf der Autobahn.«

Lisa ist einverstanden.

Er biegt auf eine Landstraße ab und nimmt eine Serpentinenstrecke Richtung Norden. »Wenn dir wieder schlecht wird, halte ich an.« Langsam durchquert er enge Gassen, Dörfer mit weiß verputzten Häusern und ein Weinbaugebiet. Im Schatten knorriger Bäume grasen Esel. Vor einem Brunnen hat ein Wanderer seinen Rucksack abgelegt. Hinter einer Bruchsteinmauer wachsen mächtige Kakteen. Etwas später geht es in die Höhenlagen des Tramuntanagebirges hinauf.

Nach einer Dreiviertelstunde halten sie auf einem Rastplatz. Zu ihren Füßen liegt ein Waldstück, dahinter das Meer. Die Wellen haben Schaumkronen und umspülen eine karge Felseninsel. »Sie heißt Sa Dragonera und ist das letzte unbewohnte Fleckchen weit und breit«, sagt Valentin. »Umweltschützer haben dafür gesorgt, dass sie als Naturpark ausgewiesen wurde. Alle Baulöwen waren bitter enttäuscht.«

»Du auch?«

»Mir reicht, was ich habe. Über eine hohe Provision freut sich mein Bankberater zuerst. Ich merke davon wenig, wenn ich abends in einem leeren Haus sitze.«

»Warst du mal auf dieser Insel?«

»Ja, bevor ich Caro kennenlernte. Schöne Tour. Dort drüben gibt's Falken und Fischadler. Interessierst du dich für Vögel?«

Lisa nickt.

»Ich wünschte, wir hätten jetzt Zeit. Dann könnte ich dir die Gegend zeigen und manches andere …«

»Was denn?«

»Den Menschen, der sich hinter dem Makler versteckt.«

»So, wie ich ihn vorhin erlebt habe, gefällt er mir«, erwidert Lisa leise.

In Valentins Stimme liegt ein Lächeln. »Er würde sich freuen, wenn du diesen Abend mit ihm verbringst.«

»Wo soll's hingehen?«

»Zu mir. Da ist Platz genug, du kannst dich ausruhen und wir lassen uns etwas zu essen kommen.«

Über ihrem Steißbein meldet sich der Schmerz. Sind die Autositze zu weich oder lässt die Wirkung der Tablette nach?

Während das Cabrio wieder talwärts rollt, reisen Lisas Gedanken zurück. Der letzte Mann in ihrem Leben war Alexander. Seine Wohnung hat sie nie kennengelernt. Sie war eine Professionelle und solche Frauen gehörten ins Hotel.

Und nun, nach so langer Zeit, lädt sie ein fast Fremder zu sich ein?

Kein Fremder. Valentin hat schon bei ihrem Kennenlernen etwas in ihr angerührt. Seit zwei Tagen hat sie ihn immer näher an sich herangelassen. Zu nah?

Auch Sa Mola liegt auf einem Felsen. Hinter Port d'Andratx führt eine Straße voller Schlaglöcher bergauf. Im Schatten von Kiefern reiht sich ein prachtvolles Anwesen an das nächste. Villen mit mehreren Stockwerken, Doppelgaragen, Swimmingpools und einer unverbaubaren Aussicht aufs Meer.

»Wer lebt hier?«, fragt Lisa.

»Schauspieler, Schlagerstars, ein bekannter deutscher Finanzunternehmer …«

»Deine Klienten?«

»Ja, der eine oder andere.«

Valentins Domizil befindet sich unterhalb eines schwarzweiß gestreiften Leuchtturms und ist hinter einer hohen Mauer verborgen. Er drückt auf eine Fernbedienung. Ein wuchtiges Holztor gleitet zur Seite. Dahinter führt ein langer Weg zu einem Haus aus roten Steinen. Zwei Palmen beschirmen einen kleinen Teich, an dessen Ufer Schilfgras im Seewind zittert.

»Wunderschön«, flüstert Lisa.

Valentin ist weitergegangen. Er zieht einen Schlüssel aus der Hosentasche und schaut ihn an, als ob er ihn zum ersten Mal sieht.

»Stimmt was nicht?«, fragt sie.

»Früher hatte ich einen, der besser in der Hand lag. Diesen besitze ich seit einem Jahr. Nach Caros Umzug habe ich alle Schlösser austauschen lassen.« Mit einer hilflosen Geste rauft er sich die Haare und hält Lisa die Tür auf.

Drinnen ist es kühl. Dunkle Vorhänge, die bis zu den rotbraunen Bodenkacheln reichen, sperren die Tageshitze aus. Ein halbrunder Durchgang zwischen Diele und Wohnzimmer wird von Marmorsäulen flankiert.

»Wann wurde dein Haus gebaut?«

»Vor über vierzig Jahren. Die Renovierung war teuer, aber sie hat sich gelohnt.« Valentin zeigt ihr eine Küche, von der Henriette schwer beeindruckt wäre. Riesige Kochinsel in der Mitte, rustikale Holzschränke, blitzblanke Einbaugeräte. Doch Lisa vermisst Fettspritzer auf dem Herd. Oder Kräutertöpfe, die sich vor dem Fenster drängeln, Mehlspuren auf der Arbeitsplatte … Wenn sie in ihrer gemeinsamen Wohnung gekocht hatten, sah es ringsherum wie auf einem Schlachtfeld aus. Und im Wohnzimmer lagen Bücherstapel. Die Sofas verschwanden unter bunten Decken und jeder Menge Kissen.

Bei Valentin steht ein Tisch mit blauer Glasplatte zwischen schwarzen Ledersesseln. Schick und ungemütlich. Keine Spur von Gegenständen, die eine weibliche Handschrift tragen.

An einer Tür geht er schnell vorbei.

»Was ist dahinter?«

»Meine Rumpelkammer. Muss ich dringend aufräumen.«

Die Schlafzimmer sind in der ersten Etage. Valentin öffnet einen der Räume. »Möchtest du dich ausruhen?«

Das breite Bett entlockt Lisa ein Gähnen.

Er deutet eine Verbeugung an. »Dann lasse ich dich mal allein. Das Bad ist nebenan.«

Bad? Es gleicht der Wellnessoase eines Luxushotels. Die Wanne ist in den Boden eingelassen und eine separate Kabine wartet mit zwei Duschköpfen auf. Im Schrank liegt alles, was spontane Übernachtungsgäste brauchen. Zahnbürste, Shampoo, teure Gesichtscreme und ein Fön.

Vielleicht lebt Valentin doch nicht wie ein Eremit.

Was soll's, er ist Lisa keine Rechenschaft schuldig und die letzte Nacht war wieder zu kurz. Sie schaltet die Weckfunktion ihres Smartphones ein. Im nächsten Moment ist sie eingeschlafen.

*

Die Dusche bringt Lisas Lebensgeister auf Trab und das Shampoo duftet nach Orangen. Ein dickes angewärmtes Badetuch weckt ihre Erinnerungen an lange zurückliegende Ferien. Sie lässt die feuchten Haare offen, krempelt Leggins und Ärmel auf. Aus dem Schlafzimmerfenster scheint Port d'Andratx unendlich weit entfernt. Ihr Blick fällt auf Häuser mit Pools und großen Terrassen. Hanglage mit bester Aussicht, wie gemacht für ein Leben ohne Alltagssorgen. Eine vielversprechende Kapitalanlage, der kein Makler widerstehen kann. Oder hat sich Valentin mit diesem Anwesen einen Traum erfüllt?

Lisa verlässt ihr Schlafzimmer, schaut über das eiserne Treppengeländer und entdeckt ihn. Er schließt die Rumpelkammer ab und durchquert die Eingangshalle. Ein schlanker, attraktiver Mann, der nicht lange allein bleiben wird.

Auf Zehenspitzen steigt sie die Stufen hinab. Aus der offenen Küchentür sieht sie zu, wie er Teller stapelt. Sie räuspert sich. »Kann ich helfen?«

Er dreht sich um und zeigt ihr eine Styroporkiste auf dem Herd. »Lass nur, das Essen ist schon da. Trink lieber einen Aperitif mit mir.«

»Wo denn?«

Galant hält er Lisa einen Arm hin und führt sie ins Esszimmer, wo ein Tisch mit weißem Tuch und Silberbesteck gedeckt ist.

Sie nimmt auf dem Stuhl, den er ihr zurechtrückt, Platz. Die Möbel ringsum sind aus schwarzem Holz und stammen aus vergangenen Zeiten. Ein Buffet mit geschnitztem Aufsatz, ein Kandelaber mit Kerzen. Schwer vorstellbar, dass Caroline davon ein Stück ausgesucht hat.

Valentin reicht Lisa ein Glas. »Das ist Palo. Ein Likör, der auf Mallorca vor dem Essen getrunken wird. Salute.« Er stoßt mit ihr an.

Die dunkelbraune Flüssigkeit schmeckt nach Kräutern, brennt in der Kehle und wärmt den Magen.

Schnell verschwindet Valentin wieder in der Küche. Er bringt Lisa einen Teller voller Teigtaschen, jede so groß wie ihre halbe Handfläche. »Die Vorspeise. Möchtest du roten oder weißen Wein dazu?«

Sie entscheidet sich für den roten.

Valentin erklärt ihr, dass die knusprigen Bissen mit Schweinefleisch und Erbsen gefüllt sind und »Empanadas« heißen. »Die Finca, von der das Gemüse kommt, kenne ich. Biologischer Anbau. Wie auf vielen anderen Bauernhöfen in dieser Gegend.«

»Hört sich an, als ob du dich hier wohlfühlst.«

»Stimmt. Aber solange ich annehmen musste, dass meine Frau in der Nähe wohnt, habe ich Sa Mola gemieden. Ein Fehler, den ich zutiefst bereue. Statt auf einer Aussprache zu bestehen, habe ich mich feige in Berlin verkrochen und mir eine Junggesellenbude eingerichtet.«

»Nicht feige«, entgegnet Lisa leise. »Reiner Selbstschutz.«

»Wie kommst du darauf?«

»Weil ich auch renoviert habe. Vor einiger Zeit ist bei mir jemand ausgezogen, an dem ich gehangen habe.«

»Tat weh, oder?«

»Ja.« Nach dem frostigen Abschied von Henriette wird die alte Vertrautheit sicher nie zurückkehren.

Valentin drückt Lisas Schulter. »Du kannst niemanden festhalten, der sich anders entschieden hat.«

Sie schaut ihm hinterher. Nebenan rauscht Wasser aus der Leitung und Geschirr klappert. Geräusche, die sie früher eingelullt haben. Oft war sie darüber eingenickt. Henriette hatte sie geweckt.

Valentin serviert den zweiten Gang. Ein Durcheinander aus Fleisch, Kartoffeln und Gemüse. »Erst probieren, dann schimpfen«, sagt er lächelnd. »›Frito mallorquín‹ wird nach einem Rezept aus dem vierzehnten Jahrhundert zubereitet.«

»Was ist drin?«

»Innereien von Schwein und Lamm.«

Lisa pickt mit der Gabel einen winzigen Bissen heraus. Er zergeht auf der Zunge. »Köstlich«, murmelt sie und greift beherzt zu. Sie versucht zu ergründen, was sie isst. Leber, Nieren? Egal, es ist kräftig gewürzt und schmeckt. Erschöpft legt sie das Besteck hin.

»Wollen wir auf die Terrasse umziehen?«, fragt Valentin. »Da stehen Liegestühle.« Er hilft ihr hoch.

»Liegestuhl« ist eine starke Untertreibung für den Deckchair aus Teakholz. Er gehört auf ein Kreuzfahrtschiff, das den Atlantik überquert, und ist breit genug für zwei. Lisa sinkt in dicke Kissen. Wankt unter ihr der Boden?

»Einen Café Cortado?«

Sie nickt.

Valentin geht ins Haus. Diesmal bringt er ein Tablett mit. Außer den Gläsern stehen Teller mit Tortenstücken darauf. »Mandelkuchen«, sagt er und hockt sich neben Lisa auf die Steine. Er hält ihr eine Gabel mit frischem Backwerk hin, das von einer dicken Schicht Puderzucker gekrönt ist und auf dem ein Klecks Eis schmilzt.

Lisa lässt sich füttern. Kühle Vanille schmiegt sich an ihren Gaumen, mischt sich mit dem warmen Kuchen. Über ihr funkeln Sterne am Nachthimmel.

Valentin setzt sich auf die freie Stuhlseite. »Diesen Abend vergesse ich nie«, sagt er leise. »Du bist der erste Mensch, zu dem ich wieder Vertrauen gefasst habe.«

»Geht mir ähnlich.« Es ist noch keine zwei Tage her, seit sie sich im Biergarten eine Bank geteilt haben.

»Vielleicht ist es Schicksal«, fährt er fort. »Die Frau, mit der ich den Rest meines Lebens verbringen wollte, ist verschwunden. Doch statt zu verzweifeln, habe ich neuen Mut geschöpft …«

Lisa bringt keinen Ton heraus.

Kräftige Hände schließen sich um ihre und streicheln die wunden Stellen. »Hast du dir wehgetan?«

»Nicht nur dort.«

Hinterher kann sie nicht mehr sagen, wer zuerst aufgestanden ist. Wer wen zuerst umarmt hat. Ihr Kopf ruht an Valentins Brust und sie spürt seinen Griff unter ihrem Kinn. Schaut in Pupillen, die sich weiten und es nicht zulassen, dass sie sich entzieht. Wann haben sie die Grenze überschritten? Ihre Lippen treffen sich, geben nach, schalten jedes Denken aus. Porzellan klirrt, hinter ihnen klappt eine

Tür zu, sie halten einander fest und stolpern die Treppe hinauf.

Es ist anders als mit Alexander. Valentin presst sie hart gegen eine grob verputzte Wand, erobert die empfindlichen Stellen an ihrem Hals und die Spitzen ihrer Brustwarzen. Er tastet sich abwärts, taucht tief zwischen ihren Schenkeln ein.

Lisa gibt ihr letztes bisschen Widerstand auf.

»Komm«, flüstert er und schiebt sie in das Zimmer, in dem sie geschlafen hat.

Ihr nackter rechter Fuß wirft die neue Korbtasche um. Die Sonnencreme fällt heraus, schlittert unter das breite Bett.

Zwischen Matratze und Rahmen steckt die Steppdecke fest. Wie in einem Hotelzimmer. Und das schicke Bad nebenan ist ein Ort, um Gäste zu verwöhnen. Oder junge Frauen, die mit Valentin in diese Wanne gestiegen sind? Er hat freimütig über seine Vorlieben gesprochen. Wer sich mit ihm einließ, durfte auf ein exquisites Abenteuer hoffen.

Caroline dagegen hatte einen Platz in seinem Herzen. Warum hätte er sie in ein Gästezimmer abschieben sollen?

»Lass uns zu dir gehen«, flüstert Lisa zurück.

Valentin zieht sie weiter und schaltet eine Nachttischlampe ein. Im schummrigen Schein greift er in ihren Slip.

Sie tritt einen Schritt zur Seite. Der dünne Stoff reißt. Mit der flachen Hand schlägt sie auf einen Schalter an der Wand. Ein Deckenstrahler erhellt den Raum. Lisa stellt sich in den Lichtkegel, dreht sich wie ein Model auf dem Laufsteg. Ihre Haut ist nicht mehr prall und der Job hat seine Spuren hinterlassen. Die lange Narbe unter dem Schlüsselbein verdankt sie einer Messerstecherei im zweiten Berufsjahr. Ihre muskulösen Oberarme, die sie seit Jahren im Fitnessstudio trainiert, sind auch nicht jedermanns Geschmack.

Valentin wirft sich aufs Bett und dreht das Gesicht zur Wand.

Lisa starrt auf den nackten, regungslosen Rücken. Dann rafft sie ihre Tasche an sich und hastet zur Treppe. Sie zerrt ihre Leggins unter Valentins Jeans hervor. Seine Hose entgleitet ihren Händen, rutscht die Stufen hinab. In der Diele tritt sie auf etwas Hartes. Einen Schlüssel.

Hat er damit seine Rumpelkammer abgesperrt? Noch ein Zimmer, das Lisa nicht betreten durfte. In ihre Enttäuschung und den Schmerz mischt sich der vertraute Zorn. Erst Alexander, nun Valentin. Für solche Männer ist sie nur ein Abenteuer. Keiner von ihnen hat ihr die Tür zu seinem Herzen geöffnet.

Lisa bückt sich nach ihren Sandalen und schleicht zu dem Zimmer, das angeblich aufgeräumt werden muss. Der Schlüssel passt. Sie dreht ihn um, lauscht. Oben bleibt es still und sie tritt ein.

Valentin hat die Wahrheit gesagt. Hier lagern ausrangierte Möbel, und zwischen Heizungsanlage und Waschmaschine stapeln sich Kartons. Die obersten klappt Lisa auf. In einem liegen Bücher über Hunde, im nächsten Kleider, ein anderer ist mit Seidentüchern und Modeschmuck gefüllt.

Die Wahrheit? Wenn es darum gegangen wäre, hätte Valentin sie sofort zu seinem Haus gebracht. Aber nein, vorher musste alles, was Caroline gehörte, verschwinden. Vermutlich auch die beiden weißen Korbstühle und das zierliche Tischchen. Kein Wunder, dass er heute Morgen zu spät gekommen war.

Immerhin hat er sich die Zeit genommen, um einige Fotos auf die Fensterbank zu stellen. Das Ehepaar Alshuth, innig umarmt, auf einer Hollywoodschaukel, in einem tropischen

Garten und an Deck eines Segelschiffs. Vor dem Hochzeitsbild steht eine kleine Vase mit frischen Blumen.

In einem Regal sind die Putzmittel zusammengerückt und haben Stoffhunden Platz gemacht. Dackel, Cockerspaniel und Rassen, deren Namen Lisa nicht kennt. Das Fell ist an manchen Stellen blank. Wie bei Kuscheltieren, die häufig gestreichelt und in den Arm genommen werden.

Phil Kerstensen hatte eine Hündin, die an Carolines Lieblingsparfüm gewöhnt war.

Lisa zieht ein weißes Fellknäuel heraus, das der kleinen Bily ähnelt, und legt es zurück. Zu auffällig, wenn es fehlt. Doch ob dort ein Beagle mehr oder weniger liegt, wird Valentin nicht merken. Dafür sind es zu viele.

Einen steckt Lisa ein. Er muss dreißig, vierzig Zentimeter lang sein und passt in ihre Tasche. Leise schlüpft sie durch die Tür.

Im nächsten Moment rennt sie in die Dunkelheit hinaus.

AUS DER FERNE

DU bist zu weit gegangen, Lisa. Hast nie erfahren, wie es ist, alles auf eine Karte zu setzen und wieder zu verlieren. Wie sich nackte Angst anfühlt, während du dich versteckst und in die stille Nacht hineinlauschst, weil da draußen jemand nach dir sucht. Jemand, der dich einsperren und niemals gehen lassen wird.

Warum? Die Frage habe ich mir oft gestellt. Es gibt viele Antworten. Meine hat sich im Lauf der Jahre verändert. Anfangs war es trotziges Aufbegehren, das mich zielsicher in eine Falle tappen ließ.

An meinem achtzehnten Geburtstag vermisste ich Jackie noch immer. Von den Ratschlägen, die sie mir beim Abschied gegeben hatte, war mir einer unvergesslich: »Setz dein schönstes Lächeln auf, wenn du die Faust in der Tasche ballst.«

Ich hielt mich daran, als ich zum letzten Mal die Wohnungstür meiner Eltern öffnete und eine Nachbarin ins Treppenhaus trat.

»Moin«, rief ich fröhlich. »Frühschicht?«

Sie eilte ohne einen Gruß nach unten.

Ich wartete, bis sie fort war, und holte eine Reisetasche, die ich in der Nacht gepackt hatte. Die Küche war wieder sauber. Von einem langen Messer hatte ich das Blut meines Vaters abgewaschen.

Abends hatte er Knochen und Innereien zerteilt, um sie an die Hündinnen zu verfüttern. Ein untrügliches Zeichen, dass bald der Lkw des Versuchslabors vorfahren und alle Welpen mitnehmen würde. Dann kaufte Papa für die Mütter teures Frischfleisch. Sie hatten in den Wochen des Säugens Gewicht verloren und sollten zu Kräften kommen, ehe es Zeit für den nächsten Wurf war.

»Lass die Kleinen hier«, flehte ich ihn an. »Ich verdiene jetzt mehr als früher und kann euch Geld geben.«

»So viel hast du nicht.«

Ich legte fünfhundert Euro auf die zerkratzte Tischplatte.

»Gehst du neuerdings anschaffen?«

»Nein. Ich bin Model.«

Papa schnaubte verachtlich.

Mir war es egal, ich schwebte wie auf Wolken und erzählte ihm von meinem unverhofften Glück. Als Auszubildende in einem Kaufhaus war ich mies bezahlt worden. Aber ausgerechnet dort fiel ich einem Fotografen auf. Er sprach mich an, während ich teure Kleider aus einer Umkleidekabine schleppte, und legte für die Probeaufnahmen eine Nachtschicht ein. Sie gefielen seinen Kunden. Im Handumdrehen stand ich wieder vor der Kamera. Das Honorar eines Tages war so hoch wie mein halber Monatslohn. Ich ergatterte weitere Jobs, bekam dafür natürlich keinen Urlaub und ging nicht länger zur Arbeit.

Mein Vater tippte sich an die Stirn. »Hast du dir schon ein Schaufenster in der Herbertstraße gesichert?«

Ich protestierte und erklärte ihm, dass ich mich nicht ausziehen müsse wie eine Nutte in St. Pauli.

Er lachte höhnisch. »Tja, das hat deine Schwester auch geglaubt.«

»Was willst du damit sagen, Papa?«

»Der Kerl, für den Jackie ihre Ausbildung geschmissen hat, war Zuhälter. Als sie nicht mehr spurte, hat er sie nach Strich und Faden vermöbelt. Ein anderer Gönner hat sie aus dem Dreck gezogen und ihr die neue Nase spendiert.«

»Sie sind zusammen im Ausland und vielleicht längst verheiratet.«

»Eher friert die Sahara zu.« Papa nahm die Geldscheine und zerriss sie.

Mein hart verdientes Honorar. Das stundenlange Stehen in Mänteln und Mützen war ein Knochenjob gewesen, doch ich hatte durchgehalten. Im Hochsommer.

Papa trug Sandalen. Er hätte dringend seine Zehennägel schneiden müssen. Als er auf den Fetzen herumtrampelte, nahm ich das Messer vom Tisch. Es hatte eine scharfe Klinge. Ich bückte mich blitzschnell und rammte die Spitze in seinen rechten Fuß.

Sein gellender Schrei dröhnte in meinen Ohren, während ich die Mietskaserne meiner Kindheit verließ. Das Blut hatte ich am Abend vom Boden und von den Küchenschränken wischen müssen. Auf meiner Jeans hatte es rot-braune Flecken hinterlassen. Ich behielt sie an, trug sie wie eine Trophäe. Mein Vater hinkte. In der Notaufnahme hatte ihm jemand einen dicken Verband angelegt. Bis er wieder richtig laufen konnte, würde Mama die Hundemütter versorgen, aber garantiert keine neuen Welpen.

*

Leider hatte Papa nicht nur für sein Geschäft ein sicheres Gespür. Vor allem wusste er, dass es im Leben nichts umsonst gibt. Der Fotograf, mein Entdecker, hatte Kunden, die mehr von mir erwarteten.

Ich wollte mich nicht ausziehen. Schon gar nicht vor einem Fremden, mit dem ich allein sein würde.

»Wie naiv bist du denn?«, fragte der Mann, den ich für meinen Freund gehalten hatte, und schmiss mich raus.

Bald war ich so gut wie pleite. Der Gang zum Arbeitsamt war schlimmer als Spießrutenlaufen: »Lehre abgebrochen? Selbst gekündigt? Vergessen Sie's.«

Ich passte meine ehemalige Chefin am Personaleingang des Kaufhauses ab und bat sie um Verzeihung. Die dümmste Idee meines Lebens. Sie tat, als ob ich gar nicht da sei. Und als ob sie bei den vielen Überstunden, für die mir noch Lohn zustand, akuter Gedächtnisschwund gepackt hätte.

Das Erdgeschoss war im Sommerschlussverkauf rappelvoll. Ich mischte mich unter die Kunden und klaute einen teuren Ledergürtel. Meine Art, die Schulden einzutreiben.

Plötzlich hielt mich ein Detektiv fest. Er hatte Schweinsäuglein, fettige Haare, die den Kragen seines Oberhemds berührten, und war kleiner als ich. In seinem Büro las er mir aus einem Gesetzbuch vor. »Der Gürtel kostet über fünfzig Euro. Das ist keine Bagatelle. Wenn ich den Diebstahl melde, zeigt der Kaufhausbesitzer Sie an und Sie landen vor Gericht. Dann droht Ihnen eine saftige Geldstrafe. Können Sie die bezahlen? Anderenfalls werden Sie womöglich eingesperrt …«

Ich tat alles, um ihn gnädig zu stimmen. Danach habe ich mich mit Jackies Parfüm betupft. Sonst wäre ich die Erinnerung an den fauligen Atem dieses Kerls nie wieder losgeworden. An den Schreibtisch, auf dem ich lag, während er in mich eindrang, und an seine feisten Hände.

Vor dem Fenster jaulte ein Hund. Er war fort, als ich endlich gehen durfte.

Damals lebte ich in einer kleinen Ein-Zimmer-Wohnung, weit entfernt von der schicken Hamburger Innenstadt. Die Miete war günstig. Trotzdem konnte ich sie mir nicht mehr leisten. Niemand wollte eine Verkäuferin einstellen, die weder ihre Ausbildung abgeschlossen noch ein Arbeitszeugnis vorzuweisen hatte. Also traf ich eine Wahl. Ich hatte nur eins, das andere wollten und wofür sie Geld ausgeben würden. Meinen Körper. Doch wenn ich ihn auf der Straße verkaufte, stand mir Jackies Schicksal bevor. Wie Papa es vorausgesehen hatte.

Meine Freiheit aufgeben, mich einem Zuhälter ausliefern? Um keinen Preis der Welt. Ich würde selbst entscheiden, mit wem ich mich einließ, und entdeckte die Websites, auf denen reiche, alte Männer junge Frauen für ein heißes Date suchten. Sie taten alles für ein bisschen Abwechslung. Entweder waren sie ledig oder hatten Gattinnen, die sich vor den Pflichten im Ehebett drückten. Wir chatteten, bevor wir uns zum ersten Mal trafen. Wer das nicht wollte, bekam mich nie zu sehen.

Wenig später zog ich in eine große Wohnung in der Hafencity um. Zum Einkaufen luden mich meine Sugardaddys nach London oder München ein. Sie bezahlten in den teuren Boutiquen und überreichten mir Kreditkarten, auf denen mein Name stand. Dafür schlüpfte ich in jede Rolle, die sie sich wünschten. Einer freute sich wie ein kleiner Junge, wenn ich eine Kochschürze umband und er in meinen Armen einschlummern durfte.

Die meisten erwarteten unter meinen Spitzendessous eine zarte, makellose Haut. Ich vertraute sie Diana an, die in einem großen Kosmetikstudio arbeitete. Sie hörte geduldig zu, wenn ihre Kundinnen nicht weiterwussten.

Eines Tages erzählte ich ihr von einem Mann, der besonders großzügig war. Er hatte mir ein exklusives Arrangement vorgeschlagen.

Sie legte die Pinzette, mit der sie winzige Härchen aus meinem Gesicht gezupft hatte, beiseite. »Er will dich ganz für sich allein?«

»Ja. Damit ich immer da bin, wenn er Zeit hat. Dafür würde er meine Miete zahlen und alles, was ich für ein sorgenfreies Leben brauche.«

»Warum heiratet er dich nicht?«

»Weil er aus einer reichen Familie stammt, deren Namen du auch kennst, und selbst in der Öffentlichkeit steht.«

»Jemand wie du würde seinem Ruf schaden?«

Ich nickte.

»Schick ihn zum Teufel.«

*

Ich hätte auf Diana hören sollen. Aber Phil war der erste Mann, der mich voller Respekt behandelte und sogar wissen wollte, wie ich aufgewachsen war. Als ich ihm von Papas Hundezucht erzählte, ließ er sich haarklein erklären, warum frisches Fleisch artgerechter und nahrhafter als Dosenfutter ist. Er machte mir Komplimente. So klug, wie ich sei, solle ich mich bei einer Abendschule anmelden. Sein Zuspruch spornte mich an. Ich bestand die Fachhochschulreife, und er lud mich spontan nach Köln ein, wo er lebte: »Bring Zeit mit. Wir feiern!«

Es klappte nicht gleich. Phil arbeitete beim Fernsehen, hatte in jenem Sommer viel zu tun und Scherereien mit seinem Vater. Wenn der ihn nach Blankenese zitierte, stieg er sofort in sein großes Auto.

Vielleicht hatte ihm der alte Herr die Laune verdorben oder es war der Stress im Job. Als Phil mich am Bahnsteig abholte, war er kreidebleich wie nach langen schlaflosen Nächten. Er war zu einer Live-Sendung auf der Messe eingeladen worden und ich sollte ihn begleiten. In den Hallen drehte sich alles um Comichefte, und überall standen Menschen, die Karikaturen anfertigten. Gebannt sah ich zu, wie sie das Wesen von völlig Fremden mit ein paar Kohlestrichen auf Papier bannten. Ein Mann, der so jung wie ich war, hat Phil gezeichnet. Doch dem gefiel das Porträt nicht und noch weniger, wie lange der Künstler sich mit mir unterhielt.

Abends brachte uns ein Taxi zu einer Gaststätte am Rhein. Beim Essen wurde mir schwindelig und ich verlor das Bewusstsein. Ich erwachte auf einem Bett und war Phils Gefangene.

Einige Wochen später entkam ich ihm. In Hamburg, wo er meine Miete zahlte, konnte ich nicht bleiben. Ich kaufte mir eine Zugfahrkarte nach Berlin. Die Stadt war groß genug zum Untertauchen und für einen zweiten Anfang.

Mit Diana blieb ich in Verbindung. Sie modelte auch, hatte mehr Glück als ich und sparte ihr Honorar für ein eigenes Kosmetikstudio.

Ab und zu buchte sie ein Fotograf in Lichterfelde. Wir sahen uns dann und klönten. In einem heißen Sommer rief sie unerwartet an: »Ein Model ist krank geworden. Wir brauchen jemanden, der kurzfristig einspringt.«

»Worum geht's?«

»Bilder für einen Prospekt. Der wird hier in der Gegend an Fahrschulen verteilt. Die Bezahlung ist fair und du kriegst sie bar.«

Ich war auf das Geld dringend angewiesen, die Fotos würden nicht online gehen und ich verdrängte meine schlechten Erfahrungen. Was sollte passieren, wenn Diana dabei war? Dieses Shooting machte sogar Spaß.

Kurz darauf entdeckte ich mein Gesicht bei Facebook. Um das Bild von uns verschwinden zu lassen, setzte ich Himmel und Hölle in Bewegung.

Phil muss es trotzdem gefunden haben. Erst starb Diana, anschließend Mirko in Cottbus und zuletzt Dennis, mit dem ich ab und zu über den Tegeler See gesegelt war. Ich ahnte, wer dahinter steckte, und seit dem Tod meiner Freundin hat mich nie die Angst verlassen. Eines Tages kündigte eine Zeitung Phils Stellenwechsel nach Berlin an.

Wieder floh ich. Wieder heftete er sich an meine Fersen. Diesmal habe ich mich zur Wehr gesetzt. Weil ich mein Leben weiterführen will. Daran wirst auch du nichts ändern, Lisa.

Du hättest umkehren können. Aber nein, du bist den Weg bis zum Ende gegangen und hast dich wie eine gemeine Diebin aufgeführt.

Ich werde dir eine Lektion erteilen. Sie wird dich dort treffen, wo es schmerzt.

AUSGEFLOGEN

AM oberen Ende der Straße blinkt der Leuchtturm. Mit dem Auto hat die Fahrt hierher keine zehn Minuten gedauert.

Und zurück? Lisa knickt in den Sandalen um, eilt mit zusammengebissenen Zähnen bergab, bleibt stehen. Die meisten Häuser sind bewohnt. Aus ihren Fenstern fällt Licht, Laternen leuchten und von oben nähern sich Scheinwerfer.

Valentins Cabrio? Er wird den Schlüssel in der Tür seiner Rumpelkammer entdeckt haben. Sicher auch die offenen Kartons.

Lisa erklimmt eine niedrige Mauer und duckt sich dahinter, wie in Kindertagen, wenn sie mit ihrem Bruder Verstecken spielte: »Zehn–neun–acht … Ich komme!«

Fast im Schritttempo fährt das Auto vorbei.

Sie zieht die unbequemen Treter aus und rennt weiter. Es gibt keinen anderen Weg. Auf den Grundstücken türmen sich Kakteen, größer als sie selbst, und dann sind da nur noch Felsen. In der Ferne rauscht das Meer.

Schon wieder Scheinwerfer. Lisa huscht in ein Dickicht, aus dem sie gelbe Augen anstarren. Ein wildes Tier? Dornenranken klammern sich an ihr Leinenshirt, sie reißt es los. Lautes Fauchen. Blindlings stolpert sie auf die Straße, kein Auto mehr in Sicht.

Eine Katze springt ins Licht und streicht um Lisas Beine. Sie bückt sich, krault das weiche Fell. Beim Aufrichten hat sie Seitenstechen. Wie lang mag die Strecke noch sein?

Auf dem Smartphone sucht sie nach Taxiunternehmen. Die Telefonnummern sind mit einem Klick gefunden, doch überall ist besetzt. Schließlich erreicht sie jemanden, der sofort erkennt, dass er es mit einer Deutschen zu tun hat.

»Wo sind Sie?«, fragt er.

Lisa antwortet, dass sie auf Sa Mola sei. »Ein Stück unterhalb des Leuchtturms.«

»Gehen Sie weiter bergab. Hinter der ersten Kreuzung gibt es einen Club, vor dem immer Taxen stehen. Rechte Seite. Achten Sie auf die grellen Lichter.«

Sie bedankt sich für den Tipp und rafft sich auf. Beim Laufen bohrt sich Straßensplit in ihre Fußsohlen. Na endlich, da hinten blinkt es wie auf einer Kirmes. Musik wummert ihr entgegen.

Vor dem Club wartet ein einziges Taxi. Es wendet und fährt los.

»Halt«, schreit Lisa und wedelt mit den Armen.

Der Fahrer steckt den Kopf durchs offene Fenster und starrt sie an, als ob sie von einem fremden Stern gefallen sei. Auf der Rückbank sitzt ein deutsches Paar. Er soll es zu einer Bar im Hafen von Port d'Andratx chauffieren.

Ehe Lisa einsteigen darf, muss sie zwanzig Euro zahlen. Im Auto bändigt sie die wirren Haare mit einem Zopfgummi. Unauffällig schließt sie die oberen Knöpfe ihres Shirts. Einer ist abgerissen und hat ein großes Loch im Stoff hinterlassen.

Am Ziel zückt sie den nächsten Geldschein. »Reicht das für die Fahrt zu meinem Hotel? Anschließend muss ich zum Flughafen.«

Der Mann nickt. »No problema.«

Im »Ruido del Mar« drückt sie auf eine Klingel an der Rezeption und der Nachtportier schlurft herbei. Sie begleicht die Rechnung, packt in ihrem Zimmer schnell den Trolley und streift einen Asservatenbeutel über den Stoffhund. Reiche Ausbeute, teuer erkauft. Wenigstens ein Stück, das mit hundertprozentiger Sicherheit Caroline gehört.

Der Taxifahrer hat die Zentralverrieglung eingeschaltet und ist am Steuer eingenickt. Lisa trommelt gegen die Fensterscheibe. Er schreckt hoch und lässt sie ein. »Immer mit der Ruhe«, sagt er gähnend. »Jetzt erwischen Sie sowieso keinen Flieger nach Deutschland mehr.«

»Aber morgen früh.« Hoffentlich. Der Hund muss auf dem schnellsten Weg ins Kriminaltechnische Institut. Sie würde ihr letztes Hemd darauf verwetten, dass DNA-Spuren im Fell zu finden sind. Spuren, die mit den Datensätzen aus Phil Kerstensens Villa übereinstimmen. Die Bürste und die Strickjacke, die Caroline angeblich auch zurückgelassen hat, waren wohl nur billige Ablenkungsmanöver.

Während das Taxi über die hell erleuchtete Autobahn jagt, lässt Lisa ihrer Enttäuschung freien Lauf. Valentin war sie gestern nicht losgeworden und darum hat er heute ein Schmierentheater aufgeführt. Er hat die Rolle des gramgebeugten Gatten genauso überzeugend gespielt wie den herzensguten Mann, der sich rührend um ein fremdes Kind kümmerte. Fast nebenbei hat er ihre Schwachstellen aufgedeckt. Alles, was sie ihm anvertraut hat, diente einem Zweck. Er wollte sie flachlegen. Einfach so? Oder um sie später in Berlin zu erpressen?

Dann war ihr Verdacht gegen Caroline berechtigt. Wie reagiert er, nachdem sie die Hinterlassenschaften seiner Frau durchwühlt hat?

Als der Wagen vor der Abflughalle hält, schaut Lisa in den Rückspiegel. Hinter ihr steigt ein Mann aus, der keine Ähnlichkeit mit Valentin hat.

»Stimmt so«, sagt sie zerstreut zum Fahrer und gibt ihm achtzig Euro.

Er tippt mit der Hand gegen eine imaginäre Mütze und holt ihr Gepäck aus dem Kofferraum.

Sie hastet durch den Eingang, folgt den Hinweisschildern zur Toilette und zieht sich um. Jeans, ein frisches Shirt, bequeme Sneakers. Die Lederjacke umhüllt sie wie eine warme Decke. An einem Waschbecken wäscht sie sich notdürftig, trägt Make-up auf und flechtet ihre Haare zum Zopf. Es dauert doppelt so lange wie sonst, doch für die meisten Menschen sieht sie wieder aus wie Kriminalhauptkommissarin Lisa Heynrichs.

Würden die roten Augen und die zitternden Lippen Henriette oder Meinolf auffallen?

Die Halle liegt im Schein heller Neonröhren. Es ist kurz vor Mitternacht. Putzfrauen und -männer schieben Wagen vorbei, an denen Besen und Wischmopps hängen. Eine Handvoll Menschen harrt auf Plastiksitzen aus.

Lisa eilt weiter. Falls Valentin sie sucht, wird sie ihn nicht auf dem Präsentierteller erwarten. Drei Rolltreppen, die Belüftungsanlage und ein großer Getränkeautomat versprechen etwas Schutz. Im Winkel dahinter lässt sie sich auf einen freien Platz fallen. Sie legt die Füße auf den Trolley.

Nun kommt der schwierigste Teil ihrer Flucht. Gibt es mitten in der Hauptsaison eine Maschine, die sie morgen früh nach Berlin mitnimmt? Auf den gängigen Buchungsportalen sieht es schlecht aus. Lisa recherchiert »Billigflüge« und unterdrückt einen Jubelschrei. Eine bekannte Airline, die überall mit ihren Dumpingpreisen wirbt, hat einen letzten Platz für Kurzentschlossene. Lisa bucht per Smartphone. Um 6.30 Uhr geht es heimwärts.

Sie holt sich einen Kaffee aus dem Automaten, um in den nächsten vier Stunden nicht unversehens einzunicken. Beinahe wünscht sie sich, dass Valentin hier aufkreuzt. Dann würde sie ihm ins Gesicht schleudern, dass er sie nur aus einem Grund so leicht um den Finger wickeln konnte.

Er ähnelt Alexander. Die gebräunte Haut, seine Haare, die etwas zu lang sind, die schlanke, sportliche Figur und das selbstbewusste Auftreten. Als er ihr seine Sorgen anvertraut hatte, war sie sich wie der Mittelpunkt des Universums vorgekommen. Sie hatte sich eingebildet, dass Caroline bei Valentin eine Lücke hinterlassen hätte und sie, Lisa, diese Lücke füllen könne. Eine Art höherer Fügung, weil diese Frau ihr äußerlich gleicht, wie Valentin Alexander. »Plan B« mit Verspätung, nachdem ihre erste Lebensplanung gründlich schiefgegangen war.

Es wird dringend Zeit für eine neue. Lisa spürt der Sehnsucht nach, die Valentin in ihr geweckt hat. Sie ist noch da. Vielleicht wird es einen anderen Mann geben, wenn Schmerz und Enttäuschung verblasst sind. Keinen Schauspieler wie Alexander oder Valentin, die zur Generation ihres verstorbenen Vaters gehören und sie mit ihrem Charme beeindruckt haben. Lieber einen mit Ecken und Kanten, der ungefähr so viel verdient wie sie und abends zwei Tiefkühlpizzen in den Ofen schiebt.

Um halb fünf öffnet die Sicherheitskontrolle, wo das Gepäck durchleuchtet wird. Lisa ist bei den Ersten, die sich davor einreihen. Hinter ihr werden Stimmen laut, das übliche Drängeln und Nörgeln in der Warteschlange. Wenn schon.

Ehe sie in den Bus steigt, der die Passagiere zum Rollfeld bringt, blickt sie ein letztes Mal zurück. Auch Valentin wollte bald heimfliegen. Wie lange wird er in seiner Villa bleiben? Der nachtblaue Himmel hellt auf und aus den Schatten tritt der Gebirgszug hervor.

Als Lisa im Flugzeug Platz nimmt, drückt die Müdigkeit bleischwer auf ihre Lider. Sie schnallt sich an und ihr Kopf sackt gegen die Rückenlehne. Den Start und die restlichen zweieinhalb Stunden in der Luft verschläft sie.

*

Das Fahrwerk rumpelt. Die Maschine setzt zur Landung an.

Lisa erwacht, beugt sich nach vorn und schaut durchs Fenster. Der Boden rückt näher. Sattgrüne Laubbäume und rote Dächer statt rotbrauner Erde und Palmen.

Zu Hause. Endlich.

Eine Stunde später rennt Lisa auf der Rolltreppe abwärts. Sie erwischt die S-Bahn, ehe die Türen schließen, und zieht ihr Handy aus der Hosentasche. Keine Nachricht, weder von ihrer Mutter, die gestern vergeblich auf einen Anruf gewartet hat, noch von Henriette. Die Freundin stellt sich seit zwei Tagen stur.

Lisa klickt auf den letzten Chat mit Henriette. Vormittags ist es im Café am Savignyplatz voll, doch für ein paar getippte Sätze reicht es immer.

Heute nicht.

Zwischen Altglienicke und Adlershof kämpft Lisa ihre Enttäuschung nieder und ruft Meinolf an.

»Wie geht's dir?«, fragt er.

»Besser«, antwortet sie.

»Wann kommst du zurück?«

»Morgen. Tust du mir einen Gefallen?«

»Moment.« Er drückt das Gespräch weg und ist sofort wieder da.

»Leg los, hier hört niemand mit. Ich hab mich in deinem Büro breitgemacht, pardon, in dem von Theo.«

»Können wir uns irgendwo treffen? Nur wir beide und gleich?«

»Wo denn?«

»Am liebsten vor dem Bahnhof Südkreuz. Ist ein ganzes Stück für dich, ich weiß … aber ich möchte keinen anderen Kollegen begegnen und auf dem schnellsten Weg nach Hause.«

»Wann bist du da?«

»In zwanzig Minuten.«

»Ich mache mich auf die Socken.«

»Danke, Meinolf. Ach, und noch was … Bring bitte eine große Tüte mit.«

»Alles klar.«

Lisa zählt die Haltestellen, die sie vom Ziel trennen. Als Meinolf ihr entgegenkommt, baumelt über seiner Schulte eine leere blaue Tragetasche, die aus einem Möbelhaus stammt und sonst in seinem Schreibtisch liegt. Manchmal nimmt er sie mit und kauft im Supermarkt am Wittenbergplatz fürs Abendessen ein.

Er umarmt Lisa und lässt sie schnell los. »Sorry, du stinkst!« Sein Blick streift ihr Gepäck. »Warst du unterwegs?«

»Ja. Ich habe etwas mitgebracht.«

Sie öffnet ihren Trolley und nimmt den Stoffhund heraus. »Bring ihn bitte in die Kriminaltechnik. Im Fell werden die Kollegen vermutlich DNA-Spuren finden. Die sollen sie mit den Proben aus der Villa Kerstensen abgleichen.«

»Donnerwetter«, murmelt Meinolf und pfeift leise durch die Zähne. »Verrätst du mir, wo du den Köter eingesackt hast?«

»Glaub mir, das willst du nicht wissen. Und an deinem Job liegt dir etwas, oder?«

Seine Stirn wirft Dackelfalten, doch den Beagle steckt er schweigend ein.

»Das auch«, sagt sie und gibt ihm die Strickjacke und die Bürste aus dem ersten Apartment, das Caroline bewohnt hat.

»Wem gehören diese Sachen?«

»Wahrscheinlich niemandem. Sie sehen neu aus. Ich will einfach auf Nummer sicher gehen.«

»Sobald wir ein Ergebnis haben, rufe ich dich an.«

»Danke.«

Mit dem »Wir« hat er Lisa klargemacht, dass sie auf zwei Seiten stehen. Er fährt zum Tempelhofer Damm und in die Keithstraße, sie nach Hause. Ob sie je wieder gemeinsam in einem Dienstwagen sitzen?

*

Dass sie heult, merkt sie auf dem Bahnsteig. Die Tränen gelten den Menschen, die aus ihrem Leben verschwunden sind, und den anderen, die sie verlieren wird. Sie kann sich keine Zukunft ohne Meinolf und den Rest der Truppe vorstellen. Höchstens ohne Ben.

Sollte sie versetzt werden, heizt sie damit die Gerüchteküche an. Ob sie woanders zurechtkommt? Mag sein, dass sie Meinolf und Elena ab und zu begegnet. Aber dann wird die Zeit nur für ein paar belanglose Sätze reichen. Und die Abende? Die verbringt Lisa mit zwei Wellensittichen, von denen einer ihre eigenen Worte nachplappert.

Sie hatte sich gut in Georgia von Hustedt hineinversetzen können, die ihre Einsamkeit beklagte und auf alle Männer schimpfte. Meinolf stand der Ärger ins Gesicht geschrieben, während er die Walküre zur Vernehmung kutschiert hatte. Doch Lisa war voller Verständnis gewesen und hatte nicht begriffen, wie viel besser es ihr ging. Das Netz, das sie auffing, hielt sie für eine Selbstverständlichkeit. Elena und Jule, die die Klappe hielten, wenn es darauf ankam. Meinolf, der für seine Lieblingskollegin alles liegen ließ. Nicht zuletzt Henriette, die Lisas Kühlschrank füllte und sie mit heißer Currywurst empfing.

Verdammter Dickschädel, der es unbedingt besser wissen wollte und jede Warnung in den Wind geschlagen hat. Nun steht in den Sternen, wer sich weiter mit ihr abgeben wird. Wie lange dauert es wohl, bis sie genau wie Georgia eigenartige Marotten annimmt? Eine haben sie gemeinsam. Sie haben sich beide aus Verzweiflung auf die falschen Männer eingelassen. Und danach? Die Whiskeyflasche ist noch halb voll. Wer kann ihr widerstehen, wenn die innere Leere unerträglich wird?

Auf der letzten kurzen Strecke greift Lisa zum Smartphone, tippt auf die Instagram-App und sucht Georgias Profil. Da gibt es ein neues Selfie, reichlich verwackelt.

Rote Locken auf einem weißen Kopfkissen, ein Verband um den Hals und müde Augen. Sie sind offen. Nach Meinolfs Gesicht das zweite an diesem Tag, das Freundlichkeit und Ruhe ausstrahlt.

Als die Bremsen am Bahnhof Yorckstraße durchdringend quietschen, fasst Lisa wieder Mut. Sie wuchtet ihren Trolley durch die Zugtür und spaziert durch das vertraute gelbe Gebäude mit den zerschrammten Ausgangstüren. Wie immer muss sie warten. Zu ihrem Kiez geht es auf der anderen Straßenseite. Alle Autofahrer geben Gas.

Was soll's. Sie betrachtet einen Pfeiler, der den Hochbahnsteig stützt, als ob sie ihn zum ersten Mal sieht. Die Gegend ist seit zwei Jahrzehnten ihr Zuhause. Trotz des Verkehrslärms und der jüngsten Baustelle, die sich einige hundert Meter hinzieht. Radfahrer und Fußgänger kommen sich ins Gehege. Bis zur Eckkneipe an der Steinmetzstraße ist Lisa eine Viertelstunde unterwegs.

Hinter diesen Gardinen hat sie mit Henriette gesessen, Bier getrunken und über das Leben ringsum philosophiert. »Potthässlich« fand die Freundin viele Wandbilder im Klinker der mehrstöckigen Siebzigerjahre-Häuser. Mit den dreidimensionalen Löchern in Gelb und Blau, größer als die Satellitenschüsseln an den Balkonen, konnte sie gar nichts anfangen: »Der reinste Schweizer Käse.«

»Kunstbanausin«, hatte Lisa gegrummelt und war auf dem Rückweg stehengeblieben. Dort, wo das Mosaik einer Kuh zu ihren Füßen lag.

Im Hof dahinter hatte bis zum Beginn der 1980er-Jahre die letzte Schöneberger Sennerei existiert. Über dreißig Kühe waren hier gemolken worden. Ihre Milch wurde an Ort und Stelle verkauft. Etliche dieser Betriebe hatten sich lange in der Großstadt gehalten, weil jenseits der Mauer für Berliner keine Landwirtschaft möglich war. Wer Nutztiere halten wollte, musste Stallgeruch, Lärm und genervte Nachbarn ertragen. Kompromisse eingehen. Wie fast jeder, der sich einen Wunsch erfüllt.

Gedankenverloren sucht Lisa ihren Schlüssel. Sie ist auch bereit, über ihren Schatten zu springen. Statt auszupacken wird sie gleich zu Henriette fahren. Mit einer Entschuldigung, die von ganzem Herzen kommt, und einem Kräutertopf fürs Hochbeet. Die Freundin hatte es nur gut gemeint.

In ihrem eigenen Hauseingang weht ein Luftzug. Hat jemand seine Tür und die Fenster aufgelassen? Um diese Zeit müssten sie dicht sein, denn alle Mieter sind bei der Arbeit. Lisa späht durchs offene Treppenhaus nach oben, drückt auf den Lichtschalter. Es bleibt dämmrig, wie seit mehr als einer Woche. Die Glühbirne im ersten Stock hat noch niemand ausgetauscht. Und Altbauten entstammen leider einer Zeit, als Aufzüge nicht in Mode waren.

Lisa schleppt ihren Trolley hinauf. Je höher sie steigt, desto stärker zieht es. Sie umklammert das abgegriffene Holzgeländer. Mit jeder Stufe wächst die Gewissheit, dass etwas anders als sonst ist. Sie drückt sich gegen eine Wand, tastet nach ihrem Pistolenhalfter. Vergeblich, sie hat es vor zwei Tagen abgelegt. Im Dienst würde sie Unterstützung anfordern. Oder spielen ihr die überreizten Nerven einen Streich? Sie schleicht weiter.

Die Tür, neben der ein Schild mit ihrem Namen hängt, ist offen. Einen Spalt breit, wie ein-, zweimal in der Woche, wenn Lisa ihren Müll hinunter trägt. Aber dann bleiben alle Fenster zu, weil Lutz und Udo sonst im Wind sitzen.

Es zieht wie Hechtsuppe.

Mit einem Fußtritt verschafft sie sich Einlass, lässt den Türgriff gegen die Wand knallen und steht im Flur. Ihre Steppjacke für kalte Tage ist unter die Garderobe gerutscht. Die Kapuze ist abgerissen, der Bügel zerbrochen. Dahinter fällt Licht auf ein Stück Metall. Es gehört zur Designerleuchte aus dem Wohnzimmer.

In Lisas Magen ballt sich ein harter, kalter Klumpen zusammen. Voll banger Erwartungen biegt sie um die Ecke. Der

Fernseher liegt zwischen Glassplittern und Büchern, die nicht von selbst aus dem Regal gefallen sind. Auch der Couchtisch ist umgestoßen worden. In den Polstern der zerfetzten Sitzlandschaft steckt ein Brotmesser.

Warum bleibt es nebenan so still? Lisa stolpert, gleitet vor der Küche aus.

Auf dem PVC-Belag haben sich zerschlagene Eier und Milch zu einer schmierigen Masse vermischt. Das Fenster, normalerweise fest verschlossen, ist sperrangelweit geöffnet. Und der Vogelkäfig.

Udo und Lutz sind fort. Auf und davon in eine gefährliche Freiheit. Eine Flaumfeder segelt von der Fensterbank.

SCHWACHSTELLEN

LISA beugt sich nach draußen, schreit die Namen der Wellensittiche in den blauen Himmel. Keine Antwort. In den Schnurbäumen links und rechts der Steinmetzstraße zwitschert es. Aber da hüpfen andere Vögel von Ast zu Ast.

Wer hat das getan? Wieder greift sie an ihre Hüfte und hält inne. Die Pistole hat sie stets nach Dienstschluss in der Waffenkammer eingeschlossen. Sind mit dem Rad ja nur ein paar Minuten bis zur Keithstraße. Vor drei Tagen hat Lisa ihr Holster allerdings abends umgelegt, ehe sie zu dem heimlichen Treffen in den Pratergarten aufgebrochen war, und hinterher wollte sie schleunigst ins Bett. So krank, wie sie wenig später angeblich wurde, konnte sie sich schlecht an ihrem Arbeitsplatz blicken lassen. Und im Fluggepäck durfte sie die Pistole nicht mitnehmen.

Schöneberg ist kein sozialer Brennpunkt, sie hat eine stabile Wohnungstür, und außer ihr und Amelie würde sich niemand in diesen vier Wänden aufhalten. Lisa hatte die Waffe in einem kleinen Schrank verstaut, der die Ausmaße eines Tresors hat, und mit einem Vorhängeschloss gesichert. Er stammt vom Flohmarkt und war als Sammelplatz für Kontoauszüge und wichtige Papiere vorgesehen.

Sie hatte ihn auf den Boden ihres Kleiderschranks gestellt. Doch auch im Schlafzimmer ist nichts mehr, wie es war. Jemand hat Jacken und Hosen von den Stangen gezerrt, Slips und Büstenhalter in Stücke geschnitten. Das Schränkchen liegt kopfüber vor dem Bett. Die Rückwand ist zertrümmert, von einem kräftigen Fußtritt, wie der dunkle Abdruck vermuten lässt.

In Lisas Hosentasche brummt das Handy. Ein Anruf mit unterdrückter Nummer.

»Ja?«

»Willkommen zurück.« Die sanfte, freundliche Frauenstimme klingt beinahe so, als ob sie sich aus einem Callcenter meldet und ein Zeitschriftenabo verkaufen will.

Lisa ahnt, mit wem sie es zu tun hat. »Caroline Alshuth?«

Helles Lachen antwortet. »Sie sind so schlau, wie ich erwartet habe. Aber Sie hätten ihre Vögel Henriette anvertrauen sollen. Die Frau, die die zwei versorgt hat, hatte es eilig. Sie ist in die Wohnung gehuscht und hat die Tür hinter sich offen gelassen. Ihr muss entgangen sein, dass ich ihr gefolgt bin.«

»Und dann?«

»Ich hab mich in dem großen Zimmer, das immer noch leer steht, versteckt. Dort, wo früher Henriette geschlafen hat.«

»Sie kennen sich erstaunlich gut in meinem Privatleben aus.«

»Na ja, neulich habe ich lange mit Ihrer Freundin geplaudert. Nun warten wir auf Sie. Wenn Sie nicht in zwanzig Minuten im ›Café H.‹ sind, puste ich Henriette und ihrem Herzallerliebsten zwei Löcher in die Köpfe.«

»Mit meiner Pistole?«

»Das wird ein Fest für die Revolverblätter. Ich sehe die Schlagzeilen vor mir. ›Kriminalkommissarin erschießt die beste Freundin und ihren Liebhaber. War es Eifersucht?‹«

»Lassen Sie die beiden in Ruhe!«

»Selbstverständlich, wenn Sie brav sind. Ach, und ehe ich es vergesse: Kommen Sie allein und hetzen Sie mir bloß keine anderen Polizisten auf den Hals. Sonst ist Henriette zuerst dran.«

»Kann ich sie sprechen?«

Klick.

Zwanzig Minuten sind verdammt knapp. Für die U-Bahn sowieso, weil Lisa umsteigen müsste. Und wehe, wenn am Fahrrad wieder die Kette abspringt. Caroline muss die Strecke getestet haben. Die Zeit reicht für keinen Anruf bei den Kollegen und für keine Notfallpläne mehr.

Lisa rennt die Treppe hinab, reißt ihr Rad aus dem Ständer vor dem Haus und klemmt die Lederjacke auf den Gepäckträger. Der kürzeste Weg folgt der Hochbahntrasse. Am Nollendorfplatz ist sie durchgeschwitzt und von ihrer Stirn tropft es beißend in die Augen. Halbblind strampelt sie weiter, ignoriert das Seitenstechen, tritt härter in die Pedale. Zehn Minuten sind vorbei. Vom Parkplatz am Bahnhof Zoo brettert einer der gelben Linienbusse über die große Kreuzung, die nach Wilmersdorf und Schöneberg führt. In letzter Sekunde steigt Lisa auf die Bremse und springt ab. Die rote Ampel hat sie übersehen.

Den Radweg an der Kantstraße blockieren Touristen, die in Scharen zur Gedächtniskirche pilgern, und dreiste Autofahrer. Einer kurbelt die Scheibe herunter. Er reckt Lisa seinen ausgestreckten Mittelfinger entgegen.

Fast geschafft. Sie hält die Uhr vor ihr Gesicht. Carolines Anruf liegt achtzehn Minuten zurück. Gerade noch Zeit, um an der Parkanlage vorbei und über den Else-Ury-Bogen auf den Savignyplatz zu fahren. Die Räder rollen über Kopfsteinpflaster. Ein Obdachloser sitzt im grün-pinken Licht der Lampen, die die dunklen Ecken unter der Hochbahn beleuchten.

Auf den ersten Blick ist alles wie immer. Nur eines fehlt. Der Duft nach frischen Backwaren, der sonst aus dem »Café H.« dringt, wenn Henriette um halb drei wieder öffnet. Lisa schmeißt ihr Rad an den Metallzaun gegenüber dem S-Bahnhof, drückt in letzter Sekunde das Schloss zu. Wundert sich niemand, dass der köstliche Geruch heute ausbleibt und am helllichten Tag sämtliche Vorhänge zugezogen sind? Vor der Tür hängt ein Schild: »Mittagspause«.

Sie geht von selbst auf. Ein rotes Kopftuch erscheint. Und ein bleiches Gesicht mit verweinten Augen.

So hat Henriette an den Tagen ihrer Chemotherapie ausgesehen.

Lisa rennt auf sie zu, will die Freundin in die Arme schließen.

»Reinkommen«, schnarrt eine Stimme aus dem Flur.

An Henriettes Schläfe blitzt etwas im Sonnenlicht. Ein Pistolenlauf.

Lisa tritt näher. Im Schatten steht jemand, der ihr kaum bis zum Kinn reicht. Eine Gestalt in weißer Hose, einer weißen Bluse und mit langen blonden Locken. Der reinste Rauschgoldengel, eingehüllt in penetranten Vanilleduft.

»Ihr Markenzeichen, Frau Alshuth?«

»Was?«

»Le temps de la Vanille.«

»Oh, Sie haben ein feines Näschen. Sagen wir so, die meisten Männer lieben das Parfüm. Mich beschützt es in den unangenehmen Momenten des Lebens …«

»Sie haben Ihren Willen bekommen. Ich bin hier. Womit sind Sie nicht zufrieden?«

»Das ist eine lange Geschichte, die ich keiner Fremden anvertraue. Nennen Sie mich bitte Caroline.«

»Meinetwegen.«

Unvermittelt fliegt ein Schlüssel durch die Luft.

»Absperren«, blafft die Frau in Weiß.

Henriette greift ins Leere.

Ein Zeigefinger krümmt sich um den Abzug der Pistole.

»Ohne Schalldämpfer? Wie leichtsinnig«, spöttelt Lisa mit dem Mut der Verzweiflung. »Vor den anderen Kneipen sitzen Leute.«

Henriette bückt sich nach dem Schlüssel, schiebt ihn ins Schloss und dreht ihn um.

Spitze Fingernägel graben sich in Lisas Oberarm. Sie spürt einen Tritt in den Kniekehlen und stolpert vorwärts.

Der Schankraum liegt im Halbdunkeln. Über der Theke ist nur eine Deckenleuchte mit kleinen Glasschirmen eingeschaltet. Ein großer goldgerahmter Spiegel reflektiert den Schein und ein weiteres Werk der Verwüstung. Umgekippte Tische, Stühle mit zersplitterten Beinen. Vasen und Kräutertöpfe sind von einem Regal gekracht. Und der teure Kaffeeautomat, der noch nicht abbezahlt ist, ähnelt einem zerbeulten Autowrack.

Am härtesten trifft Lisa eine leere Stelle an der Wand. Da hing immer das gerahmte Foto von einer stolz lächelnden Henriette an ihrem Eröffnungstag.

»Wo ist das Bild?«, faucht Lisa.

»Hab ich fallengelassen. So ein Pech.« Caroline deutet zu einem großen Abfalleimer, der für Essensreste vorgesehen und von Scherben umgeben ist.

Henriette schluchzt auf. Sie eilt zu Giovanni, der mit ausgestreckten Beinen auf einer Polsterbank sitzt.

Lisa stellt sich vor Caroline, um sie von den beiden abzulenken. »Was soll der Spuk?«

»Du hast dich in Dinge eingemischt, die dich nichts angehen.«

»Weil es mein Job ist und du einen Menschen auf dem Gewissen hast.«

»Reine Notwehr.«

»Jemanden kaltblütig in den Hinterkopf zu schießen hat mit Notwehr nichts zu tun.«

Caroline weicht zurück und rümpft die Nase. »Keine Ahnung haben und große Töne spucken. Wenn du wüsstest, wie mir das zum Hals raushängt. Du hörst dich wie einer von diesen reichen alten Knackern an. Aber die hatten jedes Mal geduscht. Du stinkst.«

»Ich hab die Nacht auf dem Flughafen verbracht. Zu Hause war ich keine zehn Minuten. Jetzt muss ich zum Klo. Dringend.«

»Kommt nicht infrage.«

»Dann gibt's gleich ein Unglück.« Lisa schiebt eine Hand unter den Bund ihrer Jeans und stöhnt übertrieben laut. »Was glaubst du wohl, wie das riecht?«

Caroline zieht eine angeekelte Grimasse und ein Fläschchen aus der Hosentasche. Schnell betupft sie ihr Handgelenk. »Okay. Beeil dich und lass dein Handy hier.«

Lisa wirft es auf die Theke, biegt um eine Säule und schließt die Toilettentür. Während Wasser aus dem Hahn rauscht, legt sie einen Hebel um, der das Altbaufenster öffnet.

Sie zwingt sich zur Ruhe und geht ihre Checkliste für solche Notlagen durch. Vor langer Zeit hat sie gelernt, dass fast jede Täterin und jeder Täter darauf brennt, die eigene Geschichte loszuwerden. Selten ist jemand hundertprozentig mit sich im Reinen. Was ist mit Caroline, die ihr das Du aufgedrängt hat?

Sie wartet auf einem Barhocker. »Na endlich«, ruft sie Lisa zu. Die Pistole zielt auf Henriette.

Ablenken und eine entspannte Atmosphäre schaffen. Eine, die zum Reden einlädt. Vor zwanzig Jahren hat ein erfahrener Kriminalbeamter, der Theo hieß, seiner jungen Kollegin diesen Tipp gegeben.

»Was hältst du davon, wenn ich für uns alle Espresso aufsetze?«, fragt Lisa und deutet auf eine silberne Kanne, die Giovanni aus seiner Heimat mitgebracht hat. »Ich könnte einen Koffeinstoß vertragen.«

»Von mir aus. Spiel ruhig die Bardame.«

»Wie viel Pulver soll ich nehmen, Giovanni?«

Er stöhnt wie ein gequältes Tier und drückt Geschirrtücher gegen seinen rechten Oberschenkel. Unter der Bank hat sich eine dunkle Lache gebildet. In Carolines Vanilleduft mischt sich der Geruch nach frischem Blut.

Lisa lässt die Espressodose fallen und reißt den größten Holzlöffel aus einer Schublade. Sie zieht ihren Gürtel aus der Hose und setzt sich neben ihre Freundin auf den Boden.

Henriette hebt Giovannis Bein an. Lisa umwickelt es mit dem Gürtel, legt eine Schlaufe, schiebt den Löffelstiel hindurch. Eine Handbreit über der Einschusswunde dreht sie die improvisierte Aderpresse fest. Innerhalb von zwei, höchstens drei Stunden muss Henriettes Lebenspartner zu einem Arzt. Sonst stirbt das Gewebe ab, droht eine Amputation. Lisa rennt wieder zur Theke, tränkt Geschirrtücher mit kaltem Wasser und lässt Eiswürfel, die der Kühlschrank auf Knopfdruck ausspuckt, hineinplumpsen.

Henriette nimmt ihr die Tücher ab.

Giovannis Gesichtsausdruck spricht Bände. Er ist einer Ohnmacht nahe.

»Sieh zu, dass sein Oberschenkel kühl bleibt«, flüstert Lisa und dreht sich zu der Frau auf dem Barhocker um. »Warum hast du das getan?«

»Sie haben sich standhaft geweigert, dich anzurufen. Ich musste es selbst tun.«

Kein Grund, diesem bärenstarken Mann eine Kugel ins Bein zu jagen! Hat Caroline anschließend das Bild von der Wand gefegt und den Rest der Einrichtung demoliert oder vorher?

Lisa nimmt sich vor, sie zu fragen. Wenn sie hier alle mit heiler Haut herausgekommen sind. An die Pulvermengen, die normalerweise Giovanni in die Espressokanne gibt, erinnert sie sich vage.

So schmeckt das Gebräu, das sie aufgesetzt hat, auch.

»Das Zeug weckt Tote auf«, motzt Caroline.

Die Tassen für Henriette und Giovanni füllt Lisa nur halb und verdünnt sie mit Wasser. Ihre eigene schwarze Brühe schlürft sie. Wenn ihre Sinne hellwach bleiben, hat sie eine hauchdünne Chance.

»Du willst mich aus dem Weg räumen, stimmt's?«, sagt sie zu der Frau, die mit ihrem Daumen über die Pistole streicht. Ein Selbstlademodell, neu und jederzeit schussbereit.

Schweigen.

»Worauf wartest du?«

Caroline nimmt eine Orange aus dem Obstkorb auf der Theke und betrachtet sie.

»Lass mich raten«, legt Lisa nach. »Du möchtest wissen, was im Haus auf Sa Mola passiert ist. Ob dein Mann und ich uns nähergekommen sind.«

Die Frucht kullert ihr entgegen. Sie bleibt neben einer Weinflasche liegen.

»Tja, was soll ich sagen?« Lisa imitiert Carolines Telefonstimme. Sanft und freundlich, sie hat sie sich vor einer Ewigkeit für gewisse Stunden antrainiert. »Es war ein schöner Abend gestern. Wir haben gut gegessen, viel gelacht …«

Caroline springt vom Hocker. »Hast du meinen Mann verführt?«

»Dazu gehören immer zwei.«

»Ja oder nein?«

Zeit schinden. Noch eine Lektion aus Lisas Anfangszeit als Polizistin. Damals war ein Amokläufer in eine Schule eingedrungen und hatte gedroht, das Gebäude mit einem Sprengsatz in die Luft zu jagen. Während die Polizei über ein Megafon mit ihm verhandelt hatte, war ein bewaffnetes Einsatzkommando durch die Hintertür eingedrungen und hatte den Mann mit einer Blendgranate außer Gefecht gesetzt.

»Ich mache dir einen Vorschlag«, antwortet sie. Ihr Bauchgefühl sagt ihr, dass sie auf der richtigen Spur ist. Sie muss nur dem nervösen Klackern der lackierten Fingernägel auf der Theke lauschen.

Carolines harte Schale hat einen Riss. Ihre Schwachstelle heißt Valentin. Vielleicht könnte sie den Verlust von Ansehen und Wohlstand verkraften. Aber ohne den Mann, der ihr etwas bedeutet, verliert sie jeden Halt. Wie Lisa vor Jahrzehnten.

»Welchen?«, fragt Caroline und umklammert die Pistole.

Lisa erklimmt einen Barhocker. Sie blickt auf einen Scheitel, an dem dunkle Haare nachwachsen. »Du bist neugierig.

Ich bin's auch. Ehe ich dir von gestern erzähle, will ich deine Geschichte hören. Wie bist du aufgewachsen? Warum hast du dich für Sex bezahlen lassen? Und was hat Philipp Kerstensen dir angetan, um sich eine Kugel in den Hinterkopf zu verdienen?«

AUS DER NÄHE

SIE ist stärker, als ich dachte. Woher nimmt sie ihre Kraft? Ich hatte erwartet, dass sie zusammenbrechen würde, entweder in ihrer eigenen Wohnung oder in Henriettes Armen. Zähes Luder. Ob sie so tapfer geblieben wäre, wenn ich statt Giovanni ihre Freundin angeschossen hätte?

Der Tag ist noch nicht zu Ende, Lisa. Jetzt heißt es mitspielen, sonst erfahre ich nie, ob du mit Valentin im Bett warst. Er hätte auf mich hören sollen. Ich war gegen eure Reise. Doch die Hausdurchsuchung hat ihn kalt erwischt. Vor lauter Angst um seinen Ruf ist er in blinden Aktionismus verfallen.

Setzt Lisa dieses mitfühlende Gesicht bei ihren Verhören auf? Als ich ihr von der letzten Begegnung mit meiner Schwester erzähle, fragt sie nach einem Foto von Jackie. Ich zeige ihr ein kleines, das ich immer im Portemonnaie habe. Mittlerweile ist es abgegriffen.

»Hübsche Frau. Hat sie ein Tattoo, eine Narbe oder ein anderes auffälliges Merkmal?«

»Nein.« Ich verschweige ihr, dass zwei von Jackies Zehen zusammengewachsen sind, wie bei mir und meinen Brüdern. Lisa hört sich wie eine Kommissarin neulich im »Tatort« an, die den Namen einer unbekannten Leiche herausfinden wollte.

Jackie, tot? Schnell halte ich ein Handgelenk, das nach Vanille duftet, unter meine Nase.

Ich rede weiter, bin wieder achtzehn Jahre alt und habe die Hochhaussiedlung meiner Kindheit hinter mir gelassen. Mein Job ist weg. Wovon ich leben soll? Keine Ahnung.

»Warum bist du nicht zu deiner Familie zurückgekehrt?«, fragt Lisa.

Aus Angst. Papa hätte mich büßen lassen, dass ich ein Messer in seinen Fuß gerammt habe. Ich war nie mehr in Hamburg-Wilhelmsburg.

Sie schaut mich voller Verständnis an. Fast wie Jackie früher, wenn meine Welt kopfstand und ich unter ihre Decke schlüpfen durfte.

Vielleicht hätten wir Freundinnen werden können, Lisa und ich, wenn wir zur gleichen Zeit in unserer Siedlung aufgewachsen wären. Nach meiner Flucht hielt ich alle Frauen auf Abstand. Manchmal kam mir eine, die wie ich vor den Kabinen der einschlägigen Kosmetikstudios wartete, bekannt vor. Hatte sie auch ihr Profilfoto in den Dating-Portalen hochgeladen? Wir ließen uns die Lippen aufspritzen und die Bikinizone enthaaren, doch wir waren Konkurrentinnen. Ich fing Blicke auf, die mich musterten, aber niemals sprach ein Sugarbabe über seinen Job.

»Du warst einsam, stimmt's?«

So gut wie nie, Lisa. Abends ging ich aus. Oft war ich wochenlang auf Reisen. Einer von meinen Sugardaddys nahm mich zu den Modeschauen in Paris mit. Hinter den Kulissen lernte ich Rockstars und Schauspieler kennen, die von den Designern höchstpersönlich eingekleidet wurden. Die Jeans von Donatella Versace und die High Heels von Manolo Blahnik habe ich noch. In aller Eile warf ich sie in einen Koffer. Dann verließ ich Hamburg für immer.

Lisa unterbricht mich. »Was war passiert?«

»Ich hatte Philipp Kerstensen falsch eingeschätzt.«

Anfangs war er ausgesucht höflich. Er führte mich drei Mal in exquisite Restaurants, ehe er fragte, ob ich ihn in seine Suite begleiten würde. Als ich aus dem Bad kam, hatte er die Bettdecke bis ans Kinn hochgezogen. Hinter dem weltläufigen Mann versteckte sich ein Kind, das unter dem frühen Tod seiner Mutter und einem dominanten Vater litt.

In der feinen Blankeneser Villa herrschte Krach, weil er seinen eigenen Weg gegangen war und ein Leben fernab des Familienunternehmens führte. Trotzdem trat er an, sobald der alte Patriarch nach ihm pfiff. Von den Vorwürfen und den Streitereien mit seinem großen Bruder erholte Phil sich im noblen Hotel »Atlantic« an der Alster.

Ich hörte mir an, was ihn bedrückte. Geschichten aus einer Welt ohne Geldsorgen, deren Probleme mir dennoch vertraut waren. Wer die Rechnungen zahlte, traf alle Entscheidungen. Er verdiente zwar nicht schlecht. Doch von seinem Gehalt hätte er sich den Luxus, den er von Kindesbeinen an gewohnt war, unmöglich leisten können.

»Pfeif drauf, kauf dir Anzüge von der Stange und zieh in eine günstige Wohnung«, riet ich ihm. »Damit du nie wieder nach Hamburg kommen musst.«

Er verschwand unter der Decke. Seine Stimme drang kaum zu mir durch. »Und was wird aus uns?«

Es klopfte. Ein Page brachte Champagner und einen Imbiss. Als der Tisch im Wohnraum gedeckt war, hatte Phil sich angezogen.

Ich tat so, als ob ich seine Frage überhört hätte. Er kam inzwischen für meine Miete auf, mehr hatte ich nicht zugelassen. Nach wie vor traf ich andere Männer. Mit wem er schlief, war mir gleichgültig.

Seine bedrückte Miene machte mir klar, dass wir ein Problem hatten. Nun begriff ich auch, warum er ständig versuchte, mich zu fotografieren. Ich war ihm bei jeder Gelegenheit ausgewichen. Es half nichts, er glaubte allen Ernstes, dass wir eine Beziehung führen würden. Schlimmer noch, er ließ sich von seiner Familie abkanzeln, um mich und seinen eigenen Lebensstandard zu halten. So konnte es nicht weitergehen.

»Ist es aber«, erwidert Lisa. »Ihr habt euch regelmäßig gesehen und eines Tages hast du ihn in Köln besucht.«

Ich klettere wieder auf den Barhocker. »Ja. Auf Phils Rat hin hatte ich erneut die Schulbank gedrückt und das Fachabitur bestanden. Dass ich seine Einladung angenommen habe, werde ich für den Rest meines Lebens bereuen.«

»Warum?«

»Er hat mich eingesperrt. Draußen auf dem Land, wo uns niemand hörte. In den Wochen zuvor hatten wir uns oft am Telefon gestritten, weil er wie eine Klette an mir hing. Es ging um ›meine‹ Männer und um mein viel zu freies Leben. Ausgerechnet er, der mir zum Abschied immer große Geldscheine zusteckte, spielte den Moralapostel. Ich ertrug seine Vorhaltungen nicht mehr. ›Ihr habt doch jetzt eine Hotline für die Zuschauer‹, würgte ich ihn ab. ›Soll ich die Nummer anrufen und dein Gejammer abspielen? Bin gespannt, was deine Kollegen davon halten. Oder dein Chef. Hat der eigentlich Humor?‹ Phil flippte aus. Er hat wirklich geglaubt, dass ich seine Tirade aufgenommen hätte.«

»Hast du?«, fragt Lisa.

»Leider nicht. Aber ich traf eine Entscheidung. Ich reiste zu Phil, weil er mich so lange unterstützt und eine Aussprache verdient hatte. Es sollte zugleich ein Abschied sein.«

»Ließ er dich nicht gehen?«

»Beim Essen muss er etwas in mein Glas geschüttet haben. Ich nickte am Tisch ein und weiß nicht, wie ich in dieses Haus gekommen bin. Wir waren allein dort. Als ich zu mir kam, lag ich auf einem Bett. Darüber war ein Baldachin gespannt.«

Ich erzähle Lisa von dem Abend, an dem das Martyrium begann. Phil reagierte sich mit Ohrfeigen an mir ab und zerfetzte meine Kleidung. Es war Herbst, doch ich bekam keine Decke.

Er nahm sich das, was er für sein Recht hielt. Zum ersten Mal, seit der schmierige Detektiv mich vergewaltigt hatte, tat es weh. Mit den Tropfen, die Phil mir einflößte, verschwanden die Schmerzen und ich schlief wieder ein. Viele Stunden. Währenddessen ging er zur Arbeit.

Zwischendurch gab es klare Momente. Er wollte unbedingt wissen, ob es diese Sprachaufzeichnung gab und wo ich sie versteckt hatte. Dass er auf einen Bluff hereingefallen war, durfte er keinesfalls erfahren. Was hätte dieses Tier mir sonst wohl angetan? Darum erfand ich ein Diktiergerät, das ich nie besessen habe, und einen kleinen Chip, den angeblich eine Freundin für mich aufbewahrte.

Dass die Wirkung der Tropfen nachließ, verschwieg ich Phil. Eines Tages erwachte ich, bevor sich sein Schlüssel in der Haustür drehte. Mit aller Kraft warf ich einen Stuhl ins Schlafzimmerfenster. Der Wind blies mir ins Gesicht. Dann war ich frei! Vor mir stand ein Baum, an dem noch die letzten verschrumpelten Äpfel hingen und der mir seine Äste entgegenstreckte. Ich kletterte hinein, rutschte den Stamm hinab. Ringsherum fielen Schneeflocken.

»Muss kalt gewesen sein«, ruft Henriette von der Polsterbank.

Ich hatte sie und Giovanni vergessen. Sie hat seine Beine auf ihre gebettet.

»Stimmt«, rufe ich zurück. »Im Bademantel und barfuß bin ich querfeldein gerannt, bis zu einer Landstraße. Ein Auto hielt an.«

Henriette macht große Augen. »Hat Kerstensen dich eingefangen?«

»Nein. Am Steuer saß eine Frau, die für einen Pflegedienst arbeitete. Sie brachte mich zu einem Frauenhaus. Dort bekam ich etwas zum Anziehen, warme Mahlzeiten und ein Bett. Aber wenn ich geblieben wäre, hätte ich zur Polizei gehen und Phil anzeigen müssen. Ihn, den die Betreuerinnen abends vor dem Fernseher anhimmelten? Die hätten mir kein Wort geglaubt. Darum habe ich von meinen Mitbewohnerinnen Geld zusammengeschnorrt. Ein paar Euro hatten sie alle. Der Bahnhof war nicht weit.«

»Wohin bist du gefahren?«, fragt Lisa.

»Kurz nach Hamburg. Ich beschattete meine eigene Wohnung, ehe ich mich hineintraute und schnell die wichtigsten Sachen packte. Drei Stunden später ging es nach Berlin. Im Zug habe ich von einem normalen, anständig bezahlten Job geträumt.«

»Warum wurde nichts daraus?«, will Henriette wissen.

»Für jede Stelle brauchte ich eine Adresse und ein Gehaltskonto. Doch bei Vermietern und Banken hätte ich meinen Ausweis vorzeigen müssen. Sollte ich es Phil so leicht machen? Ich wusste ja, dass er überall Leute kannte, die ihm bereitwillig erzählten, was er wissen wollte. Entweder freiwillig, weil sie geschmeichelt waren, dass ein Promi sie anrief und seinen geballten Charme spielen ließ. Oder er hatte bei seinen Recherchen etwas entdeckt, womit er sie unter Druck setzen konnte. Banker, Juristen, Politiker, sicher auch Menschen, die auf dem Wohnungsmarkt die Strippen zogen. Jeder packt aus, bevor es ihm selbst an den Kragen geht, und Phil war nicht zimperlich. Wie weit er ging, um seinen Willen durchzusetzen, hatte ich am eigenen Leib erlebt. Und ich hatte ihn mit meiner Lüge, die einer Laune entsprungen war, an seiner empfindlichsten Stelle getroffen.«

»Verstehe.« Lisa ballt die Hand zur Faust, führt sie an den Mund, lässt sie wieder sinken. »Du hattest Angst und bist untergetaucht. Und dann?«

In diesen schwarzen Tagen war Diana meine Rettung. Verstört und so gut wie pleite rief ich sie aus einem billigen Berliner Hostel an. Meine Hamburger Kosmetikerin telefonierte mit allen Kundinnen, die Verwandte oder Freunde an der Spree hatten. Eine zahlte ihrer Tochter die Studentenwohnung, doch das Kind war trotzdem chronisch knapp bei Kasse. Es hieß Janine und vermietete mir unter der Hand ein kleines Zimmer.

Kurz darauf nahm sie mich zum Kellnern auf eine Party mit. Niemand fragte nach meiner Steuernummer, aber die miese Bezahlung für zwölf Stunden Arbeit war ein Schock. In der Küche arbeiteten Leute, die offiziell genauso wenig hier waren wie ich und die Abschiebung in ein krisengeschütteltes Heimatland fürchteten.

Putzen und das Verteilen von Werbezetteln wurden auch bar bezahlt. In einem Jahr erwischte die Grippewelle viele Klofrauen auf dem Weihnachtsmarkt. Alle, die den Job wollten, bekamen abends ihre Geldscheine. Von denen habe ich monatelang gelebt.

Lisa schaut skeptisch drein. »Und von dort hast du es in die Grunewalder Millionärskolonie geschafft?«

»Über Umwege.«

Liebend gern wäre ich bei Janine geblieben. Sie kochte für uns beide und klönte mit mir. Stundenlang.

»Habt ihr euch verkracht?«, fragt Henriette.

»Nein. Sie verliebte sich.«

Ob es Zufall war? Kaum vier Wochen, nachdem Janine ihren Freund kennengelernt hatte, flog er aus seinem Wohnheim. Kurz vor Weihnachten gab es im Liebesnest für mich keinen Platz mehr. Alle Hostels waren ausgebucht.

Ich ging in ein Internetcafé und loggte mich in einem Dating-Portal ein. »My Sugardate« war neu und schwer angesagt. Keine Stunde danach landete eine Einladung in meinem virtuellen Postfach. Sie kam von einem Börsianer, der rund um die Uhr schuftete und während der Feiertage nicht allein sein wollte. Ich verbrachte sie mit ihm in einem verschneiten Schweizer Chalet. Wir flogen im Privatjet heim. Ich trug einen Pelzmantel, den mein Sugardaddy bezahlt hatte und den ich sofort ins Pfandhaus brachte. Um keinen Preis wäre ich in dem Fell, das ein Tier gewärmt hatte, weiter herumgelaufen.

Andere Männer waren fantasievoller. Viel später traf ich einen ganz besonderen. Als wir uns kennenlernten, fragte er gleich, ob er mir einen Herzenswunsch erfüllen könne. Einen Flakon »Le temps de la Vanille« hat er schon bei unserem zweiten Date in meinen Schoß gelegt. »Zum Valentinstag«, flüsterte er.

Ich schmunzelte, weil er ausgerechnet Valentin hieß.

*

Seine Aufmerksamkeiten taten mir gut, denn hinter mir lag eine harte Zeit. Zwei Jahre nach meinem Rauswurf bei Janine verschwand Diana ohne ein Wort der Erklärung. Ihr Telefonanschluss war abgemeldet, auf schriftliche Nachrichten reagierte sie nicht. Die Sorge wog schwerer als meine Enttäuschung. Ich fuhr zu Janine, denn ihre Mutter war immer noch Dianas Stammkundin.

Meine ehemalige Vermieterin zog mich in die Wohnung. Sie wollte nicht, dass die Nachbarn mithörten. Diana war einem Verbrechen zum Opfer gefallen. Die Hamburger Boulevardzeitungen hatten schaurige Details veröffentlicht. Von dem Schal, mit dem der Täter sie erdrosselt hatte, gab es ein Foto. Dunkelblaue Wolle, solide Qualität. Phils Stil.

Das Fotoshooting in Berlin war erst wenige Monate her. Und Janine klagte über einen Einbruch. Es war nichts Wertvolles weggekommen, ihr Freund lebte offiziell woanders, darum ging sie nicht zur Polizei. Sie war nur sauer, weil jemand ihre Wohnung durchwühlt und alle Zettel von einer Pinnwand geklaut hatte.

»Du glaubst, dass Phil Kerstensen dahinter steckte?«, fragt Lisa.

»Ja. Er allein. Dazu war er imstande. Ich kann mir nicht vorstellen, dass er den Job einem Fremden überlassen hätte. Einer wie er, den alle Welt kannte, hätte sich erpressbar gemacht.«

Von da an war die Angst mein ständiger Begleiter. Statt länger das süße Sugarbabe zu mimen, löschte ich mein Profil in dem Dating-Portal und verkaufte meine teuren Klamotten. Von dem Geld lebte ich wieder eine Weile, und vom Pfand aus den Supermärkten. Das bekam ich für die leeren Flaschen, die ich in den Mülleimern am Straßenrand und in einem großen Park fand.

Einige Monate nach dem Einbruch war ich pleite und mein Verstand meldete sich zurück. Selbst wenn Phil aus Diana herausgepresst hatte, wo ich in Berlin untergeschlüpft war: Weder sie noch Janine kannte meine aktuelle Adresse. Ich hatte eine Weile in der Zweitwohnung eines Managers gelebt. Als er sie verkaufte, bezog ich ein billiges Plattenbau-Zimmer in Marzahn.

Ein weiteres Mal ging ich online, nannte mich Sheila und legte mir ein neues Profil zu. Mit einem anderen Foto, auf dem eine dunkelhaarige Frau zu sehen war.

»So hat Valentin dich kennengelernt«, sagt Lisa.

Es stört mich, dass sie davon weiß. Doch ich hätte es mir denken können. Er plaudert gern über Privates, wenn er Klienten für sich gewinnen will. Logisch, dass er die erfolgreiche Masche an einer einsamen Kommissarin ausprobiert hat.

Wir trafen uns im richtigen Moment. Phil moderierte damals eine Talksendung, die in ganz Deutschland ausgestrahlt wurde, und ich sah ihn ständig auf der Mattscheibe. Plötzlich war der Mann, den ich mühsam aus meinen Gedanken verdrängt hatte und der bis dahin nur im Regionalfernsehen aufgetreten war, wieder in meinem Leben.

Eines Abends ging es in seiner Sendung um eine Abhöraffäre. Ein Autohersteller prozessierte gegen seinen Mitarbeiter, der vertrauliche Gespräche aufgenommen hatte. Phil fragte den Vorstandsvorsitzenden aus, neutral wie immer. Dann veränderte sich sein Gesicht.

»Für Verräter habe ich kein Verständnis«, knirschte er und seine Augen verengten sich zu Schlitzen. »Die gehören hinter Schloss und Riegel.« An seiner Schläfe pochte eine Ader. Durch die randlose Brille starrte mich ein kalter, harter Blick an. Er winkte einem Mann, der sein Wasserglas nachfüllen musste. In der folgenden halben Stunde noch dreimal.

Phil hatte mich nie vergessen, würde bis an sein Lebensende hinter mir her sein.

»Hast du Valentin deshalb geheiratet?«, fragt Lisa.

Zuerst hatte ich seinen Antrag abgelehnt. An seiner Seite würde es mit der Freiheit, um die ich hart gekämpft hatte, vorbei sein. Er wünschte sich Kinder, und ich wusste, welchen

Preis meine Mutter gezahlt hatte. Mit Jackie, unseren Brüdern und mir steckte sie in einer Einbahnstraße fest.

Valentin ließ nicht locker, schickte Rosen und schrieb mir rührende Chatnachrichten. Am Tag nach Phils Talkrunde lud er mich in seine Villa ein. Eine Kamera überwachte den Eingang zum Immobilienbüro und zu seiner Wohnung im Obergeschoss.

Hier war ich sicher. Und Phil würde nie erraten, dass seine Caro sich in eine respektable Frau Alshuth verwandelt hatte. Ich sagte Ja.

Leider wollten Valentins Eltern keine Schwiegertochter, die nicht mal halb so alt wie ihr Sohn war. Wir sparten uns Diskussionen und entschieden uns für eine Hochzeit in Cottbus, weil es da ein schönes Trauzimmer gab. Das hatte mir vor langer Zeit ein Standesbeamter aus dieser Stadt erzählt. Es gab nur einen Haken. Bei der Anmeldung mussten wir Abschriften aus den Geburtenregistern unserer Heimatstädte vorlegen. Meine Unterlagen ließen ewig auf sich warten.

In Cottbus haben wir ausdrücklich darauf hingewiesen, dass unsere Trauung nicht veröffentlicht werden sollte. Mirko Röhm erklärte uns zu Mann und Frau. Dass wir uns aus einem Fotostudio kannten, nahm Valentin gelassen hin. Zwischen Mirko und mir ist nie etwas gelaufen, und er glaubte mir das.

*

Zwei Jahre später hörte ich im Radio von einem Mann, der in Sichtweite des Cottbusser Schlosses erstochen worden war. Hektisch suchte ich im Netz nach mehr. Da war von einem Standesbeamten die Rede, der gerade seinen 27. Geburtstag gefeiert hatte.

Die Ehe, von der ich mir Schutz versprochen hatte, kostete Mirkos Leben. Denn ich hatte einen Fehler begangen. Wegen der ausbleibenden Papiere hatte ich beim Hamburger Standesamt Druck gemacht: »Die brauche ich dringend. Ich möchte heiraten. In Cottbus.« Dabei wusste ich, welche Verbindungen Phil überall hatte. Sicher auch zu den richtigen Menschen in seiner Heimatstadt. Vielleicht hat er von denen sogar meine Adresse in der Plattenbau-Siedlung erfahren. Dort kam bald der Umschlag an, auf den ich sehnlichst gewartet hatte. Wenigstens war ich schlau genug, um sofort auszuziehen.

Mirko trainierte Karate, wie Dennis Kleibaum. Sie trafen sich bei Wettkämpfen und manchmal besuchten sie sich. Dennis hatte Mirkos Handy- und seine Festnetznummer. Anders herum wird es genauso gewesen sein. Ich fürchte, dass Mirko die Kontaktliste seines Smartphones preisgeben musste. Mit einem Messer an der Kehle? Phil wird darauf eine Berliner Nummer entdeckt haben. Mag sein, dass er sie für meine gehalten hat. Doch sie gehörte Dennis, den ich ebenfalls beim Fotoshooting kennengelernt hatte.

Damals war er nur ein eitler Medizinstudent gewesen. Nachdem er den Fahrschul-Flyer auf seiner Facebook-Seite gepostet hatte, tischte ich ihm eine herzzerreißende Räuberpistole über meinen eifersüchtigen Freund auf. Er willigte ein, den Beitrag zu löschen. Wenn ich vorher mit ihm segeln ging.

Wider Erwarten gefiel es mir. Auf dem Wasser fühlte ich mich frei. Darum hat er mich immer wieder mitgenommen, auch später, als er sich ein eigenes Boot leisten konnte. Bei jedem Wetter hielt ich am Bug das Gesicht in den Wind. »Meine Gallionsfigur« nannte Dennis mich. Er hat aber nie meine Adresse erfahren und dass ich heiratete, verschwieg ich ihm.

Wann hat Phil ihn über Bord geworfen? Als Dennis ihm verraten hatte, dass ich noch in Berlin war, und er nicht mehr aus ihm herausbekam? »Aufgeben« war ein Fremdwort für Phil. Er hatte die meisten Karten ausgespielt und setzte alles auf eine.

Was er vorhatte, erfuhr ich aus der Zeitung. Ich blätterte darin, während ich mir in einem Café die Zeit vertrieb. Valentin hatte ich weisgemacht, dass ich einen Termin für die nächste Kinderwunsch-Behandlung hätte. Mein Stück Sahnetorte blieb mir im Hals stecken, als ich Phils Gesicht sah. »Vom Rhein an die Spree« stand darüber und dass er neuer Moderator beim »Abendblick« werden würde.

Ich rief sofort ein Taxi.

»Wohin wolltest du?«, fragt Lisa.

»Nach Hause, um meinem Mann alles über meine Vergangenheit zu erzählen. Unterwegs erreichte mich eine seiner zahllosen Nachrichten. Abends würde er wieder nicht da sein. Er musste nach Usedom, wo sich die Fertigstellung eines Rohbaus länger hinzog. Eine Ferienanlage, in die er Geld investiert hatte. Er wollte den Handwerkern Dampf machen und über Nacht bleiben. Da wusste ich, dass er mich nicht vor Phil beschützen würde. Für Valentin war der Job am wichtigsten. Ich packte.«

Lisa stemmt die Hände in die Hüften. »Du hast ihn ohne eine Erklärung sitzenlassen?«

Aha, er hat sich bei ihr ausgeheult. Hat er ihr verraten, dass er sofort die Scheidung verlangte, und warum? In der Eile hatte ich die Schachtel mit der Antibabypille vergessen. Sie lag in meinem Nachtschränkchen.

Vielleicht hat er trotzdem gehofft, dass ich eines Tages zurückkehren würde, und deshalb nicht gleich unser Hochzeitsfoto von der Wand genommen. Phil muss es auf dem Weg ins Penthouse entdeckt haben. Dort dürfen vielversprechende

Klienten übernachten. Die Treppe nach oben führt durch Valentins Wohnung.

Für Phil wird ein Makler, der selbst zwischen den Millionärsvillen im Grunewald lebt, allererste Wahl gewesen sein. Nicht nur, weil er weiter standesgemäß logieren wollte. Von jemandem, der mit Promis und reichen Leuten auf Du und Du steht, hat er sicher andere Dinge erwartet. Informationen für seine Arbeit und sogar über mich.

Mein Mann hat sich den Allerwertesten aufgerissen, um für den prominenten Neuzugang in seiner Kartei ein angemessenes Domizil zu finden. Als der Kaufvertrag unterzeichnet war, hatte Phil tausend Sonderwünsche. Valentin sollte sie erfüllen und lud ihn übers Wochenende ein, um die Pläne zu besprechen.

»Woher weißt du das?«, hakt Lisa nach.

»Valentin hat es mir erzählt.«

»Wann?«

»Nach meiner Rückkehr.«

Sie mustert mich mit schmalen Augen. »Geht das auch genauer?«

Na schön, Lisa. Hoffentlich hast du wirklich starke Nerven. Der Rest der Geschichte wird dir nicht gefallen.

Es war Frühling in Puerto Portals und die ersten Urlauber eroberten die Terrasse des »Sunshine«. Elisa, die dort seit einer Ewigkeit bedient, brachte mir ein Stück Mandelkuchen. »Darf ich?«, fragte sie und zeigte auf einen freien Stuhl.

»Sicher. Was gibt's?«

Ich wusste sofort, wer der Mann war, der mich angeblich besuchen wollte. Schnell legte ich einen Geldschein auf den Tisch und hetzte in Valentins Immobilienbüro. Dahin hatte Phil sich offenbar nicht getraut. Hatte er Angst, dass die Mitarbeiter ihren Chef anrufen würden?

Wieder zog ich um. Nun musste ich Miete zahlen. Das Guthaben auf meinem Konto schmolz. Ende April buchte ich einen Rückflug nach Deutschland.

»Wo bist du untergekommen?«, fragt Lisa.

»Rate mal.«

Sie zuckt die Achseln.

»Ich war nah an dir dran. Sehr nah. Sogar deine Stimme habe ich gehört. Und die einer anderen Frau. Sie klang jünger als deine.«

Ihre Augen weiten sich. »Du hast dich im Grunewald versteckt?«

»In letzter Zeit hat Valentin seine Übernachtungsgäste im Hotel einquartiert. Na, fällt der Groschen jetzt?«

»Meine Kollegen haben das Penthouse auf den Kopf gestellt und keine Spur von dir gefunden!«

»Die Putztruppe, die Valentin nach deinem Besuch engagiert hat, kann ich wärmstens empfehlen. Äußerst zuverlässig, sogar an einem Sonntagabend. Nur schade, dass wir die geblümte Récamiere nicht mehr einweihen konnten. Sie hatte eine elendig lange Lieferzeit.«

Lisa ballt die Hände zu Fäusten. Ihre Fingerknöchel erinnern mich an meine, während ich ein Kind war. Ich steckte sie in den Mund, wenn ich lieber heulen wollte. Schlechte Angewohnheit.

»Ein Geschenk zur Versöhnung«, lege ich nach. Mit der Zungenspitze befeuchte ich meine Lippen, streiche die blonden Locken zurück. Mein Busen hebt sich. Die Gesten beherrsche ich im Schlaf. »Möchtest du Details hören? Ich weiß, wie ich einen Mann rundum zufriedenstellen kann.«

Lisa springt von ihrem Barhocker. Er wackelt, fällt ihr in den Rücken. Sie stolpert vorwärts, auf mich zu.

Ich ramme ihr den Pistolengriff in die Schläfe. Sie kippt um und im gleichen Moment knallt es.

Eine Kugel hat sich gelöst. In der halbhohen Wandvertäfelung klafft ein Loch. Haarscharf neben der Polsterbank, auf der Giovanni weggedöst ist.

Henriette schreit.

Lisa hockt am Boden. Sie muss einen Schädel aus Stahl haben, den sie mit beiden Händen stützt und gegen die Theke lehnt. Dann rappelt sie sich auf.

»Blöde Kuh«, brüllt Henriette.

Lisa glotzt sie an.

»Nicht du«, ruft Henriette. Sie setzt Giovannis Bein ab und will mir auf die Pelle rücken.

»Bleib stehen«, sage ich laut und richte die Waffe auf ihre Brust.

Sie lächelt spöttisch, zieht ihr T-Shirt über den Kopf und lässt es fallen. Darunter trägt sie einen schwarzen BH, den ich unter ihrer knallbunten Kleidung nicht erwartet hätte. Halb durchsichtig, mit einem Rautenmuster, Spitze an den Rändern und einer kleinen weißen Schleife. Schickes Teil. Es umschließt eine pralle Oberweite. Henriette hat eine tolle Figur, obwohl sie einige Jahre älter als Lisa sein muss.

»Striptease?«, frage ich irritiert.

Immer noch lächelnd wendet sie sich ab, hakt den Verschluss am Rücken auf und fischt etwas aus dem Stoff. Es segelt durch die Luft und landet auf der Theke. Gummiartig, Hautfarben und so groß wie eine Brust. In der Mitte hat es einen Nippel.

»Meine Prothese«, sagt Henriette und dreht sich wieder um.

AUFGEFANGEN

HALBNACKT und regungslos steht sie da. Wie eine Amazone aus den griechischen Sagen, die Lisa als Jugendliche geliebt hat. Die antiken Kriegerinnen sollen ihren Töchtern die rechte Brust weggebrannt haben. So ließ sich ein Bogen leichter spannen.

»Zieh dir was über«, faucht Caroline.

Henriette grinst frech. »Kannst du den Anblick etwa nicht ertragen?«

Lisa sieht nach dem Schlag mit der Pistole alles doppelt. Trotzdem entgeht ihr Carolines Zittern nicht.

Henriette legt die Hände hinter ihren Kopf. Eine lange Narbe tritt hervor. Sie verläuft von der rechten Achselhöhle über den Rippenbogen abwärts. Dort, wo früher eine Brust war.

Lisa hatte die Stelle zum ersten Mal in der Umkleidekabine eines Sanitätshauses gesehen. Tapfere Amazone? Von wegen. Ihr waren die Tränen gekommen und Henriette hatte sie rausgeschickt.

Mittlerweile hat sie ihre alten Büstenhalter weggeworfen.

In aller Ruhe nimmt sie die Silikonprothese vom Tresen und schiebt sie an ihren Platz. Eine Tasche im Stoff, von außen nicht zu erkennen.

»Schönheit ist vergänglich«, sagt sie. »Hilfst du mir mit dem Verschluss?«

Caroline tritt einige Schritte zurück.

Henriette folgt ihr. »Bleib sitzen«, zischt sie Lisa zu.

In Carolines Gesichtsausdruck mischen sich Abwehr und Ekel. Doch die Wand ist hinter ihr. Sie schiebt die Pistole in den Bund ihrer weißen Hose und knurrt: »Halt still«.

Beim dritten Versuch haken die Metallösen ein.

»Wie hält dein Freund das aus?«, fragt sie angewidert und presst ein Handgelenk gegen die Nase. Ihr Atem geht stoßweise.

»Der, mit dem ich damals zusammenlebte, schaute im Krankenhaus an die Decke. Noch ehe ich entlassen wurde, packte er seine Sachen.«

»Und dieser hier?«

»Die Frau ist ihm wichtiger als der Busen.« Henriette schlüpft in ihr T-Shirt und eilt durch den Raum, in dem sie sonst das Regiment führt. Sie haucht einen Kuss auf Giovannis geschlossene Lider.

Er reagiert nicht.

Sie betastet seine Stirn, überprüft seinen Pulsschlag am Handgelenk. Ihr grimmiger Gesichtsausdruck verschwindet, weicht Erschrecken und Hilflosigkeit. »Er hat Fieber und muss zum Arzt!«

Caroline zieht wieder die Pistole und richtet sie auf Henriette. »Vergiss es.«

Lisa presst ihre Faust gegen die hämmernde Schläfe. »Du hast mich. Lass die beiden laufen.«

»Damit sie deine Kollegen rufen? Kommt nicht infrage. Wir hatten eine Abmachung. Meine Geschichte gegen deine. Warst du mit Valentin im Bett?«

Mühsam zieht Lisa sich an der Theke hoch und wankt zum Kühlschrank. Lichtblitze tanzen vor ihren Augen, aber sie trifft den Knopf, der die Produktion von Eiswürfeln in Gang setzt. Die meisten lässt sie in ein Küchentuch fallen, das sie mit schleppenden Schritten zur Polsterbank trägt.

Henriette schaut sie dankbar an und presst den frischen Eisbeutel gegen Giovannis Bein.

Den nächsten füllt Lisa für sich. Das feuchtkalte Tuch vertreibt ihre Benommenheit.

»Fast«, antwortet sie und bleibt hinter der Theke, die ein wenig Schutz verspricht.

»Was heißt das?«

»Er wollte. Ich auch. In den ersten Momenten. Dann bin ich aufgewacht.«

»Red endlich Klartext!«

»Dein Mann hat mich an einen anderen erinnert. Einen, der mich in teure Restaurants ausführte, mit auf die Seychellen nahm und mir alles kaufte, was ich haben wollte. Dummerweise verlor ich mein Herz an ihn. Und ein Baby. Da begriff ich, dass ich für solche Kerle immer ein Spielzeug bleiben würde.«

»Solche Kerle?«

»Sie zahlen für einen makellosen Körper. Die Frau ist ihnen gleichgültig.«

»So einer ist Valentin nicht!«

»Doch. Ich habe vor ihm gestanden wie Henriette vor dir. Mit sämtlichen Schönheitsfehlern, die ich in meinem Alter nun mal habe. Hier eine Narbe, dort Muskeln an den falschen Stellen. Nach über vierzig Jahren hat meine Haut die ersten Falten, bei allem Sport, den ich treibe …«

»Wie hat er reagiert?«

»Als das Licht anging, hat er sich zur Wand gedreht.«

»Weil er etwas Besseres haben kann. Mich.«

»Willst du dich in zehn Jahren für ihn unters Messer legen?«

»Wenn's sein muss. Ich hab ja keinen sicheren Beamtenjob.«

»Du bist gerade dreißig geworden. Phil Kerstensen ist tot. Für das, was er dir angetan hat, darfst du mildernde Umstände erwarten. Du wirst nicht allzu lange in Haft sein und kannst bald dein eigenes Geld verdienen.«

»Wer stellt wohl eine Frau ein, die im Knast war?«

»Handwerker, Hoteliers und Kneipenbesitzer suchen dringend Leute.«

Caroline tippt sich an die Stirn. »Lange Arbeitszeiten, unterirdische Bezahlung.«

»Willkommen im Leben«, tönt es von der Polsterbank.

Caroline fährt herum.

»Dafür wärst du frei«, ruft Henriette, »und keine Gallionsfigur auf einem fremden Boot mehr.«

Caroline hebt die Pistole. Ihr Zeigefinger krümmt sich um den Abzug.

Lisa gibt ihre Bastion hinter der Theke auf. »Willst du wissen, woher ich Männer wie Valentin so gut kenne?«

»Raus damit!«

Sie räuspert einen Kloß in der Kehle weg und kämpft den Wunsch nach einem Whiskey nieder. Hinter ihr steht eine Flasche ihrer Lieblingssorte. Nein. Bloß nicht. Auf Carolines Stirn glänzt Schweiß und sie kneift ein Auge zu. Wie eine Jägerin, die auf ein Reh anlegt.

»Ich war eine wie du«, sagt Lisa hastig. »Wären wir gleichalt und beide aus Hamburg, hätten wir uns in einem dieser Kosmetikstudios begegnen können. Du musst ja ständig hin, wenn du deine Lippen aufspritzen lässt. Tut weh, stimmt's?

Und wenn die Bikinizone glatt wie ein Babypopo ist, fühlt sich unten herum alles wund an. Später steigst du in einen scharfen Slip oder eine Korsage. Das Zeug schleppst du stets in Aldi-Tüten nach Hause, weil dein Vermieter dich sonst rausschmeißen würde. Du ziehst ein enges Kleid drüber, ehe du dein nächstes Date mit einem Kerl hast, der dein Vater sein könnte …«

»Du warst ein Sugarbabe?«, fragt Caroline ungläubig. Die Pistole zittert und der Lauf senkt sich.

»Den Begriff kannte damals niemand. Ich habe die Männer auch nicht auf dubiosen Portalen kennengelernt, sondern live. Die Adressen der Bars, in die sich welche mit Geld verirrten, wurden von Frau zu Frau weitergereicht. Wir wussten, wo es sich lohnte und wo wir garantiert angesprochen wurden.«

»Und anschließend haben sie dich bei der Polizei genommen? Lächerlich!«

»Die Bars waren in Köln, nicht in Berlin.«

Caroline ballt die freie Hand zur Faust. Unter ihrem linken Auge zuckt ein Muskel.

»Hier weiß nur Henriette davon.« Lisa tauscht mit ihrer Freundin einen langen Blick. »Sie hat mich in ihrer Wohnung aufgenommen. Ohne jeden Vorbehalt. Wir haben die Küche, das Bad und unseren Alltag geteilt. Nach wenigen Wochen kannte ich sie besser als meine Mutter oder meinen Bruder.«

»Schön für euch.«

»Wir wären uns nie so nahegekommen, wenn Henriette in einer Villa logiert und mich in ihr Penthouse abgeschoben hätte.«

»Valentin hat mich nicht abgeschoben«, erwidert Caroline. »Er ist zur Besinnung gekommen und wollte mich vor Phil beschützen.«

»Wie bitte?«

»Nachdem ich ihm auf Mallorca entwischt war, ist er ständig in Valentins Büro aufgelaufen. Wir wollten nicht riskieren, dass von oben Geräusche zu hören waren oder die Angestellten sich verplapperten.«

»Du hast deinem Mann schließlich doch die ganze Wahrheit verraten? Dass du vor Kerstensen geflohen warst?«

»Ja. Sonst hätte er mich nach meiner Rückkehr nicht ins Haus gelassen. Ich machte ihm klar, dass er sowieso mit drinhing. Phil würde mich weiterhin suchen und eines Tages hinter vorgehaltener Hand meinen Namen nennen. Bei einem Empfang oder auf einer Party der Berliner Society ...«

»Hat Valentin die Waffe besorgt?«

»Nein, die hatte ich längst. Nach dem Einbruch bei Janine habe ich ein Training auf einem Schießstand absolviert. Dort wollte niemand meinen Ausweis sehen. Erst habe ich Munition in der Handtasche mitgehen lassen. Als ich genug gelernt hatte, bin ich während einer Pause mit der Pistole verschwunden. Sie lag jahrelang in einem Schließfach.«

»Wo ist sie jetzt?«

Caroline nimmt ihr Fläschchen aus der Tasche, zieht den Pfropf heraus. »Im Grunewaldsee.«

»Valentin hat für die Tatzeit ein Alibi«, sagt Lisa und setzt in Gedanken ein Puzzle neu zusammen. Manche Teile finden ihren Platz. »Was hat er gesagt, als er von Usedom zurück war?«

Schweigen.

»Ich nehme an, er war entsetzt.«

Caroline inhaliert Vanilleduft.

»Von einem Moment zum anderen war er mit einer Mörderin verheiratet«, fährt Lisa langsam fort und hebt einen von Henriettes silbernen Ohrringen auf. Er liegt neben einem

Ständer mit kostenlosen Postkarten. »Wäre die Nachricht durch die Medien gegangen, hätte er als Makler der Reichen und Schönen einpacken können. Au! Was soll das?« Sie taumelt und ein Wandhaken bohrt sich in ihren Rücken.

Caroline hat sie beiseite gestoßen und dringt in den schmalen Gang vor, der hinter die Theke führt. Sie inspiziert die Flaschen, greift nach dem teuersten Rotwein und schenkt sich ein Glas ein, das sie gierig leert.

Lisa findet an der rauen Holzvertäfelung ihr Gleichgewicht wieder. »Ich wette, du hast dir eingebildet, dass alles wie früher werden würde. Ein Leben an Valentins Seite, in eurer Wohnung. Die Nächte wolltest du an seiner Seite verbringen. Doch er hat dich bitter enttäuscht. Nachdem er wusste, dass du Kerstensen erschossen hast, musstest du erst recht im Penthouse bleiben. Obwohl er zeitweise völlig allein im Büro saß ...«

Das Glas kippt um. Caroline füllt es. Sie trinkt weiter, mit unsteten Blicken, die sie auf die Flasche heftet.

Durch die Wand und über das Parkett dringt ein schwaches Vibrieren zu Lisa vor. Oder ist das ihr Puls? Nein. Der schlägt ruhig und regelmäßig.

Caroline malt etwas auf die Tafel mit Giovannis Schrift. »Landwein, trocken« steht da und »Currywurst nach Art des Hauses«. Die Kreide quietscht, hinterlässt verwackelte Kreise mit Strichen und Punkten. Gesichter?

Sie wischt das Gekritzel ab, wirft den Schwamm angeekelt in die Spüle. »Falls Valentin mich im Stich lässt, wird er es bereuen.«

»Warum?«

»Er hat immer ein Glas Vitaminpillen bei sich. Ein paar habe ich ausgetauscht. Solange wir zusammen frühstücken, gebe ich ihm die richtigen. Allein wird er über kurz oder lang die falschen erwischen …«

»Was passiert dann?«, fragt Lisa alarmiert.

»Tja, ich bin kein Experte. Die Paternostererbsen habe ich online als Bastelmaterial bestellt und in eine Gewürzmühle geworfen. Sie sollen innen giftig sein. Wie sehr, hängt von der Dosis ab.«

Lisa kramt in ihren Erinnerungen. Sascha hat ihr von Pflanzengiften aus den Tropen erzählt und von schwarz-roten Perlenketten, an denen Kinder gelutscht hatten. Die meisten hatten sich hinterher erbrochen, doch ein kleiner Junge war gestorben.

Caroline ist beim dritten Weinglas angekommen. »Heute Morgen rief Valentin in aller Herrgottsfrühe an. Er behauptete, dass er sich mächtig ins Zeug gelegt habe. Aber du seist ihm davongelaufen und hättest die richtigen Schlüsse gezogen. Ich solle aus Berlin verschwinden.«

»Wohin?«

Caroline starrt ins Leere, nimmt die Kreide, legt sie hin.

»Aha, er hat sich abgeseilt. Ins Ausland, oder? Ohne dich. Glaubst du, dass du jemals von ihm hörst?«

Hektisch zieht Caroline ihr Smartphone aus der Hosentasche. Sie drückt auf eine Taste, lauscht.

Vergeblich.

Lisa deutet auf ihr eigenes, das ans Ende der Theke gerutscht ist und vor Caroline liegt. »Möchtest du es damit probieren? Er hat eine neue Nummer. Ich habe sie.«

Valentins Frau wirft ihr das Handy zu.

Lisa ruft den Kontakt auf, den sie ihrer Liste zuletzt hinzugefügt hat. Sie tippt auf das Telefonsymbol. Nichts passiert. Dafür nimmt sie das Vibrieren unter ihren Fußsohlen umso stärker wahr. Bewegungen, die das Parkett wie Funksignale weiterleitet.

Caroline, die auf Fliesen steht und das Weinregal inspiziert, scheint für ihre Umgebung blind und taub zu sein.

»Du hättest Valentin von Anfang an die Wahrheit sagen sollen«, sagt Lisa nachdenklich. »Dann wäre euch beiden sicher eine bessere Lösung eingefallen und ihr könntet wieder auf dieser Hollywoodschaukel sitzen. Oder Arm in Arm durch den Garten spazieren. Die Fotos hat dein Mann auf eine Fensterbank gestellt. Vor eurem Hochzeitsbild steht sogar eine Vase mit frischen Blumen.«

»In seinem Schlafzimmer?«

»Nein, in dem Raum mit der Heizungsanlage und der Waschmaschine. Dort hat er die Stoffhunde und deine anderen Sachen eingeschlossen, bevor er mich ins Haus gelassen hat. Muss eine Nacht-und-Nebel-Aktion gewesen sein. Für die Dinge, die ihm wichtig waren, hat er sich trotzdem Zeit genommen …«

Es knallt. Eine volle Flasche fällt aus dem Regal. Lisa weicht einer großen Scherbe aus, die vom Boden abprallt. Wein spritzt in alle Richtungen.

»Ich brauche ein Pflaster«, ruft Caroline schrill. Ihre weiße Hose färbt sich rot.

Henriette lässt Giovanni auf der Polsterbank zurück. Sie tritt neben Lisa und zeigt auf einen Schrank, in dem sie ihren Erste-Hilfe-Kasten aufbewahrt.

Caroline zerrt ihn heraus. Er entgleitet ihren bebenden Händen, kracht zwischen die Glassplitter. Der Inhalt landet auf den nassen Fliesen.

Fluchend geht sie in die Hocke. Sie legt die Pistole neben sich und reißt mit den Zähnen eine Packung Heftpflaster auf.

Henriette spielt nicht mehr aktiv Fußball, aber manchmal bolzt sie noch auf dem Tempelhofer Feld. Sie hat immer den linken und den rechten Fuß trainiert.

Mit links kickt sie die Dienstwaffe der Berliner Kripo hinter ihren Mülleimer für Essensreste.

Lisa wirft sich auf Caroline.

Aus den Toilettentüren stürmen Männer mit schwarzen Helmen. Und zwei, die nur schusssichere Westen über ihrer Kleidung tragen. Ben und Meinolf.

*

Kein einziger Schuss ist gefallen. Sie haben alle überlebt. Auch Giovanni. Auf einer Trage kommt er zu sich.

»Tut mir leid. Ich hab mich saublöd aufgeführt«, sagt Lisa zu ihm und Henriette.

»Ach, du auch? Lass uns bald darüber reden. Beim Aufräumen.« Die Freundin steckt ihr einen Schlüssel zu. »Ich fahre mit ins Krankenhaus. Da wird Giovanni bleiben müssen, und ich halte es heute Nacht allein nicht aus. Wir haben ein bequemes Sofa …«

Sie umarmt Lisa, ehe sie in den Rettungswagen steigt und sich auf den Sitz zwischen dem Fahrer und einem Sanitäter quetscht.

Lisa lehnt an der Tür zum »Café H.«, schaut dem Auto hinterher und ihren Kollegen bei der Arbeit zu. Lauscht den Stimmen aus den Funkgeräten, beobachtet Meinolf, der erleichtert seine unbequeme Weste über den Kopf zieht. Ihre Hand umschließt den Schlüssel. Sie hat Glück gehabt.

Caroline nicht. Sie hatte früh das Vertrauen zu anderen verloren und keine Gefühle mehr zugelassen. Wollte sich nie wieder ausliefern, war aus Angst in eine Rolle geschlüpft. Die Leere in ihrem Herzen hatte sie mit Geld und Luxusartikeln ausgeglichen. Ein tristes Leben. Nicht weit entfernt von Lisas eigenem, denn sie war selbst immer auf der Hut gewesen. Doch mit einem Job, der sie erfüllte, hatte es einen Sinn.

Sie wird um ihn kämpfen. Und für Henriette will sie da sein und alles gutmachen. Vielleicht kriegen sie es nicht ganz wie früher hin. Wenn schon. Von dem, was sie hatten, ist genug übrig.

In der Kantstraße wird sie unter die Dusche steigen. Ihr T-Shirt klebt und stinkt nach dem Rotwein, der auf die Fliesen geknallt ist.

Ehe die Handschellen klickten, hatte Caroline ihre durchweichte Hose hochgekrempelt. Die Haut war unverletzt.

»Kein Blut«, sagte sie verwundert.

Mag sein, dass sie ständig mit Schmerzen rechnet. Sie wurden ihr allzu oft zugefügt.

Eine warme Hand drückt Lisas Schulter. »Geht's wieder?«, fragt Meinolf.

Sie nickt. »Wissen die anderen Bescheid?«

Seine Stirn wirft Dackelfalten. »Jule ist sauer, weil sie im Büro bleiben musste.«

»Du auch?«

»Ich bin hier«, antwortet er und schnäuzt seine Nase. »Keine Sorge, bei nächster Gelegenheit ziehe ich dir die Ohren lang. Sei froh, dass meiner Frau die Nerven durchgegangen sind. Amelie hat uns auf Trab gebracht und deinen sprechenden Wellensittich in einem Baum entdeckt.«

Mit einem Schlag wird es auf dem Savignyplatz dunkel. Am frühen Abend, mitten im Juli.

Meinolf fängt Lisa auf.

Nasen, die was taugen

Er bringt sie nach Hause. Ihr Fahrrad haben sie angekettet, das kann sie sich morgen oder übermorgen holen. Nur die Lederjacke hat er vom Gepäckträger genommen und um ihre zitternden Schultern gelegt.

»Danke, Meinolf.«

»Ben hat die Jacke zuerst gesehen. Und das offene Toilettenfenster.« In dem Moment war ihnen klar gewesen, dass Lisa in der Tinte saß.

Meinolf hatte auf das »Mittagspause«-Schild gestarrt und jedes Zeitgefühl verloren. Wann war das Spezialeinsatzkommando angerückt?

Bis zur Steinmetzstraße verfolgen ihn die Bilder. Lisa, die auf der Täterin lag und die Schnittwunde an ihrem Unterarm nicht bemerkte. Ben hat einen Glassplitter herausgezogen, das Blut abgewischt und ein Pflaster draufgeklebt.

Schluss jetzt, denkt Meinolf. Irgendwann wird dieser Tag seinen Schrecken verlieren. Hoffentlich auch für Lisa, die kreidebleich an ihren Fingerknöcheln knabbert.

Vor dem Haus, in dem sie wohnt, parkt er auf dem Bürgersteig. Er hilft ihr aus dem Auto, stützt sie auf der Treppe. Fehlt noch, dass sie wieder umkippt.

Küchenfenster und Vogelkäfig sind verschlossen. Udo hockt auf der Stange, die am weitesten von der Luke entfernt ist.

Lisa rollen Tränen über die Wangen.

Meinolf gibt ihr sein letztes sauberes Taschentuch. »Wir nehmen deinen Piepmatz mit. Welche Sachen brauchst du?«

Sie geht in den Flur, leert kopfüber eine blau-weiße Korbtasche aus und wirft eine Tüte Vogelfutter hinein. Ihr Schlafzimmer betritt sie zögernd, hebt Wäsche vom Boden auf und lässt sie fallen. »Ich leihe mir was von Henriette.«

Den Käfig trägt sie selbst zum Wagen, stellt ihn auf die Rückbank und setzt sich daneben.

Etwas später wuchten sie das Monstrum auf den Tisch im Esszimmer von Henriette. Neulich gab es dort Lasagne.

»Du hast sicher Hunger«, sagt Meinolf. »Soll ich Pizza für zwei bestellen?«

»Lass mal.«

»Amelie weiß, dass ich bleibe, bis Henriette kommt.«

Lisa zieht eine Grimasse, die entfernte Ähnlichkeit mit einem Lächeln hat. Sie biegt um die Ecke, macht sich in der Küche zu schaffen und bringt Meinolf einen Teller mit belegten Broten.

»Willst du nichts?«, fragt er.

»Nee.«

Ist das der Schock? Oder dämmert ihr schon, was sie im Büro erwartet? Morgen wird Theo sie in sein Allerheiligstes zitieren. Er ist wieder halbwegs fit. Kann nicht lange dauern, bis er eins und eins zusammenzählt. Die Methoden, mit denen Lisa den Fall Kerstensen aufgeklärt hat, sind meilenweit von den Dienstvorschriften entfernt. Hoffentlich drehen sie ihr in der Chefetage daraus keinen Strick.

Sie erhebt sich, holt eine Whiskeyflasche aus Henriettes Schrank und schenkt zwei Gläser ein. Eins doppelt so hoch wie sonst und eins mit einer Pfütze. »Du musst ja noch fahren.«

Sie stoßen an. »Zuerst du«, sagt sie.

*

Er erzählt ihr, wie er vom Bahnhof Südkreuz zum Kriminaltechnischen Institut am Tempelhofer Damm gefahren war. Sascha war auch dort. »Nimm dir den Hund vor«, hatte Meinolf ihm zugerufen und den Stoff-Beagle aus der blauen Plastiktasche gezogen.

»Wonach suchen wir?«

»DNA-Spuren, die ihr vermutlich in der Küche von Philipp Kerstensen sichergestellt habt.«

Ein langgezogenes Pfeifen durch die Zähne hatte Meinolf beruhigt. Sascha würde alles andere liegenlassen. Die Strickjacke und die Haarbürste sackte er mit ein.

Für eine Mittagspause hatte die Zeit nicht mehr gereicht. Zwischen dem Wittenbergplatz und der Keithstraße war nur ein Umweg zu seiner Lieblingsbäckerei drin gewesen. Im Laufen hatte Meinolf anderthalb Puddingteilchen verdrückt. Dann rief Elena an und sein Appetit war futsch.

»Wo steckst du?«, schimpfte sie. »Theo ist wieder da und will den Ermittlungsstand wissen. Sofort.«

Er legte noch einen Zahn zu, doch der Rest der Truppe saß längst im Besprechungsraum. Der Chef hustete, behauptete, dass er ganz der Alte sei, und leerte eine Flasche Mineralwasser.

Ben schob seinen Stuhl zurück.

»Wo ist Lisa?«, fragte Theo.

»Krank«, antwortete Meinolf und kreuzte zwei Finger unterm Tisch. »Morgen kommt sie.« Vor ihm lagen Akten, die ihm den undankbarsten Job der Welt einbrachten. Antreten zum Rapport. Theo wollte Ergebnisse. Sie hatten keine.

»Drei Tote, die Kerstensen auf dem Gewissen hatte«, schnaubte er. »So weit waren wir vor einer Woche auch schon.« Er kritzelte Hieroglyphen auf sein heißgeliebtes Flipchart. »Einer hat seinen Makler getraut. Und trotzdem habt ihr bei diesem Herrn Alshuth nichts gefunden?«

Meinolf berichtete von der Hausdurchsuchung, las aus den Ergebnissen der Laboranalyse vor: »Keine fremden DNA-Spuren an den Gegenständen, die wir beschlagnahmt haben.«

»Verstehe.« Theo trompetete in sein Taschentuch. »Trotzdem sagt mir meine lädierte Nase, dass der Mann euch aufs Kreuz gelegt hat.«

Etwas später rief Sascha an. Er schickte ihnen ein Video, das aus der Schweiz gekommen war. Absender war die Herstellerfirma der Webcam, die von einem Baum aus Kerstensens Grundstück überwacht hatte. Die Ereignisse der Tatnacht, archiviert in einer Cloud.

Meinolf schaltete den Flachbildschirm ein. Der Film war stark verpixelt. Doch vor der Tür des Fernsehstars hatte ohne Zweifel eine Frau gestanden. Sie drehte sich kurz zur Seite und zeigte der Kamera ihre Silhouette. Das Gesicht und die Haare hielt sie unter einem langen, dichten Schal verborgen.

»Super«, knurrte Theo und kämpfte gegen seinen Husten. »Wir sind genauso schlau wie vorher!«

Die Runde löste sich mal wieder in Rekordzeit auf.

Kaum war Meinolf auf seinen Schreibtischstuhl gesunken, brummte sein Handy. Amelie. In dem Moment stieß Holger, der Gorilla, ein inzwischen vertrautes Grunzen aus. Seine Methode, die Kollegen vor Fettnäpfchen aller Art zu warnen.

In der Tür zum Chefbüro stand Theo, der Meinolf im Visier hatte und ihn hereinbat.

»Hat Lisa mich angemessen vertreten?«, fragte er.

Meinolf nickte beklommen.

»Schade, dass sie auch ausgefallen ist«, sagte Theo, überraschend friedfertig. »Mir ist in der letzten Woche klar geworden, dass man manches besser nicht auf die lange Bank schiebt. Ich werde mich jetzt um meine Nachfolge kümmern und hätte gern gewusst, ob ich unsere Kollegin guten Gewissens empfehlen kann.«

»Wen sonst? Sie gibt immer zweihundert Prozent, wie du.«

Theo muss die Zeit im Bett mächtig zugesetzt haben. Er stellte seine Schokoriegel mitten auf den Schreibtisch und gab Anekdoten aus einem bewegten Berufsleben zum Besten. Als Meinolf endlich entlassen war, hatte er zu viel Süßes gegessen und einen weiteren Anruf seiner Frau verpasst.

Er ging mit dem Handy auf den Flur. Normalerweise lief um diese Zeit ihre Nähmaschine heiß. War einem der Kinder etwas passiert?

Amelie weinte. Meinolf begriff nach und nach, dass sie in Lisas verwüsteter Wohnung stand. Bei seiner Lieblingskollegin war eingebrochen worden.

»Ist sie verletzt?«, fragte er erschrocken.

»Sie ist gar nicht da. Mit Henriette hat sie sich gestritten, deshalb habe ich ihre Vögel gefüttert. Nun wollte ich den Schlüssel zurückbringen. Jemand hat die Tür zum Käfig und das Küchenfenster aufgerissen. Hier sieht es wie auf einem Schlachtfeld aus.«

»Ab nach draußen. Sofort. Wir kommen!« Meinolf hatte Angst um seine Frau. Wer wusste denn, ob die Diebe wirklich fort waren? Ein Einbruch fiel nicht ins Revier der Kripo, aber das war ihm egal. Ben schnallte sein Pistolenhalfter um. Jule ebenfalls. Sie schmollte, weil sie sie nicht mitnahmen.

Amelie wartete vor dem Haus in der Steinmetzstraße. Sie deutete ins Geäst eines dicht belaubten Baums. »Helft mir mal hoch.«

»Wir müssen in die Wohnung«, rief Meinolf ungeduldig.

»Gleich. Dort oben sitzt Lisas Sittich.«

Das blaue Gefieder war schlecht zu sehen, doch der kleine Kerl spuckte große Töne. »Udo und Lutz. Coole Jungs.«

Mit vereinten Kräften hievten sie Amelie hinauf. Sie hielt Udo einen dicken Keks mit Körnern hin. »Wo bist du?«, gurrte er und hüpfte zutraulich auf ihren Finger.

Da blieb er, während sie mit ihm im Treppenhaus wartete. Meinolf und Ben durchkämmten Lisas Räume. Erst als der Käfig in Sicht kam, flog Udo los und schlüpfte durch die Luke.

Amelie deutete auf einen Trolley, der ihnen im Flur den Weg versperrt hatte. »Lisa war schon hier.«

»Und wo ist sie jetzt?«, wollte Ben wissen.

»Bestimmt bei Henriette. Ich hoffe, dass sie sich wieder vertragen.«

Meinolf rief in der Kantstraße und am Savignyplatz an. Niemand nahm ab. Seltsam. Das alte Telefon, das vom Vormieter des Cafés stammt, schrillt furchtbar. Nach dem zweiten oder dritten Klingeln wird der Hörer von der Gabel gerissen, weil sich sonst die Gäste beschweren.

Er versuchte es mehrmals, auch auf den Handys von Lisa und Henriette. Tote Hose. Als sein eigenes brummte, stand Saschas Name auf dem Display.

»Wir haben einen Treffer«, verkündete er.

»Das heißt?«

»Unter den Ohren dieses Stoffhundes hatte sich ein feines blondes Haar versteckt. Im Fell sind Hautschuppen hängengeblieben. Die DNA stimmt mit den Proben aus der Villa Kerstensen überein.«

»Wie sicher bist du?«

»Das komplette Ergebnis kriegt ihr später. Aber dass wir es mit ein und derselben Frau zu tun haben, steht so gut wie fest.«

»Habt ihr die anderen Sachen untersucht?«

»Ja. Die Jacke hat noch niemand angehabt. Und die Haare in der Bürste kannst du für die Analyse vergessen. Die haben keine Wurzel. Bestimmt hat sie einer beim Friseur vom Boden aufgehoben.«

Eine falsche Spur, auf die Lisa nicht hereingefallen war …

»Woher hast du den Beagle, Meinolf?«

Unter vier Augen hätte er es Sascha anvertraut. Dummerweise war Bens Aufmerksamkeit längst geweckt. »Wirst du bald erfahren«, wich er aus.

Sascha gab sich wohl oder übel damit zufrieden.

Meinolf bugsierte seine Frau in das ramponierte Wohnzimmer. »Wo hat sich Lisa herumgetrieben?«

»Das soll sie dir selbst erzählen. Darum ging's ja bei dem Krach mit Henriette.«

Seinen drängenden Bitten und Blicken hielt Amelie unerschrocken stand. Nichts zu machen.

Ben nahm die Geheimniskrämerei krumm. »Besprecht eure Probleme zu Hause«, stänkerte er. »Und für Einbrüche sind wie sowieso nicht zuständig. Ich fahre ins Büro.«

Meinolf hielt ihn fest. »Erst machen wir einen Abstecher zum Savignyplatz.«

»Spinnst du? Mitten im Feierabendverkehr?«

»Ich habe auch eine Nase, die was taugt. Die sagt mir, dass wir da hin müssen.«

Mit jeder Minute nahm seine Besorgnis zu. Und für das Ergebnis des DNA-Schnelltests würde Lisa sich brennend interessieren. Mit dem Wissen konnte sie allen Vorwürfen, die in den nächsten Tagen garantiert auf sie niederprasseln würden, gelassener begegnen.

Grummelnd versiegelte Ben die Wohnungstür.

Amelie radelte heim.

Mit dem Auto standen sie im Stau, vor roten Ampeln und im Hupkonzert nahe der Gedächtniskirche. Zwanzig Minuten später geschah ein kleines Wunder. In Sichtweite des »Café H.« schoss ein Mercedes aufs Kopfsteinpflaster der Bleibtreustraße. Die einzige Parklücke hatte nur auf sie gewartet.

Ben entdeckte das Rad und die Jacke auf dem Gepäckträger. Schwarzes, abgewetztes Leder, mit unzähligen Taschen und Reißverschlüssen, von denen die meisten kaputt waren. Wem das Teil gehörte, wussten sie. Nicht mal die Penner, die unterm Hochbahnsteig campierten, wollten es haben.

Wenn Lisa ihre Jacke zurückließ, musste etwas passiert sein. Außerdem stand das Toilettenfenster offen und gab den Blick auf rissige Kacheln frei. Henriette legt immer einen Riegel vor.

Ben kletterte hindurch, war im Nu wieder draußen und alarmierte das Spezialeinsatzkommando.

*

»Ich hätte mich bei ihm bedanken sollen«, sagt Lisa jetzt zerknirscht.

»Morgen ist auch ein Tag«, erwidert Meinolf.

»Wenn Theo mit mir fertig ist, kann ich meinen Schreibtisch räumen.«

Meinolf will sie beruhigen. Sie soll nicht so schwarzsehen. Er hat ja ein gutes Wort für sie eingelegt. Das Gespräch im Chefbüro war natürlich vertraulich, ach, egal, dieses Knabbern an den Fingerknöcheln zerrt an seinen Nerven. Hauptsache, sie hört endlich damit auf! Dafür riskiert er freiwillig einen Rüffel, denn dass er Theo nicht vorgreifen darf, ist klar wie Kloßbrühe.

Die Wohnungstür wird aufgedrückt.

Henriette schleudert Sandalen von den Füßen und fällt aufs Sofa.

Lisa springt auf und schenkt ihr einen großen Whiskey ein. »Wie geht es Giovanni?«

»Er wird eine Weile hinken, aber das gibt sich. Der Notarzt behauptet, dass deine Aderpresse wie aus dem Lehrbuch war.«

»Wenigstens etwas.« Lisa leert den Rest ihres Glases in einem Zug und trägt den leergegessenen Teller in die Küche. Wasser rauscht.

»Wo bleibst du denn?«, ruft Henriette.

»Udo hat Hunger und Durst.«

Lisa lässt sich Zeit. Dann kommt sie mit einem Stuhl zurück und stellt ihn so hin, dass sie ihrer Freundin gegenübersitzt. »Ich hätte auf dich hören sollen.«

»Und ich auf Giovanni. Vor Kurzem war Caroline Alshuth nachmittags bei uns und hat sich stundenlang an einer Diätcola festgehalten. Irgendwann habe ich mit ihr geplaudert.«

»Sie hat dich ausgehorcht?«

»Ja, und ich war so blöd, ihr von dir und unserem Zusammenleben zu erzählen. Sogar von Lutz und Udo. Ich wollte einfach nett sein. ›Dein Privatleben geht die Kundschaft nichts an‹, sagte Giovanni hinterher. ›Weder hier noch bei Facebook und Instagram.‹«

Lisa nickt. »Einbrecher lieben Fotos, die andere Leute am Palmenstrand posten. Rate mal, was nach der Urlaubszeit auf manchen Polizeirevieren los ist.«

»Ich dachte, meine Pechsträhne sei beendet«, entgegnet Henriette.

»Ich auch. Prompt bin ich wieder auf den gleichen Typ Mann reingefallen. In meinem Alter!«

»Könnte an deinen Klamotten liegen«, mischt Meinolf sich ein.

»Wieso?«, fragt Lisa.

»Wirf die olle Lederjacke weg. Die ist von vorgestern. Wundert mich nicht, dass du auf die Nase gefallen bist. Unter dem Teil würde kein normaler Kerl eine tolle Frau vermuten.«

»Ist das ein Kompliment?«

»Ein Tipp. Manch einer würde dich gern näher kennenlernen. Schon lange.«

Wer das ist, soll sie selbst herausfinden. Ein Kollege hat Meinolf beim Feierabendbier gesteckt, dass Lisa ihm gefällt. Single, wie sie, und seit Jahrzehnten ein vertrautes Gesicht an der Keithstraße und den meisten Tatorten.

Ob sie endlich kapiert, dass der Rest der Truppe auch auf ihrer Seite ist?

Ein neuer Traum

Lisa gräbt ihre Zehen in den warmen Sand und zählt Wölkchen. Im Strandbad Orankesee ist sie nie zuvor gewesen. Wenn sie im Sommer frei bekam, war sie weggefahren, wie alle, die aus der heißen Metropole flüchten. Henriette dagegen kennt die Gegend im Osten der Stadt. Sie hat hier Verwandtschaft und schwärmt für das Naturparadies mit den Seerosen.

Die Radtour hat über eine Stunde gedauert. In der Hitze eine Schnapsidee. Unterwegs ist Lisa einige Male abgestiegen. Weil am Himmel ein Vogelschwarm vorüberzog, auf dem Grünstreifen neben der Fahrbahn Kornblumen wuchsen und Kinder durch einen Park tobten. Eine bunte Welt, in der kein Platz für Schatten ist. So weit draußen lässt der Fall Kerstensen sie endlich los.

*

Doch vieles, das damit zusammenhängt, ist Lisa lebhaft in Erinnerung. Vorgestern war sie früh im Büro gewesen und nur Ben saß vor seinem Bildschirm.

»Danke«, sagte sie und hielt ihm eine Hand entgegen.

Er stand auf, um sie zu schütteln. »Bist du wieder auf dem Damm?«

»Einigermaßen.«

Theo kam als Letzter und bat sie sofort herein. Auf weichen Knien schlich sie an Meinolf vorbei ins Chefzimmer.

»Kopf hoch«, raunte er ihr zu.

Sie redete sich alles von der Seele, nur die intimen Momente mit Valentin Alshuth behielt sie für sich. Theo schwieg und aß Schokoriegel, denn die Mittagszeit rückte unaufhaltsam näher.

Am Ende hatte er kein Wort auf seinen Block geschrieben. »Du hast zwar den Fall geknackt«, fing er an, sichtlich unzufrieden, und putzte seine Nase. »Aber deine so genannten Beweise kannst du vergessen. Diesen Stoffhund hast du ohne einen Gerichtsbeschluss mitgenommen. Damit ist der DNA-Abgleich mit den Proben aus Kerstensens Küche wertlos. Den würde uns jeder Pflichtverteidiger um die Ohren hauen. Was Caroline Alshuth dir im Café erzählt hat, hilft uns auch nicht weiter. Sie stand unter Druck. Die einzige Zeugin ist deine beste Freundin.«

»Willst du allen Ernstes behaupten, dass die Frau bald wieder frei ist?«

»Nee.« Unversehens grinste Theo. »Im Morgengrauen erhielt ich einen Anruf. Sie wollte in der U-Haft ein Geständnis ablegen. Offenbar hat sie eingesehen, dass ihr Mann über alle Berge ist. Nach zwei Stunden hat sie unterschrieben. Vor allem den wichtigsten Teil. Die detaillierte Beschreibung von Kerstensens Küche und von seinem Garten, der stets abgesperrt war. Das ist eindeutig Täterwissen. Zwischen Hundehaufen, dem Grill auf der Terrasse und der Ligusterhecke hat sie sich lange herumgedrückt.«

Lisa starrte auf ihre roten Fingerknöchel. »Den Geburtstag ihres Opfers wird Caroline gekannt haben. Mag sein, dass sie auf gut Glück losgezogen ist, um nachzuschauen, ob sie diesmal durchs Tor und bis zur Haustür kommen würde. Dann schlug wirklich ihre große Stunde. Doch als sie aus der

Villa Kerstensen floh, war sie allein. Wie immer, wenn sie jemanden gebraucht hätte.«

»Das ist eine deiner Stärken«, brummte Theo.

»Was?«

»Du kannst dich in andere hineinversetzen und hast dir dein Mitgefühl bewahrt. Ich könnte dir reihenweise Kollegen aufzählen, die im Laufe vieler Dienstjahre abgestumpft sind.« Wieder griff er in die Schale mit den Süßigkeiten. »Darum möchte ich, dass du bleibst.«

Er zog die Hand heraus. Ohne einen Schokoriegel.

»Du kennst die Vorschriften«, fuhr er fort. »Normalerweise würde jeder strafversetzt, der alles vergessen hat, was er mal gelernt hat. Ich darf gar nicht an die Pistole in deinem Kleiderschrank denken ... Aber ich will geordnete Verhältnisse hinterlassen. Eine Nachfolgerin mit Verstand und Herz. Wer kann mir beweisen, dass du mich nicht über den Trip nach Mallorca informiert hast, während ich im Bett lag?«

»Habe ich.« Sie schob Theo den Brief zu, der vor dem Flug nach Mallorca in ihrem Nachtschränkchen verschwunden war und den sie in weiser Voraussicht mitgenommen hatte.

Er schlitzte ihn ordentlich mit der Schere auf und las ihn durch. »Na, geht doch. Du hast ja sogar ein Datum draufgeschrieben.«

Ob er sie wirklich gegenüber den hohen Tieren herauspauken kann, wird sich in den nächsten beiden Wochen zeigen. Bis dahin soll sie ihre Überstunden abbauen. »Du musst sowieso dringend ausspannen. Sonst pfeifst du bald auf dem letzten Loch.«

Über ihre Kölner Vergangenheit ist Theo erstaunlich gelassen hinweggegangen. »Du hast mit einem Fuß in einer Welt gestanden, die im Knast oder auf dem Friedhof enden kann. In unserem Job muss das kein Nachteil sein.«

Gestern hat sie auf Henriettes Sofa ausgeschlafen, einen Strauß Pfingstrosen gekauft und ihn ins Sankt-Hedwig-Krankenhaus gebracht. Georgia von Hustedts Einzelzimmer verströmte den Schick eines teuren Hotels. Nur der Tropf neben dem Bett passte nicht ins Bild.

Die Walküre lag auf einem Kissenberg, die Füße von einer Decke mit Leopardenmuster bedeckt. Ein kleiner Tisch bog sich unter vollen Vasen und Präsentkörben. Lisa kam sich mit ihren Blumen wie im falschen Film vor.

Georgia ließ sich den Strauß auf ihr Nachtschränkchen stellen. »Das ist ja nett von Ihnen, Kindchen.«

»Ich hätte mir was Originelleres einfallen lassen sollen.«

»Ich mir auch. Tabletten und Wodka, also wirklich. Hier haben sie mich künstlich beatmet. Bis meine Kehle heil ist, muss ich Brei mampfen. Grauenhaft. In der letzten Nacht hätte ich Stein und Bein geschworen, dass es auf dem Flur nach Currywurst riecht.«

»Die beste der Welt gibt es in einem Café am Savignyplatz. Eine Spezialität meiner Freundin Henriette. Darf ich Sie einladen, wenn Sie wieder auf dem Damm sind?«

»Ich hab jetzt schon Kohldampf!« Georgia leckte sich die rot geschminkten Lippen, wuchtete sich hoch und kramte ihr Handy aus dem Schränkchen. »Schauen Sie mal. Beim ›Abendblick‹ geht's rund.«

In ihrer Abwesenheit waren die Einschaltquoten in den Keller gesackt. Der Sender kündigte eine Kurskorrektur an. Phil Kerstensens Nachfolger moderiert vorerst im Spätprogramm.

Ob dieser Burkhard Beulke hinter der Hasskampagne gegen seine Kollegin steckt?

Georgia hat ihn im Verdacht. »Ich hab ihm ja eine Steilvorlage nach der anderen geliefert. Aber den Gefallen tue ich ihm nicht mehr.«

»Wollen Sie zurück ins Studio?«

»Zunächst für ein paar Stunden täglich. Ohne Stress komme ich leichter vom Alkohol los.«

»Was längst nicht heißt, dass Sie sich zur Ruhe setzen.«

»Eben. Meine Biografie ist vor zwei Monaten erschienen und schießt gerade in den Bestsellerlisten hoch. Wer sagt denn, dass man für jeden dummen Fehler gleich in der Hölle schmort?«

Mit dem tröstlichen Gedanken wollte Lisa sich verabschieden, doch ihr fiel noch etwas ein. Caroline sitzt hinter Schloss und Riegel und wird die Vitaminpillen ihres Mannes, die sie präpariert hat, nicht einkassieren können. Beim Frühstück hat Lisa im Internet nach Informationen über Paternostererbsen gesucht. Ihr Innenleben löst Übelkeit, Durchfall oder vollständiges Organversagen aus. Es kommt auf die Dosis und das Körpergewicht an.

War Valentin wirklich ein Dessert auf den Magen geschlagen, wie er bei ihrer zweiten Begegnung behauptet hatte? Sie wird es nie erfahren, denn er reagiert auf keinen ihrer Anrufe.

»Wie viele Follower haben Sie?«, fragte Lisa die Walküre.

»Über zehntausend.« Georgia zeigte ihr stolz das jüngste Selfie, das auf dem Kissenberg entstanden ist. Bei Instagram hat sie ironische Betrachtungen über die eigene Hinfälligkeit gepostet. Ihre Fans lieben sie dafür.

»Was würden Sie tun, um jemanden vor einem gefährlichen Medikament zu warnen?« Lisa gab nur das Allernötigste preis. Gerade genug, damit Georgia einen kurzen Film drehen und hochladen konnte.

Mit ihrer offenen Pillendose stand sie vor der Smartphone-Kamera und erzählte von Kapseln, die ihren eigenen zum Verwechseln ähneln. »Die kann jeder im Netz bestellen und nach Lust und Laune füllen. Dann geht es vielleicht einem

Menschen an den Kragen. Lasst euch von niemandem etwas andrehen. Auch nicht von denen, die es angeblich gut meinen.« Sie hat die Wirkung von Paternostererbsen so drastisch geschildert, als habe sie selbst darauf herumgekaut.

Die ersten Follower haben das Filmchen schon entdeckt und über ihre eigenen Social-Media-Kanäle geteilt. Ob es früh genug bei Valentin ankommt?

Nach dem Krankenbesuch ist Lisa ins Café gefahren, hat beim Aufräumen geholfen und Giovanni vertreten. Heute kamen die Gäste in Scharen. Als das Sonntagsfrühstück vorbei war, wollte Henriette wissen, wie lange es so weitergehen solle.

»Womit?«, fragte Lisa verdutzt.

»Du kannst nicht für immer auf unserem Sofa bleiben.«

»Okay, ich schlafe wieder zu Hause.«

»Da kriegst du garantiert kein Auge zu. Und ich meinte etwas anderes. Wie wär's mit einem Umzug?«

»Wohin?«

»Die Wohnung über uns wird frei. Du müsstest bloß warten, bis die Schimmelsanierung abgeschlossen ist.« Henriette hatte Lisa vor die Tür geschoben. »Überleg's dir und lass dir endlich mal die Sonne ins Gesicht scheinen. Bei dem Wetter ist es am Orankestrand traumhaft.«

»Caroline hat meine Badeanzüge kaputtgeschnitten.«

»Nimm meinen alten Bikini. Ich habe ihn damals nur gekauft, weil du mich gelöchert hast, und ich konnte ihn einfach nicht wegwerfen.«

Ein Erinnerungsstück an ihren ersten gemeinsamen Kurzurlaub auf Rügen. Knallrot und äußerst knapp geschnitten. Lisa hatte ihn der Freundin aufgeschwatzt, weil sie ihn liebend gern selbst angezogen hätte. Aber nach ihren Kölner Erlebnissen hatte ihr der Mut gefehlt.

Lange her. Auch die Rückkehr von Mallorca liegt gefühlt in weiter Ferne. Vor drei Tagen, kurz nach der Landung, war ihr der Schöneberger Kiez wie ein sicherer Hafen vorgekommen. Wie schnell sich alles ändern kann.

Doch die Luft an der Kantstraße verpesten unzählige Autos mit ihren Abgasen. Kein Vergleich mit der Steinmetzstraße und ihren Bäumen, wo Lisa sich von Anfang an wohlgefühlt hat. Wo sie aus purer Einsamkeit einem Wellensittich das Sprechen beigebracht hat und nun ihre Schlösser austauschen würde, ohne je wieder ruhig schlafen zu können …

Ihr Herz hat längst die Entscheidung getroffen. Es gerät bei der Vorstellung, dass sie mit Henriette und Giovanni im selben Haus lebt, aus dem Takt. Hoffentlich pfeifen noch nicht sämtliche Spatzen von den Dächern, dass Meinolf eine Wohnung neu vermieten wird. Der Balkon geht nach hinten raus, den Straßenlärm dämpfen mehrstöckige Häuser.

*

Wo ist denn das Handy? Lisa durchwühlt ihre Korbtasche und der Inhalt purzelt in den Sand. Sie tippt einen Namen auf ihrer Telefonliste an. Einen, der fast so wichtig ist wie der von Henriette. Mit dieser Wohnung hat das nichts zu tun.

»Ja?« Meinolf klingt, als ob er seine Ruhe haben will. Er hat sich den freien Sonntag redlich verdient.

»Störe ich?«

»Ich dachte, du hättest mich vergessen«, brummt er.

Vor drei Tagen hatte er Henriettes Sofa schnell geräumt. »Sprecht ihr zwei euch erst mal aus.« Dass er vor Neugier platzte, stand ihm ins Gesicht geschrieben, und Lisa hatte ihn mit einem »Wir sehen uns morgen« vertröstet.

Aber die letzte Lagebesprechung zum Fall Kerstensen hatte vorgestern eine halbe Ewigkeit gedauert. Hinterher war Lisa gleich aufs Rad gestiegen. Sie sollte ja ihre Überstunden loswerden. Fix und fertig war sie sowieso.

»Ich hab dich nicht vergessen«, erwidert sie nun. »Kann ich dich nach Hohenschönhausen locken?«

»Das ist ja ’ne halbe Weltreise!«

»Lohnt sich trotzdem. Ich bin am Orankesee. In der Gaststätte gibt’s Eis und ein kühles Bier …«

Meinolf verspricht ihr, dass er sich beeilt.

Lisa legt sich hin. Sie drückt ihren Rücken in den warmen Sand. Hilft besser als Tabletten und hat keine Nebenwirkungen. ›Wo ist eigentlich das Rezept geblieben?‹, denkt sie träge, und dass sie morgen ihre Lederjacke in eine Änderungsschneiderei bringen will. Dann kann sie sie anziehen, wenn die Tage kürzer und die Nächte kalt werden. Mit neuen Reißverschlüssen.

Im Wegdämmern fallen ihr die beiden glotzenden Jungs ein, denen sie vorhin ein strahlendes Lächeln geschenkt hat. In aller Ruhe hat sie ihren Bauch eingecremt. Sie will über dem Bikinihöschen keinen Sonnenbrand riskieren. Die Bäume wachsen auf der Liegewiese und ihre Schatten fallen nur auf einen kleinen Teil des Strands.

Da hat sie lange genug gesessen.

Von oben wirkt das alles wie eine Spielzeuglandschaft. Die Rutsche, der Steg, der benachbarte Obersee. Ihr Fesselballon ist wieder abgehoben, streift die Wolken. Schon setzt der Wind ein, der den unvermeidlichen Absturz ankündigt. Lisa dreht sich um. Sie erschrickt. Hinter ihr ist niemand, der ihr beisteht.

Doch diesmal entdeckt sie ein Seil über ihrem Kopf. Zum Greifen nahe. Mit aller Kraft packt sie es und zieht.

Die Gasflamme, die heiße Luft in den Ballon strömen lässt, lodert schwächer.

Er gleitet zur Erde, sie hält sich am Korb fest und landet. Unbeschadet. Am Seeufer breitet sich die meterlange bunte Hülle aus. Eine kleine Gruppe Menschen applaudiert.

Sie beschirmt die Augen. Dort drüben stehen sie. Meinolf, Elena, Theo und der Rest der Truppe. Sogar Sascha. Jule hält einen weißen Hund im Arm. Henriette und Giovanni sind auch gekommen.

Lisa erwacht. Schade, ein Traum. Oder?

»Donnerwetter«, ruft jemand.

Sie richtet sich auf.

Meinolf pfeift beim Näherkommen durch die Zähne.

Liebe Leserinnen und Leser,

wieder sage ich »Danke« fürs Lesen! Vor allem, weil sich dieser Roman von meinen bisherigen unterscheidet – und manch eine(r), der die anderen kennt, sicher neue Seiten an der Autorin entdeckt hat. Ich habe mich aus Ostwestfalen heraus- und mit meinem ersten Krimi an ein neues Genre herangewagt. Die erste Idee entstand schon im Herbst 2015. Damals fielen mir Plakate an den Autobahnen auf: »Einer rast, zwei sterben« war eine der Überschriften, die sich in meinem Kopf festsetzten.

Die damalige Werbekampagne »Runter vom Gas« habe ich ein wenig verändert, weitere Details ebenfalls. Beim Landeskriminalamt Berlin gibt es nur acht Mordkommissionen, die neunte habe ich erfunden und auch Anderes um der leichteren Lesbarkeit willen angepasst: »meine« Kommission hat zum Beispiel zwei Ermittler weniger als es in der Realität üblich ist. Einige Informationen, etwa zu den Tatortleuten, die es nur in der Bundeshauptstadt gibt, habe ich dem Buch und dem gleichlautenden Podcast »Tatort Berlin« entnommen. Das Buch mit Reportagen aus dem »Tagesspiegel« ermöglicht spannende Blicke hinter die hohen Mauern an der Keith straße.

Hilfreich waren auch zwei Bielefelder Kommissare, die meine Fragen beantwortet haben, und eine Facebook Gruppe von Kriminalrat a.D. Dr. Manfred Lukaschewski. Einen ordentlichen Schub hat die Handlung 2022 in einem Webinar der »Textmanufaktur« bekommen. Ein großes Dankeschön gilt deshalb Larissa Boehning und ihrem »Herz der Geschichte«.

Nachdem der erste Entwurf fertig war, habe ich das Manuskript in die bewährten Hände gelegt. Wieder war mein Mann der erste Leser. Stefan Wendel hat die Seiten gründlich lektoriert, ehe eine Kollegin ebenfalls testgelesen hat. Das Cover stammt einmal mehr aus der »Werkstatt« von Laura Newman. Danke Euch allen!

Am Ende ist daraus hoffentlich ein Buch geworden, das Ihnen in guter Erinnerung bleibt und den Wunsch nach mehr weckt. Es ist nämlich nicht der letzte Fall »meiner« neunten Mordkommission. Die nächsten beiden Bände sind fertig, Lisa Heynrichs ermittelt bald weiter. Für mich ein Grund mehr, auch künftig nach Berlin zu fahren, was ich seit vielen Jahren sehr gern mache. Manches lässt sich nach eigenem Erleben nun mal besser beschreiben – wie der Gewitterschauer im Grunewald an einem Sommertag oder die leckere Currywurst in einem Café am Savignyplatz.

Mit herzlichen Grüßen
Anke Schläger

P.S. Über Rezensionen, Post, einen Besuch auf meiner Homepage, bei Facebook oder Instagram freue ich mich immer! Hinweise zu Lisas nächsten Fällen und zu meinen anderen Büchern gibt es auf den folgenden Seiten.

Die Mauern um uns

Der zweite Fall für Lisa Heynrichs

Es knallt, lauter als alles, was Lisa je vernommen hat ... Eine Druckwelle rast auf sie zu, hebt sie hoch und katapultiert sie zurück.

Erst ein scheinbar harmloser Einbruch, dann ein tödliches Attentat bei einem Popkonzert – nur Hauptkommissarin Lisa Heynrichs erkennt den Zusammenhang. Doch ihre Warnungen verhallen ungehört, denn sie ist von der Berliner Mordkommission zum Kriminaldauerdienst strafversetzt worden. Gemeinsam mit ihrer Kollegin Elena, die auch vor unsichtbaren Mauern steht, jagt Lisa auf eigene Faust den Täter. Der hinterlässt in der ganzen Stadt eine Spur des Todes. Sein makabres Markenzeichen an den Tatorten: Gesichtsabdrücke seiner Opfer.

Kurz vor dem Berlin-Marathon taucht ein weiteres dieser rätselhaften Souvenirs auf. Für Lisa beginnt ein Wettlauf gegen die Zeit. Allein kann sie ihn nicht gewinnen ...

Der Abgrund vor uns

Der dritte Fall für Lisa Heynrichs

»Zwei tote Frauen in so kurzer Zeit, das kann kein Zufall sein. Wir wissen doch, was vor über achtzig Jahren auf dem Tempelhofer Feld und in dieser Villa passiert ist.«

Zum ersten Mal tritt Hauptkommissarin Lisa Heynrichs als Chefin der neunten Berliner Mordkommission an – und ermittelt an Tatorten, die alle etwas gemeinsam haben: ihre nationalsozialistische Vergangenheit. Gleichzeitig knirscht es heftig in ihrem vertrauten Team. Jule, ihre jüngste Kollegin, scheint in die Fälle verstrickt zu sein. In den Kleidungsstücken der Toten finden sich Mikrochips, an deren Entwicklung ihr Verlobter beteiligt war. Eine bahnbrechende neue Technik, die eine lückenlose Verfolgung der Opfer ermöglicht hat. Jule verschweigt Lisa eine verstörende Entdeckung: Ein weiterer Chip steckt in ihrer eigenen Jacke …

Als sie in der dritten Toten ihre Schulfreundin erkennt, braucht sie Lisas Hilfe dringender denn je. Müssen noch andere sterben, um ein altes Verbrechen zu sühnen?

Weitere Romane: Keine Krimis, aber auch mit spannenden Momenten

Anke Schlager
FESTTAGSGÄSTE
Roman
ISBN 978-3-7448-7036-8
Auch als E-Book erhältlich

»Wenn ich nur wüsste, wie ich dir helfen kann.« »Hast du schon gemacht. Indem du einfach zugehört hast.«

Fröhliche Weihnachten? Von wegen! Kurz vor dem Fest bricht Lisannes vermeintlich heile Welt entzwei. Sie erfährt, dass ihr Mann eine zweite Familie hat. Und die wird bald auf dem Biohof einziehen, der das Zuhause von Lisanne und ihren Kindern ist. Als der Hofladen in Flammen steht und Lisanne Hals über Kopf die Flucht ergreift, nimmt ihre Stammkundin Marlene spontan die Verfolgung auf. So beginnt eine Freundschaft zwischen zwei grundverschiedenen Frauen, die schon bald ihre größte Bewährungsprobe erlebt.

Eine etwas andere Weihnachtsgeschichte über Umwege, die mit harten Brocken gepflastert sind – und doch zum Ziel führen.

(K)EINE FORTSETZUNG VON »FESTTAGSGÄSTE«

Anke Schläger
TAKTGEFÜHLE
Roman
ISBN 978-3-7528-0608-3
Auch als E-Book erhältlich

Sie sahen sich an, und Elke hatte das Gefühl, in eine Zeitmaschine zu steigen. Eine, die viel zu schnell rückwärts raste.

Nur eine Stippvisite in ihrer ostwestfälischen Heimat soll es sein. Elke muss entscheiden, wie es mit ihrem Elternhaus weitergeht. Als 18-Jährige ist sie Hals über Kopf geflohen – nach einem tragischen Unfall, der sie völlig aus der Bahn geworfen hat. Selbst Walter, ihre Jugendliebe, hat sie ohne jede Erklärung zurückgelassen. Nun steht er ihr plötzlich gegenüber, und das alte Herzklopfen ist wieder da. Aber auch die Gegensätze, die beide vor vielen Jahren aus dem Takt gebracht haben, ehe Walter mit seinen Songs berühmt geworden ist …

Eine Geschichte über die zweite Chance und den Wert von Entschuldigungen.

REIF FÜR DIE INSEL?

Anke Schläger
SONNENPLÄTZE
Roman
ISBN 978-3-7519-0712-5
Auch als E-Book erhältlich

»Wir waren zwar zusammen unterwegs, aber wir haben beide etwas anderes erlebt.«

Drei Wochen Florida – mit Mama? Nur widerwillig steigt Friederike ins Flugzeug. Seit Papas Tod kracht es gewaltig zwischen ihr und Mutter Karin, und nun soll ausgerechnet ein Urlaub auf Sanibel Island die Wogen glätten? Karin bucht mit Hintergedanken: Sie will endlich wissen, warum ein geheimnisvoller Amerikaner so viele Briefe an ihren verstorbenen Mann geschrieben hat. Die Wahrheit stellt ihre Welt auf den Kopf. Und der Sohn des Unbekannten die von Friederike …

Ein Roman über Wege, die sich trennen – und wieder finden. Und über die richtigen Worte zur richtigen Zeit.

NOCH EINE INSEL – IN KROATIEN

Anke Schläger
SCHWESTERNZEITEN
Roman
ISBN 978-3-7557-1520-7
Auch als E-Book erhältlich

»Ich wünschte, ihr hättet ein einziges Mal miteinander geredet. Wie zwei erwachsene Menschen.«

Urlaub mit der Zwillingsschwester – nach fünf Jahren Funkstille? Merle und Hannah raufen sich ihrer Oma Sophie zuliebe zusammen. Deren Versuch, die Enkelinnen zu versöhnen, bringt sie nach einem unglücklichen Sturz ins Pflegeheim. Dort holt Sophie die Vergangenheit ein: ihre eigene Zwillingsschwester Ida, die tief enttäuscht vor langer Zeit auf eine kroatische Insel flüchtete und von der es kein Lebenszeichen mehr gibt. Hannah und Merle folgen Idas Spur durch blühende Lavendelfelder … und erfüllen sich selbst und ihrer Familie mehr als einen Herzenswunsch.

Ein Roman über neue Anfänge, für die es nie zu spät ist. Über das unsichtbare Band zwischen Geschwistern und die Kraft der Versöhnung.